문　명

Civilisations

by Laurent BINET

© Editions Grasset & Fasquelle, Paris, 2019

Korean Translation Copyright © Inmungyeol Media Co., 2020

All rights reserved.

This Korean edition was published by arrangement with

Editions Grasset & Fasquelle (Paris)

through Bestun Korea Agency Co., Seoul

ISBN 979-11-957150-7-7

에네아드는 도서출판 인문결 미디어의 임프린트입니다.

한국의 독자 여러분께

저의 새로운 소설 〈문명〉을 한국의 독자 여러분들께 소개할 기회를 갖게 되어 저자로서 무척 기쁘고 또한 영광스럽습니다. 제 작품을 기꺼이 출판해주신 도서출판 인문결 그리고 번역자 권희선씨께도 깊은 감사를 드립니다.

제2차 세계화에서 비롯된 변화의 결과가 인류를 휩쓸고 있는 이 시대에 소설 〈문명〉은 인류의 역사를 요동시켰던 그 첫 번째 세계화 시대인 1492년으로 되돌아갑니다.

어째서 아메리카를 아시아인이 아니라 유럽인이 발견할 수 있었을까요? 이 질문에 대해 저는 역사가 세르주 그루진스키가 내놓은 답을 들고자 합니다. 그저 해류의 흐름이 유럽인들에게 더 유리했기 때문이라는 것입니다. 태평양의 서쪽에서 동쪽으로 항해하는 것보다 대서양 동부에서 서부로 가로지르는 편이 훨씬 더 쉬웠던 것입니다. 더 우수한 민족이란 것은 없습니다. 유럽인들이 다른 종족보다 더 뛰어난 정복자였던 것이 아닙니다.

유럽인들이 아즈텍이나 잉카인들보다 더 제국주의적

이었다고도 말할 수 없습니다. 그렇다면 한 줌 무리에 불과한 사람들이 어떻게 수백만 인구를 거느린 두 제국을 점령할 수 있었을까요 ? 역사가들은 이 질문에 대해 아메리카 인디언들에게는 없지만 에스파냐인들은 가지고 있었던 세 가지 무기를 제시합니다. 철과 말 그리고 항체가 그것입니다.

유럽인들이 아메리카 인디언들보다 병균에 더 강한 저항력을 갖추게 된 이유에 대해 제러드 다이아몬드는 꽤 흥미로운 해답을 제시합니다. 가축과의 접촉이 많았던 유럽인들이 가축을 통해 전달된 병균에 신체가 적응하면서 면역력이 강화되었다는 것입니다. 아메리카 인디언들의 경우에는 라마 등 극히 제한된 동물만을 가축화하여 천연두를 비롯한 각종 질병에 취약했던 반면 유럽인은 소와 돼지를 사육하면서 신체적 우위를 갖게 되었다는 이 이론이 저는 무척 마음에 듭니다.

역사를 결정한 것은 해류와 가축 같은 우연적 요소였던 것입니다. 만약 지도가 좀 더 널리 퍼졌더라면 ? 콜럼버스가 쿠바에 상륙했을 때 원주민들이 말과 철제 무기 그리고 충분한 면역력을 갖추고 있었다면 ? 그리고 만약 콜럼버스가 아메리카를 정복하지 못했다면 ? 잉카인들이 유럽을 점령했다면 어떻게 되었을까? 바로 이 질문이 새로운 이야기의 출발점이었습니다.

　이러한 가정이 실현 가능한 의문인지, 혹여 터무니없지는 않은지 스스로 자문해 보았습니다. 여러 해에 걸친 검토 끝에 내린 저의 결론은 '가능하다'는 것이었습니다. 과연 아타우알파는 인디오들의 에르난 코르테스 혹은 프란시스코 피사로가 될 수 있었을까요? 이제 그 판단은 독자의 몫입니다.

　부디 이 책과 함께 즐거운 여행을 하시길!

로랑 비네

문명

CIVILIZATIONS

로렝비네 지음 | 권희선 옮김

에네아드

"역사가 말살한 것에 예술은 생명을 불어넣는다."

카를로스 푸엔테스,

세르반테스 혹은 읽기 비평

"시대의 극심한 혼란을 틈 타, 별다른 노력 없이
그들은 너무도 손쉽게 정복할 수 있었다."

잉카 가르실라소 데 라 베가,

잉카 페루에 관한 왕조 해설

1부

프레위디스
에이릭스도티르
사가

CIVILIZATIONS
by Laurent Binet

1부
프레위디스 에이릭스도티르 사가

1. 에이리크

　납작코 케틸의 딸이며 한 때 왕비였던 그녀의 이름은 지혜로운 아우드였다. 아일랜드의 국왕이자 전사였던 남편 하얀 올라프가 죽자 과부가 된 아우드는 아일랜드를 버리고 헤브리디스를 거쳐 스코틀랜드로 떠났다. 그녀의 아들 붉은 토르스테인이 스코틀랜드를 정복하고 왕이 되었지만 결국 스코틀랜드인들에게 배신당해 전장에서 목숨을 잃고 말았다.

　아들의 죽음을 알게 된 아우드는 남자 스무 명을 거느리고 바다를 건너 아이슬란드로 향했다. 그곳에서 다그베르다라 강과 스크라우마 강 사이에 펼쳐진 땅을 차지하고 자신의 영토로 삼았다.

　그녀가 아이슬란드에 도착했을 때에는 함께 떠나 온

스무 명의 남자 외에도 여러 명의 노예가 더 있었다. 그들은 아우드 일행이 서쪽 바이킹 원정을 나갔을 때 포로로 잡아온 사람들이었다.

아이슬란드에는 토르발드라는 이름의 남자가 있었다. 그는 원래 노르웨이 사람이었지만 살인을 저지르고 아들 붉은 에이리크와 함께 고향을 떠나 그곳에 정착해 살게 된 것이었다. 땅을 경작하며 살아가던 어느 날, 이웃집 남자의 부친 에이욜프가 에이리크의 노예 몇 명을 죽이는 사건이 일어났다. 그들이 산사태를 일으켜 자기네 땅이 피해를 봤다는 게 그 이유였다. 분노한 붉은 에이리크는 에이욜프 뿐 아니라 함께 있던 하르펜까지 죽여버리고 결국 마을에서 쫓겨나고 말았다.

뵈프 섬으로 떠난 에이리크는 이웃 집에 연장을 빌려주었는데 에이리크가 나중에 되돌려 달라고 요구하자 그 집 남자가 거절했고 이에 두 사람 사이에 싸움이 벌어졌다. 그 과정에서 몇 사람이 목숨을 잃었다. 에이리크는 뵈프 섬에서도 또다시 추방자 신세가 되었다.

더 이상 아이슬란드에 살 수도, 그렇다고 노르웨이로 돌아갈 수도 없게 된 에이리크는 군보른 울프손이라는 남자가 서쪽으로 표류하다 목격했다는 육지를 찾아나서기로 결심했다. 그는 이곳을 그린란드로 이름 붙였는데 이렇게 하면 아름다운 이름에 이끌려 많은 사람들이 찾아올 거라고 생각했기 때문이었다.

그는 크나르의 젖가슴이라 불리던 퇴르비요르그의 손녀 쇼스힐드와 결혼하여 아들 여럿을 낳았다. 또 다른 여인과의 사이에 딸도 하나 얻었는데 딸의 이름은 프레위디스였다.

2. 프레위디스

프레위디스의 어머니에 대해서는 알려진 것이 없다. 오빠들처럼 프레위디스 역시 아버지 에이리크를 닮아 모험을 좋아했다. 그래서 그녀는 이복 오빠 레이프가 토르핀 카를세프니에게 빌려준 배에 자기도 태워달라고 사정했다. 카를세프니는 이 배를 빌려 빈란드로 갈 생각이었다.

카를세프니와 프레위디스는 서쪽을 향해 나아갔다. 중간에 마르클란드에 한 번 정박한 후 항해를 계속하여 마침내 빈란드에 도착했고, 예전에 레이프가 여기 왔을 때 지어놓은 집과 캠프를 찾아냈다.

그 땅은 아름답고 숲도 울창했다. 바닷가에서 멀지 않은 곳에 숲이 자리잡고 있었으며 해안을 따라 하얀 모래 사장이 펼쳐져 있었다. 바다 위에는 크고 작은 섬들이 올망졸망 늘어서 있고 수심도 깊지 않았다. 그린란드나 아이슬란드에 비하면 밤과 낮의 길이도 엇비슷했다.

하지만 그곳에는 이미 원주민 부족이 살고 있었다. 키 작은 트롤처럼 생긴 그들은 전해져 오던 얘기처럼 외발 괴물은 아니었지만 피부색이 짙은 갈색이었고 붉은 색 천을 유난히 좋아했다. 그린란드인들은 자기들이 가져온 물건들을 짐승 가죽과 교환했다. 그렇게 양측은 거래를 시작했다. 그러나 어느 날 카를세프니가 키우던 황소 한 마리가 울부짖으며 울타리를 뛰쳐나가 원주민들을 공포에 몰아넣는 일이 발생했다. 그러자 화가 난 원주민들이 빈란드 사람들의 야영지를 공격했다. 만약 프레위디스가 칼을 뽑아들고 침략자들의 앞을 가로막지 않았더라면 카를세프니 쪽 남자들은 모조리 줄행랑을 쳤을 것이다. 남자들이 겁에 질려 도망치려는 모습을 본 프레위디스는 화가 머리 끝까지 치밀어 웃옷을 찢고서는 원주민들에게 욕설을 퍼부으며 자신의 젖가슴을 칼로 댕강 베어버렸다. 극도의 분노로 흥분한 그녀는 그러고도 화가 풀리지 않아 자기 동족 사내들의 비굴함을 비난하며 저주를 쏟아냈다. 이에 부끄러움을 느낀 그린란드 사람들이 도망가던 길을 멈추고 되돌아왔다. 한편 원주민들은 야수처럼 포효하며 날뛰는 그녀의 모습에 경악하여 전의를 잃고 달아나 버렸다.

임신 중이었던 프레위디스는 신경이 예민한 상태에서 동료 두 명과 다툼을 벌여 사이가 틀어졌다. 그 두 동료가 가진 큰 배가 탐났던 그녀는 그것을 빼앗을 심산으로 남편 토르바르드에게 그들과 그들의 부하들을 죽이라고 부추겼다. 그리고 자기는 그들의 부인을 직접 도끼로 살해했다.

겨울이 지나고 여름이 성큼 다가왔다. 그러나 프레위디스는 그린란드로 돌아갈 엄두가 나지 않았다. 동족을 살해했다는 사실을 이복오빠 레이프가 알게 되면 어떤 화가 떨어질지 알 수 없었기 때문이었다. 하지만 이제는 야영지의 동족들도 그녀를 경계한다는 것을 느낄 수 있었다. 그녀는 더 이상 그곳에서 환영 받는 존재가 아니었던 것이다. 결국 프레위디스는 사람을 죽이고 강탈한 배에 남편, 몇 명의 남자들과 함께 가축과 말 몇 마리를 싣고 떠날 채비를 했다. 빈란드의 작은 야영지에 남은 사람들은 그제야 한시름 놓았다. 하지만 바다로 출항하기 전 프레위디스는 그들을 향해 "나, 프레위디스는 맹세컨대 반드시 돌아올 것이다."라고 소리쳤다.

그녀 일행은 남쪽을 향해 뱃머리를 돌렸다.

3. 남쪽

대형 크나르선이 해안선을 따라 미끄러져 나아갔다. 가는 도중 폭풍우를 만나자 프레위디스는 토르신께 기도를 올렸다. 배는 해안 암벽에 당장이라도 부딪혀 산산조각 날 것 같았다. 실려있던 짐승들이 겁에 질려 너무 심하게 발버둥치는 통에 배가 뒤집힐까 두려워진 선원들은 어쩔 수 없이 심하게 버둥거리는 동물들을 바다로 던져버릴 수 밖에 없었다. 신의 노여움도 마침내 잦아들었다.

항해는 선원들이 예상했던 것보다 길어졌다. 도무지 정박할 만한 곳을 찾을 수 없었던 것이다. 대부분 해안의 암벽은 너무 높았으며, 어쩌다 적당한 해변을 발견하더라도 원주민들이 달려나와 활을 흔들거나 돌을 던지며 위협했다. 그렇다고 이제 와서 기수를 동쪽으로 돌릴 수도 없는 일이었다. 그러기에는 이미 너무 늦었다. 그리고 프레위디스는 왔던 길을 되돌아갈 생각도 없었다. 사람들은 물고기를 잡아 허기를 달랬고, 갈증을 못 이겨 바닷물을 마시고는 앓아누웠다.

돛을 부풀어 오르게 해줄 북풍이 한줄기도 불지 않는 어느 날 프레위디스는 노 젓는 좌석 사이에서 사공들에 둘러싸인 채 출산을 했다. 할아버지의 이름을 따 에이리크라고 이름 지으려 했던 이 아기는 불행히도 죽은 상태로 태어났다. 그녀는 아기를 바다에 던졌다.

마침내 일행은 배를 정박할만한 작은 만을 발견했다.

4. 여명의 땅

수심이 깊지 않아서 그들은 모래사장까지 걸어갈 수 있었다. 배에 실려있던 가축들도 모두 육지로 옮겨왔다. 그곳은 너무나 아름다운 땅이었다. 이제 그들에게 남은 일이라곤 그곳을 탐사하는 것뿐이었다.

다양한 종류의 수목이 우거진 숲과 넓은 평원이 사방에 널려있었다. 사냥감도 풍부했다. 강에는 물고기가 넘쳐났다. 프레위디스 일행은 해안가 근처 바람을 피할 수 있는 곳에 거처를 마련하기로 결정했다. 식량도 충분했다. 자기들의 고향보다 겨울이 더 온화할 것 같았고, 그렇지 않더라도 적어도 더 짧을 것 같았기 때문에 그들은 그곳에서 겨울을 나야겠다고 생각했다. 일행 중 가장 젊은 축에 속하는 이들은 그린란드에서 태어났지만 나머지는 프레위디스의 아버지처럼 아이슬란드나 노르웨이에서 태어난 사람들이었다.

어느 날 내륙 좀 더 깊숙한 곳으로 탐사를 나갔다가 그들은 경작지를 발견했다. 작물들이 가지런히 줄지어 심어져 있었는데 노란 보리 같은 알갱이가 잔뜩 박힌 이 작물은 낱알갱이가 수분을 머금어 톡톡 터지면서도 겉껍질은 바삭하게 잘 여물어 있었다. 그곳에 그들 말고 다른 사람들도 살고 있는 것이 확실했다.

그들도 알갱이가 톡톡 터지는 작물을 재배하고 싶었지만 경작 방법을 알지 못했다.

몇 주 후, 몇 명의 현지 부족민들이 야영지 뒤편 언덕 위로 불쑥 나타났다. 키가 크고 다부진 체격에 기름을 바른 듯 반질거리는 피부를 가졌으며 얼굴에는 검은 색 세로줄 무늬를 칠한 그들의 외모는 그린란드인들을 공포로 몰아넣었으나, 이번에는 아무도 감히 프레위디스가 보는 앞에서 도망칠 생각을 하지 못했다. 그랬다가는 비겁한 겁쟁이로 몰릴 것이 뻔했기 때문이었다. 그런데 이 원주민들은 적대적이기보다는 오히려 호기심을 보이는 듯했다. 이에 그린란드인 한 명이 작은 도끼 하나를 건네어 그들의 환심을 사려 했지만 프레위디스는 그를 가로막고, 대신 진주 목걸이와 쇠로 만든 브로치를 건네었다. 상대 부족민들은 특히 브로치 선물을 크게 마음에 들어하는 눈치였다. 손에서 손으로 선물을 넘겨주며 살펴보더니 자기들끼리 그 물건에 대해 언쟁을 벌였다. 잠시 뒤 프레위디스 일행은 원주민들이 자기들을 그들의 마을로 초대하고 싶어한다는 것을 눈치챘다. 하지만 이 초대에 응한 것은 오직 프레위디스 뿐이었다. 그녀의 남편과 다른 사람들은 야영지에 그냥 남았는데, 낯선 사람들이 무서워서가 아니라 과거 비슷한 상황에서 거의 죽을 뻔한 경험이 있었기 때문에 조심하려는 것이라고 둘러댔다. 그들은 프레위디스를 자신들의 대표 사절로 지명했는데 이에 그녀는 실소를 금하지 못하였다. 자신과 동행할 용기를 가진 자가 아무도 없기 때문이라는 사실을 그녀는 너무나 잘 알고 있었던 것이다. 그녀는 또다시 그들에게 모욕적인 말을 던지며 비웃었지만 조롱에도 달라지는 것은 아무것도 없었고 결국 그녀 혼자 원주민 부족들을 따라갔다. 그들은 곰의 기름을 짜내 만든 염료로 그녀의 얼굴은 하얗게, 머리카락은 붉은 색으로 칠한 후 나무 기둥의 속을 움푹 파내 만든 작은 통나무 배에 몸을 싣고 그녀와 함께 늪지대 안으로 나아갔다. 이 지역의 나무들이 워낙 컸기 때문에 배는 10명이 충분히 탈 수 있을 정도로 여유가 있었다. 배가 점차 멀어져 마침내 프레위디스와 원주민 부족 모두 더 이상 보이지 않았다.

그녀가 돌아오기를 동료들은 사흘 밤 사흘 낮을 기다렸으나 그녀를 찾아나서는 이는 아무도 없었다. 남편 토르바르드조차 늪으로 모험을 떠날 용기는 없었다.

그러다 나흘 째 되는 날, 그녀는 부족장과 함께 돌아왔다. 부족장은 영롱한 빛깔의 보석 장신구를 목과 귀에 칭칭 두르고 있었으며 머리카락은 길었지만 한쪽 옆을 밀어버렸기 때문에 그 모습이 말할 수 없이 강렬한 인상을 주었다.

프레위디스는 이 지역이 여명의 땅이라는 곳이며 이곳에 사는 부족은 첫 번째 빛의 사람들로 불린다고 동족들에게 설명했다. 그들은 더 서쪽에 살고 있는 다른 부족과 전투 중이며 자신은 이들을 도와야 한다고 생각한다는 말도 덧붙였다. 어떻게 그들의 언어를 이해했냐고 동료들이 물어보자 그녀는 웃으며 대답했다.

"그야 뭐, 어쩌면 내가 마녀라서가 아닐까?"

프레위디스는 처음 원주민들을 만났을 때 손도끼를 주려고 했던 남자를 부르더니 이번에는 자신과 함께 온 부족장에게 그 도끼를 건네주라고 시켰다. 그로부터 아홉 달 후 그녀는 딸을 낳고 구드리드라고 이름 지었다. 구드리드는 프레위디스의 옛 올케 이름이기도 했는데, 그녀는 프레위디스의 죽은 오라비 토르스테인 에이릭손의 아내였으며 현 카를세프니의 아내로, 프레위디스는 그녀를 무척 싫어했다(하지만 프레위디스 사가에 등장하지 않는 인물에 대해 깊게 설명할 필요는 없을 것이다).

프레위디스 일행은 원주민 부족이 사는 마을 옆에 자기네 마을을 일구어 정착했다. 단순히 다툼 없이 지내는데 그치지 않고 양 부족은 서로 도움을 주고 받으며 살았다. 그린란드인들은 이 원주민들에게 이탄층(泥炭層)에서 철을 채취하여 도끼, 창, 화살 촉 만드는 법을 가르쳐 주었고, 스크렐링기족은 이렇게 만들어진 무기로 적들을 무찌를 수 있었다. 대신 그들은 톡톡 터지는 알갱이 곡물 씨앗을 흙더미에 꾹꾹 눌러 심어 재배하는 방법과 기다란 막대를 콩과 호박 주변에 꽂아 덩굴이 타고 올라가도록 하는 법을 가르쳐주었다. 이렇게 해서 그린란드인들은 겨울이 찾아와 사냥감을 더 이상 구하지 못하더라도 먹을 수 있는 식량을 비축할 수 있게 되었다. 그들은 더 이상 아무런 욕심도 없었고 그저 이 땅에서 계속 살기만을 바랐다. 우정의 표시로 그들은 현지인들에게 암소 한 마리를 선물했다.

그런데, 어느 날인가부터 갑자기 그곳 부족이 하나 둘 앓아눕기 시작했다. 그들 중 한 사람이 고열에 시달리다 결국 목숨을 잃었다. 얼마 지나지 않아 다른 이들도 차례로 죽음을 맞이했다. 이제는 그린란드인들도 두려움에 떨며 그곳을 떠나고 싶어했지만 프레위디스는 이에 반대하고 나섰다. 전염병이 조만간 자기들에게도 닥칠 것이라며 동족들이 아무리 설득해도 그녀는 애써 일군 마을을 버릴 수 없다며 버텼다. 힘들게 찾아낸 비옥한 땅도 물론 소중하지만 다른 어느 곳을 간다 해도 여기 사람들처럼 친절한 부족을 또 만난다는 보장이 없다는 게 이유였다.

그러나 그토록 당당한 체격을 자랑하던 부족장마저

병에 걸리고 말았다. 나무껍질로 칭칭 감은 곡선 기둥이 돔 형태를 이루고 있는 집으로 들어가던 그는 알지 못하는 시신들이 입구에 널부러져 있고 거대한 파도가 몰려와 자신과 그린란드인들의 마을을 덮치는 장면을 보았다. 환영이 사라지자 열이 펄펄 끓어올라 그는 자리에 누웠다. 그리고는 사람을 시켜 프레위디스를 데려오게 했다. 그녀가 머리맡에 자리하자 그는 그녀만 들을 수 있도록 귀에 대고 몇 마디 말을 속삭였다. 그런 다음 모두가 들을 수 있도록 큰 소리로 말했다. 사는 곳이 어느 곳이든 자기 집에 머무는 자들이야말로 행복한 사람들이라고, 그리고 방문객들이 이곳 사람들에게 쇠를 선물해주었다는 사실은 절대 잊혀지지 않을 것이라고… 그는 그녀에게 자신의 상태에 대해 이야기해주고 앞으로 그녀와 그녀의 아이는 위대한 운명을 맞게 될 거라고 말했다. 그런 다음 그는 의식을 잃었다. 프레위디스는 밤을 새워 그를 보살피며 머물렀지만 아침이 되었을 때 그의 몸은 차갑게 식어있었다. 동족에게 돌아간 그녀는 말했다.

"이제 떠날 때가 되었소. 크나르선에 가축을 실읍시다."

5. 쿠바

프레위디스의 머릿속은 오직 계속 더 남쪽으로 내려갈 생각으로만 가득했다. 수 주 동안 해안선을 따라 아래로 아래로 향했고 그러는 동안 배에 싣고 왔던 식량도 모두 동나서 그때 그때 잡아 올린 물고기와 빗물에 의존할 수 밖에 없는 지경에 이르렀다. 선원들의 마음에 드는 육지가 여러 곳 있었지만 프레위디스는 정박을 거부했다. 처음에는 짜증 섞인 반응을 보이던 선원들이 나중에는 불신을 지나 분노 폭발 직전으로까지 갔다. 프레위디스는 그들에게 말했다.

"또다시 죽음의 위기에 빠지고 싶은 거요? 외발 괴물이 쏘는 화살에 맞아 배에 구멍이 뚫리고 싶으냐는 말이오."

그녀의 이복 오라비 토르발드 에이릭손이 바로 그렇게 죽었고, 모두가 이 일을 기억하고 있다는 것을 그녀도 알고 있었다.

"뇨르드 신[1]이 변덕을 부리거나 헬[2]이 원한다면, 우리의 운명은 끝없이 항해를 계속하거나 아니면 바다에서

---

[1] 바다를 다스리고 어부를 보호하는 북유럽 신화 속 신
[2] 죽은 자들의 세계를 다스리는 북유럽 신화 속 신

죽게 되거나 둘 중 하나가 될 거요."

그러나 그녀의 말 뜻을 이해하는 자는 아무도 없었다.

어느 날 그들은 섬으로 보이는 육지를 발견했다. 동료들의 불만을 더 이상 억눌렀다간 무슨 일이 벌어질지 모르겠다고 느낀 프레위디스는 그곳에 정박하기로 결정했다.

크나르선이 강 안쪽으로 거슬러 올라갔다. 강의 경관이 기가 막히게 근사했다. 바닥이 훤히 비칠 정도로 투명하고 맑은 강물을 거슬러 육지에 닿았다. 이렇게 아름다운 땅은 어디에서도 본 적이 없었다. 강 주변에 빽빽하게 자라난 푸른 나무 가지마다 꽃과 열매가 주렁주렁 달려 있었다. 열매에서는 달콤한 향이 진동했고 크고 작은 수많은 새들이 상냥하게 지저귀고 있었다. 나무의 이파리는 엮어서 지붕을 덮을 수 있을 정도로 넓고 컸으며 땅은 굴곡 없이 평평했다.

프레위디스는 육지로 풀쩍 뛰어내렸다. 그녀는 어부들이 살고 있음직한 집들이 모여 있는 곳에 당도했다. 그러나 그 집에 살고 있던 주인들은 그녀 일행을 보자 놀라 달아나버렸다. 어느 집에서 개 한 마리를 보았는데 개는 그녀를 보고도 짖지 않았다.

그린란드인들이 싣고 온 가축들을 배에서 내리자 놀라 달아났던 원주민들이 말을 보고 신기해서 다시 나타났다. 그들은 옷을 걸치지 않았고 키가 작았으나 몸집은 다부졌다. 피부색은 어둡고 머리는 검었다. 임신한 여자를 보면 그들의 경계심도 누그러질 거라 생각하며 프레위디스가 앞으로 나섰다. 원주민 중 한 명에게 말에 올라타보라고 제안하고는 말고삐를 손에 쥔 채 옆에서 함께 걸으며 마을을 한 바퀴 돌았다. 신기한 광경에 감탄하며 신이 난 마을 사람들이 이방인들을 초대해 식사를 제공하고 그들을 기꺼이 집안으로 맞아주었다. 그들은 또한 돌돌 말은 나뭇잎을 권하면서, 끝에 불을 붙여 입에 물고는 연기를 빨아들여 마시는 것이었다.

프레위디스와 그 일행은 그곳에 정착하였고, 원주민 마을은 이제 그들의 마을이기도 했다. 그린란드인들도 각자 그곳 사람들을 따라 나뭇잎으로 덮은 둥근 형태의 집을 지었다. 그리고 나무를 베어 지주와 들보를 갖춘 신전을 세우고 토르 신을 모셨다. 원주민들은 커다란 잎을 가진 나무에 달려있는 야자 열매에서 즙을 추출하는 방법을 알려주었는데 그 물은 상당히 맛이 좋았다. 그들의 언어도 배웠다. 톡톡 터지는 알갱이 곡물을 그들은 옥수수라고 불렀다. 나무 기둥 두 개에 그물처럼 생긴 것을 묶어 늘어뜨리고 위에서 자는 법을 배웠는데 그 그물의 이름은 해먹이었다. 그곳은 일년 내내 더웠기 때문에 그들은 눈이 무엇인지 알지 못했다.

이곳에서 프레위디스는 아이를 낳았다. 남편 토르바르드가 구드리드를 자신의 친딸처럼 자상하게 돌보는데 그녀는 감동했다. 그래서 지금까지와는 달리 그를 좀 더 부드럽게 대하기 시작했다.

원주민들은 이제 말타기에 능숙해졌으며 쇠를 벼리는 법도 배웠다. 그린란드인들은 동물을 구분하고 활 쏘는 법을 배웠다. 거북이와 각종 뱀, 그리고 단단한 비늘과 긴 턱뼈를 가진 도마뱀들도 있었다. 하늘에는 머리가 붉은 독수리들이 날아다녔다.

양측은 서로 화합하며 잘 어울려 지냈고 그러다 보니 그들 사이에 아이들이 태어나기도 했다. 어떤 아이는 검은 머리를, 어떤 아이들은 금발 혹은 붉은 머리카락을 가지고 태어났다. 이 아이들은 양쪽 부모의 언어를 모두 알아들었다.

그러나 또다시 원주민들이 고열에 시달리다 죽기 시작했다. 그린란드인들은 이번에도 전염병에서 무사했기 때문에 자신들은 이 열병을 두려워할 필요가 없다는 것을 깨달았다. 하지만 바로 자신들이 이 열병을 옮겨온 원인이었다는 사실도 동시에 깨닫게 되었다. 자신들이 바로 질병이었던 것이다. 그들은 죽은 이들을 위해 묘를 만들고 그 위에 룬 문자를 새겨 넣었다. 토르 신[3]과 오딘 신[4]에게 역병을 멈추어달라고 기도했지만 열병에 쓰러지는 사람들은 계속해서 늘어갔다. 자기들이 계속 그곳에 머물면 원주민들은 결국 모두 죽고 자기들만 남게 될거라고 생각했다. 그것은 생각만으로도 너무나 비참한 일이었다. 내키지 않는 마음을 다잡고 그들은 할 수 없이 그곳을 떠나기로 마음먹었다. 토르 신전은 해체해 배에 실었지만 가축들은 이별의 선물로 남겨두었다.

그들이 떠난 뒤에도 열병은 멈추지 않았고 원주민들은 계속 죽어나가 거의 대부분의 주민이 사라졌다. 간신히 살아남은 극히 일부의 생존자만이 가축을 데리고 섬이곳 저곳으로 뿔뿔이 흩어졌다.

---

[3] 천둥의 신
[4] 북유럽 신화에 나오는 최고의 신

6. 치첸 이트사[5]

프레위디스는 해안선을 따라 서쪽을 향해 나아갔다. 딸 구드리드, 남편 토르바르드, 그리고 나머지 동료들과 함께였다. 자기들이 떠나 온 그 땅이 섬이었다는 것을 알게 되었고 늘 그래왔듯 프레위디스는 뱃머리를 남쪽으로 돌리려 했다. 그러나 동료들은 목적지가 어디인지도 알 수 없는 항해를 하루도 더 하지 않겠다며 거부했다. 프레위디스는 토르 신전의 들보들을 바다에 던지면 어느 길로 가야 할지 들보가 알려줄 거라고 제안했다. 토르 신의 뜻에 따라 들보가 닿는 곳에 정박하겠다는 것이었다. 배의 운명을 들보에 맡기자마자 들보들은 서쪽 끝에 위치하는 육지 방향으로 떠밀려 갔다. 배에 탄 사람들은 들보가 느리게 이동할 거라고 생각했지만 그렇게 느리지는 않은 것 같았다. 갑자기 바닷바람이 일었다. 선원들은 여인들의 섬이라고 명명한 섬을 향해 뱃머리를 고정하고 서쪽을 향해 나아갔다. 마침내 그들은 육지에 도달했다.

이 땅은 섬이 아닌 대륙인 것 같았다. 배가 협만 안쪽으로 들어갔다. 협만은 입이 다물어지지 않을 정도로 규

---

[5] 멕시코 유카탄 반도 북서부에 위치한 마야 문명 대유적지

모가 크고 길었으며 양쪽으로 굉장히 높은 산들이 솟아 있었다. 프레위디스는 이 피오르드에 딸의 이름을 붙였다. 그런 다음 그녀 일행은 이곳 저곳을 탐사하다가 들보를 발견했다. 토르 신이 그것들을 만의 북쪽, 바다를 향해 돌출되어 있는 땅에 가져다 놓았던 것이다.

강이 하나 있었는데 깊이가 깊지 않았지만 크나르선의 흘수 역시 얕았기 때문에 앞으로 나아갈 수 있었다. 그들은 강을 거슬러 올라가다가 한 마을에 이르렀다. 시간이 늦었고 해가 저물어가고 있었기 때문에 프레위디스는 마을 반대편 강가 모래사장에 선원들을 하선시켰다. 다음 날, 여러 명의 원주민이 작은 배를 타고 강을 건너와 머리가 빨간 암탉 몇 마리와 약간의 옥수수를 주었다. 옥수수는 남자 몇 명이 간신히 배를 채울 수 있을 정도로 양이 적었다. 원주민들은 이 식량을 가지고 떠나라고 했다. 하지만 그린란드인들은 이곳에 정착하고 싶었다. 토르 신이 지정해준 땅이기 때문이었다. 그러자 원주민들은 전투복 차림으로 활과 화살, 창과 방패로 무장한 채 다시 돌아왔다. 도망갈 기운도 남지 않은 그린란드인들은 전투를 선택했다. 하지만 이내 몇 배나 많은 수의 원주민들에 의해 제압되어 열 명이 다치고 나머지는 포로로 붙잡히고 말았다.

만약 그때 예기치 못했던 일이 눈앞에서 벌어지지 않았더라면 모두 그 자리에서 몰살 당했을지도 모른다. 말 위에서 싸우던 그린란드인 한 명이 그만 말에서 떨어지는 사고가 일어났는데, 이 광경에 원주민들은 너무 놀라 소리를 질러댔다. 사실 그들은 말과 기수가 한몸인 줄 알았던 것이었다. 그들은 잠시 의논을 하는가 싶더니 그린란드인들을 한 줄로 묶고는 가축들과 무기까지 챙겨 어디론가 데리고 갔다.

뜨거운 태양이 내리쬐는 열기 속에서 여러 개의 숲을 가로지르고 늪지대를 여러 번 통과했다. 게다가 습기로 푹푹 찌기까지 해서 북부인들은 마치 불가에 떨어진 눈송이처럼 몸이 녹아내릴 것만 같았다. 이윽고 그들이 도착한 곳은 평생 한 번도 본 적이 없는 놀라운 도시였다. 돌로 지은 신전과 여러 층으로 쌓아 올린 피라미드, 전사들의 동상으로 만들어진 주랑(朱廊)이 보였다. 그리고 무시무시한 뱀의 머리가 조각된 동상들은 크나르선과 랑스킵[6]의 뱃머리를 연상케 했는데 다만 이곳의 뱀 조각에는 깃털이 달려있는 점이 달랐다.

---

[6] 노르드인들이 바이킹 시대에 사용하던 긴 배

그들은 H형태로 생긴 경기장 같은 곳으로 끌려왔는데, 그곳에서는 공놀이가 진행되고 있었다. 양 편으로 나뉘어진 팀이 각각 경기장의 반쪽을 차지하고 커다란 공을 주고받으면서 대결하고 있었다. 무엇으로 만들었는지는 몰라도 공은 부드러우면서도 단단했고 매우 높이 튀어올랐다. 손이나 발을 사용하지 않고 허리, 팔꿈치, 무릎, 엉덩이 또는 팔뚝을 이용해 공을 땅에 떨어뜨리지 않으면서 상대편 영역으로 넘기는 것이 규칙인 듯 보였다. 양 진영이 서로 교차하는 지점의 양쪽 벽에는 돌로 만든 두 개의 링이 걸려 있었다. 그때까지만 해도 그린란드인들은 이 석환(石環)이 무슨 역할을 하는지 알지 못했다. 관중석은 계단식으로 배치되어 있어서 관중들이 쉽게 경기를 지켜볼 수 있었다. 경기가 끝나자 경기 참가자 중 몇 명의 목이 잘려나갔다.

프레위디스와 남편 토르바르드를 포함한 열두 명의 그린란드인이 경기장에 던져졌다. 맞은 편에는 무릎과 팔꿈치 보호대 외에는 아무것도 착용하지 않은 원주민 열두 명이 자리 잡았다. 경기가 시작되었다. 이 경기를 한번도 해본 적 없는 그린란드인들은 공을 상대편으로 넘기지 못하거나, 설령 가까스로 넘겼다 해도 알지도 못하는 규칙을 어겼다는 이유로 계속해서 실점했다. 경기에 지면 그들을 기다리는 것은 죽음뿐이라는 것을 알고 있었기 때문에 실점을 거듭할수록 모두들 두려움에 휩싸였다. 그런데 갑자기 공이 석환을 통과하지 못하고 테두리에 맞아 튕겨나가는 일이 발생했다. 그러자 관중석이 웅성거리기 시작했다. 이 모습을 본 프레위디스가 동료들에게 석환을 조준해서 공을 보내라고 시켰다. 이윽고 그녀의 남편 토르바르드가 무릎을 써서 공을 쏘아올리는데 성공했다. 공중으로 멋지게 솟구친 공은 커다란 포물선을 그리며 날아가 링을 통과했고, 관중석은 성난 함성으로 메아리쳤다. 곧바로 경기는 끝났고 그린란드인들이 승자로 선포되었다. 상대팀의 주장은 목이 날아갔다. 하지만 그린란드인들이 몰랐던 사실이 있었으니, 바로 일부 예외적인 경우에는 승리한 편의 최고 선수 역시 처형된다는 것이었다. 원주민들은 이를 대단한 명예로 여겼다. 따라서 프레위디스의 남편 토르바르드 역시 부인과 딸이 보는 앞에서 머리가 잘리고 말았다. 구드리드는 엄마의 팔에 안겨 울음을 터뜨렸다. 프레위디스는 동료들에게 말했다.

"우리의 목숨이 트롤보다도 사나운 원주민들에게 달

려있으니, 목숨을 부지하고 싶으면 저들이 요구하는 것
은 무엇이든 하면서 호감을 얻어야 할 것이오."

그런 다음 그녀는 다음과 같이 읊조렸다.

남쪽에서 나는 알게 되었네.
토르바르드는 육지에서 죽음을 맞았네.
운명의 여신 노른은 잔인하기도 하구나.
오딘은 전사들의 수호자를 너무 일찍 선택했노라.

그녀의 노래 소리가 높이 울려 퍼지자 군중들은 크
게 놀랐다. 그리고 노래는 마침내 화살처럼 다시 내려
앉았다.

내가 노했다고 생각지 말라.
다만 좋은 기회를 엿볼 것이니.

토르바르드의 시신은 엄숙한 의식에 따라 호수 깊은
바닥으로 던져졌다. 나머지 그린란드인들은 죽음을 면
했으나 노예로 부려졌다. 어떤 이들은 야외 소금광산에
서 일하거나 목화를 재배했는데, 그들은 예전에 스웨덴

사람들이 미클라가르드[7]에서 가져온 것을 본 적이 있었다. 암염 채취와 목화 재배는 어느 것이 더 힘든지 우열을 가리기 어려울 정도로 가장 힘든 일이었다. 다른 이들은 하인이 되거나 그곳의 여러 신을 받드는 의식에 동원되었다. 신들 중에 가장 서열이 높은 신은 깃털 달린 뱀 쿠클칸 신과 비의 신 차크였다.

어느 날 프레위디스는 한 남자 조각상 앞으로 다가갔다. 이 남자는 팔꿈치에 몸을 기댄 채 무릎을 구부리고 비스듬히 누워있는 모습이었는데 옆으로 돌린 머리 위에는 왕관이 씌워져 있었다. 프레위디스가 모시고 있던 귀족 원주민이 다가오더니 비의 신 차크라고 손짓으로 알려주었다. 그러자 그녀는 망치를 들고 되돌아와서는 조각상의 배 위에 올려놓는 것이었다. 그러면서 자신도 이 신을 잘 알고 있으며 이름은 토르라고 귀족에게 말했다. 며칠 후 도시에 천둥번개를 동반한 세찬 비바람이 몰아쳤다. 그리고 그 나라는 오랜 건기에서 마침내 벗어났다.

또 다른 어느 날, 프레위디스의 딸 구드리드가 작은 바퀴가 달린 원주민 전통 장난감을 가지고 놀고 있었다.

---

[7] 콘스탄티노플을 이르는 고대 스칸디나비아어

이 장난감 말고는 원주민들에게 짐수레도 쟁기도 없다는 사실에 프레위디스는 깜짝 놀랐다. 하지만 그들은 커다란 운반도구 따위에 아무런 관심도 없었다. 운반도구 자체가 너무 무거워서 사람의 힘으로 밀거나 당길 수 없었기 때문이었다. 그래서 프레위디스는 그린란드 동료들에게 수레를 만들고 암말을 데려와 수레에 연결하도록 했다. 원주민들은 이 발견에 크게 기뻐했다. 그리고 금속을 붙인 쟁기를 말이나 소에 연결해 끌게 하면 일이 훨씬 수월해질 뿐 아니라 목화 재배량도 몇 배로 늘릴 수 있다는 사실을 알았을 때 그들의 기쁨은 더욱 더 커졌다. 프레위디스 덕분에 이토 시(市)는 목화를 이웃 도시의 옥수수나 각종 보석류와 교환하면서 크게 번창할 수 있었다.

공을 치하하는 의미로 그들은 프레위디스와 그 일행에게 초콜릿과 거품 음료를 마실 자격을 주었는데 주로 옥수수로 만들어지는 거품 음료에서는 씁쓸한 맛이 났다.

이제 그린란드인들은 노예 신분에서 벗어나 당당히 주민으로 대접받게 되었다. 공 경기도 참관할 수 있고 신성한 샘에서 행해지는 의식에도 참여할 수 있게 되었다.

원주민들은 그들에게 천문학과 기초적인 문자 표기법을 가르쳐주었는데, 그들의 문자는 생김새가 룬 문자와 비슷하긴 했지만 훨씬 더 정교했다.

그들은 로키[8]의 딸인 헬[9]이 그들을 마침내 잊었나보다 하고 안도했을지도 모르지만 헬은 그렇게 허술한 신이 아니었다. 원주민 몇 명이 병에 걸렸다. 초컬릿을 계속 마시게 했지만 결국은 죽고 말았다. 이방인들이 병을 옮겨왔다는 사실을 그들이 조만간 깨닫게 될 거라고 프레위디스는 생각했다. 그녀는 서둘러 집단 탈출 계획을 짰다. 어느 날 밤, 달빛 한줄기 없는 칠흑 같은 어둠을 이용해 프레위디스 일행은 데리고 왔던 가축들을 이끌고 도심을 벗어나 배를 찾기 위해 해안가 방향으로 길을 나섰다. 수레에 연결되어 있던 암말은 몸집이 우람하여 이동 속도를 지체시켰지만 암말을 두고 떠날 생각이 없었다. 날이 밝자 도시 쪽에서 고함 소리가 들려왔다. 프레위디스 일행은 원주민들이 추적해 올 것이라는 걸 알아차렸다. 그들은 할 수 있는 최대의 속도로 발걸음을 옮겼다. 다행이도 처음 하선했던 그 자리에 배가 그대로 남아 그들을 기다리고 있었다.

---

[8] 북유럽 신화에 등장하는 장난의 신
[9] 죽음의 신

그러나 강 근처 마을에 사는 원주민들이 그들의 도주를 눈치채고 잡으려고 달려왔다. 그린란드인들은 부리나케 배에 올라탔다. 그런데 임신한 암말은 뒤쳐져있었다. 사람들과 나머지 가축들은 모두 배에 올랐고 이제 암말 한 마리만 남아 모래사장 위에서 힘들게 발을 옮기고 있었다. 원주민들은 전사들처럼 함성을 내지르며 바짝 다가와 암말을 뒤쫓았다. 그린란드인들은 암말에게 조금만 더 힘을 내라고 부추기며 응원했다. 암말이 많이 지치긴 했지만 그래도 몇 발만 더 떼면 가교에 닿을 수 있기 때문이었다. 그러나 마지막 순간까지 기다리던 배는 결국 추적자들의 승선을 피하기 위해 밧줄을 풀고 떠나야 했다. 원주민들이 암말의 목을 올가미로 걸어 잡아채는 장면을 그린란드인들은 그저 바라볼 수 밖에 없었다.

그들은 뱃머리를 남쪽으로 돌렸고 누구 하나 입을 떼는 이가 없었다.

7. 파나마

크나르선이 얼마나 많은 지역을 거쳐 갔는지는 아무도 모른다. 풍랑이 심해 돛을 펼치지 못하는 날이면 선원들은 힘들게 노를 저어야 했다. 여러 날의 낮과 밤이 그렇게 흘러갔다. 가축들이 내는 소리와 갓난아기들의 가냘픈 울음소리만이 배 안에 생명이 있음을 알려주었다.

굵은 빗줄기가 쏟아지던 날 그들은 어느 해안에 배를 댔다. 제대로 씻지 못해 불결하고 머리와 수염은 자라 덥수룩했으며 모두가 지치고 굶주린 상태였다. 그들 눈앞에 나타난 땅은 어딘지 모르게 적대적인 느낌이 들기는 했지만 녹음이 우거진 곳이었다. 하늘에는 온갖 종류의 새들이 날아다니고 있었다. 활을 쏘아 몇 마리를 잡았다. 그러나 대부분의 그린란드인들은 또 다른 원주민들에게 사로잡힐까 두려워 굳이 위험을 감수하면서까지 그 지역을 탐험할 엄두를 내지 못했다. 어쩌면 이곳 사람들은 지금까지 겪었던 다른 원주민들보다 더 흉폭할지도 모를 일이었다. 그들은 그저 충분한 식량을 확보하고, 잠시 머물면서 기력을 되찾은 후 북쪽으로 기수를 돌려 고향으로 돌아가기를 원했다. 하지만 프레위디스는 완강하게 반대했다. 그러자 동료 중 한 사람이 그녀에게 말했다.

"그린란드로 돌아가길 왜 그렇게도 거부하는지 우리가 모를 것 같소? 당신이 빈란드에서 저지른 짓 때문에 오라비 레이프에게 질책을 당할까 두려워서 그러는 것 아니오? 우리 중 어느 누구도 당신의 행위를 일러바치지 않겠다고 약속할 수 있소. 하지만 그럼에도 불구하고 레이프가 사실을 알게 된다면 당신은 오라비의 판결이나 부족의 결정에 따라야 할 거요."

프레위디스는 아무 말도 하지 않았다. 그러나 다음 날 아침 사람들은 반쯤 물에 잠긴 채 옆으로 기울어져 있는 크나르를 발견하고 크게 낙담했다. 모두들 프레위디스가 배에 구멍을 뚫어 가라앉혔다고 마음 속으로는 생각하고 있었지만 공개적으로 그녀를 비난할 수 있는 이는 없었다. 프레위디스는 말했다.

"이제 바다로 가는 길은 끊어졌소. 우리 중 누구도 그린란드로 돌아가는 일은 없을거요. 내 아버지는 일찍이 보다 많은 아이슬란드 사람들을 끌어들여 영토를 강화할 생각으로 자신이 발견한 땅에 그린란드라는 이름을 붙였었소. 그런데 사실 그 땅은 일년 중 대부분이 푸르기는커녕 온통 하얀 눈과 얼음으로 뒤덮인 곳이었소. 이름만 푸르른 그 땅은 여기 이곳만큼 살기 좋은 곳이 아니었다는 걸 당신들도 잘 알 것이오. 하늘에 날아다니는 저 새들을 보시오. 나뭇가지마다 주렁주렁 매달린 열매를

보시오. 여기에서라면 짐승의 가죽을 걸치고 다닐 필요
도, 추위를 피하기 위해 불을 피울 필요도, 얼음 집 안에
웅크리고 바람을 피할 필요도 없지 않소? 정착지를 건설
하기에 최적의 장소를 찾을 때까지 이곳을 샅샅이 탐사
할 생각이오. 이곳이야말로 진정한 그린란드이기 때문
이오. 바로 여기에서 우리는 나의 아버지 붉은 에이리크
의 과업을 달성할 것이오."

그녀가 말을 마치자 몇몇 사람들이 박수를 치며 환호
했다. 하지만 다른 사람들은 잔뜩 주눅이 든 채 침묵을
지켰다. 이 땅에서는 또 어떤 시련이 그들을 기다리고 있
을지 두려웠기 때문이었다.

8. 람바예케[10]

그들은 늪지대를 지나고 잔뜩 엉킨 양털처럼 빽빽한
숲을 통과했으며 눈 덮인 산을 수없이 넘어가며 앞으로
전진했다. 예상과 달리 이곳에서도 추위를 겪었으나 더
이상 아무도 프레위디스의 명령에 불평하지 못했다. 크
나르선 파손으로 귀향의 희망이 사라지면서 그들의 의

---

[10] 페루 북서부에 위치한 주

지마저 꺾여버린 것이었다.

그들은 곳곳에서 원주민들과 마주쳤는데, 주로 금이나 구리 장신구를 쇠못 혹은 신선한 우유와 맞교환 하려고 온 사람들이었다. 그린란드인들은 서쪽에서 바다를 만났다. 뗏목을 만들어 타고 해안을 따라 아래로 내려갈수록 점점 더 정교하게 세공된 귀금속 장신구를 발견할 수 있었다. 어느 날 원주민 한 명이 구드리드에게 귀걸이 한 쌍을 선물했는데, 이 귀걸이는 댕강 잘린 머리를 들고 있는 제사장의 모습을 하고 있었다. 프레위디스는 이 선물이 매우 마음에 들었다. 그녀는 이들 세공인 마을에 정착하는게 좋겠다고 생각했다. 이곳의 원주민들은 세공 기술만 뛰어난 것이 아니라 끝이 보이지 않을 만큼 광활한 밭을 경작했는데 평원에는 수로가 뻗어 있었다. 그녀는 이 땅이 람바예케라고 불린다는 것을 알게 되었다.

원주민들은 쇠와 수레용 가축을 신의 선물로 여겼다. 또한 방문객들을 나이람프 신이 보낸 사절이라고 생각했다. 그리고 프레위디스의 붉은 머리칼은 그들을 매료시키기에 충분했다. 그들은 프레위디스를 대사제로 숭배하면서 황금으로 치장하고 막강한 권한을 넘겨주었다. 그리고 반달 모양의 칼날에 나이람프 신 형상의 손잡이를 가진 제식용 검으로 포로들을 베어 그녀에게 제물로 바쳤다. 그들은 금속을 다루는데 뛰어난 능력을 가지고 있어서 그린란드인들이 이곳에 온 지 얼마 지나지 않아 원주민들은 다양한 크기의 쇠망치를 만들어냈다.

앞으로 무슨 일이 벌어질지 알고 있었던 그녀는 곧 열병이 닥칠 것이라고 예언했고, 실제로 주민들이 병에 걸려 하나 둘 쓰러지기 시작하자 그녀에 대한 믿음은 한층 더 커졌다. 그녀는 더 많은 포로를 제물로 바치고 곡물 수확에 더욱 집중하도록 부추겼다. 데리고 온 가축과 철에 대한 지식 때문에 그린란드인들은 특권층이 되었다. 더구나 지독한 열병이 돌아도 그들 중에는 아무도 병에 걸리는 이가 없었기 때문에 그들이 신계(神界)에 속한 사람들이라는 원주민들의 생각은 더욱 강해졌다.

그러던 어느 날 원주민 중 한 명이 열병에 걸렸으나 죽지 않고 살아남아 회복되었다. 그러더니 차츰 한 명 한 명 그런 사람들이 늘어났다. 이에 따라 외지인들이 몰고 온 질병도 그 힘을 잃고 말았다. 이제 더 이상 길을 떠날 필요가 없어졌음을 그린란드인들은 깨달았다.

9. 프레위디스의 죽음

여러 해가 흘렀고 겨울은 없었다. 그린란드인들은 물길을 내고 처음 보는 붉은색, 노란색, 보라색 채소를 경작하는 법을 습득했다. 어떤 채소는 물기를 잔뜩 머금었고 어떤 채소는 전분기가 가득했다. 프레위디스는 여왕이 되었다. 그녀는 이웃 도시 카자마르카의 수장을 남편으로 맞았다. 두 사람의 결합을 축하하는 연회가 성대하게 열렸다. 옥수수로 만든 맥주가 흘러넘쳤고 구운 생선과 마른 양을 닮은 알파카 고기, 꼬치에 꿰어 구운 꾸이[11] 고기가 차려졌다. 털이 복슬복슬하고 귀가 작은 토끼처럼 생긴 꾸이의 살코기는 부드럽고 맛이 좋았다.

프레위디스는 새 남편과의 사이에 여러 명의 자녀를 낳고 모든 영광을 누리며 살다가 숨을 거두었다. 그녀의 묘에는 그녀의 시종들과 보석, 그리고 생전에 쓰던 식기들이 함께 매장되었다. 황금 왕관이 그녀의 머리 위에 놓였으며 열여덟 겹의 붉은 진주 목걸이가 그녀의 가슴을 덮었다. 한 손에는 쇠망치를, 다른 손에는 반달 검을 쥔 채였다.

프레위디스의 딸 구드리드는 성인이 되었다. 그녀의

---

[11] 기니피그

머리칼은 모친과는 달리 붉은색이 아니었다. 그녀는 람 바예케에서 매우 기름지고 입지조건이 뛰어난 영토를 정복하고 다스렸다. 어느 해, 극심한 폭풍우가 연달아 닥쳐 그 땅을 휩쓸고 지나가 농사를 망치고 들판이 물에 잠겨 모두가 좌절과 눈물에 빠져 있을 때, 그녀는 이것이 이 땅을 떠나라는 토르 신의 계시라고 주민들을 설득했다. 프레위디스의 딸답게 구드리드는 수많은 사람들을 이끌고 남쪽으로 떠났다. 이제 원주민들과 그린란드인들은 하나의 부족으로 완전히 통합되어 있었다. 그들은 남쪽으로 가서 큰 호수를 발견했다고 전해진다. 하지만 사가는 여기에서 끝난다. 그들에게 이후 어떤 일이 생겼는지 정확하게 아는 이가 아무도 없기 때문이다.

2부

크리스토퍼 콜럼버스의 항해일지 (발췌록)

CIVILIZATIONS
by Laurent Binet

2부
크리스토퍼 콜럼버스의 항해일지 (발췌록)

8월 3일 금요일

1492년 8월 3일 금요일 8시에 우리는 살테스 강어귀를 출발했다. 강한 바람을 타고 해가 질 때까지 남쪽으로 15리그, 그러니까 약 60마일을 항해한 후 방향을 남서쪽으로, 그 다음엔 남남서쪽으로 돌려 카나리아 제도로 향했다.

9월 17일 월요일

세상의 모든 승리를 손에 쥐고 계신 주님의 도움으로 우리가 곧 육지에 닿을 수 있기를…

9월 19일 수요일

날씨가 쾌청하다. 주님의 은총으로 돌아가는 날까지 모든 것이 지금처럼 순조롭기를.

10월 2일 화요일

바다는 여전히 평온하고 잔잔하다. 주님께 무한한 감사를 바치노라.

10월 8일 월요일

하느님의 은총으로 바람이 4월의 세비야처럼 온화하다. 향기로움이 가득한 계절에 그곳을 방문하는 것은 말할 수 없이 커다란 즐거움이다.

10월 9일 화요일

밤새도록 새들이 날아다니는 소리가 들렸다.

10월 11일 목요일

새벽 2시, 2리그 떨어진 곳에 육지가 모습을 드러냈다.

10월 12일 금요일

우리는 작은 섬에 도착했다. 인디오 말로는 과나하니 섬이라고 불리는 곳이다. 벌거벗은 사람들이 다가왔다. 나는 핀타호 선장 마르틴 알론소 핀손과 그의 동생인 니냐호 선장 비센테 야네스와 함께 배에서 내렸다.

육지에 발을 디딤으로써 나는 국왕과 여왕 두 분 폐하의 이름으로 이 섬을 점령한 것이나 마찬가지다.

곧이어 섬 주민들이 우리 주위로 모여들었다. 내가 그중 몇 명에게 붉은색 모자와 유리 구슬 목걸이를 주자 그들은 그 목걸이를 목에 걸었다. 그 밖에도 내가 준 잡다한 물건들을 그들은 굉장히 기뻐하며 받았고, 놀랍게도 곧바로 우리 편이 되었다. 내가 이 자들에게 선물을 준 것은 우리에게 호감을 갖도록 하려는 이유도 있었지만, 무력이 아닌 사랑을 통해 그들이 우리의 하느님께 다가서고 개종하게 되리라고 믿었기 때문이기도 했다.

이곳 사람들은 매우 가난해 보였다. 어머니의 몸에서 태어났을 때와 같이 완전히 알몸이었고 그것은 여자들도 마찬가지였다.

주님께서 허락하신다면, 이곳을 떠나는 날 여섯 명을 에스파냐로 데려가서 말하는 법을 가르치리라. 이 섬에서 앵무새 말고는 어떤 동물도 보지 못했다.

10월 13일 토요일

동이 틀 무렵, 한 무리의 사람들이 해안가로 나왔다.

그들은 한결같이 젊고 체격이 좋았으며 아주 잘생긴 사람들이었다. 머리카락은 곱슬거리지 않았다. 말 갈기처럼 곧고 윤기가 흘렀으며 풍성했다.

그들은 배 몇 척에 나누어 타고 우리 본선까지 왔는데, 그들의 배는 통나무의 속을 파서 만든 것으로, 그중 몇 척은 40명이나 탈 수 있을 만큼 컸다.

그들은 자기들이 가진 것을 다 주고라도 우리에게서 무엇이든 얻으려 했다. 나는 그들에게 황금이 있는지 알아내려고 무척 애를 썼다. 손짓 발짓으로 대화를 나눈 끝에 나는 남쪽에 가면 어마어마하게 많은 양의 금을 보유한 왕이 살고 있다는 사실을 간신히 알아낼 수 있었다.

당연히 나는 황금과 보석을 찾기 위해 남서쪽으로 항해하기로 결심했다.

10월 19일 금요일

나의 유일한 소망은 최대한 많은 금은보화를 찾아서 4월에는 두 분 폐하께 돌아가는 것이다. 주여, 저희를 보살펴 주옵소서.

10월 21일 일요일

앵무새 떼가 하늘을 뒤덮어 어둑어둑하다.

다른 섬으로 어서 출발하고 싶다. 나와 동행하는 인디오들의 설명으로 추측컨대 그 커다란 섬은 지팡고[1] 임에 틀림없다. 이곳 사람들은 그 섬을 콜바[2]라고 부른다.

10월 23일 화요일

오늘 당장 쿠바 섬으로 떠나고 싶다. 여기 사람들이 준 정보에 근거해 그 크기나 보물의 양을 따져볼 때 그곳이 지팡고인 것 같다. 금광도 없는 이곳에 더 이상 오래 머물 이유가 없다.

10월 24일 수요일

오늘 밤 자정, 나는 쿠바로 출항하기 위해 닻을 올렸다. 인디오들이 알려준 바에 따르면 그 섬은 아주 넓고 상업거래가 활발하며 황금과 향신료가 넘쳐나 거대한 범선과 상인들로 북적거린다고 한다. 내가 제대로 이해했다면 - 그들의 언어를 알아들을 수 없으니 추측할 수밖에 없다 - 쿠바 섬은 틀림없이 지팡고다. 지팡고에 대

---

[1] 마르코폴로가 동방견문록에서 일본을 지칭해 부른 이름
[2] 원주민들이 쿠바섬을 부르는 다른 이름

한 온갖 놀라운 이야기들은 그동안 수도 없이 들어왔다. 내가 지도와 지구의(地球儀)에서 익히 본 위치도 바로 이 부근이었다.

10월 28일 일요일

4월의 안달루시아인 듯 초록 풀밭이 무성하다. 이 섬은 지금까지 내가 본 가장 아름다운 곳이라고 단언할 수 있다. 높고 경치가 수려한 산들이 보인다. 뿐만 아니라 육지의 해발 고도는 시칠리아 섬과 거의 비슷하다.

인디오들에 따르면 이 섬에는 황금과 진주가 풍부하다고 한다. 아닌게 아니라 조개와 진주가 자라기에 적당한 장소를 내가 직접 목격하기도 했으므로 그들의 정보가 틀리지는 않은 것 같다. 쿠빌라이 칸의 거대 함선들도 열흘이나 걸리는 거리를 항해해 이곳까지 온다고 들은 것 같다.

10월 29일 월요일

원주민들을 만나기 위해 작은 배 두 척을 띄워 마을에 사람을 보냈다. 하지만 선원들을 본 마을의 남자, 여자, 아이들까지 모든 사람들이 집과 가재도구를 내팽개치고 도망쳐버렸다. 나는 우리 선원들에게 아무것도 손대지 말라고 명령했다. 그들의 집은 병사들이 쓰는 막사처럼 생겼지만 크기는 왕의 것처럼 웅장했다. 길을 따라 가지 런히 세워진 것은 아니었지만 어느 집이나 내부는 깨끗 했고 가재도구 역시 잘 정돈되어 있었다. 근사한 야자나 무 가지로 만들어진 집들 가운데 길쭉한 모양으로 지어 진 단 한 집만은 지붕이 흙으로 되어있고 그 위에는 풀이 덮여있었다. 우리는 그 안에서 여러 개의 여인 상(像)과 정교하게 다듬어진 얼굴을 한 두상(頭像)들을 발견했다. 그것들이 그저 장식용인지 아니면 숭배를 위한 것인지 는 모르겠다. 집집마다 개를 키우고 있었는데 어느 개도 짖는 법이 없었고 길들여진 작은 야생 조류들도 보였다.

그들은 가축도 기르는 것 같았다. 암소의 것으로 보이 는 머리뼈들이 보였기 때문이다.

11월 4일 일요일

이곳 사람들은 아주 온순하고 겁이 많으며 이미 말했 다시피 모두가 벌거벗고 다닌다. 그들에게는 무기도, 규 율도 없으며 땅은 매우 비옥하다.

11월 5일 월요일

새벽에 나는 본선과 다른 배들을 육지로 끌어올려 정비하라고 명령했다. 하지만 안전을 위해서 항상 배 두 척은 닻을 내린 채 대기하도록 남겨두었다. 이곳 사람들이 아주 유순해서 배를 모두 끌어올려 건조시켜도 문제는 없을 것 같았지만 만약을 대비해서 나쁠 것은 없다.

11월 12일 월요일

어제, 여섯 명의 젊은이가 배를 타고 우리 본선으로 바짝 다가왔다. 그리고는 그중 다섯 명이 우리 배에 올라왔다. 나는 그들을 잡아 우리 항해에 동행하도록 했다. 그런 다음 강 서쪽에 있는 어떤 집으로 선원 몇 명을 보냈다. 그들은 여자 여섯 명 - 그중에는 소녀도 있었고 성인도 있었다 -과 아이 셋을 내게 데려왔다. 내가 그렇게 한 이유는 남자들을 에스파냐로 데려갔을 때 고향 여자들이 함께 있으면 더 고분고분하게 행동할 것이라고 생각했기 때문이었다.

지난 밤, 배를 타고 남자 하나가 우리 배로 다가왔다. 그는 잡혀온 여자들 중 한 명의 남편이자 세 아이의 아비라고 했다. 그는 자기도 가족과 함께 있게 해달라고 부탁했다. 나로서야 마다할 이유가 없지 않은가. 잡혀온 모두가 안도하는 표정인 걸 보니 그들은 모두 혈족인 모양이다. 스스로 찾아온 그 남자는 마흔 살에서 마흔 다섯 살 쯤 되어 보였다.

11월 16일 금요일

우리 배에 태운 인디오들이 굉장히 큰 조개들을 건져 올렸다. 그래서 나는 선원들을 시켜 물에 들어가 진주조개가 있는지 찾아보라고 시켰다. 그들은 조개를 잔뜩 건졌지만 진주는 없었다.

11월 17일 토요일

강 하구에서 붙잡아 니냐호로 보냈던 사내아이 여섯 중에서 나이 많은 두 녀석이 도망갔다.

11월 18일 일요일

어느 날 나는 선원 여러 명과 함께 소형 배 몇 척에 나눠 타고 육지로 향했다. 통나무 두 개로 커다란 십자가를 만들도록 한 뒤 나무가 없는, 눈에 잘 띄는 곳에 세워놓으니 높이도 매우 높고 보기에 훌륭했다.

11월 20일 화요일

과나하니 섬에서 데려온 인디오들이 달아나면 곤란하다. 나는 이 사람들이 필요하다. 이들을 카스티야로 데려갈 생각이다. 그들은 우리가 황금을 발견하면 고향으로 돌아갈 수 있을 거라고 믿고 있다.

11월 21일 수요일

마르틴 알론소 핀손이 탐욕에 눈이 멀어 나의 허락도 받지 않고 자기 마음대로 핀타호를 끌고 어디론가 가버렸다. 그의 배에 타고 있던 인디오 하나가 그에게 황금을 안겨주겠다고 꼬드긴 모양이다. 궂은 날씨도 아랑곳 않고 그렇게 충동적으로 무리에서 이탈해버렸다. 그가 내 앞에서 그런 식으로 앞뒤 없이 말하거나 행동한 게 한 두 번이 아니다.

11월 23일 금요일

육지를 향해 남쪽 방향으로 하루종일 항해했다. 바람도 거의 없는 날이었다. 우리가 향하고 있는 곳 너머로 또 다른 육지가 비죽 튀어나와 있는데, 인디오들의 말에 따르면 그곳에는 이마에 눈이 달린 외눈박이들과 식인종으로 불리는 또 다른 사람들이 있다고 한다. 인디오들은 이들 존재에 대해 어마어마한 공포심을 가지고 있었다.

11월 25일 일요일

동이 트기 전, 작은 배에 올라타고 곶을 살피러 갔다. 근처에 큰 강이 있으리라고 생각했다. 곶의 돌출부 부근으로부터 석궁 사정거리 두 배 정도 떨어진 지점을 둘러보다가 우레 같은 소리를 내며 산 위에서 흘러내리는 거대하고 투명한 물줄기를 발견했다. 즉시 강으로 달려간 나는 물속에서 반짝거리는 돌덩이를 몇 개 발견했다. 이 돌멩이에는 금빛 파편이 점점이 박혀있었다. 바다에 접한 타구스 강 하구에서 금이 발견된 적 있다는 사실이 떠올랐다. 그렇다면 이곳에도 틀림없이 황금이 있을 것이라는 확신이 들었다. 폐하 두 분께 바치기 위해 이 돌멩이들을 채취하라고 지시했다. 산 위를 올려다보니 침엽수가 울창한 숲을 이루고 있었는데 너무나 크고 굉장해서 나무의 높이가 얼마나 되는지 가늠하기가 어려웠고 아래에서 올려다보면 날렵하게 뻗은 거대한 물레 방추처럼 보였다. 이런 나무라면 일반 배는 물론이고 에스파냐에서 제일 큰 범선을 짓는데 필요한 판자와 돛을 무제한으로 만들 수 있을 것 같았다. 그밖에도 떡갈나무와 소귀나무, 그리고 큰 강도 있는데다 수력 목재 가공소를 설치할 만한 장소도 있었다.

해변에는 철 빛깔을 띤 돌과 그 밖에 은광석이라고 불리는 것들이 널려 있었는데, 사람들의 말에 따르면 은광에서 흘러내려온 것이라 한다.

눈으로 직접 보지 않고는 내가 이곳에서 본 것들을 믿기 어렵겠지만 맹세컨대 나는 눈꼽만큼도 과장 없이 있는 그대로 말할 뿐이다.

좀 더 제대로 살펴보기 위해 해안을 따라 계속 나아가자 매우 높고 아름다운 산 지형의 땅이 나왔는데 메마르지도 않고 암석도 많지 않아 접근이 상당히 용이한 곳이었다. 산 아래 저지대 또한 산과 마찬가지로 높게 자란 수목이 빼곡하고 싱싱해서 보는 것 만으로도 기분이 좋아질 정도였다.

11월 27일 화요일

남쪽에 번듯한 항구가 나타났다. 인디오들은 이 항구

를 바라코아[3]라고 불렀는데 이곳은 정말 입이 떡 벌어질 만큼 경치가 수려했다. 이 항구 지대의 남동쪽으로는 산과 산 사이에 아름다운 평원이 물결치듯 굽이굽이 펼쳐져 있었다. 꽤 규모가 큰 마을과 잘 정비된 토지, 그리고 여기저기에서 모락모락 피어오르는 연기가 보였다. 이 항구에 정박하고 주민들과 거래를 할 수 있을지 알아보기로 했다. 타고 온 본선의 닻을 내린 후 작은 배를 띄워 항구의 수심을 측정하러 출발했다. 바다로 이어진 강 하구를 발견했는데 갤리선이 충분히 통과할 수 있을 만큼 넓은 강이었다. 강을 거슬러 올라가며 본 주변의 식물과 경치가 그야말로 일품이었다. 신선한 공기, 맑은 물, 지저귀는 아름다운 수많은 새들. 이 모든 것을 바라보고 있자니 이곳에 영원히 머물고 싶은 충동이 일었다.

국왕과 여왕 두분 폐하께서 여기에 요새와 도시 건설을 지시하시리라. 그리고 이곳 사람들도 개종하게 될 것이다.

지금까지 내가 발견한 모든 땅과 또 카스티야로 귀국하기 전까지 발견하게 될 모든 땅에서 그러하듯 이곳에서도 단언하노니 우리 그리스도교 세계는 언제나 이 모

---

[3] 쿠바 동부 연안의 항구 도시

든 지역과 활발히 교류할 것이며 특히 에스파냐에 모두
가 복종하게 될 것이다.

11월 28일 수요일

비가 오고 하늘도 잔뜩 흐려서 나는 오늘 하루 배 안
에 머물기로 했다. 하지만 다른 선원들은 배에서 내렸고
몇몇은 옷을 빨기 위해 육지 안쪽으로 들어갔다. 그들은
제법 규모가 큰 몇 개의 마을을 발견했는데 주민들이 모
두 달아나서 집이 비어있었다. 선원들은 갔던 길이 아닌
다른 강을 따라 돌아왔는데 어린 견습 선원 하나가 보이
지 않았다. 그에게 무슨 일이 생긴 건지 아는 사람이 아
무도 없었다. 아무래도 이 섬에 득실거리는 악어나 도마
뱀에게 잡아먹힌 것 같다.

11월 29일 목요일

오늘도 계속 비가 오고 흐렸기 때문에 나는 항구에서
벗어나지 않았다.

11월 30일 금요일

동풍이 방해해서 오늘도 항구를 벗어날 수가 없었다.

12월 1일 토요일

비가 퍼붓고 동풍도 여전하다.

항구 입구, 암석이 비죽 솟아 있는 곳에 십자가를 세우도록 했다.

12월 2일 일요일

바람이 계속 반대 방향으로 불고 있어서 출항할 수가 없다. 강 하구에서 견습 선원이 금이 박혀 있는 것으로 보이는 돌 몇 개를 발견했다.

12월 3일 월요일

날씨는 여전히 나빴지만 빼어나게 아름다운 곳이 있어서 살펴보러 가기로 마음먹고 무장한 선원 몇 명과 함께 탐사용 보트에 옮겨탔다. 강을 따라 거슬러 올라가다가 작은 만을 발견했는데, 그곳에는 인디오들이 카누라고 부르는 제법 큰 통나무 배 다섯 척이 있었다. 우리는 나무 아래쪽에 배를 대고 땅으로 올라가 길을 따라 걸어가다가 헛간을 발견했다. 내부가 잘 정리되어 있었다. 헛간에는 다른 배들과 마찬가지로 통나무로 된 카누가 또 한 척 있었는데 우리 식으로 치면 17인용 푸스타선

(船)과 크기가 비슷했다. 또한 이탄(泥炭)에서 쇠를 추출하는 용도로 쓰이는 화덕이 있었는데 화덕 아래에 놓여있는 여러 바구니 안에는 화살 촉과 낚시 바늘이 담겨 있었다.

우리는 산 위로 기어올라갔다. 정상은 평평했는데 그곳에도 마을이 있었다. 주민들은 우리를 보자 도망가기 시작했다. 그들에게 금이나 다른 어떤 귀한 보물도 없다는 것을 알고는 되돌아 가기로 했다.

그런데 우리가 배를 남겨두고 왔던 자리에 돌아가 보니 우리 배가 감쪽같이 사라지고 없어서 몹시 당황스러웠다. 다섯 척의 카누도 보이지 않았다. 내가 몹시 놀란 이유는 그들이 그렇게 대담한 행동을 할 것이라고는 상상하지 못했기 때문이었다. 대담하기는커녕 그들은 우리 모습을 보기만 해도 잔뜩 겁에 질려 도망치기 일쑤였으며 어쩌다가 다가오더라도 방울 몇 개에 자기네 재산을 기꺼이 맞바꾸곤 했던 것이다. 그들에게는 소유에 대한 개념도 없어 보였으며 도둑질도 못할 사람들처럼 보였다. 그들은 가지고 있는 물건을 달라고 요구하면 절대로 거절하는 법이 없었기 때문이다. 그런데 인디오들이 모습을 드러냈다. 그들은 온몸에 붉은 칠을 하고 있었으며 태어날 때의 벌거벗은 몸 그대로였다. 머리에 깃털 장식을 한 사람도 몇 명 보였고 모두가 손에 투창을 쥐고 있었다. 우리와 충분한 거리를 두고 있었으나 때때로 하늘을 향해 손을 들어올리며 크게 소리를 내지르곤 했다. 나는 손짓 발짓으로 그들에게 거기에서 기도를 드리냐고 물었는데 그들은 아니라고 대답했다. 우리 배를 돌려달라고 요구했지만 그들은 무슨 뜻인지 못 알아듣는 것 같았다. 그러면 그들의 카누는 어디 있냐고 물었다. 카누를 빼앗아 타고 강을 빠져나가 범선으로 돌아갈 생각이었다.

그 때 갑자기 이상한 일이 벌어졌다. 어디선가 말의 울음소리 같은 날카로운 소리가 공기를 갈랐다. 그러자 인디오들이 놀라 도망쳤다.

나는 우리 선원 네 명을 육로를 통해 본진으로 보내서 우리가 처한 상황을 알리도록 했다. 그리고는 나는 나대로 남아있는 나머지 일행을 이끌고 말 울음소리가 들려온 방향으로 가보기로 했다.

숲 속 공터 같은 곳에 다다랐는데 아마도 묘지인 것 같았다. 처음 보는 문자가 새겨진 돌이 여기저기 세워져 있었기 때문이다. 그 문자는 수직선 혹은 비스듬히 기울어진 짧은 선들로 이루어져 있었다.

어둠이 깔리자 선원들에게 야영할 채비를 하라고 지시했다. 칠흑같은 어둠 속을 걸어서 범선까지 되돌아가는 것은 너무 위험한 일일 뿐 아니라, 올 때 배를 타고 왔기 때문에 우리에게는 타고 갈 말도 없었다. 신중을 기하기 위해 불을 피우지 않고 야영하기로 했다. 그렇게 나와 동료들은 무덤에 둘러싸여 잠이 들었지만 기온이 그 어느 때보다 온화했던 탓에 다행히 추위에 떨지는 않았다.

밤새도록 우리는 공기를 가르는 말 울음소리를 들었다.

12월 4일 화요일

날이 밝자 느릅나무 같은 부드러운 나무로 십자가를 만들어 세우고 주위를 돌무덤으로 둘러 고정시켰다. 선원들은 야영지 주변의 묘석 아래를 파 그 안에 혹시 황금이 숨겨져 있는지 확인해 보려 했지만 나는 지체없이 범선으로 되돌아가는 편이 낫다고 판단했다.

선원들을 이끌고 강을 따라 걸었는데 길이 매우 험했다. 너무 빽빽해서 도저히 통과할 수 없는 숲을 만나면 수심이 허리춤까지 차는 물 속을 걸어서 돌아가야 했다.

붉은 머리 독수리들이 머리 위로 날아다녔다. 우리 뒤편에서 말 울음소리가 계속해서 들려왔는데 이것이 선원들의 신경을 몹시 자극했다. 탈 것도 없이 걸어서 이렇게 험한 길을 가고 있는 처량한 처지를 자꾸 상기시켰기 때문이었다. 나는 물 속에 반짝이는 자갈들을 가리키며 그들의 사기를 올려주려 노력했다. 이 강에는 틀림없이 상류에서 쓸려 내려온 황금이 있을 것이라고 그들에게 계속 말했다. 괜한 농담이 아니라 나는 실제로 거의 사실이라고 확신한다. 반드시 이곳에 되돌아와 국왕과 여왕 폐하께 황금을 바치겠노라 다짐했다.

힘들게 힘들게 앞으로 나아가고 있을 때 별안간 어디선가 화살이 날아와 우리 일행 중 한 명에게 꽂혔고 그는 그 자리에서 즉사했다. 커다란 동요가 일어났고 나는 혼란을 잠재우기 위해 무리를 지휘해야 했다. 우리 선원들이 혼자만 살겠다고 꽁무니를 내빼는 겁쟁이는 아니라는 점을 분명히 말해두고자 한다. 게다가 흩어졌다가 한 두명이 원주민과 마주친다면 그대로 죽임을 당할 수도 있지 않은가.

화살 끝에는 쇠로 된 화살촉이 붙어 있었다. 우리는 곧 방어 태세를 갖추었다. 나는 선원들에게 각자 투구로 머리를 보호하라고 지시하는 한편 내 흉갑의 끈이 제대로 조여 있는지 점검했다.

12월 5일 수요일

또다른 위험을 피하기 위해 우리는 극도로 신중하게 전진했다. 토착어로 망그로브라고 불리는 일종의 수생 관목 사이로 길을 내어가며 움직였다. 망그로브에 대해서는 아는 바가 없었으나 과나하니 섬에서 데려온 인디오가 우리에게 이 관목에 대해 알려주었다. 인디오들은 모두 같은 언어로 말하고 이해하는 것 같았기 때문에 그가 우리의 통역인이 되어주길 바라는 마음에 그에게 카스티야어를 가르쳐 주었기에 가능했다. 질척거리는 진흙 때문에 걷기가 매우 힘들었지만 다행히도 그 외 다른 문제는 없었다. 우리는 그리스도인 차림의 시신 한 구가 강물 위로 흘러가는 것을 목격했지만 가까이 다가갈 수가 없어서 그냥 조류를 따라 떠내려가도록 내버려두었다.

우리를 끊임없이 굽어살피시는 주님의 은총으로 내일이면 항구에 도착해 우리의 본선과 니냐호 그리고 다른 모든 일행과 합류할 수 있을 것이다.

말 울음소리가 아직도 울려퍼지고 있다.

12월 6일 목요일

모두들 안절부절 신경이 곤두서 있었기 때문에 동이
트기도 전에 길을 나섰다. 해변에 도착했을 때에는 모든
것이 고요했다. 약간의 바람이 육지에서 만 쪽으로 불어
오고 하늘에는 붉은 머리 독수리가 날아다녔으며 말 울
음 소리는 더 이상 들리지 않았다.

본선은 물 속에 닻을 내린 채 그 자리에 있었지만 니
냐호는 보이지 않았다.

인디오 한 명이 근처에서 카누를 타고 있었다. 바람
이 꽤 세게 불고 있었기 때문에 뒤집히지 않고 물 위에
떠 있는 것만으로도 용해 보였다. 그를 불렀지만 그는 우
리 가까이 다가오기를 거부했고 그렇다고 우리가 그에
게 다가갈 수 있는 방법도 없었다. 물에 띄울 수 있는 소
형 보트가 없었기 때문이다. 그래서 부하 두 명에게 헤엄
쳐서 범선까지 가라고 명령했다. 그러나 그들이 범선까
지 채 1/3도 못 갔을 때 작은 배 몇 척이 우리 쪽으로 다
가왔다. 우리가 도둑맞은 바로 그 배였다. 배에는 인디
오들이 타고 있었는데 그들은 지금까지 우리가 만났던

어떤 원주민보다 능숙하고 명민해 보였다. 그들은 우리를 범선까지 태워주겠다고 손짓으로 제의했다. 나는 우리 선원들과 함께 배 하나에 올라탔다. 그들은 쇠날 손도끼를 쥐고 있었다.

본선에 도착하자 다른 인디오들이 카시크[4]라고 부르는 남자가 나를 맞았는데, 모두가 벌거벗고 있기는 했지만 다른 인디오들이 그에게 보이는 태도로 보아 그가 무리의 대장인 것 같았다. 이상하게도 배 안에 우리 선원들의 흔적이 전혀 보이지 않았다. 갑판 후미 선실에 식사를 차려놓고 카시크가 나를 그리로 초대했다. 평소 내가 식사하던 바로 그 자리에 앉자 그가 손짓으로 다른 인디오들을 선실 밖으로 내보냈다. 그들은 최대한 공손하고 예의바른 태도로 그의 명령에 따랐다. 다른 사람들은 모두 선실 밖 갑판으로 나가 앉았지만 나이가 들어보이는 두 명은 족장의 발치에 앉았다. 아마도 족장의 책사인 듯 했다. 그들이 내게 음식을 대접했다. 이곳은 내 배 안인데 내가 초대받은 손님 같았다.

상황이 몹시 당황스러웠으나 그런 내색은 보이지 않으려 애썼다. 주군 폐하 두 분을 대신하여 위엄을 지켜야

---

[4] cacique: 중앙 아메리카 지역에서 부족장을 일컫는 말

했기 때문이었다. 초대에 성의를 표하기 위해 나오는 모든 음식을 사양하지 않고 맛보았으며 나의 저장 창고 안에서 그들이 꺼내온 포도주를 마셨다. 나는 나의 나머지 선원들이 어디 있는지, 그리고 어째서 니냐호가 항해를 떠났는지 알고 싶었다. 카시크는 거의 말을 하지 않았지만 내일 니냐호로 나를 데려다 주겠노라고 그의 책사들이 말해주었다. 유감스럽게도 아직 그들의 말을 알아듣지 못하지만 적어도 그런 뜻으로 나는 이해했다. 또한 나는 황금이 있는 장소를 알고 있는지 물어보았다. 분명히 황금이 풍부한 땅이 여기서 가까운 곳에 있는 것 같았지만 그들은 그다지 황금을 가지고 있는 것 같지 않았기 때문이었다. 족장이 내게 카호나보아라는 이름의 왕에 대해 말했는데 여기에서 가까운 섬에 살고 있다고 했다. 내 생각엔 그 섬이 바로 지팡고인 듯 하다.

침대 옆 벽에 걸어놓은 천을 족장이 마음에 들어 하는 것 같아서 그에게 그것을 주면서 내 목에 차고 있던 아름다운 호박석 목걸이와 붉은색 구두 한 켤레, 그리고 오렌지나무 꽃이 그려진 물병도 함께 선물했다. 그가 너무나 좋아해서 오히려 내가 놀라웠다. 그와 그의 책사들은 내 말을 알아듣지 못하는 것과 내가 그들의 말을 이해하지 못하는 것에 대해 몹시 답답해했다. 그러나 어쨌든 내일이면 내 선원들과 배를 되찾을 수 있다고 그들은 말하고 있었다.

그는 주저없이 나를 이 먼 곳까지 기꺼이 보내신 폐하 두 분의 위대함에 대해 그의 부하들에게 말하고 있었다. 그 밖에 내가 알아들을 수 없는 대화를 자기들끼리 서로 주고 받으면서 끊임없이 미소를 띠고 있었다.

밤이 깊어지자 그는 내가 준 선물을 챙겨 부하들을 데리고 떠났고 나는 나의 침대에서 잘 수 있었다.

12월 7일 금요일

바른 길로 향하는 모든 자들에게 빛이 되고 힘이 되어 주시는 주님께서 그분의 가장 충실한 종이자 두 분 폐하의 종을 시험에 들게 하셨다.

해가 뜨자 카시크가 70여 명의 부하를 대동하고 돌아왔다. 손짓과 몸짓으로 나를 니냐호로 안내해 주겠다고 제안했다. 그가 손가락으로 동쪽을 가리켰으므로 나는 돛을 펴고 몇 명 안 되는 선원들과 함께 그가 가리키는 방향을 향해 해안선을 따라 이동했다. 카누 몇 척이 우리 배 곁에서 우리를 안내하며 함께 이동했다. 우리 배에 올라탄 인디오들은 아무 말 없이 우리를 지켜보고 있었지만 그들이 한번도 본 적 없는 큰 배를 몇 명 안 되는 인원만으로 움직이는 항해 기법에 경이로움을 느끼고 있는 게 분명했다. 게다가 그들은 자기들이 7일이나 걸려 갈 거리를 우리는 단 하루만에 항해할 수 있다는 사실조차 모르고 있었다. 그때까지만 해도 그들이 딴 마음을 가지고 있으리라고는 전혀 의심도 하지 않았다.

부족장은 우리를 바닷가 가까이 위치한 마을로 데려 갔다. 마을에서 16마일 떨어진 인접한 해변에 닻을 내렸다. 그곳에 니냐호가 있었다. 뭍으로 끌어올려져 있었는데 나나 우리 선원 누구도 그것이 이상하다고 생각하지는 않았다. 그런데 우리가 기선에서 하선해 니냐호로 가려할 때 카시크와 그의 부하들은 완강하게 버티며 우리 배에서 내리지 않으려고 했다. 쓸데없는 실랑이에 시간을 허비하고 싶지 않았기 때문에 나는 배 안에 우리 선원 세 명을 남겨 인디오들이 배 안의 물건을 훔치거나 망가뜨리지 못하게 감시하도록 시켰다.

해변에 발을 딛자마자 우리는 오백 명의 인디오들과 마주쳤다. 그들은 모두 벌거벗은 몸에 색을 칠한 채 손도끼와 창을 들고 있었다. 지금까지 우리가 만나왔던, 호기심에 가득 차 방울 몇 개에 자신이 가진 모든 것을 기꺼이 맞바꾸려 했던 인디오들과는 행동이 전혀 달랐다. 오히려 잘 훈련된 유럽 보병처럼 절도 있게 정렬한 채 우리를 포위하려는 모습이었다. 나는 심상치 않은 분위기를 느껴 함선으로 돌아가려 했지만, 우리 등 뒤의 바다에는 함선으로 되돌아가는 길이 여러 척의 카누로 가로막혔다. 그리고 함선마저 배 안에 남아있던 카시크와 그의 부하들의 손에 이미 접수되었다.

인디오들이 더 나타났다. 체구가 작은 말에 안장도 없이 올라탄 그들은 창을 들고 통치자로 보이는 사람을 호위하고 있었다. 황금 마의(馬衣)를 걸친 통치자의 말은 그 생김새와 외양이 너무도 늠름하고 강인해 보여 그 주인의 신분에 의문의 여지가 없었다.

타고난 신분으로부터 부여받은 권위에 다년간의 경험이 더해져 위엄이 넘쳐 흐르는 이 통치자의 이름은 베헤치오인데, 그는 카호나보아 대왕의 혈연인 듯 행동한다. 이곳 사람들은 누구나 카호나보아 대왕을 우리에게 들먹이는데 내 생각엔 쿠빌라이 칸을 말하는 것 같다.

상황이 결코 우리에게 호락호락하지 않았지만 나약하고 겁먹은 기색을 보이지 않으려 애쓰며 나는 통치자 앞에 나아갔다. 나는 바다 건너편 대륙에서도 가장 강력한 군주가 보낸 사람이며 이곳의 왕은 우리의 국왕 폐하께 충성을 맹세해야 한다는 것, 그리고 그리한다면 그의 보호와 관대함을 누리게 될 것이라는 내용을 할 수 있는 최대한의 격식을 갖추어 엄숙하게 전달했다. 그러나 나의 말을 전달하라고 데려온 인디오는 그에게 그리스도교인들이 하늘에서 왔으며 황금을 찾고 있다고 말했다. 우리가 원주민들과 만날 때마다 했던 말이기 때문이었다. 그는 우리의 말을 믿고 있었고 이것은 그때까지 우리에게 유리하게 작용해왔다. 그리고 지금 이 순간에도 그는 그러한 믿음을 저버릴 수 없었던 것이다.

나는 나의 선원들이 어디 있는지 물었다. 그러자 왕이 신호를 보내 본선과 니냐호의 선원들을 데려오게 했다. 몇 명이 부족했다. 모두들 몰골이 말이 아니었다. 그리스도교인들이 이토록 함부로 취급 당한 데에 격분한 나는 나의 주군들께서 이 같은 모욕을 결코 용서하지 않을 것이며 처절한 보복으로 되갚아 줄 것이라고 보헤치오를 협박했다. 인디오 통치자가 내 말을 이해했는지는 모르겠지만 그는 목소리를 높여 대꾸했다. 통역을 맡은 인디오의 설명에 따르면, 그는 수많은 인디오를 강제로 납치하여 그들의 가족과 갈라놓았으며 여인들을 농락한 그리스도교인들의 행동을 질책하고 있었다.

우리가 그들을 데려간 건 그들을 위해서였으며 그들이 가족과 떨어지지 않도록 신경썼노라고 그에게 강조했다. 또한 만약 우리 일원 중에 이 땅의 여인들을 농락한 자가 혹여라도 있었다면 그것은 나의 승낙 없이 자행된 일이며 벌 받아 마땅하다고 덧붙였다. 나의 발언이 어떻게 전달 되었는지, 베헤치오가 이해했는지 알 수는 없었지만 내 말이 끝나자 그는 이미 체포되어 끌려와 있는 본선과 니냐호 선원들을 더욱 꽉 붙잡으라고 지시했다. 모두가 보는 앞에서 그들을 결박한 후 마을 광장 한복판에 세워둔 기둥에 꼼짝 못하게 묶었다. 그런 다음 그들의 귀를 댕강 베어내는것 이었다. 우리는 이 잔인한 처벌 과정을 그저 무기력하게 지켜볼 수 밖에 없었다. 인디오들의 수가 너무 많았을 뿐 아니라 완전 무장한 상태였기 때문에 조금이라도 움직였다가는 몰살당할 지도 몰랐다.

마침내 베헤치오는 내게 돌아가도 좋다는 신호를 보냈다. 하지만 나는 구원과 삼위일체가 무엇인지도 모르는 이교도의 손아귀에 동료 그리스도 교도들을 그렇게 처참한 몰골로 내버려두고 떠나지는 않을 거라고 소리쳤다. 왕은 처벌받은 선원들을 기둥에서 풀어서 데려가도 좋다고 허락했지만 우리 배를 타려고 하자 보초병들은 우리가 바다로 가는 것도, 해변에 놓인 니냐호를 되찾으려는 것도 막아섰다. 베헤치오는 우리가 하늘에서 왔으니 하늘로 돌아가는데 배는 필요 없다고 손짓으로 말했다.

말도 없는 상태로 부상당한 선원들을 이끌고 숲으로 들어가는 수 밖에 도리가 없었다.

우리에게 남은 인원은 모두 서른 아홉 명이다.

12월 16일 일요일

지혜와 긍휼의 주님께서는 우리에게 크나큰 시련을 주셨지만 우리를 버리지는 않으셨다.

숲속에서 오랜 시간 헤맨 끝에 우리는 몇몇 마을을 발견했는데 거의 대부분 우리의 출현에 겁먹고 도망친 주민들 때문에 텅 비어있었다. 다행스럽게도 그들이 도망가면서 버리고 간 식량이 충분한데다 둥근 형태의 집안에서 부상당한 선원들을 돌볼 수 있었다.

니냐호 선장 비센테 야네스는 잘린 귀의 통증으로 극심한 고통을 겪었다. 다른 부상자들 역시 마찬가지였다.

상처 부위가 검게 변했고 그중 몇 명은 결국 죽고 말았다.

선원들의 설명에 따르면 베헤치오는 카호나보아와 같은 나라 출신인데 이곳 주민들이 우리를 쫓아내 달라고 그를 불렀다는 것이다. 원주민들에게 어떤 잘못도 저지른 적이 없고 오히려 잘 대해주려고 언제나 신경썼는데 그들이 우리를 왜 그토록 증오하는지 도무지 알 수가 없다.

우리의 소형 탐사선 다섯 척을 훔쳐갔던 인디오들은 기습 공격을 단행하여 본선에 남아있던 선원들을 죽이거나 포로로 삼은 뒤 배를 차지해 버렸다고 한다. 본선에 있는 동료들에게 우리가 처한 위기 상황을 알리라고 보냈던 네 명은 바다에 도착하지도 못하고 사라졌다. 인디오들의 공격에서 살아남은 본선 선원들에 따르면, 그들을 굴복시킨 인디오들은 완전 무장상태였다고 한다.

수많은 카누에 둘러싸인 니냐호 선장은 무장한 인디오들을 보자 그들의 공격을 두려워하여 냅다 도망쳐 항구에 숨었는데 그 항구는 카시크가 나중에 우리를 데려갔던 바로 그곳이었다. 숨어있던 선장은 마을 사람들에 의해 발각되고 말았다. 실오라기 하나 걸치지 않고 돌아다니는 이 사람들에게 그런 음흉함이 있을 줄 누가 상상이나 할 수 있었을까.

이제 나는 선원들에게 높은 망루와 요새를 만들고 주변으로 넓게 해자를 파도록 지시했다. 비센테 야네스와 다른 선원들은 이제 살아서 에스파냐로 돌아가기는 틀렸다며 탄식했다. 그러나 만약 훌쩍 떠났던 마르틴 알론소 핀손이 나에 대한 복종의 의무를 기억해 정신차리고 그의 선원들과 돌아오기만 한다면, 우리가 기운을 회복하고 빼앗긴 무기도 되찾는 날 여기 남아있는 동료들과 함께 포르투갈 땅보다 더 크고 인구도 두 배나 많지만 대책 없는 벌거숭이 겁쟁이들로 가득 찬 이 섬을 점령할 수 있을 것이라고 확신한다. 우리 배와 무기, 식량을 되찾기 위해 베헤치오를 무찌를 술수를 마련할 생각이다.

때를 기다리는 동안 망루를 지어두는게 좋을 것 같다. 그리고 이 망루는 성으로 쓸 수 있을 만큼 튼튼해야 할 것이다. 현재 우리에게는 검과 총 몇 자루, 약간의 화약밖에 없기 때문이다.

12월 25일 화요일, 성탄일
생각하고 싶지도 않은 악몽 같은 일이 일어났다.

본선은 줄곧 우리 가엾은 동료들이 끔찍한 고문을 당했던 마을의 항구에 정박해 있었는데, 어느 날 아침 식량 비축을 위해 사냥을 내보냈던 친구 중 하나가 내게 돌아와 몹시 혼란스러운 얼굴로 말하기를 우리 범선이 움직이고 있는 것을 먼 발치에서 목격했다는 것이다. 바다 위 본선과 육지 위로 끌어올려진 니냐호를 되찾아 카스티야로 돌아갈 희망으로 살아가고 있던 우리 선원들 모두에게 이 소식은 커다란 동요를 일으켰다.

베헤치오와 만나던 날 나는 우리 선원 세 명을 선상에 남겨두고 왔는데 만약 그들이 죽지 않았다면 도망쳐서 배를 손에 넣었을지도 모를 일이다. 아니면 인디오들이 배를 움직여보려고 시도했을 수도 있다.

좀 더 자세히 상황을 살펴보려고 우리는 암벽 꼭대기로 올라갔다. 이곳은 꽤 높이 솟아 있어서 멀리 항구까지 훤히 볼 수 있었다.

사실이었다. 본선은 이동하고 있었다. 만을 벗어나려 애쓰는 듯 보였지만 위험천만하게도 암석층을 향해 위태롭게 움직이고 있었다. 누가 지휘하고 있던지 간에 제대로 해내지 못하고 있는 것은 확실했다.

배가 암석을 향해 곧장 다가가고 있었다. 차마 눈 뜨

고 바라볼 수 없는 광경에 경악한 우리는 공포에 질려 마구 소리를 질러댔다. 기어코 배는 암석에 충돌하고야 말았고 우지끈 부서지는 소리를 들었던 것 같다. 원망과 탄식의 신음이 가슴 속 깊은 밑바닥에서부터 터져나왔다.

만에 하나 마르틴 핀손이 핀타호를 타고 돌아온다고 해도 카라벨선 두 척만으로는 우리 모두를 태우고 고향으로 돌아갈 수 없을 것이다.

그 어느 날보다도 축복이 넘치는 성탄일에 주님께서 내게 이런 커다란 시련을 주시다니… 그러나 나는 주님의 계획에 의심을 품어서는 안 된다. 세상 만물의 주인이신 주님을 섬기는 일에 있어서라면 어느 누구도 나보다 더 열성적일 수 없다고 확신한다. 주님께서는 절대로 나를 저버리지 않으실 것이다.

12월 26일 수요일

선원들의 분노는 거의 발작에 가까웠다. 세상 어떤 말로도 그들의 화를 가라앉힐 수가 없었다. 본선이 파괴되었다는 침통함과 격분으로 이성을 잃은 그들은 난파 장소로 달려갔다. 부서진 배 부근에 아무도 없었기 때문에 그들은 배 안 저장고로 들어가 옮길 수 있는 최대한의 포도주와 화약을 끄집어냈다. 그런 다음엔 부서진 배의 처참한 형상에 더욱 흥분한 나머지 카라벨 선 니냐호가 놓여있는 해변으로 달려가서는 난동을 부리기 시작했다. 베헤치오의 군대는 더 이상 그곳에 보이지 않았다. 분노로 이성을 상실한 그들은 "돌격! 돌격!"을 외치며 눈에 보이는 마을 주민들을 최후의 일인까지 하나도 남김없이 남자, 여자, 아이 가리지 않고 모두 죽여버렸다. 그리고 마을을 약탈하고 불태웠다. 그들이 저지른 행동은 분명 잘못된 일이었지만 그들을 변호하자면, 그 장소가 체형 당하던 날의 고통과 치욕을 그들에게 상기시켰다는 점을 말하고 싶다.

화가 잦아들자 그들은 니냐호의 저장고에서 꺼낼 수 있는 것은 하나도 남김없이 다 꺼냈다. 배를 바다에 띄우지는 않았다. 그러자면 시간과 수고가 너무 많이 들었기 때문이기도 하고 무엇보다 베헤치오가 다시 돌아오지나 않을까 걱정도 되었기 때문이다. 무기를 회수하고 특히 포도주 통을 되찾은 것에 대해 모두가 환호성을 질렀다. 하지만 여전히 말이 한 마리도 없는 것은 크나큰 아쉬움이었다.

저녁에 우리는 승리를 자축하기 위해 연회를 열었다.

함선 상실로 모든 것이 절망적으로만 느껴졌던 어제의
상황이 거룩하신 주님의 은총으로 오늘은 약간이나마
나아졌기 때문이었다.

12월 31일 월요일

물과 장작을 구하러 나갔던 우리 사람 여섯 명이 함정
에 빠져 전원 목숨을 잃었다. 말 탄 인디오 하나가 우리
요새 입구까지 오더니 이 가엾은 기독교인들의 머리가
담긴 바구니를 내려놓고 사라졌다.

나는 즉시 방어를 강화하라고 명령했다. 틀림없이 베
헤치오가 올 거라는 예감이 들었기 때문이다.

1493년 1월 1일 화요일

두 분 폐하께 바칠 대황(大黃:약초의 일종)을 캐러 나
갔던 세 명이 기병들에게 습격을 당했다. 기적적으로 그
들 중 한 명은 말이 쫓아올 수 없는 깊은 산 속에 숨어 위
기를 모면할 수 있었다.

우리 쪽 사람들 모두가 신경이 곤두섰다. 베헤치오가
반드시 올 거라는 두려움에 사로잡혔기 때문이었다. 나
역시 마찬가지였다.

1월 2일 수요일

함정에 빠질까 무서워서건 잡아먹힐까 겁이 나서건 어쨌든 더 이상 아무도 요새 밖으로 나갈 엄두를 내지 못했다. 원주민들이 인육을 먹는다는 말이 돌았기 때문이다. 그들이 전투에서 승리했을 때 적에게 하는 행동을 보면 극도로 잔인한 것은 사실이었다. 여자, 어린아이를 가리지 않고 다리를 잘라버렸기 때문이다.

나는 밤낮으로 경계하느라 잠을 이룰 수가 없었다. 최근 30일 동안 하루 다섯 시간 이상 자본 적이 없었고 8일 전부터는 30분짜리 모래시계가 세 번 작동하는 정도의 시간밖에 못 잤다. 그러다보니 낮에도 반쯤 멍한 상태로 지내는 일이 잦았고 때로는 전혀 판단을 내릴 수 없는 상태가 이어지기도 했다.

천만다행히도 우리에게는 이 나라의 토양에 아주 잘 적응하는 씨앗과 가축이 있었다. 모든 채소 씨앗들이 싹을 틔워 무럭무럭 자랐다. 어떤 채소는 한 번 씨를 뿌리면 두 번 수확할 수 있다. 또한 재배한 과일이든 야생 과일이든 하나같이 달고 맛있는 것은 완벽한 기후와 풍부한 토양의 기운을 받고 자랐기 때문이라고 확신한다. 가축과 가금류의 수도 하루가 다르게 늘어갔다. 암탉들이 무럭무럭 자라는 모습을 지켜보는 건 놀랍도록 기쁜 일이다. 두 달마다 암탉은 알을 낳고 알은 병아리가 되었다. 그리고 열흘에서 열 이틀 정도면 병아리는 먹기 좋은 크기로 자랐다. 싣고 온 암컷 열 세 마리에서 태어난 돼지들은 현지 돼지들과 어울리며 숲 속에서 야생화되어 돌아다니고 있지만 주변을 어슬렁거리는 인디오 원주민들 때문에 잡을 수가 없었다.

우리의 입을 대신해 통역해주던 마지막 남은 인디오가 도망갔다.

1월 3일 목요일

포위 공격이 시작됐다. 오늘 아침, 황금 마의를 걸친 말을 타고 베헤치오가 군대를 이끌고 나타난 것이다.

그의 행동을 보면 전사로서의 기백이 몸에 깃들어있으며 카스티야나 프랑스에서 볼 법한 절도와 지략을 갖춘 대규모 부대를 거느리고 있다는 것 또한 짐작하고도 남았다.

1월 4일 금요일

충분한 물과 식량을 비축하고 있기는 하지만 우리 요

새가 공격에 버틸 만큼 튼튼하지 않다는 사실을 우리는 잘 알고 있다.

부디 하느님께서 우리를 불쌍히 여겨 자비를 베풀어 주시기를.

1월 5일 토요일

망루 위에서 내려다 보니 베헤치오의 병사들이 분주히 움직이고 있었다. 기병대와 보병들이 전투 준비를 하고 있는 걸로 보아 돌격이 임박한게 틀림없다.

그러나 우리를 절대로 저버리실 리 없는 하느님께서 우리에게 마르틴 알론소 핀손이라는 기적을 보내주셨다. 망루 위에서 우리 선원들이 핀타호가 수평선 위로 나타난 것을 보았던 것이다.

핀타호의 극적인 출현으로 우리는 이루 말할 수 없는 힘과 사기를 얻었다. 우리는 내일 아침 일찍 돌파를 시도할 것이다. 그리고 하느님의 도우심으로 해안으로 나아가 마르틴 핀손과 핀타호에 합류할 것이다. 아니면 우리는 싸우다 죽으리라.

이제는 역경에 굴하지 않고 그의 길을 따르는 자에게 언제나 승리만을 안겨주시는 우리 주님께 가호를 비는 일만 남았을 뿐이다.

1월 6일 일요일

아침이 왔다. 화승총병(兵)과 사수(射手)를 앞세우고 부상병들은 뒷줄에 서서 본선에서 찾아온 유일한 소형 화포를 끌고 대열을 촘촘히 유지한 채 요새 밖으로 나갔다. 몸이 성한 이는 서른 명이 채 되지 않았지만 마지막 숨이 끊어지는 순간까지 결사항전 하겠다는 결의에 가득 차 있었다.

밖에는 천여 명이 넘는 인디오 병사들이 우리를 기다리고 있었다. 말 탄 기수들이 제일 앞에 서고 그 뒤에는 보병들이 늘어서 있었으며 좌우에 배치된 나머지 병사들은 활보다 더 빠른 발사기로 화살촉을 쏠 준비가 되어 있었다. 그들은 하나 같이 몸에 검은색과 알록달록한 색으로 칠을 하고 피리 같은 악기를 들고 있었으며 가면을 쓰고 머리 위에는 구리와 황금 거울로 장식하고 있었다. 그들은 기괴한 소리를 내질렀는데 간격이 규칙적인 것으로 보아 일종의 의식인 듯하다. 금빛으로 빛나는 말 위에 올라탄 베헤치오가 쇠뇌 사정거리 두 배 떨어진 지점에 위치한 넓은 언덕 위에 진지를 세우고 그곳에서 군대를 지휘하고 있었다. 우리 병사의 일부는 시야가 탁 트인 넓은 평지에서 말이 다가오기를 기다렸다가 기수의 다리를 낚아채 거꾸러뜨리는 임무를 맡았다. 인디오들이 말 위에 안장도 등자(鐙子)도 없이 타고 있었기 때문이다. 이 임무는 상당히 위험했지만 그들은 그 역할을 수행했고 결국 거의 전원이 목숨을 잃었다.

우리는 화승총으로 기병들을 쓰러뜨리고 포탄으로 적군의 대열 사이에 돌파구를 열었다. 적의 화살에 몸이 관통되거나 말 발굽에 짓밟혀 죽은 우리 편 동료도 여럿 있었지만 우리 또한 적군을 꽤 많이 죽였다. 이 섬에서 우리가 총포를 사용한 것이 이번이 처음은 아니었는데도 화승총과 포가 만들어 내는 굉음에 놀란 상대 진영은 우왕좌왕했고 그 틈을 타 우리는 해변으로 이어지는 길을 사력을 다해 달려 내려갔다(우리 요새는 높은 지대에 있었다).

핀타 호가 떠 있는 바닷가에 도착했을 때에는 이미 죽은 동료의 수가 살아있는 사람보다 더 많았다. 마치 지옥의 불덩이가 쫓아오듯 괴성을 내지르며 다가오는 적군에 밀려 우리는 숨이 꼴딱 넘어갈 정도로 달리고 또 달려왔다. 벌써 무릎까지 물에 잠겨 이제 몇 발자국만 더

가면 헤엄쳐 우리의 구조선 – 적어도 그때는 그렇게 믿고 있었다 –에 닿을 수 있으리라. 그때 핀타 호의 갑판에 마르틴 알론소 핀손이 나타났다. 유령처럼 창백한 얼굴에 동상처럼 몸이 굳어 꼼짝 못하고 서 있는 그의 곁에는 머리에 앵무새 깃털로 장식한 황금 관을 쓰고 얼굴은 목각 마스크로 가렸으며 눈과 콧구멍, 입술 주위로 황금 칠을 두른 한 남자가 함께 있었다. 그의 실루엣과 치장을 보자 우리는 가슴 속에 품었던 일말의 희망도 사그라들면서 이 자가 바로 지팡고의 왕 카호나보아라는 느낌이 강하게 들었다.

나는 베헤치오에게 사람을 압도하는 힘이 있고 거만하지 않지만 탁월한 귀족적 분위기를 지닌 왕족의 기품이 느껴진다고 생각했었다. 그러나 그도 이 새로운 출현자에 비하면 아무것도 아니었다. 베헤치오는 무릎을 꿇고 바닥에 입 맞추며 할 수 있는 최대의 경의를 그에게 표하는 것이었다.

카호나보아는 아내인 아나카오나 왕비와 함께 왔는데, 베헤치오의 누이인 그녀의 미모와 우아한 자태는 아름답기로 소문난 그 어떤 인디오 여인과도 비할 바 못되었다.

우리 처량한 그리스도교인들은 무기를 빼앗기고 감옥에 갇혔으며 부상병들은 살아남지 못했다.

선장과 제독이라는 지위에 대한 예우로 마르틴 알론소와 나는 나머지 일행과는 별도로 왕의 천막으로 초대되었다. 니냐호의 선장이며 마르틴 알론소의 형제인 비센테 야네스도 전투에서 살아남았더라면 이 자리에 함께 했을 것이다.

카호나보아 역시 베헤치오가 그랬던 것처럼 자기 백성인 인디오들을 납치하고 여인들을 겁탈한 행위에 대해 파렴치하고 중대한 범죄라며 우리를 질책했다. 비록 이곳 주민들에게 친절하게 대하라고 항상 지시했다고는 하더라도 제독이자 이번 원정의 총 책임자로서 내가 마르틴 알론소와 다른 말썽꾼들이 저지른 범죄에 책임이 있다는 것이었다. 그렇지만 나는 결코 이곳 사람들에게 나쁜 짓을 한 적도, 잔인하게 다룬 적도 없었다.

만물의 창조주이신 주님께서 나처럼 보잘것없는 종에게 무엇을 예비해두셨는지는 모르겠지만, 자기들에게 최대한의 존중을 보여준 내게 적개심만 가득한 족속이 인간적 미덕이라고는 없이 자기네 생각만을 주장하는 이 무례하고 부당한 대우를 더는 견디기가 어렵다.

마르틴 알론소는 후아나 섬(쿠바 섬을 나는 후아나 섬으로 명명했다)에 인접한 한 섬에 갔었다고 한다. 지팡고로 추정되는 이 섬에 도착한 그는 그의 동료 선원들과 함께 하선 후 금을 찾기 위한 정보를 얻으려 현지의 성인 인디오 네 명과 소녀 두 명을 납치했지만 이내 카호나보아 군의 습격을 받아 패배하고 대부분은 그 자리에서 죽임을 당했다. 신은 인간의 오만함과 방종을 이렇게 벌하셨다. 그러나 전체 스물 다섯 명 중에 마르틴 알론소와 다른 여섯 명은 간신히 죽음을 모면했다.

팔로스 항을 출발했던 77명의 그리스도교인 중에서 살아남은 영혼은 선원 열 두 명과 마르틴 알론소 뿐이다.

1월 9일 수요일

인디오들이 피리와 북, 노래 소리에 맞춰 춤을 추기 시작한지 오늘로 3일째다. 이 축제는 도무지 끝날 기미가 보이지 않았으며 그들이 축하하는 것이 바로 우리의 패배라는 사실에 우리 그리스도교인들은 더욱 더 깊은 비탄에 빠져들었다. 그런데 우리의 고통을 한층 더 가중시키는 일이 일어났다. 왕과 왕비를 즐겁게 해줄 목적으로 베헤치오가 우리의 패배로 끝난 요새 전투 장면을 재연해 보여주려 했던 것이다. 이 노련한 카시크는 우리의 옷을 몽땅 벗겨 인디오들에게 입히고 우리 역할을 연기하게 했다. 이제 우리는 저들과 똑같이 벌거숭이가 되었다. 그뿐만이 아니었다. 우리는 그들에게 화승총 쏘는 법까지 가르쳐야 했다. 커다란 소음에 여전히 조금 놀라기는 했지만 무기가 발사될 때 발생되는 굉음에 그들은 크게 즐거워했다. 기독교인의 차림을 한 인디오들 주위로 기병들이 둘러섰다. 우리 흉내를 내는 자들이 겁에 질린 표정으로 허공에 총을 발사하는 시늉을 하는 반면 말에 올라탄 인디오들은 가장 우아한 몸짓으로 곡선 동작을 반복했다. 기독교인들이 지리멸렬하게 흩어져 후퇴하고 말 탄 자들이 검을 휘두르는 척하며 그 뒤를 쫓아가는 것이었다.

왕비 아나카오나는 우리의 유일한 위안이었다. 그녀가 시를 낭송하고 노래할 때 그 의미는 전혀 이해할 수 없었지만 우리 중에 그녀의 아름다움과 목소리에 매혹되지 않은 이가 없을 정도다. 앞에서도 말했듯이 카호나보아의 아내이며 베헤치오의 누이인 그녀는 동족 인디오들에게 최고의 존경을 받고 있는 것으로 보이는데, 이는 단지 그녀가 왕족의 혈통이거나 아름답기 때문만이 아니라 인정할 수 밖에 없는 뛰어난 시인으로서의 능력 때문인 것 같다.

그녀의 남편은 축연의 전 과정을 지켜보며 크게 즐거워했지만 역시나 가장 좋아했던 것은 아나카오나가 무대에 섰을 때였다.

그의 권위에 기대어 보려는 희망을 품고 그에게 우리의 옷을 돌려달라고, 그렇지 않으면 차라리 죽여달라고 애원했지만 그는 우리의 두 가지 요구 중 어느 하나도 들어주지 않았다.

1월 10일 목요일

그리스도교인들의 나라에 대해 호기심이 생긴 왕 카호나보아는 나와의 면담을 원했다. 그리고 그 자리에는 왕비 아나카오나와 카시크 베헤치오도 동석했다. 그는 마르틴 알론소가 데리고 있던 통역을 통해 나의 이야기를 듣고자 했다. 그는 내가 입던 셔츠를 입고 벨트를 차고 나의 두건과 챙 없는 모자까지 쓰고 나를 맞았다. 반면 나는 여전히 아무것도 걸치지 못한 몰골이었다.

나는 그들에게 세상에서 가장 위대한 왕국을 다스리시는 두 분 폐하와 하늘에 계신 우리 주님, 진정한 신이

신 하느님과 진실한 종교에 대해 이야기했다. 또한 삼위일체의 신비에 대해 열심히 설명했다. 여왕과 그의 오라비가 나의 이야기에 커다란 흥미를 보이고 있음을 느꼈다.

나는 우리 왕국의 두 분 폐하 같은 군주를 모시는 것보다 더 큰 영광은 없으며 세례를 받음으로써 사후 지옥으로 떨어지지 않고 구원 받을 수 있을 뿐만 아니라 신실한 믿음만이 영생을 약속한다고 그들에게 강조했다. 만약 그들이 우리 국왕과 여왕 폐하께 찾아가 발 아래 엎드린다면 지위에 걸맞은 환대를 받을 것이라며 우리와 함께 카스티야로 가자고 제안했다. 카호나보아는 우리의 요새와 배, 무기에 특히 관심을 보였지만 그의 아름다운 아내는 나의 이야기에 감화 받은 듯 하다.

1월 11일 금요일

카호나보아는 아내와 아내의 오라비에게 우리와 이 지역에 대한 감시를 맡기고 군대를 이끌고 전투에 나갔다. 그의 출병은 더없이 좋은 소식이었는데, 그가 없는 동안 나를 풀어주고 그리스도교로 개종하라고 남은 이들을 설득할 수 있을것 같았기 때문이었다.

하지만 마르틴 알론소는 나와 생각이 다르다. 그는 우리 선원들과 탈출해서 아직 내포에 정박해 있는 핀타호를 타고 떠나기를 꿈꾼다.

1월 12일 토요일

오늘 왕비와 우리 주 예수 그리스도에 대해 한참 동안 이야기를 나눴다. 그리고 그녀는 우리가 지내고 있는 마을의 광장에 십자가를 세워주겠노라고 약속했다. 그의 오라비 베헤치오는 내게 코히바 - 속이 파인 나무 줄기 안에 넣고 불을 붙여 연기를 들이마시는 마른 식물 잎을 그들은 그렇게 부른다 - 를 권했다.

마르틴 알론소가 아프다.

1월 13일 일요일

왕비 역시 여인이므로 나는 그녀에게 카스티야 왕국의 궁정에서 입고 걸치는 드레스와 보석들에 대해 자세히 설명해주었다. 그녀의 눈이 마치 어린아이처럼 갈망으로 반짝이는 것을 보았다.

우리는 잘 먹고 해먹에서 잔다. 하지만 마르틴 알론소는 온몸이 아프다고 불평이다. 여기에서 생을 마칠 생각은 꿈에도 없다고 하면서 오로지 어떻게 하면 배를 되찾을 수 있을지만 궁리하고 있다.

1월 14일 월요일

악성 열병으로 마르틴 알론소의 몸이 불덩이 같다. 저러다 죽는 건 아닌지 걱정스럽다. 그를 관찰한 결과, 아무래도 원주민들과 접촉하면서 이 열병이 전염된 것 같다는 생각이 든다. 그는 두 번 다시 고향 땅을 밟지 못하게 될까봐 절망에 빠져있다.

아나카오나의 이름이 부족어로 '황금의 꽃'이라는 뜻이었기 때문에 나는 그녀에게 도나 마르가리타 라는 세례명을 제안했다.

1월 15일 화요일

악마가 마르틴 알론소의 육신과 영혼을 사로잡았다.

여느 날과 마찬가지로 우리 둘은 베헤치오의 식사 자리에 초대받았다(지금까지 아무것도 불평할게 없을 정도로 그는 우리를 배려해 주었다. 단 그와 마찬가지로 우리 역시 나체를 강요당한 것만 빼면 말이다). 그런데 고열로 쇠약해질 대로 쇠약해진 마르틴 알론소가 느닷없이 단도를 움켜쥐더니 카시크를 향해 달려들어 그의 목 깊숙이 칼을 꽂았다. 그야말로 눈깜짝할 사이에 일어난 일이었다. 카시크는 그자리에서 즉사하고 말았다. 그런 다음 여왕을 낚아채 칼로 협박하면서 동료 선원들을 모두 풀어주고 각자에게 말을 한 필씩 내놓으라고 강요하더니 그들과 함께 말을 타고 도주해버렸다. 그 어리석은 미치광이는 그렇게 해서라도 배를 되찾으려 한 것이다. 하지만 그 행동으로 인해 결국 우리 모두가 결코 용서 받을 수 없는 죄인이 되어버렸음을 나는 알고 있었다.

1월 16일 수요일

인디오들은 우두머리의 죽음에 울부짖었다. 오라비를 잃은 슬픔에 절망한 왕비는 이제 세례 따위는 안중에도 없었다. 반드시 복수하고야 말겠다는 말만 되풀이할 뿐이었다. 그녀의 지시로 광장에 세워졌던 십자가는 산산조각이 나 불구덩이에 던져졌다.

만약 내가 기적적으로 카스티야로 돌아가게 된다면 평생 성프란체스코회 수도승복을 입고 살 것을 맹세한다. 이 일련의 불행한 사건들을 목도하면서, 주님께서는 내가 원하는 것이 아닌 다른 계획을 예비해 두셨으리라는 확신이 든다. 그러나 만약 주님께서 나를 이곳에서 빼내어 주신다면 나는 두 분 폐하께 내가 로마로 떠나 성지 순례 길에 오를 수 있게 허락해 주시기를 엎드려 간구하리라. 성부와 성자와 성령의 도우심으로 두 분 폐하께서 만세를 누리시고 그 권능이 더욱 드높아지시기를.

3월 4일 월요일

감히 단언컨대 최악의 날이다. 오늘보다 더 처참한 날은 없을 것이다. 카호나보아가 마르틴 알론소와 그의 뒤를 쫓아 따라갔던 다른 기독교도들의 머리를 가지고 돌아왔다. 어리석은 자들의 형편없는 삶이 그렇게 막을 내렸다.

왕의 명령에 따라 사람들이 핀타호를 육지로 끌어올렸다. 나는 어제까지 핀타호가 정박해 있던 만을 현재 나의 처지와 죽음을 앞둔 내 운명을 기리며 '사라진 순례자의 만'이라고 이름 붙였다.

이제 에스파냐로 돌아갈 일은 결코 없을 것이다. 그리고 두 분 폐하께서는 인도를 찾아 바치겠노라고 약속했던 이 가련한 놈 따위는 기억도 하지 못하실 것이다.

날짜 미상

　혹시라도 수평선 위로 선박의 돛이 나타나지나 않을까 하는 헛된 희망 속에 눈부심을 참으며 억지로 바다를 살피느라 시력이 몹시 흐려졌다. 사람들은 내가 바다의 심연 속에 가라앉았다고 생각할테지. 나의 실패로 인해 이제 두 분 폐하께서는 어느 누구에게도 대양 탐험을 허락하지 않으실 것이다.

날짜 미상

　내 불쌍한 아들 돈 디에고 생각에 심장이 찢어질 듯 아프다. 에스파냐에 두고 온 내 아들은 이제 아비의 명예와 재산 그 모든 것을 잃고 고아가 되겠지. 내가 만약 이 땅의 부를 100분의 1이라도 챙겨 돌아갈 수만 있다면 공정하고 너그러우신 폐하께서 내 아들에게 모든 것을 되돌려주실 텐데…

날짜 미상

　총 길이가 바야돌리드에서 로마에 이르는 거리와 거의 비슷한 후아나 섬 혹은 쿠바 섬은 이제 거의 카호나보아의 지배 아래로 들어갔다. 그의 아내 아나카오나가 은

혜를 베풀어준 덕분에 사람들이 나를 받아주어 부족민들 사이에서 먹고 지낼 수 있었다. 그러면서 알게 된 사실은 이들 원주민은 스스로를 타이노 족으로 부르며 그들의 왕은 같은 부족이 아닌 오래 전 카리브 제도에서 온 사람이라는 것이었다. 어째서 그가 다른 인디오들과 달리 그토록 기질적으로 뛰어나고 강력한 통치력을 갖추었으며 전투에 호전적인지 그 이유를 짐작할 수 있었다.

날짜 미상

몇 명 남지 않은 선원들은 하나같이 심각한 열병을 앓았으며 극심한 좌절감에 허우적거렸다. 마지막까지 남아있던 동료마저 오늘 아침에 죽어 이제 나만 홀로 이 야만인들 가운데 남아 있다. 욥[5]을 제외한 어떤 인간이 절망 속에서 살아남을 수가 있겠는가? 어째서 주님께서는 이 비천한 종의 목숨을 거두지 않고 계속 살려두시는지 알 수가 없다.

거의 장님이 되다시피 한 나는 떠돌이 개처럼 벌거벗고 지낸다. 내게 관심을 기울이는 이는 아무도 없다. 오로지 아나카오나의 어린 딸만이 마치 옛날 이야기를 해

---

[5] 구약에 등장하는 인물로 온갖 고초를 겪고도 하느님에 대한 신앙을 저버리지 않았다

주는 할머니 할아버지를 찾듯 내게 관심을 보일 뿐이다. 매일 그녀가 나를 찾아오면 나는 대 카스티야 제국과 영광스러운 군주들에 대해 이야기해준다.

날짜 미상

놀랍게도 어린 히구에나모타는 카스티야어를 아주 빠른 속도로 습득한다. 이해는 물론이고 벌써 문장도 따라 말할 수 있다. 이를 보는 그녀의 엄마도 매우 기뻐하는 모습이다. 왕비의 눈에 나는 그저 자기 딸을 즐겁게 해주는 광대 그 이상도 이하도 아니다.

세상 만물의 주인이신 주님의 뜻이 다른 곳에 있으므로 두 분 폐하께서도 나를 구해주실 기회가 없으니 이제 나는 아내와 자식들을 남겨둔 채 어떻게 두 분 폐하를 섬기기 위해 그 먼 길을 거쳐 여기까지 오게 되었는지, 그리고 그들을 두 번 다시 보지 못한 채 이유도, 재판도, 자비도 없이 명예와 재산을 빼앗기고 이렇게 삶의 끝자락에 이르렀는지 나의 이 불행한 운명이 언젠가는 모두에게 알려질 수 있도록 주님께서 나의 기록만은 지켜주시기를 간구할 따름이다. 앞에서 '자비'라는 말을 썼지만 두 분 폐하에 대해 불평하는 것은 아니다. 나의 불행이 두 분의 잘못은 아니며 그렇다고 주님의 잘못도 아니기 때문이다. 이 모든 것은 지금 내 주위에 드글거리는 저 사악한 자들의 탓이다. 저들은 주님의 버림을 받은 이 땅에서 자기 자신뿐만 아니라 나까지 파멸의 길로 끌어들였다.

날짜 미상

내 불쌍한 영혼이 하느님의 곁으로 다가갈 시간이 다가오고 있다. 아마도 나는 바다 건너 고국에서 이미 잊혀진 존재가 되어버렸겠지. 그래도 이 추락한 제독을 여전히 걱정해주는 사람이 한 명 있으니, 미래의 여왕이며 이곳에서 나의 마지막 위안인 어린 히구에나모타는 내 곁에 남아 나의 눈을 감겨주리라. 부디 그녀가 나를 기억하며 우리의 종교를 받아들여 구원에 이르기를…

날짜 미상

나의 처지가 더할 수 없이 비참하다. 지금까지 나는 다른 이들을 위해 눈물을 흘려왔다. 이제 내가 바라는 것은 다만 하늘이 나를 불쌍히 여기시어 목숨을 거두어주시고 대지가 나를 위해 슬퍼해주는 것이다. 세속적으로는 봉헌할 은화 한 푼 없는 신세지만 영적으로는 하느님을 섬기는 마음으로 이곳 인도에 와있다. 고통 속에 병들고 고립된 채 우리의 적, 잔인하기 짝이 없는 백만 야만인들에 둘러싸여 하루하루 죽음만을 기다리는 나는 성전에 계신 성체와 너무도 멀리 떨어져 있는 탓에 육신이 그 생명을 다하는 날 나의 영혼은 영영 잊혀지고 말리라. 애덕과 진실과 정의로 충만한 나를 위해 부디 울어주기를. 내가 이 항해를 시작한 것은 명예나 부를 얻기 위해서가 아니었다. 이것은 틀림없는 진실이다. 그런 것에 대한 기대는 이미 내게서 사라져버린 지 오래다. 오로지 순수한 목적과 원대한 열정만을 품고 두 분 폐하를 찾아뵈었으며 이 점에 대해서 나는 단 한 점의 거짓도 없다.

3 부

아타우알파
연대기

CIVILIZATIONS
by Laurent Binet

3부
아타우알파[1] 연대기

1. 콘도르의 추락

이미 지나간 일에 대해서 새(鳥) 점술을 대입해 곰곰이 생각해보면 그 계시는 언제나 냉정하리만치 분명해 보인다. 하지만 현재 진행 중인 사건은 그것이 무엇보다 격렬하고 소란스러우며 아무리 생생할지라도 과거의 진실보다, 때로는 미래의 일보다도 모호한 형태로 다가오기 마련이다.

그날은 공식 태양축일이었다. 사방위제국(四方位帝國)의 열 한 번째 사파 잉카[2] 우아이나 카팍[3]은 기분이

---

[1] 1947. 3. 30 ~ 1533. 7. 26. 잉카제국의 마지막 사파 잉카

[2] 잉카는 잉카 제국의 귀족을 의미하며 그중 가장 강한 황제가 사파 잉카로 불렸다. 잉카가 다스리는 나라라 하여 잉카제국이라고 불리지만 정식 이름은 타완틴수유 제국으로 4방위제국이라는 뜻이다.

[3] 1468~ ?. 잉카 제국의 최전성기를 이끈 황제로, 제국의 영토를 남쪽으로는 칠레와 아르헨티나, 북으로는 에콰도르와 콜롬비아 남부까지 확장했다. 우아스카르, 아타우알파, 망코 잉카를 비롯한 수백 명의 자녀를 두었다.

매우 좋았다. 아라우카니아 문명의 힘이 닿지 않은 외진 땅에서부터 키토의 고지(高地)(쿠스코가 제국의 중심지였으나 수도를 빼면 그가 가장 애착을 가지고 살던 곳이 키토였다)에 이르기까지 그는 지배 영토를 가능한 한 최대로 (정복 가능한 세상의 끝까지 영토를 확장했다고 믿었다) 늘렸다. 단지 통과하기 어려울 정도로 빽빽한 숲과 하늘에서 내리는 솜뭉치 때문에 더 나아가지 못할 뿐이었다. 라마의 갈라진 뱃속에서 내장이 아직까지 꿈틀꿈틀 떨리고 있었으며 몸 밖으로 끄집어낸 허파는 제사장이 바람을 불어넣자 공기가 차 부풀어 올랐다. 그런데 제물로 희생된 동물의 살덩이가 연회를 위해 꼬치에 꿰어져 익어가고 의례에 따라 참석자들이 잔을 들어 축배하려던 순간 갑자기 하늘에 콘도르 한 마리가 나타났다. 콘도르는 말똥가리, 수리, 매 등 작은 맹금류 떼에게 집요한 공격을 받으며 쫓기고 있었다. 사냥꾼들이 사정없이 쪼아대며 공격하는 통에 기진맥진한 콘도르는 몸을 웅크린 채 결국 축하연이 벌어지고 있던 대광장 한복판으로 추락하고 말았다. 이 광경을 지켜보던 참석자들 사이에 놀라움 섞인 웅성거림이 일었다. 우아이나 카팍은 자리에서 일어나 부하에게 떨어진 콘드르를 살펴보라고 명령했다. 몸을 검사해 본 결과 콘도르는 다른 맹금류의 공격으로 생긴 상처뿐만 아니라 옴까지 걸려 깃털이 듬성듬성 빠져있는데다가 농포로 온 몸이 뒤덮힌 상태로 죽어가고 있었다.

황제와 그의 부하들은 이를 좋은 징조로 여겼다. 이 일이 무슨 의미인지 알아내기 위해 불러온 점쟁이들이 먼 곳에 있는 대제국을 황제가 정복할 것이라는 계시로 풀이했던 것이다. 9일간 계속된 태양 축제가 끝나자마자 우아이나 카팍은 군대를 이끌고 새로운 영토의 정복을 위해 더 북쪽으로 향했다.

투미팜파를 지나고 키토를 통과했다. 그리고 그는 몇몇 부족들을 사방위제국 타완틴수유[4]에 복속시켰다.

그런데 전해지는 이야기에 따르면, 어느 날 수행원들과 길을 가다가 우아이나 카팍 황제는 붉은색 말 여러 마리를 끌고 가던 한 여행자와 마주치자 그에게 길을 비키라고 큰 소리로 명령했다. 상대방의 정체를 알지 못했던 여행자는 무례한 말투에 기분이 상해 그 요구를 거절했다고 한다. 말싸움이 거칠어지자 붉은 말의 사나이가 갑자기 몽둥이로 그의 머리를 내리쳤고 황제는 치명

---

[4] 콜럼버스 이전 남아메리카 최대 제국으로 4 방위의 땅이 합쳐진 땅이라는 뜻. 친찬수유(북), 안티수유(동), 쿠야수유(남), 쿤티수유(서)로 이루어져 있다.

적인 부상을 입고 털썩 고꾸라졌다. 맏아들 니난 쿠요치가 아버지를 도우려고 달려왔지만 그 역시 몽둥이에 맞아 죽고 말았다. 들리는 이야기에 따르면 그 붉은 말을 가진 사나이는 황제가 과거 파차카막[5]의 여사제와 사이에 낳은 아들이라고도 하는데 그에 대해 더 자세히 알려진 바는 없다.

이제 제국의 왕좌는 아들 중 하나인 우아스카르의 손으로 넘어갔다. 그런데 우아이나 카팍은 숨을 거두기 전 유언을 남겼다. 우아스카르가 자신의 뒤를 이어 쿠스코의 왕좌를 차지하되 북부 지방은 우아스카르의 이복동생 아타우알파[6]에게 준다는 내용이었다. 아타우알파는 우아이나 카팍이 키토의 공주와 사이에 낳은 아들로 그가 생전에 가장 아끼던 아들이었다.

이후 몇 년간 우아스카르와 아타우알파는 아버지의 유언대로 타완틴수유 제국을 나누어 다스렸다. 그러나 우아스카르는 피해망상적 기질에 질투심 많고 성격이 다혈질이었다. 뿐만 아니라 쿠스코의 일부 영주들이 그를 제거하려는 음모를 꾸미고 있었다. 우아스카르 황제

---

[5] 잉카제국에 정복되기 전까지 신전 도시 왕국이었으며 잉카 제국 정복 후에도 신성한 장소로 여겨졌음.

[6] 1497~1533. 잉카제국의 마지막 사파 잉카. 형제인 우아스카르를 내쫓고 황제의 자리에 올랐으며 스페인의 침략으로 제국이 망할 때까지 나라를 다스렸다.

가 비용이 너무 많이 든다는 이유로 미라 숭배 관습을 금지하려고 했기 때문이다. 황제는 아타우알파가 자신을 찾아와 인사하지 않는 것은 황제에 대한 불경죄라는 구실을 붙여 전쟁을 선포했다. 그리고는 아타우알파를 모욕할 목적으로 그에게 여자 옷과 화장용품을 보냈다. 이에 아타우알파는 선왕을 따르던 장군들의 신임을 등에 업고 군대를 일으켜 쿠스코로 진격했다.

우아스카르의 병력이 수적으로 우세했지만 아타우알파의 병사들은 잘 훈련이 되어 있는데다가 경험이 풍부하고 뛰어난 장수들의 지휘를 받고 있었다. 키스키스 장군, 찰코 치막 장군, 루미냐우이 장군이 쿠스코의 관문으로 이어지는 길목에서 벌어진 피비린내 나는 전투를 승리로 이끌었다. 기병의 참여로 전투는 더욱 빠르고 격렬하게 전개되었다. 우아스카르는 직접 군대를 이끌고 거침없이 진격하는 적군을 저지해야만 했다. 아푸리막 강가에서 격렬한 살육전을 펼친 끝에 그는 동생의 군대를 저지할 수 있었다. 이에 아타우알파의 병력은 코타밤바스 지방으로 도망쳐갔는데 엄청난 수의 병사들이 계략에 넘어가 대초원에서 포위되었고 대부분이 산 채로 불에 타 죽고 말았다. 간신히 살아남은 병사들은 퇴각하면서 싸움을 계속했다.

북쪽을 향한 길고 긴 추격전이 시작되었다.

2. 후퇴

우아스카르는 추격을 망설였다. 하지만 고민을 오래 끌지는 않았다. 처음엔 군 병력 상태가 썩 좋지 않았기 때문에 키파이판 평야에서 이복 동생의 군대를 기다렸다가 그곳에서 최후의 일전을 치를까 하는 생각을 했었다. 비록 앞선 전투에서 이겼다고는 하나 그 역시 병력 손실이 매우 심했고 병사들도 지쳐있었기 때문에 전열을 재정비할 시간을 갖고 싶었던 것이다. 또한 키파이판 평야가 쿠스코에서 멀지 않은 곳에 있다는 사실이 그에게 안도감을 주었던 것 같다. 제국의 수도이며, 세계의 배꼽이라는 뜻을 가진 쿠스코가 적통 왕위 계승자의 편에 온기 어린 보호막을 드리워주고 있지 않은가 말이다. 하지만 이 도시는 아타우알파 측 사람들에게도 역시 황금빛 찬란한 꿈과 같은 곳이었다. 쿠스코에 대한 온갖 달콤한 소문은 그들에게 그곳을 차지하고 싶다는 갈망을 일으키고 있었고, 단지 화살 몇 번만 쏘면 닿을 듯 가까이 있는 이 도시가 패주 중인 병사들의 가슴 속에 위험한 욕망을 되살리지나 않을까 우아스카르는 두려워졌다. 그는 적군에게 기력을 회복할 수 있는 기회를 주지 않기로 했다. 더구나 오백 명에 이르는 이복 형제 중 하나인 투팍 우알파가 이끄는 기병대가 자신을 든든하게 받쳐주고 있지 않은가. 마침내 우아스카르는 적을 소탕하기 위해 병력을 모아 반란군 무리를 향해 내달렸다. 그는 심지어 삭사이우아만 신전을 지키던 경비대까지 차출했는데, 이는 그의 결심이 얼마나 확고했는지 짐작할 수 있는 대목이다. 이 우수한 특급 병력이 황제의 군을 보강하러 와주기만 한다면 신전을 지키는 신성한 임무가 아닌 공격병으로 역할을 전환시킬 생각이었다.

아타우알파는 애꾸눈 루미냐우이 장군, 도살자 키스키스 장군, 그리고 찰코 치막 장군에게 우아스카르의 추가 공격을 감당할 여력이 있는지 묻지 않았다. 물어볼 필요도 없었다. 절뚝거리는 두 마리의 퓨마처럼, 앞선 군대나 뒤쫓아오는 군대나 고난의 길을 그저 계속 전진했다.

강을 만날 때면 밧줄을 이어 만든 다리를 건너야 했는데, 그때마다 겁에 질려 울부짖는 말과 소, 라마, 꾸이와 앵무새를 가둔 상자, 병사들의 식량, 잉카의 수많은 수

행병들, 노예와 잉카의 첩들, 금은 식기, 잉카의 의복 제작용 알파카, 그리고 들것에 실린 부상병들까지 이끌고 다리를 건너는 것은 보통 일이 아니었다.

제국이 천천히 줄지어 나아갔다. 끝없이 이어지는 산에는 옥수수 밭이 굽이굽이 펼쳐졌지만 병사들은 제국의 자랑인 광활한 대지를 통과하면서도 누구 하나 감탄하는 이 없었고 자꾸만 떨구어지는 고개를 간신히 쳐들고 지친 발걸음을 옮길 뿐이었다. 새장 속 앵무새들은 불길한 예언이라도 하듯 꽥꽥거렸고 설치류인 꾸이들 역시 덩달아 어수선하게 찍찍 울어댔다. 머리에 우스꽝스러운 깃털 장식을 단 개들만 마치 경비대나 되는 듯 병사들의 긴 행렬을 따라 오르락 내리락 뛰어다니며 짖어대어 병사들에게 간간이 웃음을 주었다.

잉카가 지나는 길을 따라 늘어선 곡물 창고가 아타우알파가 이끄는 북부군에게 식량 보급원이 되어주었다. 그런데 이후 곡물 창고 관리를 담당하던 책임자들은 두 번째 군대 행렬이 찾아오자 놀라서 어안이 벙벙해졌다. 하지만 쿠스코 황제의 깃발을 보고는 아무 불평 없이 그들에게도 식량을 내어주었다. 저만치 앞에 일어나는 먼지구름이 아타우알파 후미 부대의 행렬이 멀지 않음을 알려주고 있었다.

우아스카르는 이복동생에게 파발을 띄웠다. 차스키라고 불리던 파발꾼들은 뛰어난 달리기 선수였고 짧은 구간마다 교대 체계가 잘 이루어져 있어서 단 며칠이면 제국 가장 후미진 구석에서 일어나는 아주 사소한 소식까지 잉카에게 전달될 수 있었다. 병사들도 재규어처럼 빠르게 달려가는 파발꾼들은 붙잡지 않았다. 그렇게 땅이 울리도록 요란하게 달려간 끝에 차스키 중 하나가 아타우알파의 귀에 대고 몇 마디 속삭이며 전달하자 아타우알파 역시 그에게 속삭임으로 짧게 응답했고, 젊은 파발꾼은 지체 없이 다시 내달렸다. 목소리가 닿을 거리에 동료가 보이자 그는 자신이 들은 내용을 큰소리로 전달했고, 새로운 파발꾼은 곧바로 다음 동료에게 전달하기 위해 튀어나갔다. 이렇게 몇 번의 교대 끝에 아타우알파의 대답은 우아스카르에게 도달했다. 쿠스코 군대가 키토 군대를 뒤쫓는 동안에도 두 황제는 평상시와 거의 다름 없이 이렇게 대화를 이어나갈 수 있었다.

"형제여, 항복하라."
"형제여, 절대 그럴 일은 없을 것이다."

"너의 아버지 우아이나 카팍의 이름으로 말하노니, 이 미친 짓을 그만두어라."

"너의 아버지 우아이나 카팍의 이름으로 말하노니, 너야말로 복수극을 단념하라."

양측 군대 사이의 거리가 얼마나 가까웠는지 고원지대에서 옥수수를 경작하는 농부들의 눈에는 그들이 하나의 군대로 보일 지경이었다.

3. 북부

그러나 북부군은 카하마르카에 도착할 때까지 행군속도를 늦추지 않았다. 최근 그 도시를 점령한 후 주둔군을 남겨두었기 때문에 아타우알파는 카하마르카라면 안심할 수 있다고 생각했다. 지칠대로 지친 병사들의 눈에 푸르른 골짜기 사이 온천에서 모락모락 뿜어져 나오는 수증기가 뿌옇게 아른거렸다. 이 지방은 온천으로 유명한 곳이었다. 선조들처럼 아타우알파 역시 온천욕을 즐겼고 평화롭던 시절에는 아버지와 함께 방문하곤 했었다. 그는 북부의 수도이자 안식처인 키토로 가는 길에 가로놓여 있는 산맥을 넘기 전에 병사들의 지친 육신에 휴식을 주고 사기를 되살려 주기 위해 온천에서 쉬어갈 생각이었다. 하지만 그것은 추격자들과의 거리가 충분히 떨어져 있을 때에나 가능한 일이었다. 쿠스코에서 불어오는 바람이 계속해서 그의 목덜미를 간지럽혔다. 이복형의 군대는 도시 길목 언덕의 경사면에 진을 쳤다. 병사들의 천막이 얼마나 촘촘히 자리잡았는지, 마치 커다란 천이 산을 뒤덮고 있는 것처럼 보일 정도였다. 땅 속에서 피어오르는 수증기가 안 그래도 어스름한 광경을 한 층 더 뿌옇게 만들었다.

아타우알파는 가마에서 내려와 샌들을 신고 카하마르카 대광장을 거닐었다. 병사들이 말에게 물을 먹여 목을 축이고, 라마를 무거운 짐에서 풀어 쉬게 해주고 일부는 야영을 준비하느라 부산하게 움직이고 있었다. 아타우알파는 갑작스러운 불안감이 엄습하여 목구멍까지 차오르는 느낌을 받았다. 그는 날이 밝기 전에 출발하기로 결심했다.

다음 날 아침, 우아스카르의 척후병들이 카하마르카에 도착했을 때 그곳은 이미 텅 비어 있었다. 북부군 병사와 동물들은 그 시각 이미 끝도 없는 오르막 산길을 등반하고 있었다. 좁디좁은 길 옆으로는 아득히 깊은 낭떠

러지가 위협했으며 공기는 얼음장처럼 차가웠다. 콘도르 몇 마리가 날개를 활짝 편 채 활공하고 있었다. 안데스 산맥이 아무리 높고 험하다 해도 종종 이 길을 이용해온 북부의 병사들에겐 익숙한 통로였으므로 조금씩 조금씩 앞으로 진전할 수 있었다. 그들은 금광을 통과하고 협로와 크레바스 그리고 전나무 숲을 지나갔다. 험준한 바위 돌출부에 잉카제국의 건축술을 동원하여 지어놓은 요새도 지나쳤다. 능선을 넘어서자 키토가 한층 가깝게 느껴졌다. 집으로 돌아가면 안전할 거라고 그들은 생각했다.

그들은 자기들이 북부의 민중들에게 저지른 학살에 대해 아무런 가책도 느끼지 않는 자들이었다. 치무족, 카란키족, 특히 카나리족에게 아타우알파는 부족 몰살 명령을 내린 잔인무도한 폭군이었다. 자신의 아버지에 의해 건설되었으나 우아스카르의 편을 들었다는 이유로 카나리족이 살던 대도시 투미팜파를 그야말로 쑥대밭으로 만들어놓지 않았는가 말이다. 그 때의 참혹했던 현장에서 간신히 살아남은 자들은 원수 같은 학살자들이 돌아오는 모습을 보자 태양신이 자신들에게 주는 복수의 기회라고 여겼다. 치열한 유격전이 펼쳐지고, 이미 지쳐있던 키토군은 카하마르카에서 보강한 원군이 무의 미할 정도로 큰 병력 손실을 입었다. 게다가 카나리인들의 습격을 물리치느라 기력을 소진하는 바람에 이동이 지체되어 결국 쿠스코 군대에 따라잡히고 말았다. 키스키스가 지휘하던 후미 부대가 우아스카르의 형제 투팍 우알파(당연히 아타우알파의 형제이기도 했지만 그는 뼈속까지 쿠스코인이었다)의 기병 부대에 처참하게 깨지고 말았다.

가까스로 아타우알파의 군대가 키토 계곡에 다다랐을 때에는 이미 너무 많은 병력 손실을 입은 뒤였다. 인원을 보강하고 재정비하려면 몇 달은 걸릴 텐데 그에게는 그럴만한 여유가 없었다. 아타우알파는 가장 뛰어난 장군 애꾸눈 루미냐우이에게 키토 도시 전체를 불태우라고 명령한 후 자신은 키토인들이 '산의 심장'이라고 부르는 가장 높은 언덕 위로 기어올라가 불타는 도시를 내려다 보았다. 우아스카르가 키토에 도착했을 때 그곳은 이미 잿더미로 변해있었다.

아타우알파는 자신의 제국 친잔수유의 심장부 키토가 폐허로 변했어도 눈물 한 방울 흘리지 않았다. 그는 제국의 국경 너머 북쪽으로 계속 쫓겨갔다. 패잔병 신세의 군사들을 이끌고 온갖 위험한 야생 동물과 독충이 우글거리는 빽빽한 숲 속으로 피신하며 우아스카르가 그쯤에서 추격을 멈춰주기를 바랐다. 그러나 형의 집요함과 증오심은 그의 생각보다 훨씬 강했다. 투팍 우알파의 기병대가 악착같이 뒤쫓아와 도저히 한숨 돌릴 틈이 없었다. 얼마 지나지 않아 북부 제국 친찬수유의 영광스러운 군대는 이가 들끓어 피부가 짓무른 늙은 개 꼴이 되었다.

그러나 북부 황제 아타우알파는 그 상태에서도 음습한 정글 더 깊숙한 곳으로 계속 들어갔다. 안데스 산 꼭대기의 살을 에는 듯한 추위가 이제는 온몸을 짓누르는 열기로 바뀌었다. 걸을 수 있는 병사들 중 어느 누구도 감히 황제에 대한 원망을 입 밖으로 내뱉지 않았지만 그들은 이제 이 세상에 태어난 자신의 운명을 저주하며 차라리 죽기를 바라고 있었다. 그리고 차례차례 그들의 바람대로 죽음이 찾아왔다.

그러나 투팍 우알파의 공격에도 살아남은 키스키스는 말을 타고, 황제의 가마와 같은 높이에서 황제 곁에 바짝 붙어 근접 경호를 했다. 아타우알파의 장군들은 그의 곁을 떠나지 않았다. 황제가 가는 곳이라면 세상 끝까지라도 함께 할 터였다.

어느날 아침, 그들은 적들이 이제 추격을 중단했나 생각했다. 그런데 얼마 지나지 않아 축축한 공기를 뚫고 웅웅거리며 전투가(歌)가 들려왔다,

"반역자들의 해골을 술잔으로 삼으리라.
그들의 이빨로 목걸이를
뼈를 추리고 다듬어 피리를
살갗으로 북을 만들어
음악에 맞춰 춤을 추리라"

아타우알파도 그 소리를 들었겠지만 낯빛 하나 변하지 않았다. 그는 어떤 경우에도 황제의 위엄을 저버리는 법이 없었다.

퇴각도 수월하지 않았다. 곳곳에서 원시부족 마을과 맞닥뜨렸다. 벌거벗은 주민들은 겁을 잔뜩 집어먹거나 호기심이 가득한 모습이었다. 어떤 이들은 먹을 것과 마실 것을 제공해주었다. 그런가 하면 또 다른 부족은 적대적이었지만 그들의 무기라고는 기껏해야 뾰족한 금속 날을 붙인 활과 창 몇 개에 불과했다. 황제의 군대와는 비교할 수 없는 수준이었으므로 쉽게 제압되었다. 병사

들은 말을 빼앗고 가축을 죽였으며 가능한 모든 것을 약탈했다. 부족하던 곡물과 고기를 이렇게 충당할 수 있었다. 하지만 가장 큰 문제는 길이 없다는 것이었다. 사람과 동물이 벌레가 우글거리는 늪에 스무 번이나 빠졌다. 노예 한 명과 소 한 마리가 악어의 뱃속으로 들어갔다.

대신들을 비롯해 키토 궁에 살던 사람들은 그곳에 남아 있으면 적의 손에 학살당할 것이 뻔했으므로 그들도 황제의 군을 따라 나섰다. 그 바람에, 그렇지 않아도 누더기가 된 긴 행렬은 뒤죽박죽 온갖 것이 뒤섞여 더더욱 정신 없어 보였다.

마침내 그들은 북쪽의 지협에 다다랐다. 동쪽으로는 고대 전설 속에서 혹은 기적적으로 살아남은 몇몇 카라반과 길을 잃고 헤매다 찾아온 머나먼 부족 출신 이방인들의 입을 통해서나 간혹 그 존재가 전해지던 바로 그 전설적 바다가 면해 있었다. 그러니까 그들의 이야기는 그냥 전설이 아니었던 것이다. 비참한 처지에 신음하던 병사들 중에는 이 발견에 마치 탐험가라도 된 냥 자부심으로 우쭐해진 이들도 있었다. 그런가 하면 천둥신의 딸이자 태양신이 보낸 붉은 여왕에 관한 옛 이야기를 떠올리며 경건하게 두 팔을 하늘로 치켜드는 이들도 있었다. 하지만 아타우알파는 그런 미신 따위에 관심이 없었다. 그는 지협을 건넜고, 그렇게 마지막 힘을 다해 지금까지 알려진 세상의 끝을 더 뒤로 밀어 놓았다. 그러나 거기까지였다. 그들은 더 이상 나아가지 못했다. 그들을 막아선 건 조잡한 무기를 가진 원시 부족이 아니라 강력한 전사들이었다. 들리는 소문에 의하면 그들은 뼛속까지 호전적이었으며 인신공양도 마다 않는 극단적 풍습을 가진 위험한 부족이었다. 아타우알파와 함께 하고 있는 그의 병사들, 부인들, 황금, 가축, 궁중 대신들은 끝도 없는 후퇴 끝에 이제는 꼼짝없이 더 이상 도망칠 곳도 없는 궁지에 내몰렸다. 험준한 안데스 산맥과 늪지대, 세상 끝 지협을 지나, 부친 우아이나 카팍과 위대한 혁명가 파차쿠티 황제를 비롯한 선대 어떤 사파 잉카도 감히 시도하지 못했던 곳까지 발을 디딘 끝에 그가 도달한 곳은 겨우 모래사장이 길게 뻗어있는 바닷가였다. 그곳에서 결국 그는 우아스카르에 의한 최후의 순간만을 기다리는 신세가 된 것이다.

　황제는 자신이 어떤 식으로 최후를 맞게 될지 생각하며 우울함에 빠져들었다. 그런데 그때 루미냐우이 장군이 찾아와 알현을 요청했다. 그들이 치해있는 상황은 암담하기 짝이 없었다. 아타우알파조차도 이제는 가마에서 내려와 바다를 바라보며 자신의 두 발로 서 있었다. 그의 몸에서는 평소와 달리 향기도 나지 않았다. 머리카락은 헝클어졌고 거의 반나절을 같은 튜닉을 걸치고 있었다. 자신의 시신은 미라가 되지도 못할 것이라는 두려움 때문에 그는 이제 황제의 지위에 걸맞은 일체의 예의와 형식도 잊은 듯했다. 그런 마당에도 루미냐우이 장군은 맨발로 고개를 숙이며 황제에 대한 최대한의 예의를 표했다. 상황이야 어찌 되었건 아타우알파는 여전히 머리 위에 황제의 관을 쓰고 있지 않은가. 왕관에는 이마 위로 늘어뜨린 붉은색 술장식이 달려있고 위에는 매의 깃털이 솟아 있었다. 아타우알파의 부친 때부터 잉카를 모셔온 늙은 장군에게는 그것이면 섬길 이유가 충분했다.

"사파 잉카시여, 저기 바다 위에 작은 배들이 보이십니까?"

고개를 여전히 숙인 채 그는 바다 위에 떠 있는 작은 점들을 손가락으로 가리켰다. 그가 두 손을 탁탁 부딪쳐 신호를 주자 두 명의 노예가 벌거벗은 한 사내를 포박해 끌고 왔다.

"오늘 아침 사로잡은 이 자의 말에 따르면, 여기에서 배를 타고 며칠만 가면 큰 섬들이 있다고 합니다. 그곳 사람들은 카누라고 불리는 속을 파낸 통나무 배를 타고 여기까지 와서 물고기도 잡고 거래도 합니다. 우리가 이 작자한테서 **빼앗은** 과일의 양으로 보건대 그 섬들은 꽤나 풍요로운 것 같습니다. 그리고 우리에게 우호적일 것으로 판단됩니다."

아타우알파도 체구가 건장했지만 그의 부하인 루미냐우이 장군은 몸을 숙이고 있음에도 불구하고 머리 하나가 더 클 만큼 거구였다. 평소의 습관대로 황제는 그 제안에 대해 무시도, 그렇다고 관심도 드러내지 않은 채 담담하게 말했다.

"우리에게는 배가 없지 않소."

"하지만 숲이 있지 않습니까." 장군이 대답했다.

병사들의 움직임이 **빨라졌다.** 키스키스 장군은 휘하의 부하들을 해변에 배치시켜 경계를 하도록 했다. 루미냐우이 장군은 나머지 병사들에게 나무를 베어 해안 모래사장으로 옮기도록 지시했다. 그리고 찰코 치막 장군은 선박 건조 책임을 맡았다. 급하게 만들어진 카누에 사람들을 태우고, 통나무를 라마 털실로 이어붙여 만든 뗏목 위에 가축과 황금을 담은 궤짝을 실었다. 이것만이 목숨을 부지할 유일한 방법이라는 생각에 평생 스스로 몸을 움직여 일을 해 본적도, 혼자서는 옷을 입거나 심지어 몸을 씻어본 적도 없던 귀족들조차 서투르게나마 벌목과 뗏목 이어붙이기, 배에 짐 싣는 일들을 도우러 나섰다. 그러는 동안 키스키스의 병사들은 쿠스코 군의 공격을 용맹하게 막아내고 있었다. 숲 경계지대에서 들려오는 무기가 서로 부딪히는 소리, 비명과 요란한 말발굽 소리가 파도소리와 뒤섞였다. 후송 작전이 시작되었다. 빗발치는 창과 화살 속에서 키스키스 장군이 제일 마지막으로 배에 올라탔다. 해변에는 수많은 시신이 뒤엉켜 널부러져 있었고 자리가 모자라 뗏목에 올라타지 못한 말들이 시신 사이를 뛰어다녔다. 거북이 몇 마리가 모래구덩이를 파고 알을 낳느라 전투의 북새통 속에서도 꼼짝하지 않았다.

4. 쿠바

바다는 잠잠했고 배들은 무리지어 물 위를 떠내려갔다. 인력과 물자의 손실은 거의 없었다.

그들은 생기 잃은 야자나무들이 늘어서 있는 백사장에서 하선했다. 앵무새들의 빽빽거리는 울음 소리가 공기를 가득 채웠다. 돼지들이 해변 여기저기로 흩어졌다. 이것도 상서로운 징조였다. 섬은 아름다웠고 날씨는 따스했다. 쌓였던 피로가 눈 녹듯 사라졌다. 눈이 덮히지 않은 산을 오를 때에는 노래가 절로 흥얼거려졌다. 강물의 물살도 세지 않아서 힘들이지 않고 얕은 곳을 걸어서 건너갔다. 물고기도 양 손 가득 잡았다. 사냥감이 넘쳐나는 숲 속 깊은 곳에서 이따금 호기심을 못이긴 원주민들이 불쑥 모습을 드러내기도 했다. 몸에 아무것도 걸치지 않았지만 생김새가 훌륭한 그 사람들은 무엇보다 적의가 없어 보였다. 그들의 말을 알아듣는 포파얀 출신 상인의 설명을 통해서 아타우알파는 세 개의 큰 섬 쿠바, 아이티, 자메이카와 토르투가 섬을 비롯한 수많은 작은 섬으로 이루어진 열도를 어느 늙은 여왕이 다스리고 있다는 사실을 알게 되었다. 아름다운 경관에 취해 탐험하는 기쁨 때문인지 아니면 타완틴수유 제국에서 북부는 언제나 자기들 땅이라는 관성 때문인지는 알 수 없지만 그들은 딱히 그래야 할 이유도 없이 무작정 북쪽으로 걸었다. 저녁이면 돼지와 도마뱀을 불에 구워 먹었다. 이곳에서라면 전쟁 따위는 잊고 살 수 있지 않을까 하고 아타우알파는 생각했다. 어쩌면 가능할지도 모른다. 하지만 정말 평화가 가능하기는 할까? 그의 운명을 지배해 온 물고 물리는 주변 상황을 생각할 때 대답은 쉽지 않았다. 애초부터 평화는 불가능했다고 해두자.

마음 속에 근심이 사라지자 왕실 행렬의 의전이 되살아났다. 체크무늬 제복을 입은 길잡이 청소꾼들이 제일 앞장서 걸었다. 그 뒤로는 춤꾼과 노래꾼들이 따라갔으며, 금빛 갑옷을 입은 기병들이 그들의 뒤를 따랐다. 그리고 기병의 뒤에는 가마에 앉은 황제가 자리했다. 황제는 말을 탄 근위대와 장군들에게 둘러싸여 있었으며 함께 이동하는 궁중 대신들 중에서도 고위 관리들은 가마를 타고 행렬에 합류했다. 황제의 누이이자 아내인 코야 아사르파이, 사촌 여동생이자 미래의 아내가 될 꼬마 쿠시 리마이, 또 다른 어린 여동생 키스페 시사, 나머지 첩과 후궁들, 태양 신전의 여사제들과 시종, 보병, 그리고 함께 피난 온 키토 백성들이 조용히 줄지어 따라왔다. 키스키스와 그의 병사들이 이 긴 행렬의 끝에서 전체를 보호하며 걸었다.

그런데 갑자기 행렬이 멈췄다. 선두에서 앞서가던 자

들이 길 양 옆으로 비켜서 도열하자 잉카의 가마가 그
들 사이를 지나 앞으로 나아갔다. 그들 앞에는 40명의
말 탄 사내들이 버티고 서 있었는데 하나같이 벌거벗은
몸에 깃털 장식을 하고 얼굴과 몸에는 색을 칠했으며 무
기를 들고 있었다. 무리의 대장으로 보이는 자는 쇠 조
각을 이어붙인 나무막대 같은 것을 어깨에 걸치고 있었
다. 이방인 행렬을 자기네 땅으로 받아들일 생각이 전혀
없어 보였기 때문에 대화를 나누어야 했다. 원주민 대장
의 이름은 아투에이였고 그는 아나카오나 여왕을 섬기
는 장수였다. 예법 따위는 무시한 채 그는 두 눈을 똑바
로 뜨고 곧장 잉카를 향해 다가왔다. 무릎을 땅에 꿇지
않은 것은 물론이고 심지어 말에서 내리지도 않았다. 아
타우알파는 찰코 치막을 시켜 대화를 나누도록 했다. 양
측은 전혀 상대방의 말을 알아듣지 못했다. 하지만 우여
곡절 끝에 바라코아라는 곳에서 여왕과 면담하기로 합
의가 되었다. 십중팔구 아타우알파는 자신의 행차를 막
아선 이 자들을 그 자리에서 바로 죽여버릴까 잠시 고민
했을 것이다. 그리고 아투에이 또한 그런 생각을 읽었던
것 같다. 그가 갑자기 들고 있던 나무막대를 허공을 향해
들어올리자 벼락이 내리치는 것 같은 무시무시한 소리

가 들리더니 붉은 머리 검은 독수리 한 마리가 하늘에서 뚝 떨어졌다. 키토인들은 놀라 혼비백산했다. 오래된 전설이 불현듯 떠올라 "토르신이다!" 하고 소리치는 이들도 있었다. 거대한 몸집의 루미냐우이조차도 하늘이 무너지기라도 하는 듯 놀라 고개를 움츠릴 정도였다. 그러나 아타우알파만은 낯빛 하나 변하지 않았다. 태양의 아들이 벼락을 두려워할 수는 없는 법이었다. 그렇지만 그는 아투에이를 죽이지 않고 무사히 돌려보내는게 좋겠다고 판단했다.

다른 때 같았으면 그는 그깟 천둥소리에 놀라 벌벌 떠는 자들을 한 놈도 살려두지 않고 베어버렸겠지만 의지할 데 없는 지금의 신세로는 병사 한 명이라도 허비할 수는 없는 일이었다. 더군다나 자신이 가장 아끼는 장군을 처단할 생각은 추호도 없었다.

5. 바라코아

바다가 나타났다. 그들은 이 섬이 길고 좁은 띠 모양이며 단 며칠이면 가로 횡단이 가능한 땅이라는 사실을 알게 되었다. 그들은 이 땅에 정복자로 온 것이 아니라

도망쳐왔다. 그렇지 않았다면 쿠바는 물론 세계의 운명도 달라졌을 것이다. 아타우알파는 약속장소에 도착하기에 앞서 사신을 미리 보내 여왕에게 황금 식기와 튜닉과 앵무새 등 선물을 전달했다. 여왕은 그를 마치 오랜 동맹이라도 되는 듯 꽃잎이 흩날리는 곳에서 북소리와 화려한 춤 공연 속에 맞이했다. 종려나무 잎과 꽃다발을 든 하인들이 행렬 인파를 환영하러 나왔다. 마을은 깨끗하게 정돈되어 있었다. 식물 이파리를 엮어 만든 화환이 알록달록 색칠된 오두막집마다 걸려있었다. 식물의 잎으로 지붕을 덮은 길다란 형태의 집들과 쉬는 시간인지 아무도 일하는 이가 없는 대장간에서는 아직도 하얀 연기가 실처럼 피어나오고 있는 것이 아타우알파의 장군들 눈에 띄었다. 데리고 온 가축들이 풀려나 자유롭게 오가는 해변 모래사장 한가운데에 뼈대만 남은 거대한 배 두 척이 덩그러니 자리잡고 있었다. 만찬이 이미 차려져 있었고 잉카는 여왕의 옆자리에 앉았다. 아타우알파는 그녀를 자신과 동등하게 대우하는 것이 좋겠다고 생각하고 대접받은 음식들을 먹었다. 여왕은 나이가 들어 과거의 아름다움은 사그라들었지만 우아한 기품이 깃들어 있었고 그는 그런 그녀의 모습과 태도가 마음에 들었다.

축하연은 밤늦은 시간이 되어서야 끝났고 그 다음날 아침이 되자 다시 시작되었다. 키토인들은 환대에 매료되었다. 그러나 공연과 노래를 통해서 아나카오나 여왕은 그들에게 어떤 메시지를 전하고자 했다. 그녀의 조카이면서 이 지방을 다스리던 아투에이는 전투 장면을 연출하여 보여주었다. 흰색 튜닉을 입고 쇠붙이가 붙어있는 긴 막대로 방어하는 사내들을 벌거벗은 기마병들이 뒤쫓는 연극이었다. 그 막대가 허공을 향하자 또다시 귀를 찢는 천둥소리가 울리면서 키토인들을 혼비백산하게 만들었다. 그러나 결국 기마병들이 전투에서 이겼고, 불을 내뿜는 무기를 차지했다. 긴장한 기색을 감추느라 애쓰는 장군들을 보면서 아타우알파는 여왕이 전하고자 하는 메시지가 자신들에게 제대로 전달되었음을 깨달았다. 지금으로부터 약 40여 번의 수확기 전 과거에 바다를 통해 이방인들이 여기에 왔으며 그들이 타고 온 배는 해안가에 좌초되었고 그들은 결국 이곳 병사들과의 전투에서 패배했다는 사실을 알았다. 그에게 이 이야기를 전해주는 여왕의 딸 히구에나모타의 표정이 즐거워 보였다. 이에 잉카는 자신이 여기에 온 것은 싸우기 위해서가 아니라 도피할 곳이 필요해서였다고 말해주었다. 키토인들은 타이노인들에게- 이것이 아나코아나 여왕이 다스리는 부족의 이름이었다 - 매우 예의 바르게 이곳에 은신할 수 있도록 허락해 달라고 요청했다. 더구나 그들은 모두 천둥의 신 토르를 숭배하고 있지 않은가. 토르신의 기원은 알 수 없었지만 어쨌든 그들에게는 태양신 다음으로 모시는 신이었다.

6. 우아스카르

타이노족의 환대가 얼마나 지속될지는 알 수 없었다. 하지만 여왕과의 관계가 꽤 좋았기 때문에 아무것도 하지 않고 무위도식하는 생활이 그에게 그리 부담스럽게 느껴지지는 않았다. 사실, 여왕이 들려준 동쪽에서 왔다는 그 이방인들에 관한 이야기는 믿을 수 없을 만큼 놀라웠다. 그는 또한 불을 내뿜는 막대가 천둥소리를 내려면 특수한 가루가 필요한데 이 섬에는 그 가루가 거의 없다는 것도 알게 되었다. 따라서 특별한 경우가 아니면 사용이 극히 제한되어 있었다. 물론 새로운 이방인의 방문이 바로 그런 특별한 경우에 속하는 것이었으리라. 잉카는 과거의 그 이방인들이 두 종류의 대상에 특히 집착을 보였다는 사실도 알게 되었다. 황금과 신이 그것이었다. 십자가 세우기를 좋아했던 그들은 모두 죽고 지금은 아무도 남아있지 않았다.

키토인들은 바라코아에서의 삶에 매우 만족하며 빠져들었다. 그곳 사람들과 어울려 지내면서 어떤 이들은 심지어 입고 있던 옷을 벗어던지고 그 사람들처럼 벌거벗고 다닐 정도였다. 반면 타이노 사람들은 그들의 튜닉을 걸치고는 즐거워했다. 과거의 힘든 기억들은 저만치 멀어져 갔고 현재의 평화로운 나날은 손가락 사이의 모래알처럼 스르르 흘러갔다.

그러나 운명의 발걸음은 일시적으로 가리워져 있을지언정 결코 멈추는 법이 없었다.

아나카오나의 첩자들은 키토인들과 매우 흡사하지만 수적으로 월등히 많은 다른 이방인들이 이웃 섬 자메이카에 상륙했다고 보고해왔다. 이에 아타우알파는 그 수장이 자기를 찾으러 온 형이며 그가 이곳에 오면 피바람이 불게 될 것이라고 여왕에게 털어놓았다. 여왕을 중심으로 비상회의가 소집되었는데 그 자리에는 여왕의 딸과 조카도 참석했으며, 아타우알파와 그의 장군들, 그리고 그의 누이이자 아내인 코야 아사르파이도 초대되었다.

우아스카르가 원하는 것은 무엇인가? 왜 그렇게 끈질기게 뒤쫓아 오는가? 쿠스코에서 이렇게 멀리 떨어진 곳까지 그토록 오랜 시간 뒤쫓아 올 만큼 동생의 귀향을 싫어한 이유가 무엇인가? 이런 질문들은 타이노 부족 사람들에게 관심사가 아니었다. 그들은 형제 간의 전쟁이 자기들에게 미칠 피해만을 걱정했다. 분개한 아투에이는 잉카에게 말했다.

"산으로 가든 바다로 가든 아무데나 가고 싶은 곳으로 당장 떠나시오!"

또다시 도망쳐야 한다니… 그러나 어디로 간단 말인가? 키토인들은 어찌할 바를 몰랐다. 키토 장군들의 표정에는 당황한 기색이 역력했다. 히구에나모타는 그들에게 바다를 카리켰다.

"답은 바로 당신들 앞에 있답니다."

동쪽이라… 하지만 어떻게 간단 말인가? 그 땅은 대체 어디 있는가? 얼마나 멀리 떨어져 있을까? 타이노 사람들이 그들에게 이방인들의 배에서 찾은 지도를 보여주었다. 아타우알파 황제와 그 일행은 쿠스코가 표시되어 있지 않은 세계지도를 찬찬히 들여다보았지만 뭐가

뭔지 이해할 수가 없었다. 종이 위에 써 있는 작은 표시들을 도무지 해독할 수가 없었다. 히구에나모타는 어린 시절 침략자들의 언어를 익히기는 했지만 문자 체계는 배우지 않았다. 이 지도들이 얼마나 엉터리인지 그들이 알았다면 망망대해로 향하는 무모한 도전을 결심하는 일은 결코 없었을 것이다.

도대체 무슨 수로 바다를 건너간단 말인가? 히구에나모타가 또다시 속삭였다.

"모래사장 위에 방치된 저 배들을 보세요. 이 배들이 동쪽에서 여기까지 왔다면 반대로 이곳에서 그쪽으로도 갈 수 있겠죠."

선박의 목재는 이미 부식되어서 도저히 항해할 수 있는 상태가 아니었다. 게다가 이 배들이 아무리 크다 해도 겨우 두 척으로 이 많은 키토인들을 다 싣고 떠나기에는 불가능했다. 그러나 아타우알파 일행 중에는 제국에서 제일가는 목수들이 포함되어 있었다. 버려진 배 두 척을 수리하고 그것보다 더 큰 세 번째 배를 즉시 만들어내라는 명령이 떨어졌다. 찰코 치막은 기술자들에게 눈 앞에 있는 두 척의 배를 참고해 거대한 구조물의 도면을 완성하도록 했다. 그러면서 아나카오나와 그녀의 딸이 들려주는 이야기를 들었다. 오래 전 그 큰 배가 해안가 바위에 부딪혀 좌초되었고 떨어져나간 마지막 판자까지 파도에 쓸려나갔다는 것이었다.

한쪽에서 배를 새로 짓고 수리하는 동안 아나카오나의 첩자들은 우아스카르를 감시했다. 쿠스코의 군대는 아직 자메이카 섬에 주둔하고 있으며, 다행스럽게도 그들은 키토인들이 어디에 숨어있는지 아직 모르고 있었다. 열도의 전 주민들에게는 우아스카르에게 엉뚱한 길을 가르쳐주어서 헤매게 하라는 명령이 전달되었다. 어찌 되었든 결과적으로 우아스카르는 동생의 흔적을 찾아내기는 했지만 그 전에 한참 동안 길을 잃고 헤매야 했으며 엉뚱한 섬을 뒤지느라 몇 날 며칠을 허비하는 동안 아타우알파의 일꾼들은 그만큼 일할 시간을 벌 수 있었다. 어떤 날에는 시간을 더 끌기 위해 아나카오나의 고향인 아이티로 우아스카르군을 안내한 적도 있었다.

키토인 사내들은 나무를 다듬고 판자를 재단했다. 여자들은 여러 가지 색깔의 천을 자르고 이어붙여 돛을 만들었다. 타이노인들은 녹스는 것을 방지하기 위해 기름칠을 한 못으로 목재를 고정시키는 일을 맡았다. 뼈대밖에 없던 배들이 마치 뱀이 허물을 벗고 새로 태어나듯 새

생명을 얻어갔다. 서서히 변모해가는 배를 보면서 키토인들과 타이노인들의 마음 속에 잘 될 거라는 희망이 싹텄다. 서로가 서로를 좋아했고, 곧 좋은 친구로 기억하며 헤어지게 될 것이다. 물론 배가 출발한다고 해서 모든 것이 해결되는 것은 아닐 것이다. 떠났다가 다시 처음의 자리로 되돌아 올 수는 있을지, 그리고 사냥감이 도망친 것을 알게 된 우아스카르가 타이노인들에게 보복을 하지는 않을지 아무도 장담할 수 없었다. 하지만 나무를 베어온 나무꾼들, 재단한 목수들, 천을 바느질한 여인들과 쇠를 만들고 못질한 사람들 덕분에 최악의 상황은 피할 수 있게 되었다.

모든 것이 원래의 정상 상태로 되돌아가지는 못할 것이다. 그것만은 분명했다. 세계의 중심축이 삐끗 어긋나는 것은 아닐까? 아타우알파의 누이이자 아내인 코야 아사르파이는 떠나고 싶지 않았다. 모든 이가 최선을 다해 배를 만드는 일에 열성적으로 참여하기는 했지만 미지의 세계로 떠난다는 불안감은 그녀 말고도 많은 사람들이 느끼고 있었다.

"오라버니, 대체 이게 무슨 정신 나간 짓인가요?"

그녀의 마음 속에서는 모르는 것에 대한 공포와 아는

것에 대한 공포가 서로 싸우고 있었다. 우아스카르의 병사들이 근처에서 자기들을 찾아다니고 있다는 걸 생각하면 소름이 돋았다. 하지만 수평선 너머로 나아간다는 것 역시 그것만큼 두려운 일이었다. 바다 건너 다른 세상은 상상할 수도 없었다. 아타우알파는 누이를 설득할 적당한 말을 알고 있었다.

"나의 누이여, 태양이 어디에서 오는지 가서 확인해 봅시다."

백성들에게 안내자가 필요하다는 사실을 알고 있는 그는 의전도 무시하고 모든 백성의 앞에 서서 이렇게 말했다,

"사방위제국의 시대는 이제 저물었다. 우리는 새로운 세상으로 나아갈 것이다. 그곳은 우리 땅만큼이나 풍요로운 세상이다. 그대들의 도움으로, 그대들의 황제는 새로운 시대의 비라코차[7]가 될 것이며, 아타우알파를 직접 섬겼다는 영광이 그대들의 가문과 아이유[8]에 대대손손 빛날 것이다. 혹여라도 침몰하게 된다면, 바닷속 깊은 곳에서 파차카막신[9]을 만날 것이다. 그러나 만약 무사히 건

---

[7] 잉카 문화 신화에 등장하는 창조의 신
[8] 안데스 지방의 혈연 중심 공동체
[9] 대지에 최초로 인간을 환생시킨 창조신. 이후 바라코차로 흡수됨.

너간다면… 이 얼마나 굉장한 여행인가! 자, 이제 제 5세계를 향해 떠날 때가 왔다!"

황제의 말에 침착을 되찾고 용기가 솟은 키토인들은 한 목소리로 외쳤다.

"가자, 제 5세계로!"

그러나 황제가 개인적으로 필요한 하인을 비롯한 수행원과 물건들을 줄이려 하지 않았기 때문에 세 척의 배로는 모든 사람들을 다 태울 수가 없었다. 식기와 의복, 가축, 식량을 싣고 갈 공간이 필요했던 것이다. 아나카오나의 이야기를 귀담아들었던 그는 많은 양의 황금도 가져가기로 마음먹었다. 그래서 지위와 효용성을 고려하여 배에 탈 사람들이 선별되었다. 이렇게 해서 귀족, 병사, 제국의 관리(재정담당관, 문서담당관, 전술가), 수공업 장인, 여자들이 결정되었다. 모두 합해서 200명이 채 되지 않았지만 이 인원만으로도 배는 이미 만석이었다. 여기에 더해 말과 라마 몇 마리, 식용 꾸이도 실었다. 아타우알파는 자신이 아끼는 퓨마와 앵무새들도 데려가기를 원했다.

출발을 앞두고 히구에나모타가 황제를 찾아와 말했다.

"저도 당신과 함께 가게 해주세요."

오래 전 창백한 피부의 이방인들이 떠나왔던 고향, 그 미지의 신비로운 세계가 일평생 그녀의 마음 속에서 한 시도 잊혀진 적이 없다는 사실을 아타우알파는 알고 있었다. 그녀를 데려가면 언젠가 큰 도움이 되리라고 그는 생각했다.

마침내 출항의 날이 밝았다. 배에 함께 타지 못하는 키토인들은 배웅을 나와 바닷가에서 눈물을 흘렸다. 아나카오나가 딸을 안고 작별 인사를 나누었다. 장군들의 호위를 받으며 서있던 아타우알파는 자신을 기꺼이 맞아준 이 섬을 마지막으로 한 번 더 바라보았다. 지금 떠나면 오래도록 다시 돌아오기는 힘들 것이라는 생각이 들었다.

7. 리스본

배가 출발했다

항해하는 동안, 히구에나모타는 아타우알파의 연인이 되었다. 어린 시절 들었던 이야기를 평생 마음 속에 간직한 채 살아오다가 기회가 오자 놓치지 않고 자청해 고향을 떠난, 자기 어머니 연배의 이 여인에게 젊은 잉카는 빠져들었다.

부서진 배에서 발견된 옛날 지도를 그 두 사람은 날마다 함께 들여다보며 의미를 해독하려 애썼다. 학자들이 별자리를 기준으로 현재의 위치를 알려주는 도구의 사용법을 알아내어, 그 결과 배가 항로에서 이탈하지 않고 똑바로 나아갈 수 있게 되었다.

어느 날 아침, 루미냐우이가 아타우알파를 알현하러 선실에 들어왔을 때, 그는 연인과 함께 아카[10]를 마시고 있었다. 흰 새들이 하늘을 날아다니는 것으로 보아 육지가 가까운 것 같았다. 마침내 수평선 끝에 육지가 모습을 드러냈다. 여러 주가 지나는 동안 황제와 내밀한 관계를 가지면서 아나카오나의 딸은 케추아어(아타우알파 황제는 아이마라어보다 키토 억양이 섞인 케추아어를 주로 사용했다) 실력이 놀랄 만큼 늘었다.

그들은 육지의 해안선을 따라 항해했다. 어느 날 동트기 직전, 아직 어두운 시각에 믿을 수 없는 자연 현상이 일어나 모두를 두려움 속에 빠뜨렸다. 바람 한 점 일지 않았는데 갑자기 바닷물이 위로 솟구쳐 올랐던 것이다.

---

[10] 잉카의 신성한 전통 음료

고요한 태풍이라도 일어난 것 같은 이 기이한 현상에 하마터면 세 척의 배가 모두 난파될 뻔했다. 육지를 겨우 2연[11] 앞두고 이제 드디어 기나긴 항해가 끝났다고 생각할 때 몰살당한다면 그것보다 억울한 일이 어디 있었겠는가. 다행히도 노련한 기수들 덕택에 가까스로 허망한 비극을 피할 수 있었다.

파도에 밀려 그들은 거대한 강의 하구 안쪽으로 쓸려들어갔다. 육중한 석조 탑이 나타났다. 바다의 관문을 지키는 선박의 출입구인듯 했다. 강의 오른쪽으로 보이는 푸른 언덕이 이 나라를 호의적인 곳으로 느끼게 해주었다. 하지만 잉카 일행은 강 왼편의 물에 잠긴 평원을 보면서 성난 강이 물길을 벗어나 휩쓸고 지나가는 장면을 떠올렸다. 한 면의 길이가 쿠스코에서 가장 큰 궁전과 비견될 만큼 거대한 흰색 석조 건축물이 강에 인접해 있었다. 새들은 더 이상 지저귀지 않았다. 이방인들은 이 고요함에 두려움을 느끼며 침묵에 빠져들었다.

아타우알파는 탑에 가까이 다가가라고 명령했다. 성벽에는 처음 보는 동물 조각상들이 장식되어 있었다. 주둥이 부분에 괴상한 뿔이 달린 맥(貘)의 머리 조각상이

---

[11] 해안 거리를 재는 옛 단위로 1연은 185.2m이다.

꺼림칙했다. 하지만 돌에 새겨진 문양 중에는 히구에나 모타가 그 옛날 외지인의 상징으로 여겼던 십자가도 보였다. 이로써 그들은 드디어 목적지에 도착했음을 깨달았다.

배는 강을 따라 계속 거슬러 올라갔다. 너무나 끔찍한 장면이 눈앞에 펼쳐졌다. 돌로 지어진 집들이 무너져 있었고 눈에 보이는 곳곳이 불타고 있었다. 땅 위에는 시체가 널부러져 있었다. 남자, 여자, 개 할 것 없이 살아있는 생명들이 잔해 사이를 이리저리 방황하고 있었다. 신대륙에서 키토인들이 처음 들은 소리는 개 짖는 소리와 아이들의 울음 소리였다.

강의 폭이 호수처럼 넓어졌다. 반쯤 침수된 선박들의 잔해를 피해 지그재그로 강을 거슬러 올라가다가 그들은 꽤 넓은 광장을 발견했는데, 그 넓이가 삭사이와만 성채의 면적과 비슷했다. 광장에는 온갖 크기의 다양한 배들이 흩어져 있었다. 용골이 뒤틀리고 선체는 부서졌으며 돛대는 뽑혀 있었다. 광장의 좌측에는 좁고 긴 망루가 솟아있는 웅장한 궁전이 폭삭 주저앉아 있었다. 황제 일행은 배에서 내렸다.

최근까지도 웅장한 위용을 자랑했음에 틀림없어 보이

는 이 궁전은 이제 그저 늪에 불과했다. 한걸음 내디딜 때마다 키토인들의 샌들이 진흙탕에 처박혔고 물은 발목까지 차올랐다. 황제도 예외가 아니었다. 그러나 침수된 땅의 물 웅덩이가 그런대로 걸을만했기 때문에 가마꾼을 대령시키지는 않았다.

그들은 누더기 옷을 걸친 채 넋 잃은 표정으로 부서진 배 주위를 맴돌고 있는 사람들과 마주쳤다. 기운 없이 발을 질질 끌면서 멍한 눈으로 돌아다니고 있는 이 사람들은 마치 장님인 듯 때때로 서로 부딪히곤 했다. 그리고는 낯선 방문객들과 눈이 마주쳤을 때에도 아무것도 이해하지 못한 듯 무표정하게 바라보았으며 얼굴에는 일말의 놀라움도 나타나지 않았다. 이따금씩 건물이 우지끈 무너져 내리는 소리가 들릴 때면 어김없이 비명이 터져나오고 비명은 이내 비통한 울부짖음으로 바뀌었다.

공기는 크게 차갑지는 않았고 약간 쌀쌀한 정도였다. 안데스 산맥의 매서운 추위에 익숙한 키토인들은 눈 앞에 펼쳐진 믿기 어려울 정도로 처참한 광경에 정신을 빼앗겨 그 정도 한기에는 신경도 쓰지 않았다. 하지만 키토인들을 세계 반대편 끝으로 안내해온 히구에나모타는 타이노족이었다. 그녀가 살던 섬은 언제나 더웠으며 건

기 혹은 우기 단 두 계절만 있는 곳이었다. 아타우알파는
아무것도 걸치지 않은 그녀의 몸이 떨고 있는 것을 눈치
챘다. 그들 일행 모두가 기나긴 항해에 지치고 예민해진
상태였다. 아타우알파는 쉴 곳을 찾아 휴식을 취하기로
마음먹었다. 하지만 폐허가 되다시피 한 이곳에서 183
명의 사람들과 말 37마리, 퓨마 한 마리와 몇 마리의 라
마를 보호해 줄 쉼터를 도대체 어디에서 찾을 수 있을
까? 그들은 강 하구에서 보았던 거대한 석조 건물로 되
돌아갔다. 물 위로 솟아있는 탑과 그 건물만이 이 도시에
서 무너지지 않은 유일한 건축물인 것 같았다.

그 건물은 직선으로 반듯하게 각이 진 궁전이었는데
창처럼 뾰족하고 정교하게 다듬어진 기둥들이 건축물을
보강하는 지주 역할을 하는 것 같았다. 건물의 벽에는 아
치형 창문이 여러 개 나 있었고 위로는 망루들이 좌우 대
칭을 이루며 곳곳에 솟아 있었다. 또한 둥근 형태의 지
붕을 가진 높은 구조물이 중앙에서 전체를 압도하고 있
었다. 외벽의 하얀 석재는 돌이라고 하기에는 너무나 정
교하게 조각되어서 마치 동물 뼈에 새긴 것이 아닐까 싶
을 정도였다.

그곳에는 신기하게 생긴 사람들이 모여있었다. 갈색

과 흰색으로 된 긴 의복을 입고 정수리 부분만 머리카락을 삭발한 사람들이 눈을 감고 두 손을 모은 채 무릎 꿇고 앉아 들릴 듯 말 듯한 작은 소리로 무언가를 중얼거리고 있었다. 이윽고 방문객들을 발견하자 이 생명체들은 마치 크게 놀란 작은 꾸이처럼 혼비백산하여 날카로운 비명을 내지르며 사방으로 도망치기 시작했다. 바닥 포석에 부딪히는 샌들 소리가 요란하게 울려 퍼졌다. 그러나 그중에서도 오른 손에 금빛 가락지 같은 것을 끼고 있던 침착해 보이는 한 사람은 긴장을 누르고 그들에게 말을 건네러 다가왔다. 아타우알파는 자신의 연인에게 그의 말을 알아들었는지 물었지만 그녀는 이상하게 귀에 익지만 전체적으로 난해하기 짝이 없는 문장 안에서 '신의 섭리', '형벌', '인도' 같은 단어 몇 마디만 간신히 알아들었을 뿐이었다. 오래 전 그 이방인과의 대화는 기억의 심연 저 밑바닥으로 가라앉아 잊혀져버린 것 같았다. 그 시절 배웠던 언어에서 기억나는 것이라곤 연결성 없는 소량의 단편적 지식뿐임을 그녀는 느꼈다. 어찌되었든, 이곳의 이상하게 생긴 피조물들은 비록 두려워할지라도 공격적인 사람들은 아닌 것 같았다. 그들은 배에서 가축들을 하선시키고 남녀 모든 이들을 대식당으로 안내했다. 히구에나모타는 황금 가락지를 낀 남자에게 가서 말했다.

"먹다."

그녀는 그 남자가 말을 알아들었다고 느꼈다. 그는 사람을 시켜 먹을 것을 가져오게 했다. 따뜻한 수프와 함께 부드러운 밀가루 반죽에 바삭한 껍질이 있는 일종의 비스킷을 내어왔는데 잔뜩 굶주렸던 만큼 음식이 상당히 맛있었다. 붉은 빛이 감도는 거무스름한 술도 마셨다.

이렇게 그들의 오랜 여행이 끝났다. 남자, 여자, 말과 라마 모두가 바다에서 살아남았다. 마침내 태양이 떠오르는 땅에 발을 디딘 것이었다.

강물은 금빛으로 일렁였다. 어쩌면 햇빛이 아니라 물위를 떠다니는 지푸라기들 때문이었는지도 모르겠다.

궁전 안에는 빨간색, 노란색, 초록색, 파란색 빛깔의 투명한 판으로 장식된 신성한 장소가 있었다. 천장은 움푹 파인 돌 위에 쳐진 거미줄 무늬처럼 보였고 높이는 파차쿠티 신전보다 더 높았다. 건물의 제일 끝에는, 태양 신전처럼 완전히 황금으로 뒤덮힌 것은 아니라 해도 상당히 호화롭게 장식된 제단이 있었고 그 위에는 십자가에 못이 박힌 채 매달린 앙상하게 마른 한 남자 조각상이 당당히 자리잡고 있었다. 정수리 머리를 짧게 민 남자들이 여기에서 간절한 예배의식을 진행했다. 키토인들은 십자가가 후아카[12]의 일종인가보다 하고 생각했다. 그런데 못에 박혀 있는 저 신은 누구였을까? 그 궁금증에 대한 해답을 곧 찾게 될 것이라고 그들은 생각했다.

피조물들이 서로 무엇인가 대화를 나누었는데 키토인들은 자기들에 관한 이야기라는 것을 눈치챘다.

사방에서 사람들이 부서진 잔해들을 치우고 있었다. 아타우알파는 정수리 삭발인들을 도와주는 것이 좋겠다고 생각했다. 키토인들도 잔해를 치웠다. 이곳에서 무슨 일이 일어난 것인지 타완틴수유 사람들도 이내 알게 되었다. 땅이 흔들리고 갈라졌으며 그 다음에 거대한 파도가 해안을 덮쳤던 것이었다. 아타우알파와 그 일행은 이런 현상에 너무도 익숙했다. 더구나 계란 썩는 끔찍한 냄새가 약한 동풍에 실려 공기 중에 떠돌고 있었다.

아타우알파는 자신의 여인들과 함께 지낼 수 있는 널찍한 방을 차지하고 돗자리를 깔아 잠자리를 준비하도록 시켰다. 그는 히구에나모타와 누이이며 아내인 코야 아사르파이와 한 공간에 묵기로 했는데 히구에나모타

---

[12] 잉카인들이 숭배하던 대상 또는 장소

는 자신의 해먹을 어디에 걸어야 할지 난처해했다. 나머지 사람들은 중정의 아치형 개방 통로 아래에 몸을 뉘었는데 데려온 가축들도 정원 안으로 들였다. 정수리 삭발 남자들은 두려움 반 호기심 반으로 동물들을 보러 다가왔다. 그들에게 라마는 생전 처음 보는 동물이었던 것이다. 거무스름한 술을 다시 한 번 요청하여 마신 다음 루미냐우이의 경호 속에 마침내 모두 잠에 골아떨어졌다.

8. 동쪽 나라

정수리 삭발 인간들의 얼굴에는 두려움과 당황이 역력했다. 방문객들이 누구이고 어디서 온 사람들인지 알 수가 없었던 것이다. 그들은 이방인들의 옷차림에 감탄하고 귓불을 건드리기도 하면서 정체에 대해 추측해보려 해도 갈피를 잡지 못하는 것 같았다. 여인들 앞에서 그들은 어쩔 줄 몰라 했는데 특히 히구에나모타 앞에서는 마치 태양을 볼 때처럼 눈이 부셔 제대로 바라보지도 못하는 것 같았다. 그녀가 지나갈 때면 두 손으로 가리고 고개를 돌려 외면했던 것이다. 그들은 히구에나모타의 어깨에 자기들이 입는 조잡한 수의 같은 것을 걸쳐

주려 했지만 그녀는 웃으며 그들을 밀어냈다. 쿠바의 공주가 몸에 걸친 것이라곤 어머니로부터 받은 팔찌와 발목에 찬 발찌, 그리고 아타우알파가 선물로 준 목걸이뿐이었다.

그러나 그들의 수장인 반지 낀 남자는 좀 더 이성적인 사람 같았다. 히구에나모타가 자기들 언어를 약간이나마 이해한다는 것을 알고는 그녀를 어떤 방으로 데려갔는데, 그 방에서는 사람들이 거무스름한 사각 천 위에 작은 선과 점으로 열심히 무엇인가를 끄적거리고 있었다. 과거에 이미 본 적이 있었기 때문에 그녀는 가죽 덮개로 싸인 '말하는 종이'를 금방 알아보았다. 이 방에는 이런 종이가 천장까지 가득 차 있었다. 반지 낀 남자가 종이 두루마리 중 하나를 펼치자 지도가 나타났다. 옛날에 이방인들이 타고 왔던 배에서 발견된 것과 같은 모양이었다. 히구에나모타는 그가 무엇을 원하는지 눈치챘다. 그녀가 어디에서 왔는지 알고 싶은 것이었다. 그는 그녀에게 지도 위의 한 곳을 가리키면서 포르투갈이라고 말했다. 왼편에는 그냥 텅 빈 공간이었다. 훨씬 아래쪽에 작은 섬 하나가 표시되어 있는 것 말고는 아무것도 없었다.

키스키스는 부하 열 명을 데리고 주변을 정탐하러 나

갔다가 돌아와서 아타우알파에게 자신이 본 것을 보고했다. 나라 전체가 처참하게 망가졌으며 도시는 상당히 크고 인구도 많은 것 같았다. 주민들은 충격으로 얼이 빠져서 처음 본 이방인들에게 관심을 기울이는 이가 아무도 없었다. 강에는 물고기가 많았고 지진이 나기 이전의 육지는 꽤 살기 좋은 곳이었던 것으로 보였다. 키스키스는 황제에게 보여주기 위해 길에서 발견한 작은 라마처럼 생긴 동물 한 마리를 데려왔다. 새는 한 마리도 보지 못했다고 보고했다.

북쪽에서 두꺼운 구름이 밀려오더니 비가 쏟아져 그때까지도 언덕 곳곳에서 타오르고 있던 불길을 잠재웠다. 정수리 삭발인들이 친절하게 맞아준 덕택에 키토인들은 바다를 건너오느라 누적 되어있던 피로를 풀고 기운을 회복할 수 있었다. 이곳의 주인들이 거무스름한 색의 술을 대접해 주었는데 투명한 잔에 따르자 붉은 색으로 변하는 것이 매우 인상적이었다.

인솔해 온 백성들이 충분히 기력을 회복했다는 판단이 들자 아타우알파는 쿠바에서 출발한 이래 배 안에서 먹고 남은 식량을 언제나 그랬듯 소각하기로 마음먹었다. 그 음식들은 상자 안에 고이 보관되어 있었다. 관례대로라면 입고 있던 옷도 모두 소각해야 했다. 하지만 친찬수유[13]의 옛 군주가 현재 처한 상황을 고려할 때 그것은 쉬운 결정이 아니었다. 미지의 땅에 상륙한 왕으로서 알파카 털이나 면을 어디서 구할 수 있을지 아직 알 수가 없었기 때문이다(그런데다가 이 성에 살고 있는 사람들이 걸치고 있는 두툼하고 괴상한 옷차림은 따라하고 싶지 않았다). 결국 그는 옷을 소각하는 의식은 다음으로 미루기로 했다.

배에서 모든 궤짝을 내렸다. 아타우알파는 소각의식을 참관하기 위해 가마에 올라탔다. 황제의 희망에 따라 이 행사는 물이 빠진 강가에서 진행되었다. 원래대로라면 장엄하고 화려해야 했지만 급하게 도망쳐 온 처지라 여건이 좋지 못해 규모는 크게 축소되었다. 그 누구도 황실의 권위에 대해 의문을 품는 이가 없었음에도 이 몰락한 군주는 자신의 특권을 재확인하기를 원했다. 이 날의 의식을 위해 그는 히구에나모타에게 박쥐 털로 만든 자신의 망토를 빌려주었다. 날씨가 쌀쌀했기 때문이다. 이 쿠바 공주는 잉카의 누이이며 아내인 코야 아사르파이와 함께 그의 옆에 나란히 자리했고 어린 쿠시 리마이와

---

[13] 타완틴수유 제국 중 북쪽 땅을 의미

키스페 시사는 그의 발치에 앉았다. 말을 탄 세 명의 장군은 손에 도끼를 들고 주군을 보호하며 주변을 경계했다. 춤과 노래가 끝난 후 태양신의 여사제 중 선택된 한 명이 앞으로 나와 북소리에 맞춰 첫 번째 궤짝에 불을 붙였다. 곧 불에 구운 고기 냄새가 공기 중으로 퍼져나갔고 이 냄새에 이끌린 근방의 주민들이 몰려들었다. 씻지 못해 꾀죄죄한데다 누더기 같은 옷을 걸친 그들은 놀라 휘둥그레진 눈으로 궤짝들을 뚫어지게 바라보고 있었고, 키토인들은 그들의 눈에 들어오지도 않은 듯 했다. 아타우알파의 명령이 떨어지기 전에는 아무도 감히 의식을 중단시킬 수 없었지만, 키토인들은 불타는 궤짝들 주위로 둥그렇게 원을 그리며 점점 가까이 다가오는 현지 사람들의 행동을 감시하며 곁눈질했다. 그중 하나가 결국 더 이상 참지 못하고 불구덩이로 손을 뻗어 살점이 반쯤 뜯겨 나간 뼈다귀 하나를 끄집어냈다. 보초를 서던 병사들이 곧장 그를 붙잡아 목을 날리려 했지만 아타우알파는 그를 살려주라는 신호를 보냈다. 이것을 시작으로 키토인들은 꼼짝 않고 서서 이후 벌어진 야만스러운 광경을 지켜보았다. 궤짝이 뜯겨 나가고, 해가 떠오르는 곳 동방인들은 으르렁거리며 궤짝의 내용물을 차지하려고 서로 밀치고 끌어당기면서 몸싸움을 벌였다. 그들은 별 것 아닌 전리품을 빼앗기지 않으려고 발길질 해대며 허겁지겁 먹어치웠다. 그들이 음식을 하나도 남김없이 해치울 때까지 그냥 내버려둔 것은 불쌍해서라기 보다는 너무 놀라서였다. 꾸이의 작은 뼈조각에 붙은 마지막 살점까지 남김없이 뱃속에 집어넣고 나서야 그들은 악성 열병에서 서서히 회복되듯이 제정신이 돌아왔다. 고기기름이 번질번질한 얼굴을 들어 올리자 이방인들이 눈에 들어왔고 이번에는 자기들이 놀라 몸이 굳었다.

훗날 이 장면은 티치아노에 의해 유명한 걸작으로 재탄생되어 후세에 대대로 전해지게 된다.

젊고 잘생긴 황제의 위엄을 갖춘 아타우알파가 부인들에게 둘러싸여 있다. 그의 어깨 위에는 앵무새 한 마리가, 그리고 그의 퓨마는 목줄을 한 채 그의 곁에 앉아 있다. 그림 속 히구에나모타는 금갈색 빛의 망토만 걸친 채 젖가슴은 드러내었으며 코시 아사르파이의 얼굴에는 혐오하는 표정이 그대로 살아있다. 그녀의 어린 여동생 키스페 시사는 가까이에서 처음 본 동방 사람들의 행동에 잔뜩 겁에 질린 모습이다. 키토인들은 다채로운 색상의 기하학 무늬가 새겨진 멋진 의복 차림이다. 루미냐우이가 타고 있는 검은말도 윤기가 흘러 반짝거리고 키스키스와 찰코 치막의 하얀 말들은 갈기가 바람에 날리고 있다. 그림의 중앙에는 동방 사내 하나가 바닥에 주저앉아 입술을 한껏 젖혀 이를 드러내고 뼈다귀를 뜯고 있다. 그 앞에서 이를 지켜보는 태양신의 여사제 얼굴에는 경악하는 빛이 역력하다. 또 다른 동방인 하나는 호기심 가득한 표정으로 무표정하게 서있는 잉카 귀족의 귀를 만지려 한다. 그리고 한 사람은 무릎 꿇고 앉아서 두 팔을 하늘을 향해 뻗은 채 애원하는 모습이다. 다른 사람들은 잉카황제를 향해 몸을 숙이고 존경심을 표하고 있다.

물론 티치아노가 현장에서 그 광경을 직접 목격했던 것은 아니며, 그림이 실제 일어났던 일을 그대로 묘사하고 있는 것도 아니다.

하지만 동방인 한 명이 잉카 귀족의 귀를 건드리려 했던 건 사실이었다. 그러자 아타우알파는 가마에 그대로 앉은 채 보초병에게 신호를 보냈다. 병사들이 창으로 방패를 탁탁 두드리자 천둥 소리에 놀란 야생 라마 떼처럼 동방인들이 모두 뿔뿔이 흩어졌다.

이 일이 있은 후 키토인들의 상륙 소식이 주변으로 퍼져 나갔다. 누더기 옷을 걸친 동방 사람들이 정수리 삭발 남자들이 거주하는 성 주변으로 몰려들었다. 키스키스는 또다시 정찰을 위해 밖으로 나갔다. 그의 보고에 따르면 모여든 사람들은 크게 적대적이지도 않았지만 그렇다고 해서 특별히 호의적인 것 같지도 않았다. 이에 따라 외출은 반드시 필요한 일이 아니면 엄격하게 금지되었다. 어쨌거나 키토인들은 석조 벽 안쪽 임시거처에서 지내는데 불편함이 없었다. 검은색 술도 충분히 넉넉하게 비축되어 있었고 무엇보다도 이곳을 떠난다면 어디로 가야 할지도 몰랐던 것이다.

9. 카타리나

여러 날이 지났다. 한 달, 어쩌면 두 달인지도 모르겠다. 키토인들은 거무스름한 술이 바닥날 때까지 그 곳에 머물 생각이었다. 하지만 우리가 역사를 통해 배운 것이 있으니, 미리 예고하고 일어나는 일은 거의 없다는 것이 그것이다. 어떤 일은 예상을 빗나가고 다른 대부분의 경우는 어느 날 느닷없이 발생한다.

이 나라의 국왕이 정수리 삭발인들의 성을 찾아온 것이 바로 그런 일에 속한다. 그는 왕비인 젊은 금발머리 여인과 귀족, 병사 등 많은 수행원을 대동하고 행차했다. 귀족들과 왕비는 지금까지 키토인들이 보아온 이곳 백성들과는 완전히 딴판으로 상당히 우아한 차림새를 하고 있었는데 잉카인들의 옷과는 비교되지 않을 만큼 섬세한 직물에 정교하게 재단된 의복이었다. 그러나 국왕은 장식 없는 망토를 걸치고 수염 색과 잘 어울리는 검은색의 챙 없는 납작한 모자를 썼다. 목에는 두툼한 고리를 엮어 만든 목걸이를 걸었는데 목걸이의 끝에는 금으로 만든 원형 고리가 달려있고 그 안에 붉은색 십자가가 박혀 있었다. 그 검은 수염의 남자는 정수리 삭발인들의 수장과 먼저 대화를 나누었다. 삭발 머리 수장은 국왕 앞에서 그의 손에 입을 맞추고는 여러 차례 무릎을 꿇어 존경을 표했다(그러나 신고 있던 샌들을 벗지는 않았다).

그와의 인사가 끝난 후 국왕은 아타우알파와 대화를 나누고 싶다는 의사 표시를 했다.

그는 자신을 주앙이라고 소개했다. 잉카 황제는 이 이름을 듣더니 고개를 돌려 히구에나모타를 바라보았다. 주앙이라는 이름이 타이노 사람들의 이름과 비슷하게 들렸기 때문이었다.

수염 난 국왕은 쿠바 공주의 알몸에 적지 않게 놀랐지

만 겉으로 드러내지는 않았다. 그는 자신이 포르투갈국을 다스린다고 말하며 두 팔로 큰 동작을 취했다. 아마도 넓은 제국이라고 표현하기 위해서인 듯 했지만 히구에나모타가 드문드문 몇 개의 단어만을 알아들었기 때문에 대화가 원활하지는 못했다. 그는 여러 차례 "데우스"라는 단어를 반복해서 말했는데 히구에나모타는 그 뜻을 알아듣지 못했다. 아타우알파는 팔을 들어 서쪽 방향을 가리키며 자신이 그쪽에서 왔다는 것을 알려주었다. 하지만 주앙의 표정에는 어리둥절한 기색이 역력했다. 그가 이번에는 "브라질?"하고 물었다. 그러나 키토인들은 그 또한 알아듣지 못했다.

양측 사이에 침묵이 흘렀다. 그러자 국왕이 자신의 아내에게 몇 마디 말을 했는데 히구에나모타가 그 말을 반쯤 이해했다. '터키어'를 할 수 있는 통역인을 어디에서 구할 수 있는지 물어보고 있었다. 터키어 통역인을 구하려면 자신의 오라비가 슐레이만 왕과의 '십자군 전쟁'에서 승리하고 돌아올 때까지 기다려야 한다고 왕비가 부드럽게 대답했다. 히구에나모타는 자신이 왕비의 말을 다 알아들었음을 깨달았다. 그러자 기억의 심연 속에 가라앉아 있던, 완전히 잊어버렸다고 생각했던 단어가 입에서 튀어나왔다.

"카스티야어를 하시나요?"

국왕과 왕비가 놀라서 그녀를 뚫어지게 바라보았다. 갑자기 두 여인 사이에 대화가 활기를 띠며 오고 갔다. 왕비가 그녀에게 인도나 아프리카 아니면 터키에서 왔느냐고 물었다. 쿠바 공주는 자신이 해가 지는 방향에 위치한 섬에서 왔다고 왕비에게 대답했다.

왕비는 먼 곳에 베라크루스라는 섬이 있는 걸 알고 있다며 남편이 다스리는 사람들이 그곳에 목재를 구하러 가지만 자신은 가본적이 없다고 말했다.

히구에나모타는 아주 오래 전 포르투갈인과 비슷하게 생긴 사람들이 자신의 섬에 상륙한적이 있지만 그들은 나무가 아니라 금을 찾으러 온 사람들이었다고 대답했다.

왕비는 옛날에 지구가 둥글다는 것을 증명하고 싶어한 제노바 출신 항해가가 있었다는 것과 자신의 조부모이신 이사벨 여왕과 페르난도 국왕이 인도로 가는 항로를 찾기 위해 그를 서쪽으로 보냈다는 일이 생각났다. 그자는 돌아오지 못했으며, 그 이후 어느 누구도 대양 횡단을 감히 시도하지 못했다. 쿠바공주는 자신이 어렸을 때 그 선원과 알고 지냈으며 자신의 품안에서 숨을 거두었다고 말해 주었다.

왕비는 그녀에게 혹시 지팡고에서 왔는지, 아니면 몽골 제국의 카간이 보낸 것인지 물었다.

공주는 아타우알파가 네 방위의 땅이 합쳐진 타완틴수유 제국의 황제라고 말했으나 그가 일으킨 내전과 형에게 쫓겨왔다는 이야기는 하지 않았다.

아타우알파는 두 사람이 자신에 대해 이야기 중이라는 것을 눈치챘으나 무슨 말인지는 전혀 이해하지 못했다.

주앙 국왕은 이해하는 듯 보였으나 침묵을 지키고 있었다.

왕비는 자신의 이름이 카타리나라고 소개하며 카스티야 왕국 출신이라고 알려주었다.

어린 쿠시 리마이가 주앙의 수염을 만졌는데 그는 그녀의 행동을 저지하지 않았다.

히구에나모타는 이 나라가 얼마나 넓은지 물었다.

왕비에 따르면 그녀의 남편은 이곳을 비롯하여 바다 건너 여러 왕국을 다스리지만 그녀의 오빠는 바다를 제외한 광대한 영토를 다스리고 있었다.

쿠바 공주는 에스파냐가 카스티야와 아라곤 왕국을 통합한 나라라는 것을 알게 되었다.

왕비는 히구에나모타에게 대사제가 살고 있는 로마와 이태리, 독일과 그곳의 제후들, 그리고 적들의 손에 떨어진 예수라는 사람의 도시 예루살렘에 대해 이야기해 주었다.

히구에나모타는 이 도시에 어떤 천재지변이 일어났던 것이냐고 물었다.

왕비는 어느 날 땅이 흔들리더니 바다가 반으로 갈라지면서 물위에 떠있던 배들을 공중으로 내팽개쳤다고 설명했다.

사람의 소리인지 동물의 울음소리인지 분간할 수 없는 불길한 비명소리가 밖에서 들려왔다.

주앙 국왕은 반지 낀 남자에게 다시 한 번 말을 걸었다. 걱정스러운 표정을 짓더니 그에게 단호한 얼굴로 무엇인가 말하는 것이었다.

히구에나모타는 두 사람이 무슨 이야기를 나누고 있는지 궁금해 왕비에게 물었다. 왕비의 대답을 통해서 그녀는 자신들이 있는 곳이 수도원이며 정수리 삭발인들은 사제라는 사실을 알게 되었다. 또한 사제들 중 몇 명이 또 다른 천재지변의 도래를 예언했으며 주앙 국왕은 그러한 소문은 잠재우고 싶어한다고 왕비는 알려주었다. 이 곳 백성들은 나라가 이렇게 처참히 망가진 것이 신의 노여움 때문이라고 믿었다. 그리고 바다에서 온 외지인들의 존재는 그들의 두려움과 믿음을 더욱 키울 뿐이었다. 그들이 믿는 신이 누구인지 히구에나모타는 궁금했다.

왕비가 얼굴에서 가슴으로 빠르게 손을 움직였는데 오래전 만났던 에스파냐인들이 자주 하던 동작과 똑같았다.

국왕과 왕비는 작별 인사를 하고 떠났다. 그들은 페스트라고 불리는 질병에 전염될까 두려워 강 건너편에 떨어져 지냈다.

10. 잉카의 찬가 1편 1절

오 그대, 머나먼 바닷가의 용사들이여,
서방(西方)을 떠나 위대한 모험 끝에
쿠바 저 너머로 넘실대는
누구도 가본 적 없는 바다를 처음으로 굴복시켰도다.

오 그대, 거센 바람과 파도를 이긴 자들이여,
온갖 위험과 치열한 전투를 거쳐
마침내 손에 쥔 승리의 대가로
신제국의 토대를 세웠도다.

11. 타구스강

　이후 며칠간 아타우알파는 방에서 한 발짝도 나가지 않고 검은색 술만 잔뜩 대령시켰다. 이곳 국왕과의 며칠 전 대면이 그의 심기를 못내 불편하게 만들었던 것이다. 과거 북부지역을 정복했던 선조들처럼 새로운 세계를 정복하리라 꿈꿨던 그는 그 계획이 얼마나 순진하고 철없는 생각이었는지 이제 깨달았다. 이백 명도 채 안 되는 수하들을 데리고 한 나라를 정복하겠다니, 미치광이가 아니고서야 어떻게 그런 마음을 먹는단 말인가. 게다가 주앙 국왕의 호위대를 통해 그는 이 나라의 군사력을 어렴풋이나마 짐작할 수 있었다. 병사들은 매우 체계적으로 훈련되어 있으며 무기 또한 충분하여 유사시 언제라도 전투에 뛰어들 수 있는 전투력을 갖추고 있음이 틀림없었다.

그러나 자신의 병사들이 아무리 수적으로 부족하다 해도 군기가 느슨해지지 않게 단속해야 했다. 그러려면 그들에게 잘 될 거라는 확신을 심어주어야 했다. 신념이나 아니면 하다 못해 헛된 희망이라도 필요했다. 아타우알파는 무기력증이 얼마나 위험한지 잘 알고 있었다. 길을 떠나야 한다고 생각했지만 어디로 가야 할지 알 수가 없었다. 애초의 목적지 신대륙에 도달한 지금 더 이상 어디로 나아가야 할지, 무엇을 해야 할지 갈피를 잡을 수 없었다. 게다가 검은색 술이 이토록 풍부한 석조 안식처를 떠나야 한다는 것도 그의 결심을 가로막았다.

자기가 마음먹은 대로 운명이 따라주는 것은 아니라는 사실을 솔직하게 인정한다면, 우리가 주저하고 있을 때 대신 결정을 내려주는 것은 거의 언제나 '상황'이다. 아타우알파에게도 마찬가지였다.

사원의 문 앞에 몰려와 위협적인 태도로 소란을 피우는 동방인들이 늘어갔다. 매번 정찰을 나갔던 키스키스와 그의 부하들이 돌아올 때마다, 그들의 수가 점점 많아지고 분노의 소리도 점차 커져가고 있다고 보고했다. 심지어 어떤 이들은 대담하게도 그들을 향해 돌멩이를 던지기도 했다. 그러나 대부분은 그들이 지나가기만 해도 벌벌 떨었으며 감히 공격한다거나 하는 일은 없었다. 하지만 두려움의 둑이 언제 터져 분노의 강이 되어 넘쳐 흐를지 어느 누구도 장담하지 못했다. 히구에나모타는 사제들에게 저들이 왜 화가 난 것이냐고 물었다. 카스티야어를 할 줄 알았던 사제 우두머리는 이 나라 사람들이 미신을 맹신하기 때문이라고 설명했다. 자신은 지진을 자연현상이라고 생각하지만 백성들은 아타우알파 일행의 존재가 신의 노여움을 사 벌을 내렸다고 믿는다는 것이었다. 이방인에 대해 리스본 사람들은 의견이 분분했는데 일부는 그들이 터키인이라고 생각하고 또 어떤 사람들은 인도인이라고 여겼다. 그런가 하면 소수의 사람들은 그들이 하늘이 보낸 사절이라고 믿었다. 하지만 대다수의 사람들은 마귀라고 확신한다고 했다.

히구에나모타는 사제에게 그는 자신을 무엇이라고 생각하는지 물어보았다. 그의 시선이 이 쿠바 여인의 가슴과 둔부, 음부로 향했다. 그는 부드럽지만 혼란스러운 기색이 묻어나는 목소리로 답했다.

"하느님의 피조물이라고 생각합니다."

히구에나모타는 사제와의 대화를 아타우알파에게 전했고, 그는 달이 바뀌기 전에 이곳을 떠나기로 결심했다.

그는 도시를 떠날테니 식량과 말, 손수레, 그리고 비노(동방 사람들은 검은 술을 그렇게 불렀다)를 달라고 요구했다. 이방인들이 떠난다는 소식에 너무 기뻤던 그 도시 주민들은 그들이 원하는 것을 모두 내주었다.

아타우알파 일행이 타고 온 배 세 척은 강에 그대로 띄워져 있었다. 하지만 오랜 항해로 선체가 많이 약해졌기 때문에 또 다시 배를 타고 이동하는 것은 좋은 생각이 아닌 것 같았다. 더구나 사제들이 타구스 강이라고 부르는 이 강 어디까지 배가 다닐 수 있을지도 알지 못했다.

어디로 가야 할지도 몰랐고, 특정 방향을 고집할 이유도 없었기 때문에 그들은 강가를 따라 걸었다. 카타리나 왕비의 말에 따르면 이 강을 따라가면 카스티야 왕국이 나온다고 했다. 카스티야에 간 다음엔 어떻게 할까? 아타우알파는 카스티야에 대해 아무 생각이 없었다. 하지만 비록 아무 정보도 없어서 공허할지라도 카스티야라는 단어에는 어떤 특별한 힘이 있었다. 무엇보다도 그들에게 목표가 되어주었기 때문이다.

이동하는 길 곳곳에 시신이 나뒹굴었다. 처참히 망가진 마을과 비탄에 잠긴 사람들도 계속 나타났다. 도중에 만난 사람들의 반응은 제각각이었다. 알베르카라는 마을의 주민들은 그들을 초자연적 존재를 보듯이 바라보았다. 알한드라에서는 사람들이 그들에게 구걸을 했다. 빌라 프랑카 데 시라의 주민들은 입에 풀칠하기도 힘든 극심한 가난 속에서도 이방인들을 따뜻하게 맞아주었다. 그런가 하면 산타렘 사람들은 극도의 살인적 분노에 휩싸여 쇠스랑을 들고 달려드는 통에 그들과 한바탕 싸움을 벌여야 했다.

하루하루 날이 갈수록 히구에나모타는 길에서 마주치는 동방인들의 말이 점점 더 잘 이해된다고 느꼈다.

아타우알파는 이것이 의미하는 바가 무엇인지 알고 있었다. 카스티야에 도착한 것이다. 하지만 그는 쿠바 연인에게 그 사실을 다른 사람들에게 발설하지 말라고 당부했다. 그들은 계속 강가를 따라 나아갔다. 그래도 이렇게 방황하는 삶이 우아스카르의 손에 붙잡히거나 바다에 빠져 죽는 것 보다는 훨씬 낫지 않은가! 그리고 그의 무리들도 키토 탈주 이후 이런 생활에 어느덧 익숙해져 있었다.

그들은 그렇게 여러 마을을 거치며 내륙 점점 더 깊은 곳으로 길을 따라 걸은 끝에 톨레도라는 이름의 도시에 도착했다.

12. 톨레도

바위언덕 위에 자리 잡은 도시였다. 도착하자마자 아타우알파 일행은 이 도시에 마음을 빼앗겼다.

타구스 강 위로 돌로 만든 다리가 걸쳐 있었고 총안을 낸 성벽이 도시를 감싸고 있었다. 하늘을 향해 비죽 솟은 사원과 마치 비라코차 신이 거대한 손으로 산 위에 옮겨 놓은 듯한 웅장한 건축물도 보였다.

그들에게 톨레도는 난공불락의 요새처럼 보였지만 다리를 지키고 있던 보초병들은 잉카 황제의 행렬을 보자 아무런 질문도 하지 않고 그들이 지나가도록 비켜 주었다.

아타우알파 행렬이 도시의 좁은 골목골목을 누볐다. 소규모 가게들이 즐비했지만 사람들이 보이지 않았다. 하지만 어디선가 떠들썩한 소리가 들려왔고 그들은 그 소리에 이끌려 넓은 광장에 도달했다. 그곳에는 도시의 모든 주민이 다 모여 있는 듯 보였다. 한 눈에 보기에도 뭔가 특별한 행사가 있는게 분명했다.

현장의 모습이 키토인들의 궁금증을 자아냈다. 어떤 물건, 어떤 놀라운 상황 앞에서도 결코 황제로서의 위엄을 잃지 않기로 칭송이 자자한 아타우알파마저도 가벼운 호기심 어린 표정이 배어나왔다.

광장 한복판에는 마치 죄수들처럼 남녀 여러 명이 우리 안에 갇혀 있었다. 챙 없는 뾰족한 모자를 쓴 그들은 노란색 또는 검정색 천으로 만든 긴 옷을 입고 있었는데 옷에는 붉은색 십자가와 불꽃이 그려져 있었다. 노란 옷은 아래쪽에 불꽃이 빙 둘러 그려져 있었다. 어떤 이들은 목에 매듭줄을 걸고 있었다. 그리고 그들은 하나같이 불 꺼진 초를 손에 들고 있었다. 그들 곁에는 검은색 궤짝과 사람 크기의 인간 모형이 보였다.

그들은 이 날을 위해 일부러 세워놓은 것으로 보이는 흰색 대형 십자가 주위에 정렬해 있고, 그 앞에는 리스본에서 본 사제들과 닮은 정수리 삭발인들이 서 있었다. 그들 중 한 명이 갇혀 있는 모자 쓴 사람들을 향해 비난의 손가락질을 하며 일장연설을 하고 나머지는 가만히 듣고 있었다.

히구에나모타는 이 도시의 권력자들을 찾아냈다. 고급스러운 옷차림과 태도로 그들의 신분을 한눈에 알아볼 수 있었다. 금발머리의 젊은 여인은 카타리나와 몹시 흡사했다. 그녀와 똑같은 자세와 시선을 하고 있었던 것이다. 그녀의 옆에는 붉은색 긴 의복을 입은 대머리 남자가 앉아있었는데 얼굴이 무미건조하고 앙상해서 마치 미라를 보는 느낌이 들 지경이었다. 두 남녀 뒤에 서있는 무장 병사들은 그들을 보호하는 임무에 충실했다.

광장을 가득 메운 군중은 웅성거리면서도 단 위에서 들려오는 연설에 귀를 기울였다. 규칙적 간격으로 노래하는 군중의 모습은 심지어 흥겨워 보이기까지 했다.

히구에나모타는 연설의 의미를 이해하기 어려웠다. 어떤 구절은 전혀 생소한 언어였으며 그 내용이 전체적으로 모호했다. 모자 쓴 사람들은 자신의 발언을 철회하라는 요구를 받았는데 히구에나모타는 도대체 무엇이 문제인지 알 수가 없었다. 모자 쓴 사람들이 차례로 앞으로 나오더니 사람들이 묻는 질문에

"네, 믿습니다"라고 대답했다. 하지만 몇 명만은 끝까지 입을 다물었다.

의식이 엄숙하다는 것 말고는 아무것도 이해할 수 없었는데 그것은 그녀의 일행도 마찬가지였다.

허름하지만 단정하게 차려 입은 한 청년이 알몸에 박쥐 털 망토를 걸치고 있는 히구에나모타 곁으로 머뭇거리며 다가왔다. 노래 소리가 울려퍼지는 가운데 그녀가 그 남자에게 이 모든 것이 무엇을 위한 행사인지 물어보

앉다. 수줍은 듯한 이 청년은 뒤로 흠칫 물러서면서도 사제들과는 달리 그녀를 계속 뚫어져라 바라보았다.

이 의식은 조상대대로 이어온 오랜 종교를 고집하고 유대교를 신봉한다고 의심받는 사람들을 대상으로 콘베르소[14]인지를 판단하는 자리였다. 그 대상은 회교도 혹은 신비주의 교도일 수도 있고 또는 루터파 개신교도일 수도 있었다. 어찌되었든 모두 그 지방에서 소수 집단에 속하는 사람들이었다. 이 자리에 불려온 사람들 중 일부는 문란한 발언, 신성 모독, 미신 숭배, 중혼, 동성애 혹은 주술 행위 등을 이유로 재판대에 올랐는데(때로는 두 가지 이상의 범죄가 중첩되기도 했다), 그래도 이들은 벌금, 태형, 징역형이나 중노동형 등 비교적 가벼운 벌을 받게 된다고 했다. 청년의 설명에 따르면 화형을 모면한 사람들은 옷의 아래 부분에 불꽃 문양이 그려있는 옷을 입게 된다. 그가 한 사람을 가리키며 저자는 동물 기름 대신 올리브 기름으로 요리한 죄로 붙잡혀 왔다고 설명했다. 히구에나모타는 들은 대로 아타우알파에게 통역해 주었지만 자신도 이 마지막 죄목에 대해 제대로 이해한 것인지 확신할 수가 없었다. 노래 소리가 계

---

[14] 스페인어로 '개종자'라는 뜻. 주로 유대교에서 기독교로 개종한 사람들을 가리키지만 회교도나 다른 종교에서 개종한 사람을 포함하기도 한다.

속 들려왔다.

청년은 이 재판의 심판관들이 독설가이며 지독히도 악랄한 인간들이라고 말했다. 하지만 그는 심판 중 한 사람에게 존경심을 느꼈던 적이 있었는데, 그 이유는 그 자가 살라망카라는 이름의 도시에서 공부한 사람이었기 때문이라고 했다. 그에 따르면 살라망카는 전적으로 지식 탐구를 위해 존재하는 도시로서 세상의 모든 지식이 집중되어 있는 곳이었다.

사전에 덮어놓았던 검은 천을 걷어내자 녹색 십자가가 드러났다. 그 다음, 재판관 우두머리가 귀빈석 앞으로 나아갔다.

금발의 젊은 여인은 이 나라의 왕비였고 미라를 닮은 붉은 가운의 남자는 왕비를 보좌하고 있었다. 의식이 상당히 오랜 시간 지속되었기 때문에 모든 참석자, 재판관, 피고인들과 귀빈들에게 간단한 먹을거리가 제공되었다.

그런 다음 무장한 사람들이 검은색 옷을 입은 죄인들을 데리고 어디론가 출발했다. 검은 궤짝과 사람크기의 인간 모형도 함께 실려갔다. 아타우알파는 궁금증을 이기지 못하고 이 행렬을 뒤따랐다. 황제의 의중을 알 수 없었기 때문에 루미냐우이 장군은 다른 일행에게 그 자리에서 기다리고 있으라고 지시한 후 자신은 황제를 따라갔다. 히구에나모타는 루미냐우이의 명령이 자신에게는 해당되지 않는다고 여겨 얌전한 동방 청년과 함께 그의 뒤를 따랐다.

행렬을 따라가자 또 다른 광장이 나타났다. 그곳에는 둥근 고리가 매달린 여러 개의 기둥이 세워져 있고 그 주변에는 여러 개의 장작더미가 쌓여 있었다. 병사들이 첫 번째 장작 더미에 불을 붙이고 그 안에 검은 궤짝과 인간 모형을 던져 넣었다.

그런 다음, 죄인들을 기둥에 묶었다.

키토인들에게는 이해하기 어려운 일이 벌어졌다. 죄인들 중 일부를 먼저 교수형에 처해 목숨을 끊은 다음 불구덩이에 던져 넣었던 것이다. – 청년은 이 조치에 대해 일종의 자비를 베푼 것이라고 설명했다 – 그러나 죄질이 좀 더 중한 사람들은 산채로 화형 당했다. 모든 사형수들에게 사람들은 카타리나가 했던 그 동작, 손을 얼굴에서 가슴으로 선을 긋듯 움직이는 행동을 했다.

잉카인들에게도 사형은 낯선 일이 아니었다. 하지만 아무리 아타우알파가 태연한 척 하려고 했어도 불이 붙어 온몸을 고통에 비트는 광경과 죽어가는 사형수들의 처절한 비명소리에 충격을 받았음을 알 수 있었다.

군중들은 밤 늦도록 자리를 떠나지 않고 화염덩어리를 지켜보았다.

상황이 어느 정도 진정되자 키토인들의 존재가 이곳 톨레도 사람들의 눈에 들어왔다. 사람들이 와서 그들을 왕비 앞으로 데려갔다.

왕비의 이름은 이사벨이었고 포르투갈 국왕 주앙의 누이동생이었다. 하지만 그녀 역시 카타리나처럼 카스티야어로 말했기 때문에 히구에나모타는 그녀의 말을 알아들을 수 있었다. 솔직히 말하면 이사벨 왕비가 올케인 카타리나 왕비보다 더 아름답고 치장도 훨씬 화려했다. 그녀의 남편은 에스파냐 왕국과 멀리 떨어진 영토인 '신성로마제국'- 그녀는 그 땅을 그렇게 불렀다 -을 다스리고 있는데, 이곳 톨레도보다 더 북쪽에 위치한 고향 땅에 머물면서 영토를 다스리고 동쪽 라이벌 제국의 침략으로부터 국가를 보호하고 있다고 했다.

그녀는 서쪽에서 인도인들이 왔다는 소식을 이미 들어서 알고 있었다. 이 손님들을 지팡고 혹은 카타이[15]의 사절로 여긴 그녀는 이들을 귀하게 대접하기로 마음먹

---

15 옛 유럽인들이 중국을 일컫던 이름

었다. 지구가 둥글다는 사실을 인정해야겠다고 그녀는 웃으며 말했다.

그녀의 이 발언에 붉은 로브를 입은 미라 얼굴의 남자를 비롯한 몇몇 사제의 표정에 초조함 혹은 적어도 신중한 기색이 스치는 것을 아타우알파는 놓치지 않았다. 그들 중 한 수사는 자신을 '오비스포(주교)'이자 '인퀴시도르(재판관)'이며 이름은 발베르데라고 소개한 뒤, 혹시 '산타 트리니다드[16]'를 아느냐고 물었다. 아타우알파는 모른다고 대답했다. 긴 침묵이 뒤따랐다.

키토인들은 성에 묵었고 그곳 사람들이 그들의 동물들을 돌보아 주었다.

다음날 그들이 거리를 거닐자 전날 행사의 영향에서 아직 덜 깨어났을 것으로 짐작되는 마을 사람들이 호기심 어린 표정으로 구경을 나왔다.

아타우알파의 일행 중에는 푸카 아마루라는 이름을 가진 붉은 머리 대장장이가 있었다. 그는 톨레도의 장인들이 제작한 무기의 품질이 람바예케에서 만들어지는 것과 거의 흡사하다는 것을 알았다. 그는 자신이 관찰한 내용을 루미냐우이 장군에게 보고했고, 장군은 그에게

---

[16] 성삼위일체

군장비의 관리를 맡겼다. 그는 도끼, 검, 창, 머리 부분이 별 모양으로 된 곤봉들을 모두 수거해서 이 지방의 대장장이들에게 가져갔다. 이 무기들을 본 대장장이들은 그 정교함에 놀라움을 감추지 않았다. 그들은 함께 무기에 기름칠을 하고 날을 세우고 헌 부품을 새것으로 교체했다. 푸카 아마루는 훌륭한 연장을 사용할 수 있어서 크게 기뻤다. 줄, 금속절단기, 대장간의 풀무는 성능이 상당히 뛰어났으며, 사람들은 훌륭한 작업대 위에서 금속 가공 작업을 했다. 그들은 뾰족뾰족한 별 모양 곤봉을 신기하게 여겼다. 또한 손잡이가 긴 도끼도 무척 마음에 들어 했는데, 그들에게도 그것과 비슷하게 생긴 알라바르다라는 무기가 있었다. 그들은 대신 직선으로 곧은 검과 부드러운 곡선으로 휜 검을 주겠다고 제안했다. 이것은 붉은 빛 감도는 검은 술의 발견 이후 키토인들과 신대륙 주민들 간의 첫 번째 문화적 교류였다. 그런데 톨레도의 검은 술은 리스본의 것보다 풍미가 덜했다. 아타우알파와 동행한 여인들은 자기들이 리스본에서 그곳 사제들에게 몸을 주려 했을 때 그들의 얼굴이 사색이 되었었다고 아타우알파에게 보고한적 있었는데 톨레도에서는 반대로 남녀가 자유롭게 몸을 섞었다.

그러나 이런 우호적 관계는 지속되지 못했다.

'산타 트리니다드'에 관한 대화가 현지 수사들에게 어떤 문제를 야기한 것이 틀림없었다. 그들은 '수프레마'라고 부르는 일종의 최고회의를 개최하고 논의했다. 예수라는 사람이 하느님의 아들이라는 사실을 아타우알파가 믿는지 여부를 끈질기게 알아내고자 했다. 아타우알파는 비라코차가 오래 전 세상을 창조했으며 자신은 태양과 달의 아들 파차카막을 믿었으나 지금은 더 이상 믿지 않는다고 대답했다. 그러나 그들이 서로 곁눈질만 주고받으며 입을 다물어버린 것으로 짐작하건대 자신의 호의를 전하고자 했던 아타우알파의 이 대답이 오히려 그들을 당혹스럽게 만든 것 같았다.

수프레마 참석자들은 아타우알파 일행의 톨레도 입성을 지체 없이 이사벨 왕비의 남편 카를로스 국왕[17]에게 알리고 국왕이 돌아올 때까지 그들을 기다리게 하자는 데 의견을 모았다. 하지만 이름이 타베라이며 추기경 직함을 가진 미라 얼굴의 사제는 국왕의 귀환에 반대하고 나섰다. 북쪽 영토인 네덜란드에서 국왕이 처리해야 할

---

[17] 1500~1558, 신성로마제국황제로 광대한 영토를 다스렸다. 독일에서는 카를5세, 프랑스에서는 샤를르 5세, 스페인에서는 카를로스 1세로 불렸다. 원문에는 샤를르 5세로 쓰였으나 배경이 에스파냐인 관계로 여기에서는 카를로스 1세로 번역 표기하였다.

보다 중요한 일이 산적해 있다는 이유에서였다.

이사벨 왕비는 그의 의견이 마음에 들지 않았다. 남편이 돌아오기를 바랬기 때문이었다. 그녀는 수프레마, 특히 발베르데 사제에게 손님들을 그만 괴롭히는게 좋겠다고 요청했다. 그러나 위원회는 별로 그럴 생각이 없어 보였다. 성사(聖事)의 수, 사제들의 금욕에 관한 질문이 계속 이어졌다. 이 질문에 대해 아타우알파는, 자기 나라에서는 신과 관련된 모든 일이 여사제에게 맡겨지며, 선택된 여인들이 태양신을 섬기면서 동시에 황제에게 봉사한다고 대답해주었다. 위원회 참석자들이 경악해 소리를 질렀다. 이곳 사람들과 충돌하고픈 마음이 없었던 아타우알파는 그들과 잘 지내고 싶었다. 태양신 숭배에 대해 그들이 상당히 큰 관심을 보이는 것 같았기 때문에 아타우알파는 수행단 중에서 아주 독실한 여사제 한 명을 골라 그들에게 보내어 자기네 종교 방식을 알려주라고 했지만 그들은 그녀를 거부했다.

얼마 지나지 않아 키스키스의 수하들이 이 도시에 돌고 있는 소문에 대해 수집해 보고해왔다. 낯선 방문객들이 사실은 '무어인'이거나 '터키인'이라는 소문이 떠돌고 있으며 '이교도'라는 말도 자주 들린다는 것이었다.

이교도라는 단어가 칭찬이 아니라는 것 쯤은 키스키스
도 알 수 있었다.

어느날 저녁, 어떤 늙은 여인이 히구에나모타를 찾
아와 수프레마가 그들을 전원 잡아들여 재판 후 콘베르
소들처럼 화형시키기로 결정했다는 소식을 전해주었다.
그녀는 가족 모두가 불타 죽고 이제는 아들 하나만 남은
유대교 노파였다.

히구에나모타는 황급히 아타우알파에게 달려가 노파
의 경고를 전했다. 그들은 장군들과 코야 아사르파이를
불러 대처 방안을 의논했다. 이곳에서는 유대인, 콘베르
소, 무어인 이슬람교도, 루터파, 구교와 신교 등 다양한
종교 집단을 둘러싸고 무언가 심각한 상황이 진행되고
있음을 키토인들은 깨달았다. 그들은 못에 박힌 신의 이
야기와 비계 기름 요리 이면에 어떤 문제가 있는지 정확
하게 파악할 수는 없었지만 며칠 전의 화형식이 증명했
듯이 이 문제는 동방 사람들에게 매우 중대한 사안임을
알 수 있었다. 이윽고 행동 결정이 내려졌다. 수프레마
를 쓸어버려야 했다. 경비대들, 왕비와 타베라 추기경의
호위대, 도시의 모든 군사들까지 모두가 대상이 되었다.
그리고 주민들도 예외가 아니었다. 그들이 어떻게 나올

지 정확히 예측하기는 어려웠지만 키스키스의 척후병들이 전해온 정보를 바탕으로 추정해볼 때 아무래도 자신들에게 적개심을 가지고 있는 것 같았기 때문이었다.

히구에나모타는 모든 사람들이 다 적은 아니라며 이의를 제기했다. 주민들 중에는 수프레마의 결정을 경고해준 노파 외에도 수프레마에 앞으로 희생될 피해자들도 있다는 것이었다.

그러자 코야 아사르파이는 어차피 조만간 희생될 사람들이라면 그들을 살려두는 것은 의미가 없다고 반박했다. 살아서 화형 당하느니 차라리 지금 죽여주는 것이 오히려 자비를 베푸는 길이라고 그녀는 주장했다.

찰코 치막은 콘베르소, 무어인, 마녀, 일부 다처의 중혼자, 신비교도, 루터파 같은 사람들이야말로 아무런 연고도 없는 키토인들에게 협력해 줄 수 있는 유일한 집단이라고 주장했다.

키스키스는 누구를 살려주어야 할 지 어떻게 구분하느냐고 물었다.

히구에나모타는 간단한 방법을 제시했다. 그리스도교도들은 손을 얼굴에서 가슴으로 내리긋는 동작을 한다는 것이었다. 그들은 때를 가리지 않고 수시로 그 동작을 하지만 자신이 어렸을 때 본 에스파냐인들을 돌이켜보면 특히 죽음이 임박할수록 더 열심히 손을 움직인다고 그녀는 말했다. 그런데 신실한 그리스도교인이 되기를 거부하고 화형을 선택하는 사람들은 그 동작을 기피했다.

그렇다면 그 손동작을 하지 않는 자들은 살려두고 나머지는 모두 죽이면 되겠다고 루미냐우이가 말했다.

아타우알파는 그 의견을 받아들이기로 결정했다.

무기를 나누어 주고 비밀리에 말에 편자를 박았다. 귀족, 여자, 도끼를 들 수 있는 나이의 어린아이까지 모두가 전투 준비를 했다. 이 멀고 먼 항해를 하고 우아스카르의 복수를 피해 도망치고 거친 바다의 태풍 속에서 살아남은 것이 꼬치에 꿴 꾸이처럼 통구이가 되거나 털복숭이 야만인들에게 목이 졸려 죽임 당하기 위해서는 결코 아니지 않은가.

동이 트기 직전, 키스키스가 신호를 보냈다.

가장 먼저, 마구간의 마부들을 제압했다. 그런 다음 성의 경비병들을 죽이고 사제들과 고관대작들을 감금했다. 왕비는 처소에서 나오지 못하도록 가두었고, 병사들을 급습하여 미처 방어할 틈도 없이 막대한 수를 죽였다. 그리고는 불을 뿜는 총기를 그들의 시신으로부터 수거했다. 성에서 들려오는 비명 소리에 사람들이 집밖으로 뛰쳐나오자 이번에는 키토인들이 말을 달려 거리로 나갔다.

그야말로 대살육의 참상이 펼쳐졌다. 톨레도산 장검과 람바예케산 도끼가 나이, 성별, 직업을 가리지 않고 닥치는 대로 사람들을 찌르고 도륙했다. 집집마다 찾아다니며 목을 베었다. 싸우려고 덤비는 자들은 가차없이 검으로 내리쳤다. 어떤 이들은 성당이라고 부르는 신전으로 달아났다. 키스키스가 성당에 불을 질렀다. 십자가에 못 박힌 신은 그들에게 어떠한 구원도 되어주지 못했다.

히구에나모타에게 접근했었던 수줍음 타던 청년 역시 공격을 받았다. 성당 입구로 도망쳐온 그는 숨을 곳을 찾아다녔다. 중정(中庭) 어딘가에 몸을 숨기려 했지만 성난 키토인 무리가 풀숲에서 갑자기 튀어나왔다. 그는 허둥지둥 지붕위로 도망쳤지만 그만 미끄러져 길거리 포석으로 떨어지고 말았다. 꼼짝 없이 죽은 목숨이라고 생각하자 비명이 터져 나왔다. 푸카 아마루가 뾰족한 몽둥이로 내리쳐 그의 어깨가 으스러졌다. 큰 부상을 당했지만 살고자 하는 욕망이 그를 일으켜 세워 사냥꾼에게 쫓기는 동물처럼 달아났다.

어마어마한 학살이 이어지는 동안 아타투알파는 수프레마의 위원들을 찾아가 어째서 자기들을 제거하려 했는지 이유를 물었다. 그들은 손가락으로 벽 위의 십자가에 못박힌 신상을 가리키면서 알아들을 수 없는 말을 시끄럽게 지절거렸다. 그러면서 손으로 선을 긋는 행동을 미친듯이 반복했다. 일부는 번개라도 맞은 것처럼 바닥에 풀썩 주저앉아 벌벌 떨었다.

아타우알파는 죄명이 무엇이건 살아있는 사람을 불태우라고 강요하는 신이라면 좋은 신이 아니라고 그들에게 강변했다. 사후 환생할 수 있으려면 시신이 훼손되지 않고 온전히 보존되어야 하기 때문이며, 그러므로 그들의 신은 숭배 받을 만한 가치가 없다고 단언했다.

하지만 통역을 해줄 히구에나모타가 그의 곁에 없었기 때문에 그는 그냥 사제들을 처형하기로 결정했다. 그들의 목을 베어 모두가 볼 수 있는 곳에 내걺으로써 본보기로 삼을 생각이었다. 발베르데 사제는 뜻을 알 수 없는 저주의 말을 내뱉고 숨을 거두었다.

쿠바 공주 히구에나모타는 자신에게 위험을 알려주

러 왔던 노파가 두려워하지 않도록 그녀를 살피러 와있었다. 노파는 학살의 현장에서 비교적 거리가 떨어진 구역에서 아들과 단둘이 살고 있었다. 그 지역이 큰 해를 입지 않은 이유는 그곳 사람들이 문제의 손 동작을 하지 않는다는 사실을 키토인들도 알고 있었기 때문이었다.

그런데 밖에서 비명과 요란스런 소란이 들려왔다. 그러더니 피투성이가 된 형체가 불쑥 뛰어들어와 히구에나모타의 발치에 풀썩 쓰러졌다. 붉은 머리 대장장이를 앞세우고 키토인들이 그의 뒤를 쫓아왔다. 그녀는 수줍은 타던 젊은 청년을 바로 알아보고 추적자들에게 그를 살려주라고 명령했다. 외국 공주의 권위를 인정하고 싶지 않았던 푸카 아마루는 황제의 명령이 이견의 여지없이 분명했으므로 처형해야 한다고 맞섰다. 그러자 히구에나모타가 그의 앞으로 다가갔고 그녀의 가슴이 푸카 아마루가 들고 있던 검의 끝에 찔릴 듯 닿았다. 그녀를 건드리는 순간 자신의 목숨도 끝장이라는 사실을 그는 너무도 잘 알고 있었다. 몹시 못마땅했지만 그는 어쩔 수 없이 부하들을 데리고 돌아섰다.

히구에나모타는 몸을 숙여 젊은 청년을 살펴 보았다. 다행스럽게도 아직 숨을 쉬고 있었다. 그녀가 그에게 물었다.

"꼬모 떼 야마스?(이름이 무엇이오?)"

"페드로 피사로." 그가 웅얼거렸다.

그가 부상에서 회복되면 자신의 수하로 삼아야겠다고 마음 먹었다.

단 두 시간만에 그들은 3,000명 이상을 죽였다.

궁으로 돌아오자 히구에나모타는 또다시 통역을 위해 아타우알파에게 불려갔다. 아타우알파는 감금해 두었던 왕비와 귀족들을 불러모아 어째서 자신을 없애려 했는지 이유를 물었다. 그것은 자기들의 뜻이 아니라 수프레마의 종교 재판관들의 결정이었을 뿐이며 그들에 의해 원치 않게 이 일에 연루되었다는 대답이 돌아왔다. 또한, 종교재판은 자신들의 권위로도 어쩔 수 없는 권한을 가지고 있으며, 만약 군주이신 카를로스 1세 국왕이 이 사실을 미리 알았다면 그들의 결정을 결코 용인하지 않았을 것이라고도 했다.

그들의 배신적 행동을 꾸짖은 뒤 아타우알파는 그들을 풀어주었고, 다음날 도시는 마치 아무 일도 없었던 것처럼 사람들이 북적이는 일상으로 돌아갔다.

이후 그들이 톨레도에 머문 15일 동안 도시에는 평화

로운 나날이 지속되었다. 거리의 풍경을 보면 모든 사람이 평화로운 삶을 구가하는 듯 했다. 시장이 평소처럼 문을 열었고 모든 일상이 그대로 유지되었기 때문이다. 다만 대광장에 전시된 사제들의 머리만이 최근의 비극을 상기시켜 주고 있었다.

그러나 이끌고 온 동족을 책임져야 하는 아타우알파는 앞으로의 행동을 결정해야만 했다. 지난번 학살 당시 그의 사람들도 200명 이상 희생되었다. 그는 종교 재판관들이 주관했던 화형식 자리에 있었던 대형 녹색 십자가를 소각하라고 명령했다. 그러나 셀 수 없이 많은 십자가에 못박힌 신상을 모두 떼어내라고 강요하는 것은 무리라고 판단해 당분간 그대로 놔두기로 했다.

그는 왕비와 그녀의 대신 타베라에게 국왕을 만나고 싶다는 의사를 여러 차례 피력했다. 여왕은 자신의 남편이 현재 라이벌 제국 터키 왕국의 위협을 받고 있는 동쪽 대도시를 지키러 떠났으며, 키토인들이 도성에 주둔하고 있다는 소식을 전하기 위해 전령이 이미 출발했노라고 대답했다.

기다릴 수밖에 없었다. 그러나 기다림은 정신을 갉아먹는 독한 시어머니와 같다는 것을 아타우알파는 잘 알고 있었다. 하물며 그것이 무위도식과 결합된다면……

찰코 치막은 자기들 손으로 3천 명 이상의 주민을 학살한 도시에서 떠나는 것이 좋을 것 같다는 의견을 내었다.

키스키스는 차라리 카를로스 국왕을 만나러 직접 가자고 제안했지만 루미냐우이는 그 의견에 반대했다. 리스본에서는 천재지변으로, 이곳에서는 자신들의 입성으로 야기된 혼란을 틈타 득을 보았지만, 전쟁은 다르다는 것이 그 이유였다. 주둔 병력이나 전장에 대해 구체적인 정보가 하나도 없는 상태에서, 비록 일 년 넘게 끈 목숨을 건 전투에 어느 정도 단련되었다고는 하나 대부분이 민간인으로 이루어진 자신들에게 너무 많은 불확실성과 위험을 초래한다는 것이었다.

그들은 왕비를 만나러 갔다. 이 면담은 공식 접견 형식으로 이루어졌다. 왕실의 권위에 걸맞은 의전을 갖추어 자기들을 대접해 주기를 왕비가 희망했기 때문이었다. 물론 왕실의 의전이 요구하는 태도가 어떤 것인지는 전혀 알지 못했다. 아타우알파는 가슴에 황금 장식을 달고 알파카 털로 짠 케이프를 길게 늘어뜨린 채 도착했는데 그의 모습이 동방인들에게 강한 인상을 주었다. 아타우알파가 침묵을 지키고 있자 그가 통행증을 요청한 사실을 왕비가 상기시키며 말했다.

"아돈데?(어디로?)"

"살라망카".

쿠바 공주 히구에나모타가 대답했다. 왕비는 미라 얼굴을 한 대신을 향해 근심스러운 눈빛을 보냈다. 목적지를 살라망카로 정한 이유가 무엇인지 타베라 추기경이 물었다. 국왕이 돌아올 때까지 기다리는 동안 카스티야 왕국과 신대륙 전반의 역사와 관습을 공부하고 싶어서라고 히구에나모타가 대답했다.

"야만인이 공부라니!"

타베라가 어이없다는 듯 눈을 위로 치켜 뜨며 말을 내뱉었다.

어쨌든 동방인들이 그의 대답을 문제 삼을 수는 없었다. 살라망카에서 가장 저명한 신학자들에게 보내는 추천서와 함께 통행증이 발급되었다.

위험을 알려주었던 노파가 히구에나모타를 찾아왔다. 자기도 키토인들과 함께 떠나게 해달라고 간청했다. 자신의 아들과 다른 스무 명 정도의 사람들도 데리고 왔다. 그녀는 "쿠바 사람들! 쿠바 사람들!"이라는 말을 반복했다. 아타우알파는 그녀의 말뜻을 이해할 수는 없었지만 저 노파의 눈에는, 그리고 그들이 만났던 대부분의 동방인들과 여왕, 추기경의 눈에는 자신들이 모두 쿠바인으로 보인다는 사실을 깨달았다. 아마도 통역을 한 히구에나모타의 영향 때문인 듯했다. 그는 저들이 왜 자신들과 함께 가려 하는지 이유가 궁금했다. 그러자 노파는 아타우알파 일행이 떠나고 나면 종교 재판관들이 다시 자기들을 박해할게 틀림없다고 대답했다.

이렇게 해서 아타우알파는 궁지에 처한 콘베르소 가족과 흥분 상태의 희멀건 이교도 집단 한 줌, 그리고 반송장 상태의 젊은이 페드로 피사로를 그의 첫 원군으로 얻었다.

13. 마퀘다

젊은 군주는 끊임없이 목적지, 방향 등 자신의 무리를 단합하게 만드는 자극제를 찾아 내었다. 아니면 최소한 자기 자신을 잊게할 목표라도 만들어냈다. 그리고 그들에게 에너지와 충동을 불어넣음으로써, 세상의 배꼽이라 불리우는 쿠스코의 문 앞까지 갔다가 그곳을 벗어나 세상의 한계선까지 그들을 이끌고 간, 가능하지도 않고 감히 상상할 수도 없는 이 긴 여행에서 방황하거나 동요하지 않을 수 있었다. 적어도 키토인들은 광기에 물든 땅을 하나하나 거쳐가면서 자신들이 패배했다는 생각이나 그 비슷한 의심조차 갖지 않았다. 파차쿠티의 피가 아타우알파의 몸에 흐르고 있었다. 아마도 지금까지 그의 결정을 이끈 것은 무엇보다 그 영향이 가장 크지 않았을까? 왜냐하면 그때까지도 그는 아직 피렌체인들의 정치 철학을 공부한적이 없었고, 이후 공부한 저서들도 개혁가라고 불렸던 그의 증조부가 그에게 물려준 천부적인 정치력을 재확인시켜주는 역할을 하는데 그쳤기 때문이다.

살라망카로 가는 길에 그들은 마퀘다 마을 앞에서 멈추었다. 톨레도 학살 소식이 틀림없이 이 지방에도 전해졌을 것이라고 판단한 그는 늘 그랬듯이 키스키스를 시켜 정찰을 보내면서 의사 소통을 위해 히구에나모타도 함께 보냈다. 그리고 자신은 마을 성문 밖에서 기다렸다.

마을 사람들이 신전 앞에 모여 있었다. 키스키스와 알몸을 가운으로 세심하게 여며 가린 히구에나모타는 그곳에서 벌어지는 희한한 광경을 살피러 갔다. 머리를 짧게 민 수사 한 명이 목조 초소 같은 곳에서 연설을 하고 있었다. 그의 앞에 모여든 청중들은 약간 산만스러운 모습이었다. 이 두 외지인들 앞에 펼쳐진 광경은 앞서 화형식이 벌어졌던 톨레도의 엄숙한 의식과는 사뭇 달라서 규모가 으리으리하지도, 숨막힐 듯 무겁지도 않았다.

그런데 느닷없이 허리에 칼을 찬 남자 하나가 나타나 수사의 연설을 가로막더니 욕설을 퍼부었다. 그 내용을 구체적으로 알아듣지는 못했지만 히구에나모타가 이해한 바로는 그 수사가 거짓말을 하고 있다는 비난이었다. 수사와 칼을 든 남자는 서로에게 거칠게 험한 말들을 주고 받았다. 그러더니 갑자기 수사가 바닥에 무릎을 꿇고 앉아 두 손을 모으고 하늘을 바라보며 신에게 도와 달라고 기도를 하는 것이었다.

그러자 곧 마치 벼락이라도 맞은 것처럼 검을 찬 남자가 바닥에 고꾸라져 입에 거품을 물고 경련을 일으키기 시작했다. 그 자리에 있던 청중들은 모두 공포에 질려 아수라장이 되었고 수사에게 마법을 멈추어 달라고 간청했다. 그는 자리에서 내려와 군중 사이를 비집고 나와 경련에 떨고 있는 남자를 향해 몸을 숙였다. 그가 남자의 머리에 원통형의 굴림대 같은 것을 올려놓고 알아들을 수 없는 말을 중얼거리자 경련이 곧바로 멎었다. 검을 찬 남자가 수사에게 다시 다가오더니 서둘러 자신의 믿음을 서약한 뒤 자리를 떴다. 이후 군중이 수사에게 앞다투어 달려가 그에게 은과 동으로 된 작은 조각들을 건넸다. 그들은 히구에나모타가 뜻을 알지 못하는 단어 "인둘헨시아[18]"를 반복해 말했다.

키스키스와 히구에나모타는 못박힌 신의 능력에 탄복해 마지 않았다(만약 그 수사가 자신에게 대드는 자를 벌해달라고 기도한 대상이 진짜 그 신이라면 말이다. 그들은 적어도 그렇게 믿고 있었다). 그들은 돌아와서 아타우알파에게 이 이야기를 그대로 전했다. 언제나처럼 그의 얼굴에는 전혀 동요의 빛이 보이지 않았다. 하지만 그는 위험을 미리 알게 되어서 다행이라고 생각했다. 자신이 이끌고 온 무리의 사기가 불안정한 상태에서 잠재적으로 위협이 될 수 있는 초자연적 존재로부터 상처를 입어서는 안될 일이었기 때문이다. 하지만 어떻게 하면 좀더 정확하게 파악할 수 있을지 그는 궁리했다. 톨레도 학살 이후 그는 남의 눈에 띄지 않고 조용히 지낼 생각이었다. 또한 그 마법을 부리는 수사를 데려오라고 사람을 보

---

18 면죄부

낼 생각도 없었다. 당분간은 현지인들과의 접촉을 제한하고 싶었던 것이다. 그때 동방인들이 자기 무리에 끼어 있다는 사실이 그의 머리에 떠올랐다.

히구에나모타가 죽음의 문턱에서 구해준 청년 페드로 피사로는 이제 부상에서 완치되어 기력을 완전히 회복한 상태였다. 저녁이면 그는 히구에나모타에게 자기 나라의 역사에 대해 이야기해주었고, 그녀는 아타우알파의 부인들과 누이들에게 통역해주었다. 그녀는 자신이 마퀘다의 사원에서 목격한 장면을 그에게 말해주면서 그 수사의 능력이 대체 어디에서 나오는 것이냐고 물었다. 페드로 피사로는 생명의 은인이 들려주는 이야기를 주의 깊게 듣더니 슬며시 웃음을 지었다.

"당신들이 본 두 사람은 마을 사람들을 등쳐서 돈을 뜯어내려고 미리 작당을 하고 연기를 하는 사기꾼들이에요. 수사 역할을 한 사기꾼이 면죄부를 팔아먹는 거죠. 그러니까 자기가 직접 만들었을 것이 뻔한 엉터리 라틴어로 쓰인 인장을 순진한 신도들에게 돈을 받고 판다는 말이에요. 그걸 사면 죄를 용서받고 영혼의 구원을 받는다고 속이면서 말이죠. 수사와 말싸움을 하는 척 한 경관도 수입을 나눠 먹는 한 패거리임에 틀림없어요."

무슨 말인지도 모른 채 히구에나모타는 들은 말을 그

대로 옮겼다. 그러나 떨어져 있는 상대방을 쓰러뜨리는 걸 본 키토인들은 그런 능력이 어디서 나오는지 알고 싶었다. 못박힌 신으로부터 어떻게 그런 능력을 전달 받았는지, 어떻게 상대방을 복종시킬 수 있는지 궁금했던 것이다. 페드로는 젊지만 아는 것이 많았다. 그는 손으로 그림을 그려가며 설명을 해주었다.

"오늘 저녁 해가 떨어진 다음 마을로 돌아가면 자기 집에서 축배를 들고 있는 사제를 볼 수 있을 거예요. 우스꽝스러운 연극에 속아넘어간 순진한 관중들을 비웃으면서 말이죠."

부상으로 쉽게 피곤을 느낀 그는 잠자리로 돌아가기 전에 웃으며 한마디를 덧붙였다.

"순진한 사람들을 꼬드기는 그런 못된 협잡꾼들이 얼마나 많은지 몰라요!…"

이것은 키토인들이 신대륙에서 배운 첫 번째 교훈이 되었다.

14. 살라망카

에스칼로나, 알모록스, 세브레로스, 알빌라 등 그들은

여러 마을을 통과하고 많은 사람들을 지나쳤다. 떠돌이 들개, 걸인, 기사, 나무 십자가로 이루어진 행렬이었다. 타완틴수유에서 그랬던 것처럼, 이 나라에서도 땅을 향해 몸을 수그리고 일하던 농부들이 그들이 지나가는 길마다 몸을 일으켜 쳐다보았다.

저녁마다 페드로 피사로는 그들에게 롤란드와 안젤리카 이야기, 기사 르노와 그의 애마 베이야드 이야기, 브라다만테와 히포그리프 이야기, 마법 투구를 찾아 헤매는 페라구스, 프리슬란트 왕에 맞서 싸우는 올랭프 이야기를 들려주었다.

사라센 왕 그라다소가 카를 대제를 포로로 잡았지만, 이후 마법의 창으로 무장한 아스톨포에게 패배한 이야기도 들려주었는데, 형과의 내전 초기 그의 수하들에게 붙잡혔다가 탈주한 기억이 떠오른 아타우알파는 이 이야기에 특히 관심을 가지고 귀를 기울였다. 마찬가지 이유로 올랭프의 모험에 등장하는 소총에 관해서도 여러 번 반복해 묘사해달라고 요구했다. 그는 장포(長砲), 소형 대포, 구포(臼砲)에 대해서도 자세히 알고 싶어 했다. 이런 무기들은 모두 실제 존재하는 것들이었기 때문이다, 십자가의 신이 내리는 벌은 언제 떨어질지 알 수 없지만 이런 화기가 내뿜는 벼락은 그 사용법을 익히는 즉시 아무 때고 원할 때 발사된다고 페드로는 그에게 장담했다. 그 자신도 삼촌들과 사촌들로부터 간단한 군사훈련을 이미 받았노라고 밝혔다. 다른 사람들이 성 밖에서 야영을 위해 멈춰 쉬는 동안 병사들은 페드로의 지휘 하에 불 뿜는 무기 사용법을 연습했다. 키스키스 생각에는 이 무기가 효과에 비해 너무 시끄러운 것 같았다.

히구에나모타는 자신이 보호해준 이 총기 넘치는 청년이 마음에 들었다. 아타우알파 역시 알지 못했던 이 나라와 대륙에 대해 많은 것을 알려준 그에게 고마워했다. 청년이 준 정보 덕택에 그는 에스파냐가 프랑스라는 국가와 전쟁 중이라는 사실을 알게 되었다.

그들은 도중에 들른 마을 테하레스의 한 여관에서 만난 흑인 꼬마를 데리고 떠났다. 아이의 어머니는 그 여관에서 일하는 하녀였는데 몹시 학대를 받고 있었기 때문에 아타우알파의 부인들이 그 아이를 측은히 여겨 함께 데려가기로 했던 것이다.

이윽고 저 멀리 지평선 위로 살라망카가 나타났다. 이 도시는 톨레도 보다 더욱 아름답고 근사해 보였다. 루미냐우이가 도시의 관리에게 통행증을 보여주자 겁먹은 기색 없이 예의를 다해 그들을 맞아주었다. 이곳에서도 그들은 가운데 머리를 짧게 민 수도사들로부터 대접을 받았는데 이들은 숭배하는 신에 대한 공경, 검은 술 제조, 많은 기록물의 보관과 정비 등 굉장히 다양한 종류의 활동을 담당하고 있었다. 그들은 사제이자 문서학자이며 동시에 세상의 신비로운 현상에 대해 토론하고 이야기 한다는 의미에서 철학자였으며, 그들 중 어떤 이들은 운문 법칙이나 구절 배열에 따라 시를 짓는 시인이기도 했다. 또한 그들은 노래를 즐겨 했는데, 그들의 노래는 목소리 외에 어떤 악기도 일체 사용하지 않으며 진중하고 단조로우면서 질질 끄는 멜로디의 합창이었다. 리스본의 수도승들과 마찬가지로 그들은 평생 가난하게 살기로 맹세한 듯 보이지만 살고 있는 건물들은 도시에서 가장 크고 넓었다.

수도원 중 한 곳의 정면 현관에는 수많은 조각물이 장식되어 있었다. 이 도시에는 학생들이 매우 많았는데, 그들은 이 문 앞의 장식물 중에서 돌개구리 찾기 놀이를 하며 즐기고 있었다. 아타우알파도 문 앞에 멈춰 서서 자세히 살펴보았지만 돌개구리는 보이지 않았다.

현관문 아래에서 구걸을 하던 어떤 장님 걸인이 그에

게 이렇게 말했다.

"어느 누가 선봉에 서는 병사는 삶에 대한 애착이 덜하다고 생각하리오?"

가마를 타지 않고 걸어서 나왔던 잉카 왕은 불쑥 끼어들어 말을 거는 걸인에게 화내지 않고 히구에나모타에게 무슨 뜻인지 해석해달라고 했다. 비록 히구에나모타의 카스티야어 실력이 단편적이긴 했지만 그녀가 아니고는 달리 다른 방도도 없었다.

걸인은 이어 다음과 같은 알 수 없는 말을 했다.

"어떤 글이나 문서도 그 내용이 거짓이 아닌 한 찢거나 없애버려서는 안 되는 법이야. 그 글의 내용이 위험하지 않고 사람들에게 유익하다면 오히려 세상에 널리 알려야 하지."

그들과 동행했던 수도승이 맹인을 조용히 시키려 했지만 아타우알파는 손짓으로 그를 막았다. 덕분에 맹인은 모호한 생각의 실타래를 계속 풀어낼 수 있었다.

"문서를 귀하게 여기지 않고 함부로 없앤다면, 단 한 사람의 독자만을 위해 글을 쓰는 이는 거의 없을 것이야. 글을 쓰는 일은 고통을 수반하지. 그렇기 때문에 고통에 대한 보상을 원하게 되지. 그 보상은 돈이 아니라 자신의 작품을 누군가가 보고 읽어주는 것, 그리고 때로는 칭송해주는 것이지. 일찍이 키케로는 이렇게 말한 적이 있지. 〈학문과 예술은 명예와 존경으로부터 나온다.〉"

짧게나마 공부한 적이 있는 페드로 피사로는 키케로가 아주 오래 전에 살았던 철학자라고 나지막한 목소리로 설명해주었다.

"먼저 전사한 군인이 다른 이들보다 삶에 대한 애착이 덜한 사람이라고 생각하는가? 물론 그렇지 않아. 그를 위험으로 몰고 간 것은 영광에 대한 욕망이야. 이것은 문학과 예술에서도 마찬가지이지."

수도승의 존재를 느낀 늙은 장님은 그를 향해 몸을 돌려 말했다.

"신학자는 속세를 떠나 영적 구원을 갈구하는 사람으로서 훌륭한 설교를 하시지요. 하지만 그에게 〈나리의 설교는 정말 대단했습니다!〉라고 말하면 과연 그분이 불쾌해 하실까요?"

맹인은 큰소리로 웃으며 떠났다. 아타우알파는 귀걸이 하나를 떼어내 그의 손에 쥐어 주었다. 그런 후 그들은 다음 방문을 이어갔다. 수도승은 그에게 금서, 이단, 화형에 관해 말해주었다.

아타우알파는, 그리고 히구에나모타 까지도 자신들이 목격한 눈앞의 현실에 놀라움을 금할 수 없었다. 도시 주민 가운데에는 풍족함과 온갖 안락한 여유를 누리는 자들이 있는가 하면, 부자들의 문 앞에 굶주림과 가난에 헐벗은 걸인들이 늘어선 모습이 이해가 가지 않았던 것이다. 누가 멱살을 잡고 폭행하거나 집에 불을 지른 것도 아닌데 어떻게 그토록 극심한 고통을 당하며 살아야 하는지 아타우알파나 히구에나모타에게는 너무도 이상하게 보였다.

페드로 피사로는 글귀가 잔뜩 써 있는 문서를 해독할 줄 알았다. 한 수도승이 몰래 번역해 은밀히 돌려 읽던 책 한 권을 슬쩍 훔쳐 나와 그 내용의 일부를 발췌해 잉카와 그의 쿠바 연인에게 읽어주었다.

'군주는 백성을 거역할 수 없음을 깨닫고 그들 중 한 명을 골라 총애를 베풀어 제후로 삼은 뒤 자신의 비호 아래 그가 국왕의 원하는 바를 대신 충족시켜 줄 수 있도록 방향을 전환한다'

이 글은 피렌체라는 나라에서 쓰여진 정치 개론서의 일부였다. 젊은 황제 아타우알파는 다음 글을 읽고 타고난 감각으로 이 문서가 훗날 도움이 되리라는 것을 느껐다.

'솔직히 말하자면, 타인에게 해를 끼치지 않으면서 군주에게 만족감을 안겨주는 것은 불가능하다. 하지만 백성들의 경우에는 가능하다. 왜냐하면 백성들은 군주와는 달리 올바른 것을 바라기 때문이다. 군주는 권력으로 억압하기를 원하지만 백성들은 억압받지 않는 것 만으로도 만족한다.'

젊은 잉카는 오매불망 백성의 행복을 위해 노심초사하는 왕은 아니었다. 그는 눈 하나 깜짝하지 않고 카나리족 반란군을 학살했고 툼베스의 개들- 그는 그곳 사람들을 그렇게 불렀다 -과 톨레도 사람들을 죽일 때도 전혀 거리낌이 없었다. 그러나 자기가 거느리고 있는 백성에 대해서는 책임감을 느끼고 있었다. 친찬수유에서 목숨을 걸고 탈출한 이 사람들은 이미 톨레도에서의 학살 과정에서 200명이나 인원이 줄어든 상태였다. 그들을 보호하려면 강력하고 거대한 적들과 맞서야만 했다. 그러려면 모든 지리적 이점과 힘의 역학관계 및 균형의 완벽한 이해를 통해 정교한 정치적 계획을 수립해야만 할 것이다. 이 저서의 저자 니콜로 마키아벨리는 그에게 꽤 그럴듯한 조언자로 여겨졌다.

키스키스는 살라망카 지도를 들여다 보았다. 이 지역의 산은 어떻게 생겼는지, 계곡은 어느 쪽으로 흐르는지, 평야는 어떻게 펼쳐져 있는지 알고 싶었고 강과 늪지대등 자연 지형을 파악하고 싶었기 때문이었다. 그는 매우세심하게 지도를 살폈다.

찰코 치막은 프란시스코 데 비토리아라는 저명한 수도사로부터 법과 형벌의 적용에 관한 학문의 기초를 배웠다.

히구에나모타는 자신이 구해주었지만 이제는 오히려스승이 된 청년으로부터 문자 해독법을 익혔다.

아타우알파는 복잡하게 얽혀 있는 여러 국왕들의 역사를 배우며 깊은 흥미를 느꼈다.

수도사들은 언제 어느 때나 끊임없이 '말씀이 담긴 문서'에 적힌 전설에 대해 설명했다. 그들은 그 전설에서한치도 벗어나지 못하는 것 같았으며, 강박적인 찬양을바치는 모습에 아타우알파 일행은 당황스러움을 느꼈다. 그들이 속해 있는 성직자 조직의 구조 또한 몹시 복잡해 보였다. 그럼에도 키토인들은 두 가지 사실은 확실히 이해할 수 있었다. 다른 어떤 도시와도 완전히 구별되는 로마라는 곳이 있다는 것과 저들을 몹시도 자극하는 사제가 있는데 이름이 루터라는 사실이었다. 그 어떤 이들보다 지혜로워 보이는 프란시스코 데 비토리아 조차도 그의 이름을 언급할 때면 얼굴이 벌겋게 달아오를 정도였다. 아타우알파와 그의 동족이 루터라는 인물을 둘러싼 분쟁의 성격을 파악하기는 어려웠지만, 북쪽 지방에서 벌어진 여러 전쟁의 동기를 제공했다는 사실로 보건대 갈등의 정도가 상당한 것이 틀림없었다.

사제들이 경배하는 전설 가운데 키토인들이 마뜩찮게 여겼던 이야기가 있었다. 한 목자가 있는데 신이 무료한 탓이었는지 아니면 오만함 때문이었는지는 몰라도 마귀와의 내기 끝에 그가 과연 어떤 가혹한 상황에서도 신을 공경하는지 증명하기 위해 그저 시험삼아 그의 아내와 자손, 가축, 건강과 재산 등 모든 것을 빼앗은 이야기였다. 키토인들이 보기에 동방인들의 신은 신중하지도 않으며, 시험이 끝난 후 모든 재산과 아내, 자손, 가축을 모두 그 불쌍한 목자에게 되돌려주었다는(그것도 자신의 가혹한 시험을 사과하기라도 하듯 몇 배로 늘려서 돌려준) 사실 또한 이 신에 대한 키토인들의 불신감을 오히려 더 키웠을 뿐이다. 비라코차 신이라면 결코 이 같은 유치하고 잔인한 내기는 할 생각도 하지 않을 것이다. 태양신은 결코 흔들리지 않으시므로 그런 치기 어린 수준을 훨씬 넘어선 반열에 계신 분이다.

하지만 미사 의식은 흥미로웠다. 파이프 오르간 소리는 그들의 귀를 울리고 마음에 감동이 일렁이게 만들었다. 어린 쿠시 리마이와 키스페 시사는 십자가 동작을 배워 장난 삼아 따라했으며 세례를 받고 싶다고도 했다.

시간이 흐르면서 살라망카의 수도사들은 젊은 키토 여인들과의 교제에 몰두했는데 리스본에서는 없었던 일이었다. 그 결과 키토 여인 중 몇몇이 임신했으며 어떤 수도사들은 병에 걸렸다.

아타우알파는 프란시스코 데 비토리아 수도사로부터 자연법, 실증신학, 자유의지, 기타 다른 기초 입문 지식을 배우는 시간이 매우 즐거웠다. 그런데 그런 지식이 그 자체로 매우 복합적 개념들이 뒤섞여 까다로운데다 황제의 서툰 카스티야어 실력 때문에 대화가 제한적이었던 탓에 이해하기가 쉽지 않았다.

드디어 카를로스 1세 황제가 도착했다는 전갈이 왔다. 페드로 피사로는 프랑크인들의 황제 카를 대제와 성검 뒤랑달로 무장한 그의 조카 롤랑과 관련된 12기사 이야기를 키토인들의 머리에 완전히 박히도록 반복해 들려주었다. 그러나 카를 대제 못지않게 카를로스 황제 역시 만만한 자가 아니었다. 그의 군대가 위풍당당하게 살라망카를 향해 다가오고 있었는데 여러 원정 전투에서 대승을 거두었다는 소문이 먼저 도착했다(실제인지는 확실하지 않지만 얼마 후면 확인할 수 있을 것이다).

아타우알파는 카를로스 1세 황제와의 접견을 위해 대표단을 보내기로 결정했다. 찰코 치막과 키스키스에게 사절단 임무가 주어졌다. 하지만 아타우알파는 히구에 나모타가 그들과 동행하는 것을 허락하지 않았다. 저 카를로스 1세라는 작자를 위한 사절단에 그녀를 포함시킬 생각이 전혀 없었다. 케추아어[19]에 관심이 많았던 수도사에게 그녀를 대신해 통역을 맡기기로 했다. 사실 사절단은 상대방 탐색을 위한 핑계에 지나지 않았다. 찰코 치막은 아타우알파의 퓨마와 앵무새 몇 마리를 데리고 가면 여러모로 유용할 것이라고 생각했다.

15. 카를로스

서른 명 남짓한 기병이 길을 가고 있다. 강이 나타나

---

[19] 남미 토착민들의 언어이며 잉카제국의 공용어

자 얕은 곳을 찾아 그대로 건넜다. 얼마 지나지 않아 캠프촌이 나타났다. 대형 천막들이 들판을 뒤엎고 있었다. 그들이 온다는 사실이 이미 전해졌던 것일까? 부풀린 퀼로트 차림의 병사들이 그들에게 길을 열어주기 위해 비켜섰다. 창과 깃발이 숲을 이룬 사이로 말이 나아갔다. 대머리에 흰 수염이 난 한 남자가 그들을 맞았다. 그는 검은 모피 망토를 늘어뜨리고 목에는 은으로 만든 체인 목걸이를 걸고 왼손에 붉은 돌을 박아 넣은 반지를 끼고 있었다. 중무장한 열네 명의 병사가 지키고 있는 천막 앞에 이르러 그는 키스키스와 찰코 치막을 그 안으로 들어가도록 안내했다. 두 장군은 말에서 내린 뒤 통역, 앵무새, 목줄을 채운 퓨마를 데리고 막사 안으로 걸어 들어갔다.

안으로 들어가자 부하들에게 둘러싸인 카를로스 1세 황제가 목재 좌석에 앉아 있었다. 검은 턱수염이 덥수룩한 그는 붉은색 상의와 흰색 하의를 입고 있었다. 키토인 방문객들은 악어처럼 강인해 보이는 턱과 맥(貘)을 연상시키는 길고 높은 코에 강한 인상을 받았다. 찰코 치막은 선물로 가져온 앵무새들을 전달하려고 앞으로 나아갔으나 곧바로 두 명의 호위병이 끼어들어 새를 받아갔다. 두 명의 키토 장군들은 그들의 선물이 받아들여진 것으로 생각했으나 국왕은 선물에 대해 아무 말도 하지 않았을 뿐 아니라 오색 찬란한 깃털에 눈길 하나 보내지 않았다. 살짝 입을 벌리고 있는 그는 다른 곳에 있는 것처럼 보였다. 그는 발 아래 웅크린 희고 큰 개를 기계적으로 쓰다듬었다. 침묵이 이어졌고 퓨마의 그르렁 소리와 여기에 화답하듯 개의 낮은 으르렁거림 만이 이따금씩 정적을 깼다. 두 짐승들이 내는 소리가 제법 긴 시간 동안 양측 사이의 유일한 대화였다. 두 장군은 그대로 선 채 불안한 마음으로 기다렸다. 마침내 황제의 신호가 떨어지자 사람들이 두 장군에게 각각 한 잔의 아카를 대접했는데 그 색이 너무 맑았다. 찰코 치막만 아카를 받아 마셨다. 카를로스 황제 역시 자신의 황금 잔에 담긴 음료를 단숨에 비웠다. 그러더니 입술 위에 묻은 거품을 손등으로 훔쳤다. 이 음료와 함께 구운 새 요리가 은쟁반에 담겨 나왔고 그는 넓적다리 한쪽을 뜯어내더니 능숙하게 뜯어먹기 시작했다. 키토 장군들은 그의 수염으로 떨어지는 기름 방울들을 마치 홀리기라도 한 것처럼 바라보았다. 다 먹었는지 황제는 남은 한 덩이를 개에게 던져주고는 어딘지 이상하고 거의 들리지 않을 정도로 낮은 목소리로 말을 걸었다. 그는 자신의 아내가 편지에 쓴 내용처럼 정말로 아타우알파 일행이 배를 타고 인도에서 왔는지 알고 싶어 했다. 그는 이들이 포르투갈이 목재를 수입하는 베라크루스 섬 출신이 아니라는 확신을 가지고 있었다. 포르투갈 왕비인 누이가 전해준 바에 따르면 그곳 사람들은 사람을 잡아먹는 야만인이었다. 찰코 치막이 타완틴수유 제국과 아타우알파의 형제간 내전에 대해 설명하자 그는 찰코 치막의 말을 끊더니 슐레이만이라는 이름의 매우 강력한 황제에 대적해 치른 자신의 전투 이야기를 쏟아냈다. 이에 찰코 치막은 만약 카를로스 황제가 원한다면 아타우알파와 그의 병사들이 슐레이만을 제압하겠노라고 장담했다. 카를로스 1세는 이 대답에 갑자기 웃음을 터뜨렸다. 그의 주변에 있던 사람들도 따라 웃었는데 그 웃음이 만족의 웃음이었는지 아니면 터무니없는 허풍처럼 들려서 웃은 것인지 키토인들은 종잡을 수가 없었다. 이윽고 카를로스 1세가 왜소한 체구를 일으켜 자리에서 일어나더니 아타우알파는 톨레도에서 저지른 만행을 갚아야 한다고 소리쳤다. 주인의 성난 목소리에 용기를 얻은 그의 희고 큰 개가 주인을 모방하고 비위를 맞추고 보호하려는 종 특유의 욕구를 못 이겨 펄쩍 뛰어 몸을 세우더니 방문자들을 향해 짖어대기 시작했다. 그러나 너무 가까이 다가간 것이 문제였다. 퓨마가 거친 쉿소리를 내면서 눈깜짝할 새에 발톱으로 개의 주둥이를 할퀴었던 것이다. 개는 낑낑거리며 후퇴하면서도 허우적댔다. 그러자 카를로스 황제가 고함을 치며 달려와 개의 주둥이를 살피면서 알 수 없는 말로 부드럽게 달래듯 말하는 것이었다.

"셈페레, 셈페레…"

개가 주인의 손가락을 핥았다. 가느다란 핏줄기가 땅바닥에 뿌려졌다.

찰코 치막은 아타우알파가 에스파냐 국왕을 만나고 싶어하며 내일 살라망카 대광장 산 마르틴 교회 앞에서 기다릴 것이라고 전했다.

흰 수염을 가진 대머리 남자가 주군에 대한 불완전한 칭호에 버럭 소리를 지르더니 로마인의 황제이시며, 에스파냐 국왕이시고 부르고뉴 공작이시며… 하면서 하나하나 열거하기 시작했지만 카를로스 1세는 개를 향해 몸을 구부린 채 안절부절 못하며 방문자들을 서둘러 내쫓았다.

16. 산 마르틴 광장

그가 과연 올까? 온다면 언제일까? 소문을 들은 살라
망카의 백성들은 반신반의 하면서도 하나 둘 도시를 떠
나기 시작했다.

아타우알파는 회의를 소집했다. 그 결과 현재 그들이
처해있는 불리한 상황을 고려할 때 최선의 방법은 병사
들을 매복시켰다가 그를 함정에 빠뜨리는 것이라는 결
론이 내려졌다. 현재로서는 피신한다고 해도 어디 갈 곳
도 없기 때문에 살라망카에 계속 머물러야 했던 것이다.
참석자 모두가 이 의견에 동의했다. 아타우알파는 자신
의 형 우아스카르에 맞서 이미 여러 차례 모 아니면 도
방식의 선택을 해왔으며 매번 위기에서 성공적으로 벗
어났다는 사실을 동족들에게 상기시켰다. 그러나 그의
장군들과 부인들 그리고 다른 사람들도 지금까지 그들
이 겪어왔던 수많은 위기는 현재 그들이 처해있는 죽음
의 고비와는 비교도 되지 않는다는 것을 알고 있었다. 이
제 그들은 막다른 길에 다다랐으며 오직 영광스러운 죽
음만이 기다리고 있을 뿐이었다. 지하 세계가 그들을 기
다리고 있었다.

그럼에도 루미냐우이는 채비를 했다. 그는 푸카 아마

루에게 발사용 쇠구슬, 활에 사용할 화살, 특히 던졌을 때 강하게 똑바로 날아가며 아무리 단단한 갑옷이라도 뚫을 수 있는 양날 손도끼를 포함한 모든 종류의 투척 가능한 무기를 모으는 임무를 맡겼다. 또한 광장에 면해 있는 집들의 지붕과 광장으로 이어지는 모든 골목의 건물 꼭대기에 사람들을 배치했다. 그는 또한 동방인들 사이에 불안감을 퍼뜨리기 위해 모든 말의 목에 방울을 매단 다음 산 마르틴 성당에 숨겨두었다. 그리고 동원 가능한 모든 총기류의 화구가 적을 향하도록 명령했다. 무엇보다도 카를로스 황제를 반드시 생포해야 한다고 단단히 당부했다.

찰코 치막은 해결책으로 싸움보다 협상의 가능성을 믿고 싶어했지만, 루미냐우이가 버럭 쏘아 붙였다.

"뭘 가지고 협상하겠다는 건가? 자네가 말하는 해결책이란 게 도대체 뭐지? 우리가 항복 이외에 그들에게 내어줄 수 있는 게 있기라도 한가? 자네라면 어떤 조건을 내걸 생각인지 말해보게. 화형대에 매달리는 것? 지하 세계도 재가 된 자네의 시신은 받아주지 않을걸세."

이윽고 연설의 시간이 왔음을 아타우알파는 깨달았다. 화려한 장식도, 의전도, 중간 전달자도 없었다. 수도 없는 시련과 고비를 함께 나눈 끝에 이제는 함께 죽을 일만이 남아있기 때문이었다. 마치 동무들에게 말하듯 동족 백성을 향해 입을 열었다.

"그대들은 선봉에 선 병사가 다른 이들보다 목숨을 가벼이 여긴다고 생각하는가?"

역사는 이 머나먼 땅에서 무수한 적에 맞서 당당히 싸운 몇몇 영웅들을 기억할 것이라며 그는 롱스보 전투의 롤랑, 테르모필레 전투에서의 레오니다스에 대해 이야기했다. 또한 칸느 전투에서 어떻게 한니발이 로마 군단과 싸워 승리했는지도 이야기 해주었다. 이곳에서 죽는다면 뱀신이 다스리는 지하세계가 모두를 영웅으로 대접하며 환영할 것이며 만약 살아남는다면 제국을 쓰러뜨리고 영예와 부를 거머쥔 183명의 용사들을 역사가 기리게 될 것이라고 그는 힘주어 말했다. 사람들은 그의 연설에 열광하여 환호성을 내지르며 손에 쥔 도끼를 흔들었다. 그런 후 각자 자기가 맡은 자리로 돌아갔다.

아침이 오자 도시는 주민들이 모두 사라져 텅 빈 곳이 되었고 단지 걸인 몇 명과 한줌 정도의 콘베르소들만이 띄엄띄엄 보였다. 갑작스럽게 찾아온 고요함에 떠돌이 개들도 당황한 듯 했다. 거리를 감도는 적막이 태풍 직전 리스본을 연상시켰다. 기다림은 어깨 위의 무거운 짐처럼 키토인들의 마음을 짓눌렀다. 내가 개인적으로 들은 바로는 많은 키토인들이 두려움에 떨면서 자기도 모르게 오줌을 지렸다고 한다.

산 마르틴 광장은 남쪽 정면의 성당을 바라보며 건물들이 반원을 그리며 늘어서 있는 형태였다. 광장의 북쪽과 서쪽은 석조 건물들로 막혀 있으며, 북쪽의 건물들은 아래층이 회랑식 통로로 이루어져 있었다. 동쪽은 비교적 개방적이었는데 다만 시장의 진열대와 하루를 12시간으로 나눈 눈금이 표시되어 있는 탑이 진입로를 살짝 가로막고 있었다. 키토 장군들이 걱정하는 곳이 바로 이 동쪽이었다. 카하마르카 광장처럼 석조의 좁은 회랑식 통로만 갖춘 완전히 막힌 광장이었으면 좋았겠지만 그들에게는 그런 생각에 빠져 있을 시간도 없었다. 감시병들이 카를로스 1세의 도착을 알렸다.

긴 날 창으로 무장한 보병들이 제일 앞에서 길을 인도하고 그 뒤로 말을 탄 황제가 궁중 대신들을 거느리고 행차했다. 대신들은 하인들이 펼쳐 든 넓은 가림막의 보호를 받으며 걸었다. 그들의 양 옆에 두 줄로 늘어선 병사들은 오색 화려한 제복을 입고 미늘창[20]과 소총으로 무장했다. 말이 끄는 병참용 마차들이 행렬의 제일 마지막에 자리했다. 모두 합해 2천 명 가량 되는 것 같았다. 키스키스와 찰코 치막이 4만 명 정도로 추정했던 병력의 대부분은 평원에 머물고 있었다. 따라서 적의 수는 예상보다 적어서 비율로 따졌을 때 키토인 1명 대 동방인 10명이었다. 그렇지만 잠결에 놀라 비몽사몽 뛰쳐나왔던 톨레도 사람들과는 달리 이번에는 경계 상태의 무장군인들과 싸워야 했다,

카를로스 1세는 금색과 검은색으로 장식된 갑옷을 입고 붉은 천을 두른 검은 말을 타고 있었다.

그를 맞이하기 위해 히구에나모타가 홀로 마중 나갔다. 이 쿠바 공주는 박쥐 털 망토를 치우고 맨몸으로 정오의 태양을 받으며 앞으로 나아갔다. 병사들 사이에 웅성거림이 일었다. 군대와 함께 온 수도승 하나가 다가오더니 그녀에게 말씀이 담긴 두툼한 책을 내밀면서 말했다.

"창조주이신 하느님과 우리 주 예수 그리스도를 인정하시오?"

---

[20] 중세~근세 유럽에서 사용되었던 창의 일종. 끝부분에 도끼가 달려있는 창 모양의 무기

이미 이런 문답에 익숙한 히구에나모타는 책을 잡으며 대답했다.

"창조주 하느님과 그대들의 주 예수 그리스도를 인정하오."

그런 다음 그녀는 사제에게 비웃는 듯한 시선을 보낸 후 그가 내민 책을 열었다. 그녀가 책 안의 문장을 읽었다.

"빛이 있으라 하시니 빛이 있었다."

그러더니 머리 위의 태양을 손가락으로 가리켰다.

휘파람 소리가 광장을 가로질렀다. 그러자 화살이 하나 날아와 카를로스 1세가 탄 말의 목에 박혔다. 곧이어 더욱 묵직하고 강한 진동음을 내며 날아온 쇠구슬이 말의 머리를 강타했다. 쇠구슬은 손가락 굵기보다 조금 더 굵었다. 빗발치듯 쏟아지는 탄환은 특히 기병들에게 집중되었다. 지붕 위에 매복해 있던 궁수들에게는 말을 먼저 공략하라는 명령이 떨어졌다. 그들은 활과 투석기로 말의 앞머리 정중앙을 집중 공격했다. 말들이 고통스러운 비명을 내지르며 차례차례 바닥으로 뒹굴었다.

"폐하를 보호하라!"는 외침이 들려왔고 근위대가 카를로스 황제의 주변으로 모여 사방을 차단했다. 이것이 그들의 첫 번째 실수였다.

두 번째 실수는 총기병의 차지였다. 그들은 지붕 위에 매복한 적을 조준했으나 그 거리에서, 그것도 아래에서 위로 쏜 총알은 단 한 명도 명중시키지 못한 채 바닥나 버렸다.

이윽고 교회 문이 열리자 아타우알파를 선두로 말 탄 키토인들이 뛰쳐나왔다. 조상대대로 이어 내려온 기마술 덕택에 키토인들은 그 누구보다도 뛰어난 기병이었다. 파란만장한 일련의 모험 과정을 통해 단련된 전술 감각과 대담성으로 인해 그들은 본능적으로 돌격에 적당한 순간을 알아차렸다. 광장의 포석 위를 달려가는 말발굽 소리가 요란하게 울려퍼지며 동방인들을 포위했다. 너무 놀라 서로 몸을 바싹 붙이고 선데다 바닥에 널부러진 말 시체들에 발이 걸려서 총기병들은 총기를 재장전할 공간도 만들지 못하고 우왕좌왕했다. 그 뿐만 아니었다. 황제 근위대 중에서 제일 바깥 열에 선 병사들은 자신을 방어 하거나 기습에 대비하기 위해 창 끝을 기울이고 있어서 마치 경련으로 몸을 웅크린 거대한 고슴도치를 연상시켰다.

포위의 틈을 뚫고 나가려는 일체의 시도를 차단하기

위해 키토 병사들은 그 주위를 계속 돌며 긴장을 늦추지 않았다. 창을 든 동방 병사 하나가 길을 트려고 말을 창으로 찍자마자 키토 기병이 단칼에 그의 목덜미를 내리쳤다. 화살과 쇠구슬이 방패가 없는 병사들 위로 비처럼 쏟아져 고슴도치의 심장부를 공격했다.

"주님, 폐하를 보호해 주소서!"

카를로스 1세 군대의 장군들이 그를 둘러싸고 몸으로 막아 섰다.

에스파냐 병사들이 죽어가고 있지만 쓸 수 있는 탄환이 부족했다. 아직 쓰러지지 않은 자들이 동료의 시신 위에 흩어져 있는 뿔 피리를 집어 들고 힘껏 불어대며 지원군을 요청했다. 들판에 대기중인 군대가 곧 닥칠 것이다. 상황을 서둘러 마무리 짓지 않으면 끝장이다. 빨리 끝내야만 한다. 루미냐우이 장군이 말을 채찍질하며 창을 든 에스파냐 병사들을 향해 전속력으로 달려가더니 믿을 수 없을 정도로 높이 펄쩍 뛰어올라 창으로 무장한 대열을 넘어 안쪽에 착지했다. 말이 병사들을 마구 짓밟는 동안 루미냐우이는 손에 쥔 거대한 해머를 왼쪽 오른쪽으로 사정없이 내리쳤다. 마치 고기를 두드리듯 병사들의 갑옷을 강타했다.

방어선이 무너지자 키토인들이 밀려들어갔다. 그 순간 키토인들은 살육의 욕망에 사로잡힌 괴물이 되어 도끼질을 하며 인간 장애물을 도륙하며 곧장 국왕을 향해 나아갔다. 그들은 카를로스 국왕이 최종 목표물이라는 점은 잊지 않았지만 살육의 광기에 휩싸인 상태에서 그들이 왕을 생포하라는 명령을 기억할 것이라고는 그 누구도 장담할 수 없었을 것이다.

아타우알파도 카를로스 국왕을 향해 전속력으로 달려 나갔다. 그를 태운 말이 산 자와 죽은 자를 가리지 않고 짓밟으며 달렸다. 적군과 아군이 뒤섞인 아수라장 속에서 카를로스의 갑옷이 눈에 띄었다. 그의 갑옷은 작열하는 태양 아래 여전히 빛났지만 무차별적인 공격으로 그의 몸은 휘청거리고 있었다. 아타우알파는 걸리적거리는 모든 것을 베기 시작했다. 동쪽 사람도 키토인도 가리지 않았다. 카를로스의 목숨에 자신과 자신의 백성 모두의 운명이 걸려있다는 사실을 분명히 알고 있었기 때문이었다,

카를로스는 용감하게 싸웠다. 알베공(公)은 싸우다 검에 난자되어 그의 곁에서 숨을 거두었고 밀란공(公) 역시 도끼질에 쓰러졌으며 에스파냐 시인 가르실라소

데라 베가는 허공을 가르며 왕을 베려 달려드는 적의 검 앞을 몸으로 가로막다가 갑옷을 뚫고 들어온 칼날에 찔려 눈을 감았다. 그리고 카를로스 황제 역시 곧 죽음을 맞게 될 것이다. 갑옷의 무게 때문에 몸을 움직이기조차 어려웠다. 거북이처럼 둔했다. 반면 키토인들은 마치 썩은 고기를 두고 다투는 들개 떼처럼 그에게 달라붙어 딱딱한 갑옷의 일부라고 뜯어 내려고 아우성이었다. 마치 그것이 전리품이라도 되는 양 말이다. 그러나 카를로스는 몸부림쳤다. 아직 죽지 않았다. 다친 동물처럼 몸을 뒤틀었고 공격하는 무리는 그의 숨통을 완전히 끊어 놓으려고 집요하게 달려들었다.

마침내 아타우알파가 도착했지만 그 순간 그곳에는 더 이상 황제도, 진영도, 적도 구분이 없었다. 그가 멈추라고 소리쳤지만 그의 사람들은 그 말을 듣지 않았다. 그래서 할 수 없이 도끼의 뭉툭한 면으로 그들을 내리치며 자신이 탄 말의 뒷발로 발길질을 했다. 가까스로 카를로스에게 닿은 그는 말에서 뛰어내려 그를 일으켰다.

왕은 뺨과 손에 부상을 입었고 장갑 낀 손에서는 피가 뚝뚝 떨어졌으며 옷은 뜯겨 나가 반 나체가 되어있었다. 하지만 그의 몸에 닿은 아타우알파의 손이 마법의 진정

제 작용을 했는지 갑자기 공격하던 이들이 살육의 광기에서 벗어나 날뛰던 몸이 굳어버렸다.

전투는 끝났다. 태양은 여전히 광장을 뜨겁게 달구고 있었다. 높이 솟은 시계탑 눈금판 위의 큰 바늘이 처음 출발점으로 되돌아와 있었다.

17. 잉카의 찬가 1편 11절

보라, 이것은 거짓 약속도,
오락 삼아 지어낸 허무맹랑한 판타지도 아니노니,
그것은 저들의 이야기일 뿐,
저들의 아첨꾼들은 진실을 생략하고
아름답게 포장하기에 급급하였노라.
전설을 뛰어넘는 진실은 이곳에 있으니,
인간이 상상할 수 있는 가장 경이로운 이야기로다.
롤랑과 강철기사 로도몬트와 정열의 로제로가
실재 인물이었다 해도
이들을 능가하지 못하리라.

18. 그라나다

혹자는 매복 작전에 대해 아타우알파가 불명예스러운 일을 저질렀다고 비판하기도 하지만 잉카 황제의 특사 앞에서 카를로스 1세가 톨레도 사건을 언급하며 협박했던 사실을 기억해야 한다. 더구나 십자가에 못박힌 신의 신봉자들이 자기네 종교를 믿지 않는 자를 어떻게 다루는지 키토인들이 이미 생생하게 목격하지 않았던가. 살라망카에서 대면한 카를로스의 사제가 히구에나모타에게 가장 먼저 요구한 것도 자기네 신화에 대한 복종이었을 만큼 종교에 대한 믿음은 그들에게 가장 중요한 문제였던 것이다.

경위야 어찌되었건, 에스파냐 국왕의 생포로 이 나라는 급격히 전의를 상실하고 신대륙은 말할 수 없는 충격의 도가니 속에 빠져들었다.

키토인들의 안위가 이 포로의 목숨에 달려있음을 아타우알파는 분명하게 알고 있었다. 그는 살라망카를 떠나 요새화된, 좀 더 안전한 장소로 떠나기로 결심했다.

키토인 행렬은 카를로스 군의 호위를 받으며 에스파냐 영토를 가로질러 갔다. 행렬을 바라보는 카를로스 병사들의 시선에는 작은 꾸이를 앞에 놓고 잡아 먹으려고 호시탐탐 노리는 커다란 퓨마처럼 적대적 기운이 감돌았다. 외부로부터 조직된 여러 번의 탈주 시도가 있었으나 국왕의 목숨이 위험해질 수 있다는 우울한 좌절감이 그들의 사기를 꺾어 번번이 실패하고 말았다.

행렬을 이어가던 키토인들은 또 다른 경쟁 종교 추종자 집단이 오래 전 돌출 암석 지대에 지었다는 한 붉은 궁전에 정착했다. 그 이교도들은 이 지방을 오랫동안 지배하다가 비교적 최근에 쫓겨났다고 한다. 이제부터 그라나다의 알함브라는 키토인들의 삭사이우아만 요새가 될 것이다.

성벽 안 건축물 중에는 카를로스 황제를 위해 짓기 시작한 성이 있었는데 정작 그는 그곳에 한번도 발을 들인 적이 없었다. 아타우알파는 그를 그의 시종과 대신, 개와 함께 그곳에 머물게 하면서 그의 지위에 걸맞은 모든 편의를 제공하고 미완공된 공사를 마무리 짓도록 명령했다. 카를로스의 아내와 두 자녀도 톨레도를 떠나 그와 합류했다. 그는 서서히 의식을 찾고 몸이 회복되어갔다. 다시 모습을 드러냈을 때, 그는 쇠약하고 무력한 몰골이었다. 그의 회복을 돕기 위해 아타우알파는 제국의 업무를 그에게 맡겨 표면상의 권위를 돌려주었다. 아타우알파는 이 믿기 어려운 새로운 상황과 이것이 이후 몰고 올 정치적 파급효과에 대해 염탐할 목적으로 방문하는 사절들을 카를로스가 접견하도록 내버려두었다. 그런 다음 이 사절들을 자신이 직접 만났다. 이렇게 해서 그는 이 대륙의 정치적 지형도를 명확하게 이해할 수 있게 되었다. 이 대륙의 정치적 중심에 군림하는 자를 아타우알파가 자신의 지배하에 두고 있었던 것이다.

카를로스 1세의 제국은 거의 타완틴수유 만큼 넓은 것 같았다. 영토가 몇 개의 지역으로 분할되어 있었는데 우선 남서쪽 영토는 에스파냐, 북쪽은 네덜란드와 독일, 동쪽은 오스트리아, 보헤미아, 헝가리 그리고 크로아티아였다. 동쪽 지역은 멀리 위치한 다른 제국의 지배자 술레이만으로부터 위협받고 있었다. 남쪽에는 에스파냐와 거리는 가깝지만 바다가 가로막고 있는 이탈리아가 있었는데, 이 나라는 주변 모든 나라가 호시탐탐 노리는 곳으로 끊임없이 전투가 벌어졌으며 모든 수도승의 수장이자 못박힌 신의 지상 대표가 머무는 곳이기도 했다. 신대륙의 패권을 장악하기 위해 카를로스와 경쟁하는 자가 있었는데, 바로 프랑스라는 제국의 왕이었다. 그는 자신의 제국을 둘로 나누어 다스리고 있었으며, 북쪽에 위치한 섬 영국이 프랑스를 위협하고 있었다. 대륙의 중심부에 위치한 스위스라는 이름의 연방 소국은 대륙 모든 군대의 병사 공급책이었다. 이웃 국가인 포르투갈은 다른 대륙 탐사를 위해 바다를 항해하는 해양 강국이었다.

에스파냐 남서쪽 곶의 지브랄타 해협은 키토인들이 건너온 대양을 향해 열려 있었다. 해협의 남쪽 면에서부터 무어인들의 나라가 시작되는데, 이 나라의 왕들은 지금으로부터 40 수확기 전에 스페인에서 쫓겨났다(히구에나모타의 계산에 의하면 이 시기는 에스파냐인들이 그녀가 살던 섬에 온 때와 맞아떨어졌다). 무어인 중 일부는 왕이 패퇴한 이후에도 그라나다에 계속 남았는데 사람들은 이들을 모로스라고 불렀다. 이들은 알함브라 궁전과 마주보는 언덕 알바이신에 살았다. 알바이신은 그들 말로 '미천한 사람들'을 뜻했다.

카를로스 황제의 군대는 그라나다 밖 산타페라는 이름의 요새화된 도시에 주둔했는데, 에스파냐 궁중 대신들이 그곳에 모여 사로잡혀 있는 주군으로 인한 위기 상황에서 어떻게 하면 벗어날 수 있을지 작전 회의를 했다.

국왕을 제외한 왕국에서 가장 고위직에 있는 귀족들이 모두 모였다. 미라를 닮은 고문 후안 파르도 타베라,

카를로스 1세의 야영지에서 찰코 치막과 키스키스를 접대했던 그란벨의 니콜라 페레노트, 커다란 루비가 박힌 굵은 십자가를 목에 건 국무대신 프란시스코 데 로스 코보스 이 몰리나, 산마르틴 전투에서 죽은 줄 알았으나 살아 남았지만 두 다리를 못 쓰게 된 아스콜리 왕자이자 테라노바 공 안토니오 데 레이바가 그들이다. 테라노바 공은 지금 당장 기습 공격을 하자고 주장했지만 나머지 사람들은 적어도 카를로스 황제가 포로로 잡혀 있는 한 알함브라 궁 공격은 불가하다고 반대했다

살라망카 전투로 키토인들이 절망적 불리함에서 벗어날 수 있었던 것은 틀림없는 사실이다. 하지만 그들이 처해있는 상황은 여전히 불투명했다. 전투의 승리와 이 승리가 가져다 준 명성을 즐기면서도 아타우알파는 더 강해지지 않으면 승리로 얻은 성과물도 덧없이 사라지게 되리라는 것을 잊지 않고 있었다. 깜짝 승리는 더 이상 일어나기 어려울 것이다. 무엇보다 전력의 불균형이 가장 큰 문제일 터였다. 숫자상으로 그들은 여전히 한줌밖에 안 되었고, 그들이 대적해야 할 상대는 세계였다.

대륙 곳곳에서 쇄도하는 특사들이 자신의 포로에게 최대의 경의를 표하는 모습을 본 아타우알파는 적잖이

안도했다. 에스파냐 국왕을 틀어쥐고 있는 것은 최고로 가치 있는 상품을 보유하고 있는 것임을 알게 되었기 때문이다. 카를로스 역시 자신을 풀어주는 조건으로 대신 자신의 아이들인 5살 황태자 필리페와 그보다 한 살 어린 공주 마리를 포로로 삼으면 어떻겠냐고 아타우알파에게 제안함으로써 아타우알파의 생각이 옳았음을 스스로 확인시켜 주었다. 그의 제안에 아타우알파는 웃음을 터뜨렸고, 무슨 의미인지 알 수 없었던 카를로스는 덩달아 멋쩍은 웃음을 지으며 아내의 표정을 흘깃 살폈다.

알함브라 궁을 찾아온 방문객은 맨 먼저 반쯤 완공된 성으로 가서 카를로스 1세를 만났다. 그런 다음 그는 곧바로 그 옆에 있는 다른 성으로 안내되었는데 이 장소는 과거 왕들의 거처로써, 현재는 아타우알파가 머물고 있었다. 방문객이 아타우알파를 알현하러 가기까지 여러 개의 어두컴컴한 방을 지나치게 되는데 그곳에는 파란 세라믹 판에 하얀 기둥 문양이 장식되어 있고 그 위에는 신성 로마 제국의 황제, 에스파냐 국왕 카를로스 1세의 좌우명 'Plus ultra'가 새겨 있다. 이 대륙 철학자들이 쓰는 언어로 "보다 먼 곳으로"라는 의미를 갖는 이 표현이 마음에 들었던 아타우알파는 이 글귀를 자신의 좌우명으로 삼았다. 중정에는 긴 연못이 있었다. 마치 바라크 선(船)을 뒤집어 놓은 것처럼 회랑이 연못 가장자리를 죽 둘러가며 반사되어 비치고 연못을 지키려는 듯 우뚝 솟은 정면 탑의 지붕라인은 사각형의 요철을 이루고 있었다. 방문객이 이 연못을 지나 '대사의 방'으로 들어가면 앞이 잘 보이지 않을 정도의 어둠 속 한쪽 벽에 움푹 들어간 세 개의 알코브가 나타나는데, 그라나다의 눈 덮힌 들판과 산을 향해 난 창문은 투조 세공된 유리로 메워져 있다. 아타우알파는 그중 중앙 창을 등지고 앉아 있으며 그의 오른 쪽에는 기골장대한 루미냐우이가 서있고 왼편에는 히구에나모타 공주가 여러 개의 쿠션에 비스듬히 기댄 채 몸을 길게 뻗고 있다.

이제 막 햇살 가득한 정원에서 실내로 들어온 방문객은 창에 난 구멍을 통해 들어오는 빛 줄기에 눈이 부셔 두 눈을 찌푸린다. 역광으로 군주와 두 참모의 실루엣만을 가까스로 구분할 수 있는데 그 두 참모는 서로 비대칭적인 그림자처럼 보인다. 별이 빛나는 하늘을 표현한 놀랍도록 화려하고 정교하게 세공된 천장은 방문객을 약간 주눅들게 만들었다.

카를로스 1세가 대사의 방을 처음 방문했을 때, 자신

의 조상들이 성의 주인이었던 구왕(舊王)의 항복을 받아낸 장소였던 이 방을 보고는 "이토록 아름다운 곳을 빼앗긴 자야 말로 불행한 자"라고 외쳤다고 한다. 카를로스 황제는 결혼식을 치른 뒤 이 성에서 왕비와 꿈 같은 며칠을 보냈으나 제국의 막중한 업무 때문에 일정을 단축하고 돌아간 뒤 이곳에 다시 오지 못했었다. 카를로스가 했다는 말을 알게 된 뒤 아타우알파는 카를로스에게 이렇게 말했다.

"진짜 불행한 자는 기회 있을 때 활용하지 못하고 즐기기만 하는 자라오."

선조들이 정복한 이 궁전의 눈부신 아름다움을 아타우알파 덕분에 이제서야 누리게 된 카를로스로서는 이 지적이 자신의 불행을 재확인 시켜주는 뼈 아픈 말이 아닐 수 없었다.

가장 먼저 방문한 이들 중에는 그라나다의 옛 지배자 보아브딜이 있었다. 40 수확기 전에 이곳에서 쫓겨났던 그는 이 궁전에 대한 몇 가지 권리를 요구하기 위해 찾아왔지만 아무것도 얻지 못하고 돌아가 얼마 뒤에 죽었다. 그러나 그의 방문에 몹시 충격을 받은 카를로스 1세는 측근에게 "나야 말로 불행한 자로다."라고 말했고 이 말은 아타우알파에게 그대로 보고 되었다.

어느 날, 아타우알파는 살라망카에 있을 때 공부했던 현자 마키아벨리의 도시 피렌체에서 찾아온 앳된 청년의 방문을 받았다. 자신을 로렌지노라고 소개한 이 청년은 명문가인 메디치 가문 출신이었다.

"공화주의자들이 진정한 사나이라면 조만간 피렌체에는 혁명이 일어날 것이오!"라는 말을 하는 그의 얼굴에는 알 수 없는 어떤 열정이 가득했다. 히구에나모타도, 페드로 피사로도 그 뜻을 이해할 수 없었지만 그는 잉카를 얽히고 설킨 복잡한 분쟁에 끌어들이기 위해 웅장한 성(城)과 값진 보석 얘기를 마구 늘어놓았다. 무엇보다도 백성을 폭압하는 타락한 국왕이자 자신의 사촌인 피렌체 국왕을 전복시키는데 힘을 보태 달라고 아타우알파에게 도움을 요청했다. 그 나라에 대한 온갖 경이로운 이야기에 놀란 키스키스는 당장 그곳을 차지하러 떠나고 싶어 들썩거렸으나, 국가의 권력이 태양신이 아닌 백성으로부터 나온다는 집단 합의체에 근거한 정치체제가 무엇을 말하는지 이해하기도 어렵고 별 관심도 없었던 아타우알파는 청년에게 필요하면 피난처를 제공하고 보호해 주겠다는 약속만 해주었다.

독일의 아우크스부르크라는 도시에서 찾아온 한 남자는 푸거 가문에서 보낸 사람이었다. 푸거가(家)는 영주나 관리는 아니었고, 그 지역의 공동체인 아이유의 수장으로, 금과 은 무역을 하는 상인들이었다. 푸거가에서 파견된 이 사람은 복장이 매우 단촐했다. 그를 대하는 카를로스의 태도에는 거만함이 묻어났다. 하지만 키토인들은 그 사이에서 어떤 이율배반을 느꼈다. 동방인 사회에서 금과 은은 단지 치장이나 신분적 상징의 역할만 하는 것이 아니라 그것을 소유한 자에게 어마어마한 권한을 부여하며, 따라서 금과 은으로 된 둥글고 작은 동전만 있으면 세상의 온갖 것을 소유하고 교환할 수 있다는 것을 키토인들도 익히 알고 있었기 때문이었다. 푸거가의 파견인은 카를로스 황제에게 잉카제국의 키푸에 해당하는 문자로 씌어진 문서에 명시된 약속을 이행하라고 종용하며, 그렇지 않을 경우 금과 은 공급을 중단하겠다고 압박했다. 이 요구에 황제는 당혹감을 감추지 못했다. 한편 아타우알파는 공상에 빠져, 고향 안데스 산이 이 금속들로 흘러 넘치는 상상을 하며 빙그레 미소 지었다.

또 어느 날인가는 마찬가지로 아우크스부르크에서 어떤 현인이 찾아왔는데, 검은 술을 마시고 빵을 먹는 종교 의식과 관련해 못박힌 신의 '실존' 문제를 논하기 위해 방문한 자였다. 그의 이름은 필리프 멜란히톤이었으며 검은 천으로 만든 납작한 모자를 쓰고 있었다. 아타우알파는 그의 말을 관심 있게 듣는 척 했다. 왜냐하면 카를로스 황제가 이 남자를 좋아하지도 않고 그의 생각에 동조하지도 않으면서도 오랜 시간 그를 접견하면서 불안감(물론 이 불안은 자기가 처한 상황에 비하면 부차적인 것에 불과하지만)을, 아니면 적어도 이 문제에 심각한 관심을 갖는 것처럼 보였기 때문이다. 멜란히톤은 카를로스가 악마로 여기는 루터라는 자가 보낸 사절이었는데 루터는 종교 교리의 몇 가지 부분에 이의를 제기하며 그리스도교 숭배의 여러 행태를 개혁하고자 종교적 반란을 선동한 인물이었다.

파리에서 공부했다는 한 수도승이 카를로스에게 알현을 요청했다. 점점 커지는 루터의 영향력에 맞설 수 있는 방법을 그와 의논하기 위해서였다. 아타우알파의 뜻하지 않은 출현으로 정치적 우선순위가 조금 뒤바뀌기는 했지만 그래도 에스파냐 국왕은 열렬한 그리스도교 수호자를 자처하며 북쪽에서 건너온 개혁 반란을 잠재우려 노심초사했으며, 국왕을 비롯한 종교 대표자들에게 이 문제는 어떤 것과 비교해도 시급함이 덜하지 않은 중요한 사건이었다. 아타우알파는 수도승 이냐시오 로페즈 데 로욜라의 설명을 유심히 들었다. 작달막한 키에 선과 악이 묘하게 뒤섞인 듯한 강렬한 눈빛을 가진 이 수도승은 자신의 믿음을 명료하게 표현하는 능력을 가지고 있었다. 그의 연설을 들으면서 키토인들은 신대륙 신화에 대한 지식을 쌓아갔다.

동방인들은 아버지와 어머니 그리고 아들로 이루어진 가족신을 신봉했다. 아버지 신은 하늘에 살면서 자신의 아들을 땅으로 내려 보내 인간세상을 구원하려 했지만, 아들은 도와주려는 그를 믿지 않았던 지상인들에 의해 모진 역경과 오해 끝에 십자가에 못박혀 죽고 말았다. 이후 그는 지하 세계에서 되돌아와 하늘에 계신 아버지와 다시 만나게 되었다. 이후 실수를 깨달은 인간들은 고행하며 아들신의 지상 재림을 고대해왔다. 동시에 끊임없이 기도를 하고, 또한 동정녀이면서 수태를 한 특이한 이력의 어머니신에 대한 숭배도 계속되었다. 인간들이 성령이라고 부르는 부차적 신성이 존재했는데 때로는 아버지신, 때로는 아들신, 때로는 두 신 모두를 의미하는 등 서로 혼용되었다. 그리스도교 신봉자들이 시도 때도 없이 하는 손동작은 아들신이 못 박힌 십자가를 의미했다. 인간들이 하는 모든 행동은 과거 그들의 조상이 멀리 떨어진 어떤 나라 산꼭대기에 십자가를 세우고 신을 괴롭히고 못질했던 배은망덕함을 사죄하고 바로잡으려는 의지를 보여주는 것이라고 했다. 신을 십자가에 매달아 죽게 한 조상들은 그들의 나라에서 쫓겨났으나 언젠가는 후손들이 다시 그 땅을 되찾으리라는 꿈을 꾸고 있었다.

무어인들과의 전쟁은 그들이 신의 존재는 인정하면서도 십자가에 못 박힌 아들신에 대한 숭배를 거부하는 데서 비롯되었다. 그들은 아버지 신은 인정하면서도 그 아들은 믿지 않았던 것이다. 그들은 또한 다른 식습관과 언어를 가지고 있었다. 이러한 이유만으로도 그들에게는 수십 수확기에 걸친 전쟁을 치르기에 충분한 것 같았다. 세 번째 부족은 유대인들인데, 여러 면에서 무어인들과 유사점이 존재했다. 예를 들면, 출생한지 얼마 안 된 남자 아기의 음경 피부를 일부 잘라 내고, 돼지고기를 먹지 않으며, 고기를 먹을 때에도 반드시 사제가 축성한 뒤 특별한 의식에 따라 도축된 고기만 허락되었다. (대신 유대인은 검은 술을 마시는데 비해 무어인들에게는 금지되어 있다는 차이가 있었다.) 유대인들 역시 십자가에 박힌 신에 대한 숭배를 하지 않았다. 오래 전, 그 아들 신도 그들 민족의 일원이었는데도 말이다. 무어인 마지막 왕 보아브딜이 전쟁에서 패배해 쫓겨날 때에도 그의 백성 무어인들은 살던 곳에 그대로 살 수 있게 허락 받았는데 비해 왕도 왕국도 잃은 유대인들의 경우에는 십자가 신에 대한 충성서약을 거부하고 고유의 풍습도 포기하지 않은 모든 사람들이 에스파냐에서 갑작스레 쫓겨나고 말았다. 그러나 콘베르소라고 불리던, 충성 서약을 하고 그대로 남은 사람들 조차도 학대와 함께 저들 고유 종교를 계속 믿고 있다는 의심에 끊임없이 시달려야 했다. 종교 재판을 받고 심한 경우 화형에 처해질 정도였다. 로욜라 수도사는 가톨릭 교회의 이런 차별 정책에 찬성하지 않았다. 마찬가지로 한 민족의 다른 민족으로의 이동을 결과적으로 봉쇄하는 '림피에자 데 상그레', 다시 말해 '순혈' 정책 역시 반대했다.

"우리 주 예수 그리스도는 우리의 핏줄에 계시지 않으며 우리의 마음 속에 계십니다."라고 그는 말했다.

많은 정보를 습득한 아타우알파는 이제 동맹을 찾을 때가 되었다고 판단했다. 그는 카를로스 1세에게 그의 왕국에 태양신 숭배를 포함하여 모든 종교를 허용하는 법의 제정을 권고했다. 히구에나모타가 잉카의 제안을 완벽하게 옮겨 전달했음에도 처음에 카를로스 1세는 입을 반쯤 벌린 채 무슨 말인지 이해하지 못하는 것처럼 보였다. 이윽고 그 의미를 깨달은 그는 각진 턱을 부르르 떨며 격분해서 마치 라마처럼 침을 튀어가며 펄펄 뛰더니 절대로 허락할 수 없다고 고래고래 소리를 질렀다.

아타우알파는 자신의 의지를 전 제국이나 에스파냐 전체에 적용하라고 카를로스에게 강요할 수는 없었다. 하지만 자신의 이런 제안을 적어도 그라나다의 백성들에게 퍼뜨리라고 찰코 치막과 페드로 피사로에게 지령을 내렸다. 특히 이슬람식 하얀 집들이 인상적인 알바이신의 골목골목, 그리고 그곳과 이웃한 사크로몬테 언덕 지구에 널리 회자 되도록 했다. 이 두 지역은 종교 재판 때 퍼져나오는 끔찍한 냄새로 인해 주민들이 공포와 충격 속에 빠져 있는 곳이었다. 맨 먼저 유대인이 화형의 대상이 되었다는 것은 그 다음 차례가 모리스코[21]라는 사실을 의미했다. 그러나 무어인들은 신봉하는 신의 수를 늘린다는 것에 대해 잘못 이해했다.

---

[21] 가톨릭교로 개종한 무슬림. 흔히 탄압을 피하기 위해 거짓 개종했다는 의심을 받았다.

"알라가 가장 위대해."

그들도 이것이 무슨 경쟁이라도 되는 것처럼 되뇌었다. 처음에 그들은 자신들의 신전을 확장할 생각이 전혀 없었다. 그런데 유대인 콘베르소들(모리스코들은 그들과 좋은 관계를 유지하고 있었다)의 행동을 두 눈으로 직접 보며 의문을 갖게 되었다. 유대인 콘베르소들은 기독교의 의식과 신앙을 받아들이면 안 되는 것일까? 죽음의 위협 앞에서도 고유의 전통을 꼭 고집해야만 하는 걸까?

무엇보다도, '알라가 가장 위대하다'고해서 오직 알라만이 위대하다는 의미는 아니다. 이런 신조로 인해 그들에게는 심지어 저들의 유일신과 다른 신들과의 공존도 가능했던 것이다.

태양을 다른 눈으로 보기 시작한 사람들이 생겨났다.

19. 마르그리트

미완성된 자신의 성에 포로로 잡혀 있는 카를로스에게는 건축물의 둥그스름한 형태마저 어쩐지 냉소적이고 쓸쓸하게 느껴졌다. 우울함을 떨쳐버릴 수가 없었지만, 네파타플[22] 비슷한 게임을 하면서 점차 신경이 안정되고

---

[22] 북유럽에서 전해 내려오는 체스 비슷한 게임

건강도 좋아져갔다. 이 게임은 64칸으로 나뉘어진 나무 판 위에서 흑백의 작은 인형이 서로 대결하는 놀이였다. 그렇지만 이 게임을 하면서도 씁쓸함을 비켜 가지는 못 했다. 왕을 사로잡는 자가 최후의 승자가 되는 게임이었 기 때문이었다.

그는 게임의 룰을 잉카 장군들에게 가르쳐 주었다. 찰 코 치막이 얼마 안 가 강력한 적수가 되었다면, 키스키스 는 서로 자기가 옳다고 카를로스 황제와 입씨름하며 저 녁 시간을 자주 함께 보냈고 사실 거의 대부분은 시합에 서 패자가 되었다.

어느 날, 방문객이 찾아왔다고 키스키스의 보초병이 알려왔다. 방문객은 프랑스 국왕의 누이 동생으로 한 나 라의 왕비였는데 두 황제를 만나기 위해 알함브라에 온 것이었다. 그녀는 눈처럼 새하얀 네 마리의 말이 끄는 마 차를 타고 수많은 시종을 대동한 채 도착했다. 머리는 세 심하게 손질되어 있었고 몸에 걸친 망토는 한 눈에 보기 에도 매우 고급스러웠다. 그녀의 외모와 카스티야어 말 투는 상당히 우아했는데, 이곳 사람들보다 혈색이 조금 더 창백했고 억양도 약간 달랐다.

무엇보다 색달랐던 점은 그녀와 카를로스가 처음 들

는 언어로 대화를 나누었다는 사실이다. 키토인 중 어느 누구도 그들의 대화를 이해하지 못했다. 하지만 그들은 그렇지 않아도 원래 불그스름한 카를로스의 낯빛이 분노로 인해 더욱 시뻘겋게 달아오르는 반면 마르그리트(그 왕비의 이름이었다)의 말투에는 얼음장 같은 냉랭함이 감돌고 있음을 대번에 눈치챘다.

그러나 그때까지도 피렌체로 돌아가지 않고 남아있던 청년 로렌지노가 키토인들의 가려운 곳을 긁어주었다. 그녀가 카를로스를 찾아온 것이 이번이 처음이 아니었다는 것이다. 로렌지노는 자신이 어렸을 때 프랑스 국왕이 전투에서 패하여 카를로스의 포로가 된 적이 있었다는 사실을 기억했다. 그때 누이 동생인 마르그리트가 카를로스를 찾아와 오라비를 풀어 달라고 애원했으나 허사였으며, 결국 프랑스 국왕은 자신의 영토 중 상당한 부분을 양도한다는 약속을 하고서야 풀려날 수 있었다.

그런데 상황을 보아하니 지금 마르그리트 왕비는 옛날에 양도한 땅을 돌려 달라고 자신의 오라비와 프랑스 제국의 이름을 걸고 요구하는 것 같았다.

모든 정보를 전해들은 아타우알파는 그녀를 대사의 방으로 불러 접견했다.

에스파냐어 실력이 점점 더 좋아지기는 했지만 그래도 아타우알파는 히구에나모타가 계속 통역을 맡아 주기를 바랐다. 그녀가 말을 전하는 동안은 그만큼 생각할 시간을 가질 수 있었기 때문이기도 했지만 그녀와 함께 있는 것 자체가 소중하기도 하고 무엇보다 어쩐지 그녀의 존재가 상대방에게 위압감을 주어 아타우알파로서는 언제나 협상에 유리한 고지를 점령하곤 했던 것이다.

아타우알파의 우측에는 루미냐우이 대신 로렌지노가 자리해, 프랑스 왕녀와의 대화 중 이해하기 어려운 부분이 생기면 설명해 주기로 했다.

그녀의 발언은 역시나 알 수 없는 것 투성이였다.

그녀의 왕국 나바르는 에스파냐와 프랑스 사이에 위치해 있는데 카를로스가 이 영토의 소유권을 더이상 주장하지 않고 포기하겠다는 약속을 받아내는 것이 그녀의 첫 번째 요구였다.

또한 프랑스가 4 수확기 전 캉브레 조약을 체결하면서 북부 영토 아르투아와 플랑드르를 에스파냐에 빼앗겼는데 이제 자신의 오라비인 프랑스 국왕이 이 땅을 되찾길 희망하고 있다는 말도 했다.

프랑스 국왕은 에스파냐 국왕이 부르고뉴 지방도 완

전히 포기하기를 바라고 있었는데, 그런 걸로 보아 그 지방이 양측 모두에게 특별히 중요한 땅인 것 같았다.

그 뿐만이 아니었다. 그는 이탈리아의 두 도시 밀라노와 제노바의 지배권도 요구하고 있었다.

프로방스 공국과 니스, 마르세유, 툴롱 세 도시도 논의의 대상이었다.

마르그리트 왕녀의 요구사항은 아타우알파에게 거의 아무런 관심도 끌지 못했다. 부르고뉴, 아르투아가 대체 그에게 뭐가 중요하단 말인가? 밀라노나 제노바가 무슨 의미가 있겠는가? 전혀 없다. 그저 관념일 뿐이다. 아니, 그보다도 못하다. 그냥 하나의 단어에 불과하다. 일 년, 한 달, 한 주, 하루 전까지 그 존재조차 알지 못했던 곳들이다. 아타우알파의 영역은 안달루시아였고 다른 곳은 관심 밖이었다. 그래서 자기 재산을 되찾겠다고 찾아왔던 이 지방의 옛 주인 보아브딜의 요구를 손등으로 밀어냈었던 것이다. 그러나 자신의 영역에 속하지 않는 땅이라면 미련 없이 헐값에 넘길 수 있었다. 길거리 개에게 던져준다 한들 그게 무슨 대수이겠는가! 그저 지도 위 점하나에 불과한 것을…

하지만 아무리 쉽게 넘겨준다고는 해도 그래야 할 이

유는 있어야 하지 않을까?

나바르의 마르그리트는 목소리를 낮추었다. 그녀는 아타우알파가 바다 건너에서, 그것도 동쪽이나 남쪽이 아닌 서쪽에서 왔다는 사실을 알고 있었다. 어쩌면 인도 일지도 모르고, 아니면 말루쿠 제도나 지팡고, 혹은 다른 곳일 수도 있다. 그곳이 어디이든 자기가 사는 곳과는 상당히 떨어진 먼 속에서 온 사람인 것은 틀림없었다. 어떤 사정에 의해 여기까지 온 그는 싸움의 승기를 잡고 신성로마제국의 황제이며 에스파냐의 국왕이자 나폴리와 시칠리아의 국왕, 부르고뉴 공 카를로스 1세를 자신의 손에 넣은 것이다. 진정으로 경탄스러운 일이 아닐 수 없었다.

그녀는 기독교계가 결코 이 상황을 용납하지 않을 것이라고 부드럽지만 단호하게 말했다. 교황이 그냥 보고만 있지 않을 것이라고 그녀는 단언했다. 비록 카를로스와의 관계가 썩 좋지는 않았지만 그렇다 해도 교황은 그라나다 탈환을 위해 십자군 원정을 명령할 것이다. 태양신 신봉자를 이단으로 규정하는 종교 재판이 열리게 될 것이며 이내 오스트리아 대공 페르디난트가 용맹하기로 이름난 군대를 이끌고 형을 도우러 도착할 것이다. 그렇지만 바다 건너온 위대한 왕은(이 말을 하면서 마르그리트는 무릎을 살짝 구부리며 존경의 표시를 했다) 원하기만 한다면 프랑스 국왕의 지원을 받을 수 있을 것이다. 그녀의 오라비 프랑수아는 이교도의 수장인 오스만 황제 슐레이만과도 동맹을 체결한 인물이 아니었던가? 카를로스와는 달리, 프랑수아는 독실한 기독교도이면서도 맹목적으로 기독교 세계만을 지지하는 사람은 아니었다. 대륙 북부를 뜨겁게 달구었던 종교 논쟁에서 루터파에 대해 신중함을 유지하면서 이해하려는 모습을 보여주었었다. 이런 사실로 미루어 볼 때, 바다 건너온 잉카가 찬성하기만 한다면 양국 사이에 굳건한 동맹이 실현될 수 있다고 그녀는 설득했다. 프랑스 국왕 프랑수아 1세는 아타우알파에게 우정과 지지를 보낼 것이라고 했다. 태양을 적으로 두고 싶지는 않을 테니까 말이다.

아타우알파는 그녀의 말을 매우 진지하게 경청했다. 그녀의 말이 꽤 설득력이 있었을 뿐 아니라 신대륙 국가 간의 세력 균형을 고려할 때에도 그녀의 요구 사항을 모두 들어주고 대신 군사적 지원을 받는 것이 결코 나쁘지 않았다. 사실 프랑스 국왕과의 동맹이 키토인들에게는 천군만마를 얻는 것과 같았다. 그러나 그녀의 제안이 성사되기에는 뛰어넘기 쉽지 않은 난관이 버티고 있었다. 마르그리트 왕녀의 기대와는 달리 아타우알파는 에스파냐 왕을 수중에 넣은 것이지 왕국을 지배하고 있는 것이 아니었던 것이다. 비록 포로가 되었다고는 해도 카를로스는 여전히 국왕이고 황제였다. 따라서 에스파냐 제국의 영토를 양도할 권리도 오직 카를로스에게 있었다. 어떤 압력이나 협박에도 그가 요구를 받아들일 리 없다는 것은 물어보지 않아도 뻔한 일이었다.

마르그리트는 앵무새 한 마리와 몇 가지 약속을 받아들고 프랑스로 떠났다.

잉카 황제는 사자의 정원에서 회의를 소집했다. 코야 아사르파이는 카를로스를 죽이거나 아직 너무 어려 조종하기 쉬운 그의 아들 - 6 수확기도 채 안된 어린 아이였다 -에게 양위 시키자고 제안했다. 그러나 키스키스는 왕을 시해하면 에스파냐인들의 보복을 부를 수 있다는 이유로 반대했다. 양위 역시 기대하기 어려웠다. 왕권이야 말로 자신을 보호할 수 있는 최고의 방어책이며, 국왕의 지위를 내려놓는 순간 어느 누구도 거들떠보지 않는 신세로 전락하리라는 것을 카를로스 자신도 잘 알고 있기 때문이었다. 아무리 생각해도 키토인들이 프랑스 국왕의 요구를 만족시킬 방법이 없었다. 살아있는 카를로스는 영토의 반환을 결코 용납할리 없었다. 죽은 카를로스는 키토인들을 에스파냐 군대의 공격으로부터 막아줄 수 없었다. 그들이 해줄 수 있는 것은 기껏해야 프랑스 왕국에 군사적 공격을 하지 않을 것이라는 약속 정도였다.

따라서 취약한 군사력 문제는 해결책 없이 고스란히 남았다. 위협으로부터 스스로를 지키려면 사람이 필요했고, 사람을 고용하려면 금이 필요했다. 푸거 가문의 특사를 불러들였다. 그는 자금을 대는 것은 문제 없다고 하면서도 대신 잉카가 도저히 들어주기 어려운 담보를 요구했다.

결국 아타우알파는 히구에나모타에게 리스본으로 돌아가라는 극비 임무를 맡겼다. 그녀는 페드로 피사로를 데려가겠다고 요청했다. 콘베르소 몇 명이 당나귀 등에 검은 술, 톨레도의 검(劍)과 총 여러 자루, 말씀이 담긴 책, 곡물, 그림, 그리고 신대륙 지도를 싣고 함께 출발했다. 카를로스는 자기 입장을 봐서 그들에게 좋은 배 한 척과 국내에서 가장 뛰어난 항해사를 제공해 주기 바란다는 서신을 처남인 포르투갈 국왕 주앙 3세에게 써 주기로 승락했다. 잉카 황제는 기록관을 시켜 여러 개의 끈을 세심하게 매듭 지어 만든 결승문자 키푸를 자신의 쿠바 연인에게 맡겼는데, 그가 전적으로 신뢰하는 히구에나모타 조차도 그 내용에 대해서는 알지 못했다.

이 결승문자는 그의 형 우아스카르에게 전하는 메시지였다.

20. 세풀베다

카를로스 황제의 측근 중에는 재위 기간 동안의 통치 업적을 기록하고 황제의 아들 필리페의 교육을 책임지는 현자(賢者)가 있었다.

그는 키토인들에 대해 상당한 관심을 나타냈다. 기회 있을 때마다 그들과 교류하면서 그들의 역사, 풍습, 종교에 대해 질문하고 매우 친근하게 대했다. 그리하여 그는 키토인들이 어디에서 왔는지, 그리고 왜 에스파냐까지 오게 되었는지 알게 되었다.

그의 이름은 후안 히네스 데 세풀베다였다.

그는 아리스토텔레스를 학문적 스승으로 삼아 늘상 입에 올렸으며 반면 데시데리우스 에라스무스와 루터를 끔찍하게 싫어하여 수시로 비난하였다.

사실 그는 속이 음험한 자로서, 속마음을 감추고 시치미를 뗐기 때문에 속아넘어간 아타우알파는 그를 믿고 그에게 대사직을 맡겨 산타페로 보냈다. 그의 임무는 왕과 왕비 그리고 그들의 아이들이 모두 좋은 대접을 받으며 운신의 자유를 제외한 모든 특전을 누리고 있다고 에스파냐 백성들을 안심시킴으로써 알함브라 궁전에 대한 공격 시도를 방지하고 또한 카를로스 국왕이 에스파냐 군에게 일체의 구출작전을 엄금했다고 전하는 일이었다.

그러나 키토인들의 기대와는 달리 세풀베다는 에스파냐인들이 개입하지 않는다면 위험한 상황이 올 것이며 왕비와 왕자, 공주도 야만인들의 부당한 처우와 쓰레기 더미 속에서 하루하루 쇠약해져가고 있다며, 그들을 그대로 방치할 경우 황실과 나아가 에스파냐 왕국의 안위가 위태로워질 것이라고 사람들을 부추겼다.

그는 또한 아타우알파와 그 족속은 하느님을 믿지 않는 불신자들로 마호메트를 경배하는 지옥에서 온 마귀들이며 예수의 이름조차 알지 못하는 이교도들일 뿐만 아니라 수치심도 없이 벌거벗고 돌아다니는 오입쟁이와 난잡한 창녀들로서 선량한 기독교인들의 눈과 영혼을 더럽히는 사악한 무리라고 험담을 쏟아냈다.

조심성 없이 자기에게 털어놓은 정보에 따르면 그들의 두목은 형에게 쫓겨 자신의 나라에서 도망쳐 나온 도망자에 불과하며 그의 무리는 유대인처럼 세계 이곳 저곳을 오랫동안 유랑하던 떠돌이들이라고도 했다.

그는 또한 야만인 무리가 채 이백 명이 되지 않는데 그나마도 여자와 아이들이 포함된 숫자이며, 자기가 관찰한 바에 따르면 그들은 소총을 비롯한 일체의 총포류에 익숙하지 않아서 매우 서툴다고 주장했다.

살라망카에서 부상당해 불구가 된 안토니오 데 레이바 장군은 그의 이 같은 주장을 열렬히 반겼다. 하지만 타베라, 그란벨레, 코보스를 포함한 다른 이들은 조심스러운 반응을 보였다. 이방인들이 잔인무도한 야만인들이라고 하더라도 판단력도 없는 무지몽매한 자들은 아니기 때문이었다. 이베리아 반도에 도착한 이래 그들이 보여준 행적이 그것을 말해주고 있었다. 키토인들은 자신들의 안전이 카를로스에게 달려있다는 사실을 알고 있었다. 포로는 살아있을 때만 가치 있는 법이다. 그들의 약점, 그리고 그들의 수적 불리가 카를로스 황제의 생명을 지켜주고 있는 셈이었다.

그런데 신속한 개입을 부추기는 다른 요인들이 있었다. 병사들에게 임금을 지불해야 했는데 돈이 부족했던 것이다. 푸거가는 현재의 상황이 정리되지 않는 이상 한 푼의 돈도 더는 융통해줄 수 없다고 딱 잘라 거절했다. 시간이 흐르면서 스위스 용병들은 돈을 내놓으라고 으르렁거렸고 독일 보병들 역시 아우성이었다. 벌써 플랑드르, 갈리시아, 이탈리아에서는 병사들의 민간인 수탈과 약탈, 반란 소식이 날아들고 있었다. 그렇다고 다시 로마 교황청의 자금을 빌어 쓰기를 원하는 자는 아무도 없었다. 그런데 에스파냐의 황실군이 해체되면 프랑스에게 공격의 기회를 주는 결과로 이어질 것이 뻔했다. 그것은 에스파냐인들이 무엇보다도 걱정하는 일이었다.

타베라가 위협하는 듯한 말투로 그 자리에 있던 누군가에게 말했다.

"페르디난트가 올 것이오."

이렇게 늑장부리며 꾸물거리면 카를로스 1세의 동생 오스트리아 대공 페르디난트의 화만 북돋을 뿐이라는 경고였다.

결국 세풀베다가 카를로스 황제 곁으로 돌아가 이방

인들의 행동과 궁내 정황들을 염탐, 보고하기로 결론을 내렸다. 그는 황제의 탈출을 준비하면서 공격이 이루어질 경우 안전을 대비하는 임무를 맡았다. 그리고 때에 맞춰 알함브라 궁의 문을 안에서 열어줄 것이다. 그때까지는 속내를 감추고 키토인들과 친하게 지내는 척 속이기로 했다.

21. 잉카의 찬가 1편 20절

다섯 번째 세계의 신들,
인간 세상 지배의 의지를 발산하는 이들이여
이제 신성한 회의에 모여 앉아
동방의 운명과 방향을 결정하는도다.
빛이 머무는 눈부신 땅 위로
별 총총 빛나는 길을 달려
천둥신의 부름을 받고 그들이 오느니,
그의 심부름꾼이 그들에게 알렸도다.

22. 알함브라

여러 달이 지났다. 아타우알파는 히구에나모타를 그리워하며 아쉬워했지만 그래도 이제 통역을 대동하지 않아도 될 정도가 되었다. 코야 아사르파이는 그의 아이를 뱃속에 가졌다. 그는 카를로스와 대화하면서 카스티야어 실력이 날로 좋아졌다. 그들은 함께 오스만 제국을 무너뜨리고 예루살렘을 재정복하고 무어인들의 나라를 점령할 계획을 차근차근 세웠다. 아타우알파는 카를로스가 지중해라고 알려준 남쪽 바다를 상상하며 건너갈 꿈에 부풀었다. 세풀베다는 그에게 성체의 신비에 대해 설명해 주었고 대신 아타우알파는 자신의 선조 망코 카팍의 역사를 이야기해 주었다. 키스키스는 어린 왕자 필리페와 그의 누이동생 마리와 놀아주었다. 루미냐우이는 성채의 수비 상태를 감독했다. 키스페 시사와 쿠시 리마이는 로렌지노에게 자기들을 이탈리아로 데리고 가달라고 졸랐고 로렌지노는 그곳에 가면 세상에서 가장 예쁜 드레스를 사주겠다고 웃으며 약속했다. 알함브라의 위쪽 높은 곳에 위치한 제네랄리페 정원에는 토마토를 심었다. 찰코 치막은 세풀베다의 동향을 감시했다. 어쩐지 그가 미덥지 않았기 때문이었다.

카를로스는 단호하고 결의에 찬 모습이었다가도 의기

소침해지기를 반복했다. 그는 사자의 궁에 있는 왕의 방에서 기도로 시간을 보내곤 했다. 그 방은 그의 조부모인 이사벨 여왕과 페르난도 국왕이 알함브라 궁전을 차지한 후 첫 번째 미사를 드린 장소이기도 했으며, 그가 거주하는 미완성 궁이 아닌 아타우알파와 그의 신하들이 차지하고 있는 구역 안에 위치해 있었다. 그러나 잉카는 상대편 군주에 대한 인정과 존중의 표시로 그가 이곳에서 기도 드릴 수 있도록 용인해 주었다.

사실 카를로스는 저녁 내내 묵상을 해야 할 정도로 심리적으로 불안한 상태는 아니었다. 이건은 순전히 세풀베다의 계략에 따른 행동이었다. 왕의 방은 사자의 궁에 위치해 있는데 이 사자의 궁은 코마레스 궁과 연결되어 있었다. 오래전 알함브라 궁전의 주인이었던 보아브딜이 아직 청년이었을 때 아버지에 의해 코마레스 탑의 감옥에 감금되는 벌을 받은 적이 있었는데, 어머니가 스카프를 길게 묶어 늘어뜨려준 줄을 타고 창 밖으로 몰래 빠져나가곤 했다고 한다.

카를로스도 같은 방법을 이용하기로 했다. 아타우알파의 병사들이 보초를 서기는 했지만 몇 명 안되는 인원으로 감시하기에는 궁전이 너무 넓었다. 따라서 텅 빈 감옥까지 감시할 생각은 아무도 하지 못했었다.

　계획은 성공하지 못했다. 탈출 당일, 하필이면 카를로스 국왕의 통풍이 도져 침대에서 꼼짝도 못하게 되었던 것이다.

　노련한 세풀베다는 낙담하지 않았다. 매일 아침, 알함브라 궁전은 성문을 열어 알바이신 구역의 무슬림들을 입장시켰는데, 이들은 정원을 가꾸고 음식을 하고 세탁물을 처리하는 등 키토인들과 톨레도 원군들 만으로는 다 감당하지 못하는 비군사적 잡무를 거들기 위해 오는 사람들이었다. 그리고 저녁이면 이들을 성밖으로 내보내기 위해 문이 다시 열렸다. 세풀베다는 카를로스를 변장시켜 저녁에 그들과 함께 성밖으로 탈출시킬 계략을 꾸몄다. 그는 산타페에 있는 동지들에게 이 계획을 미리 알려 몇 명이 성문 밖에 미리 잠복해 있다가 왕이 밖으로 나오면 안전한 곳으로 모시고 가도록 했다.

　계획된 날이 왔다. 해가 질 무렵, 두 명의 남자가 집으로 돌아가는 민간인 무리에 섞여 들었다. 눈에 띄지 않기 위해 최대한 평범한 차림의 옷을 입고 두건을 써서 얼굴을 가렸다. 그러나 의심 많은 찰코 치막이 평소와 다름없이 성벽 위에 서서 빠져나가는 인부들을 지켜보고 있었다. 두건 밖으로 삐져나온 카를로스의 길죽한 메부리코를 예리한 그의 눈이 놓칠리 없었다. 그는 즉시 비상 신호를 울리고 성문을 닫으라고 명령했다. 성문 밖에 잠복해 있던 카를로스 부하들도 그 소리를 듣고 "돌격!"을 외치며 급습을 시도했다. 알함브라 성 내부에 있던 무장 에스파냐 병사들도 일제히 집결했다. 사격이 시작되었고 침입자들 역시 응사했다. 인부들은 공포에 질려 우왕좌왕 했고 성 내부는 삽시간에 크나큰 혼란에 빠져들었다. 화살과 키토인들이 투석기로 쏜 돌이 바람 가르는 소리를 내며 날아들자 고통의 신음과 함께 바닥으로 쓰러지는 사람들이 속출했다. 사람들의 눈에 띄지 않기 위해 극히 적은 수만 왔던 에스파냐인들은 후퇴할 수밖에 없었다. 세풀베다는 카를로스 황제의 팔을 잡아 끌며 성 밖으로 도망치려 했으나 어디에선가 날아든 총알이 황제를 고꾸러뜨리고 말았다. 세풀베다는 성문이 닫히기 직전 가까스로 밖으로 탈출해 생존자들과 도망치는데 성공했지만 카를로스 황제는 시체들 사이에 쓰러진채 성안에 남았다. 찰코 치막이 서둘러 달려갔다. 국왕은 금방이라도 숨이 끊어질 듯 간신히 호흡하고 있었다.

사흘 후 결국 그는 숨을 거두었다. 그의 사망은 키토

인들에게는 재앙과도 같았다. 무슨 일이 있어도 그의 죽음이 외부에 알려져서는 안되었다. 그의 시신은 한밤중에 알함브라 정원 토마토 밭 한가운데 아무런 의식도 없이 매장되었다. 그러나 주군이 고꾸라지는 모습을 직접 목격했던 세풀베다는 왕이 회복 불가능할 정도로 치명상을 입었으므로 알함브라 궁 공격을 주저할 이유가 사라졌다고 산타페의 영주들에게 주장했다. 물론 왕비와 아직 어린 왕세자 필리페, 그의 여동생 마리 공주가 아직 성안 야만인들의 손아귀에 잡혀 있었지만 자존심에 상처를 입은 이 선량한 그리스도교도의 가슴에는 복수심 이외에 그 어떤 것도 남아있지 않았다.

"당장 복수해야 하오!" 세풀베다가 외쳤다.

그러나 카를로스가 죽었다고 어떻게 확신할 수 있을 것인가? 에스파냐인들이 서둘러 사절단을 보냈지만 번번이 거절당했다. 그들은 여전히 기적을 기대하고 있었고 주군이 죽었다고 감히 결론을 내리지 못했다. 더구나 세풀베다와 다른 목격자들이 보고한 사건의 정황이 너무도 불확실한 탓에 황제를 쏜 총알이 어디에서 날아온 것이지도 확신할 수 없었다. 세풀베다는 총탄이 성벽 위에서 날아왔다고 주장했지만 그의 판단을 그대로 믿기에는 객관성이 부족하기도 했고, 사실 그의 말이 사실이라 하더라도 카를로스의 생사여부와는 별 상관도 없는 내용이기도 했다.

에스파냐인들이 결정을 내리지 못하고 주저하는 사이 키토 사람들도 계획을 세웠다. 왕비와 왕자, 공주만으로는 에스파냐인들의 행동을 저지하기에 충분하지 않고 따라서 그들이 곧 공격해 올 것이라는데 이견이 없었다. 물론 알함브라 궁은 공략하기 어려운 요새임에 틀림없었지만, 아무래도 수적으로 부족한 인원으로는 진지를 지키기가 쉽지 않다는 사실을 그들도 잘 알고 있었다. 찰코 치막은 황제가 살아있는 것처럼 대역을 꾸며 성벽 위를 산책하게 하자고 제안했다. 기발한 의견이라는 칭찬을 받기는 했지만 받아들여지지는 않았다.

결국 현재의 상황에서 해결책은 단 하나밖에 없었다. 성밖으로 탈출하는 것이었다. 산타페 측이 그들에게 카를로스 황제가 살아있다는 증거를 요구하는 최후 통첩을 보내온 날, 아타우알파는 바로 그날 저녁 최대한 은밀하고 조심스럽게 성을 떠나기로 결정했다. 산 위로 무사히 올라가기만 한다면 아마도 목숨은 건질 수 있을 터였다. 만약을 대비해서 왕비와 왕비의 아이들도 데리고 나갔다.

행렬의 마지막 라마가 막 알함브라 궁의 문턱을 넘어서자마자 그들은 계획이 물거품이 되었음을 깨달았다. 미리 예견하고 잠복해 있던 에스파냐인들이 위쪽에서 그들을 덮쳤던 것이다. 산으로 올라가는 길이 차단되었다. 키토인들은 산 아래쪽으로 밀려났고 뒤로 흐르는 작은 강에 빠져 여럿이 목숨을 잃었다. 설상가상으로 출산이 다가온 코야 아사르파이는 미약한 진통을 느끼기 시작했다.

반대쪽으로는 알바이신 산이 버티고 그들의 길을 차단했다. 골짜기 깊숙한 곳에 갇힌 그들은 이제 꼼짝 없이 죽은 목숨이었다. 그때 기적과 같은 일이 일어났다. 알바이신 마을은 잠들어 있지 않았던 것이다. 잠들기는커녕 웅웅 소리를 내며 마치 바다가 움직이듯 꿈틀대는 것처럼 느껴졌다. 그리스도교도들의 총포에 쓰러지고 기병대의 말발굽에 짓눌리면서도 영웅적으로 저항하는 이방인들의 모습을 마을 주민들이 지켜보고 있었던 것이다. 이슬람 교도들이 살고 있는 새하얀 골목길 구석구석 소문이 퍼져 나갔다. 무어인들은 그들의 신이 전해주었다고 믿는 문장을 되뇌었다.

"너희는 너희에게 걸맞은 통치자를 갖게 될 것이노라."

그들은 지금의 상황이야 말로 하늘이 도운 정치적 기회라고 여긴 듯했다. 어마어마한 인파가 쏟아져 내려와 격전의 현장에 뒤섞였다. 그들의 무기는 어디에서 났을까? 부엌, 상점, 작업장, 밭에서 쓰던 도구였을 것이다. 아마도 원래 가지고 있던 것이거나, 어쩌면 훔쳤거나 그것도 아니라면 이런 기회를 대비해 손으로 직접 만들어 둔 것일지도 모른다.

민간인들의 기습적 쇄도에 에스파냐 병사들의 기세가 꺾였다. 최고의 무기로 무장한데다 수적으로도 우세했음에도 불구하고 그들은 당황해 우왕좌왕 하다가 뒤로 밀려나고 말았다. 후퇴하면서도 전열은 여전히 유지하고 있었지만 이 잠깐의 틈을 이용해 키토인들은 협곡에서 빠져나와 에스파냐 병사들의 추적이 미치지 않는 무어인들의 거주지, 백색거리 속으로 숨어 들어갔다.

23. 카디스

무어인들의 반란이 안달루시아 전역으로 확대되었다. 이로 인한 혼란을 틈타 아타우알파는 다시금 도주를 계획했다. 알바이신에 숨어 부상자들을 보살필 시간을 벌었지만 그곳은 언제까지나 머물 수 있는 안전한 도피처는 아니었다. 조만간 에스파냐 군이 다시 돌아올 것이 틀림없었다. 또한 용맹한 군대를 거느린 것으로 널리 알려진 그의 동생 페르디난트 역시 형의 죽음을 복수하기 위해 달려올 것이었다.

코르도바, 세비야… 이제 그들은 도시를 피했다. 또한 앵무새, 라마, 꾸이, 심지어 아타우알파의 퓨마까지 뒤로 남겨두고 오직 에스파냐 황실의 나머지 일가인 왕비와 두 아이들만을 데리고 이동했다. 말을 탈 수 있는 자는 말을 탔다. 이제 가마는 없었다. 부상자를 운반할 수레 몇 대만 있을 뿐이었다. 해가 움직이는 방향을 향해 끙끙거리며 이동하는 이 행렬의 모습은 눈물겹기 짝이 없었다. 이들을 뒤따르는 것은 창공에서 들려오는 독수리들의 울음 소리 뿐이었다.

아타우알파가 단순히 바다로 가고 싶었던 것이라면 남쪽으로 가는 것이 나았을 것이다. 그러나 그가 가고자 하는 곳은 서쪽이었다. 낮이나 밤이나 결코 방향을 벗어남 없이 집요하게 서쪽을 향해 사람들과 짐승들을 마지막 젖 먹던 힘까지 짜내 계속 걸어가도록 재촉했다. 마치 태양의 뒤를 쫓아 달리듯이, 태양을 따라잡거나 혹은 앞지르려는 심산인듯이 그는 결코 쉬지 않았다. 하지만 그의 조상인 태양신 '인티'는 언제나 그보다 앞서 나갔고, 이렇게 태양을 따라가다가 그들은 마침내 카디스에 닿을 수 있었다.

도시는 텅 빈 것 같았다. 그러나 사실은 이방인들의 출현에 놀란 사람들이 어찌할 바를 모르고 덧문까지 닫아걸고 집안에 숨어 있었기 때문이었다. 키토인들은 쥐 죽은 듯 고요한 정적 속에 퓨마처럼 살금살금 발걸음을 옮겼다. 못 박혀 죽은 신을 위해 지어진 신전이 나타났다. 상당히 규모가 큰 건물이었고 키토인들은 그곳에서 잠시 쉬어 갔으면 했다. 하지만 아타우알파는 항구로 가기를 원했다. 때문에 그의 부족은 그가 고향으로 돌아가기 위해 배를 구하려는 것이 아닐까 의심하기 시작했다. 차리리 그러는 편이 좋겠다고 생각하는 이들도 있었다. 불행하게도 항구에는 소형 어선 몇 척을 제외하고는 텅 비어 있었다. 큰 배는 모두 떠나가고 없었다. 그제서야 아타우알파는 신전에 짐을 풀기로 동의했다.

며칠이 흘렀다. 키토인들을 그대로 방치해두는 것이 마음에 걸렸던 유대인 콘베르소들과 무어인들이 하나 둘 집 밖으로 나오기 시작하더니 먹을 것을 그들에게 제공해 주었다. 그러던 어느 날, 톨레도에서부터 따라온 늙은 유대인 여인의 아들이 걱정스러운 소식을 듣고 와서 전해주었다. 군사 파견대가 키토인들을 사로잡거나 그러지 못하면 현장에서 죽이라는 명령을 받고 그들을 뒤쫓아 다가오고 있는데 이들은 선발대에 불과하며 뒤이어 오는 본대에는 페르디난트도 있는 것 같다는 소식이었다. 더 이상 지체할 시간이 없었다. 즉시 떠나야 했다.

하지만 아타우알파는 더 이상 도망치고 싶지 않았다. 더 이상 도망갈 여력도 남아 있지 않은데다 여동생이자 아내는 곧 출산할 것 같았다. 측근들이 그에게 한시라도 머뭇거리다가는 돌이킬 수 없는 최악의 결과를 맞게 될 것이라며 이동할 것을 재촉했지만 젊은 잉카는 전혀 동요하지 않았다. 키스키스에게 도시 방어를 위한 병력을 배치하라고 명령했다. 카디스는 성벽으로 둘러싸여 있는 도시였고 주변 무어인들의 도움도 받을 수 있었지만, 진지를 지킬 목적이었다면 무엇하러 알함브라를 버리고 떠나온 것인지 장군들은 이해할 수 없었다. 카디스를 둘러싸고 있는 성벽은 암벽 위에 자리잡은 거대한 붉은 요새와는 규모와 안전성면에서 비교할 수 없이 허술했기 때문이다. 물론 아타우알파 앞에서 감히 그런 지적을 할 수 있는 장수는 아무도 없었다. 출산이 다가온 코야 아사르파이만 끙끙거리며 불평했을 뿐이다.

상황은 빠르게 나빠져갔다. 키스키스는 에스파냐 전위대(前衛隊)와 싸워 이긴 적이 있었지만 이곳은 전혀 새로운 장소인데다 상황 역시 훨씬 더 불확실했다. 도시 주민들은 키토인들에게 적대적이었고 항구라는 입지적 조건 역시 해상 공격이 이루어지게 되면 속수무책 당할 수 밖에 없는 불리함으로 작용했다. 다른 장수들이 성벽 방어에 온 힘을 기울이고 있는 동안 아타우알파가 온통 관심을 집중한 곳 역시 항구였다. 관심의 균형추는 압도적으로 항구 쪽으로 기울어져 있었다.

진지의 함락이 이제 불과 며칠, 혹은 몇 시간도 남지 않았다는 불안감이 감돌던 어느날 아침, 다섯 척의 선박이 수평선 위로 모습을 드러냈다. 걱정하던 배후 공격이 시작되었음을 느낀 키토인들은 이제야말로 그들의 역사가 막을 내리는 순간이라고 체념했다. 하지만 아타우알파는 다른 가능성을 기대하고 있었다. 그는 눈을 가늘게 뜨고 뱃머리를 유심히 뜯어보았다. 좌절한 동족들이 곧 날아들 포탄을 기다리고 있을 때 그는 히구에나모타, 페드로 피사로, 투팍 우알파, 그리고 우아스카르와 자신의 동생을 알아보았다. 이제 살았다는 것, 그리고 자기가 세상의 주인이 될 것이라는 확신이 생겼다.

24. 잉카의 찬가 1편 24절

청명한 창공과 광채의 대지,
빛의 제국에서 온 불사의 용사들,
모두가 기억할지어다, 두말하지 않으리니.
찬란한 능력의 강인한 키토인들이
역사에 길이 남을 업적을 쌓았도다
아시리아, 그리스, 페르시아, 로마의 기억을 지우고
위대한 미래를 세우리라.

25. 정복

독일, 영국, 사부아, 플랑드르는 그에게 중요하지 않았다. 그의 관심은 안달루시아, 카스티야, 에스파냐에 있었다. 이제 안달루시아는 그의 땅이다. 필요하다면 이 땅을 위해 목숨도 기꺼이 바칠 것이다. 그러나 그 날이 오늘은 아닐 것이다.

선창(船艙)에는 세 가지 물자가 가득했다. 금과 은, 그리고 초석(硝石)이 그것이었다. 키스키스는 초석을 이용해 성벽 위 포를 채운 뒤 포위군들에게 발사했다. 에스파냐 군을 무찌르기 위한 것은 아니었다. 그들에게 메시지를 전달하려는 의도였다. '상황이 달라졌으며 이 세상은 이제 너희가 알던 그 세상이 아니다. 이곳은 제5 지대다'라는 것을 알려주는 의미였다.

금과 은이 있었으니 사람을 사는 것은 일도 아니었다. 배 안에 황금이 가득하다는 소문이 퍼져나가자 외국인 용병이 줄을 이었다. 에스파냐 군에서 도망쳐 잉카 부대로 합류하려는 자들이 속출했다.

아타우알파는 유대인, 콘베르소, 무어인, 루터파, 에라스무스파, 동성애자, 마녀 그 누구도 자신의 보호 아래 안전할 것이라고 선언했다.

매일 수백 명씩 지원병이 충원되었고 이로써 그의 선언은 더욱 명백한 현실이 되었다.

특사가 북쪽의 나바라에 파견되었을 때, 이미 또 다른

특사는 동쪽 아우크스부르크로 달려가고 있었다.

아타우알파는 대포 한 발 발사하지 않고 세비야를 손에 넣었다. 그리고 죽은 카를로스 1세의 왕비와 자녀는 자신과 함께 알카사르 궁에 머물도록 했다.

세비야를 본거지 삼아 쿠바를 거쳐 타완틴수유로 이어지는 해양 연락 체계를 수립했다. 이렇게 해서 금과 은의 수급을 안정적으로 확보할 수 있게 되었다. 푸거 가문은 아타우알파 황제가 원하는 만큼 얼마든지 자금을 대주었다.

실제로 아타우알파는 많은 자금이 필요했다. 원대한 계획을 가지고 있었기 때문이었다.

그는 의회를 소집하여 어린 필리페를 지체없이 미래의 에스파냐 국왕이 될 황태자로 책봉하고 이와 더불어 자신의 섭정을 인가해 줄 것을 요구했다. 이 세계에서는 황금만 있으면 모든 것이 가능하거나 적어도, 황금이 없이는 아무것도 이룰 수 없는 것처럼 보였다. 금과 은만 있으면 만사형통이었다.

한때 아타우알파를 거의 제거할 뻔했던 타베라와 그랑벨도 이제는 더 이상 그에게 맞설 방법이 없었다. 카를로스의 죽음과 함께 당위성도 사라졌으며 금도 소진

되었고 원인 모를 질병으로 인해 군대도 기운을 잃고 피폐해졌던 것이다.

잉카는 시간을 끌지 않고 플랑드르와 아르투아 땅을 프랑스 국왕에게 넘겨주었으며 페르디난트의 군대 또한 적국으로부터 오스트리아 제국의 영토를 지키기 위해 이미 떠난 뒤였으므로 그에게는 거리낄 것이 없었다.

지금 그가 원하는 것은 나라를 지배하는 것이었다. 아니, 그보다는, - 엄밀히 말해 에스퍄냐 왕위가 비어 있는 것은 아니었기 때문에 - 통치를 원했다고 하는 것이 정확한 것이다.

우아스카르와 화친을 맺기 위해 알타우알파가 취한 방법은 그에게 검은 술, 총포, 말을 포함한 약간의 곡식, 말씀이 담긴 종이와 그림을 보내 이 세상은 두 사람이 나누어 다스리고도 남을 정도로 어마어마하게 넓다는 정보를 알려준 것이었다. 아울러 타완틴수유에 넘치고 남아도는 금과 은을 이용해 새로운 부를 쌓을 수 있다는 가능성을 보여줌으로써 형의 마음을 누그러뜨릴 수 있었다.

이리하여 두 잉카 황제는 돈으로 상품을 사고 파는 활동, 즉 통상 무역에 눈뜨게 되었다.

히구에나모타는 자신의 임무를 완벽하게 완수했다. 그녀는 쿠바에 남아 동족과 머물며 다시 돌아오지 않을 수도 있었다. 그러나 그녀는 다른 선택을 했다. 젊은 피사로와의 관계를 굳이 감추려 하지도 않았지만 더 중요한 것은 아타우알파에 대한 사랑이었다. 그러나 그 모든 것을 앞지르는 가장 큰 이유가 있었으니 바로 모험을 마다 않는 기질과 호기심이었다. 그녀는 광기와 약속이 넘치는 이 세계가 마음에 들었다. 그녀는 이 여정이 자신을, 그리고 다른 사람들을 어디까지 데려갈지 알고 싶었다. 이탈리아를 직접 보고 싶은 마음도 컸다. 로렌지노가 자기 나라로 되돌아갔다는 소식에 아쉬움을 느끼기도 했다. 운명이 이 젊은 피렌체 청년에게 어떤 역할을 맡기게 될지 그때는 그녀도 알지 못했다.

앞으로 닥칠 일에 대해 그녀가 알 수 있는 것은 아무것도 없었다.

26. 잉카의 찬가 1편 74절

운명의 신이 변덕을 부리니
거만한 키토인들이 도처에서 승리하여

그들의 속박과 벨로나의 규칙을

전쟁에 단련된 수많은 유럽인에게 명하는구나.

그리하여 나, 아버지의 아들, 아우구스투스의 신들

가운데

그 이름 드높고 영광되던 자

이제 조용히 지켜보나니

부당한 운명의 신이 새로운 이름을 드높여

나를 치욕스럽게 하는도다.

27. 청년 망코

아타우알파에게 보내는 우아스카르의 결승문자 키푸를 투팍 우알파가 가져왔다.

우아스카르는 아우를 용서하고 지나간 일에 대해서는 잊기로 했다. 사방위제국 왕위에 대한 일체의 권리 주장을 단념하겠다는 아우의 전갈을 받았기 때문이었다. 동생의 요청에 따라 그에게 키토인 300명과 상당한 양의 금과 은 그리고 초석을 보내주었다. 그 대신 그는 더 많은 검은 술, 불을 뿜는 막대기, 원근감이 있는 신기한 그림을 보내 달라고 요구했다. 또한 기술자 페드로 피사로를 보내어 신무기 작동법을 알려준데 대해 아우에게 고마움을 표했다. 이제 잉카제국의 황제들은 대포 만드는 법을 알게 되었고 그렇게 만든 포들이 쿠바에서 빌려온 배에 설치되었다.

우아스카르는 선의의 표시로, 그리고 아우의 요청과 그에 대한 우애의 표시로 히구에나모타 공주의 고향 섬에 대한 공격은 – 약간의 조공을 조건으로 – 그만두기로 했다.

우아스카르가 보낸 키푸는 투미팜파에서 엮은 것이었다. 쿠스코에 돌아가고 싶지 않았던 그가 대신들과 함께 그곳에 머물고 있었기 때문이었다. 아마도 일련의 상황상 계속 북진하는 것이 자연스러운 추세로 여겨졌을 수도 있고, 어차피 남쪽은 원시 마푸체족이 막고 있어서 더 내려가기도 어려웠다.

히구에나모타가 우아스카르 황제에게 도달하기까지는 많은 우여곡절이 있었지만 언제나 그랬던 것처럼 그녀는 들르는 곳마다 인상적인 활약을 펼쳤다. 리스본에서는 포르투갈 국왕 주앙으로부터 배를 한 척이 아닌 무려 세 척이나 얻어냈다. 물론 여기에는 주앙의 여동생이자 카를로스 1세의 아내 이사벨이 아타우알파의 포로로 잡혀 있는 이유가 크게 작용했다. 쿠바에 돌아간 다음 그녀가 우아스카르를 만나러 사방위제국에 가 있는 동안 쿠바섬 부족 타이노인들이 필요한 기술을 습득하여 배 두 척을 더 건조해 두었다.

우아스카르 황제는 아우가 보낸 키푸를 모두 해독한 후 히구에나모타가 가져온 많은 선물에 크게 감화되어 아우의 부탁을 기꺼이 들어 주기로 했다. 그의 제국에는 아우가 부탁한 생산물이 넘쳐날 정도로 풍부했기 때문에 전혀 문제될 것이 없었다. 그는 동생이자 자신의 장군인 투팍 우알파를 시켜 물건의 운반을 책임지게 했다. 이제 지도 읽는 법을 완벽하게 익힌 아타우알파는 지도를 면밀히 검토한 후, 히구에나모타가 떠나기 전에 이미 돌아올 때에는 리스본이 아닌 그나나다와 가까운 카디스로 오도록 그녀와 약속을 해 둔 터였다.

투팍 우알파는 두 황제의 또 다른 이복형제 망코 카팍과 함께 왔는데, 망코 카팍은 위대한 건국 선조의 이름을 자기 이름으로 갖게 된 것에 커다란 자부심을 느끼는, 아직 소년 티를 벗지 못한 청년이었다. 투팍 우알파는 무기, 포도주, 그림을 배에 가득 싣고 돌아갔지만 젊은 망코 카팍은 그대로 남았다. 그는 말하자면 일종의 세비야

주재 우아스카르의 대사 역할, 다시 말해 첩자였지만 아타우알파는 알면서도 모르는 척 눈감아주었다.

28. 알카사르

키토인들을 맞이하는 세비야의 방식은 이전 다른 도시에서와는 완전히 달랐다.

그날 왕비 이사벨은 상중임을 나타내는 의미로 하얀색 새틴 드레스를 입고 흰말에 올랐다. 그녀의 곁에는 진홍색 사파 잉카 왕관을 쓴 아타우알파가 자리했다.

세비야의 대영주 메디나 시도니아 공작, 아르코스 공작, 타리파 후작이 세비야 시장과 함께 그들을 마중나와 왕비와 잉카 앞에서 몸을 굽혀 인사했다.

어린 필리페와 그의 여동생, 그리고 6천 명의 병사가 그 뒤를 따랐다.

도시에 들어선 찰코 치막과 키스키스는 서로 눈을 마주쳤다. 지금 그들을 위해 준비된 의전 절차를 따라가다 보니 자연스럽게 과거 살라망카 야영지에서 본 카를로스 1세의 막사가 떠올랐던 것이다.

더구나 키스키스의 앞에는 죽은 카를로스 황제의 흰

개 셈페레가 경중경중 뛰오르고 내달리고 하면서 어린 필리페를 뒤따르고 있어서 더욱 그랬다. 개의 콧잔등에 는 아직도 아타우알파의 퓨마가 할퀸 상처가 남아있었 다. 눈부시게 화려한 알카사르 정원을 본 키스키스는 퓨 마가 같이 왔더라면 야자나무에 기어 오르기도 하고 연 못에 들어가 물장구도 치고 새도 사냥하면서 좋아했을 텐데 지금 어디에서 잘 살고 있을까 궁금해졌다.

코야 아사르파이가 아들을 낳은 곳도 여기였다. 아타 우알파는 불운하게 생을 마친 라이벌을 기리며 아이에 게 그의 이름을 따서 카를로스 카팍이라는 이름을 지어 주었다. 어린 필리페는 아기를 무척 좋아해서 날마다 보 러 왔고 대부가 되겠다고 자청해 허락을 받았다. 독실한 가톨릭 신자인 이사벨 왕비의 강권에 따라 현지 사제가 아기에게 물 뿌리는 의식을 행했다. 여러모로 나쁠 것 없 는 선택이라고 아타우알파는 생각했다. 대부 대모 관습 역시 긍정적으로 여겼다. 심지어 그는 이사벨 왕비에게 자신의 두 번째 아내 자리를 제안하기도 했지만 그녀는 그의 제안을 거절했다.

로렌지노는 굉장히 유명한 예술가 미켈란젤로와 함께 이탈리아에서 돌아왔다. 그는 이 사람을 찾기 위해 로마까지 다녀왔다고 했다. 미켈란젤로와 가장 먼저 논의한 문제는 알함브라 궁전 토마토 밭 한가운데 매장해둔 카를로스 1세의 시신을 옮겨와 보관할 묘소를 짓는 일이었다. 그 다음으로 그가 할 일은 태양과 달과 별의 창조주 비라코차를 형상화한 조각상의 제작이었다. 아타우알파는 그에게 자신의 누이이자 아내와 새로 태어난 아기의 초상화를 맡기려 했지만 이 예술가는 살아있는 인물을 그리는 것을 혐오했기 때문에 포기해야 했다. 로렌지노에게는 카를로스를 잘 알던 또 다른 화가를 데려오라는 임무가 주어졌다. 로렌지노의 정보에 따르면 그 화가는 베니스라고 불리는 도시에서 활동하고 있었다. 한편 미켈란젤로는 예외적으로 히구에나모타 공주를 위한 작품 제작을 수락했다. 그가 만든 뛰어난 조각품은 오늘날 세비야의 대사원, 과거 카를로스와 이사벨이 혼례식을 올렸던 곳에 당당히 전시되어 있다.

  사실 아타우알파는 그라나다로 돌아가고 싶은 마음이 컸던 것 같다. 알함브라 고지대에 자리잡고 있으면 마음이 더 안정되는 기분이었기 때문이었다. 그러나 그에게는 잉카 본국과 해상 연락이 가능한 주둔지가 필요했다. 세비야의 중심을 흐르는 과달키비르 강은 수심이 깊지 않아 쿠바로 향하는 거대한 함선이 지나다니기에는 무리가 있기는 했지만 그런대로 이용할만 했다. 얼마 지나지 않아 항구의 부두에서는 인부들이 엄청난 양의 검은 술과 곡물가루가 담긴 통을 밤낮으로 굴리느라 분주해졌고, 코카 잎과 초산을 담은 통은 반대 방향으로 굴려 옮겨졌다. 또한 우아스카르가 보낸 금과 은을 실은 궤짝들이 하역되면 그 자리에는 바다 건너 잉카 황제가 좋아하는 올리브 기름과 꿀, 식초 통이 배에 채워졌다.

대륙간 거래량이 크게 확대되자 아타우알파는 타완틴수유와 제5 지대 사이의 통상 업무를 책임지는 카사 데 콘트라타시온이라는 이름의 특별 기구를 설치하도록 지시했다. 에스파냐는 물론이고 동방 어느 나라도 세비야를 거치지 않고는 서쪽 대륙과의 교역이 허가되지 않았다. 단 리스본만은 예외 적용을 받았는데 이는 과거 이 도시가 히구에나모타에게 제공했던 도움에 대한 보답 차원이었다. 만약 리스본의 도움이 없었더라면 키토인들은 에스파냐에서 살아남지 못했을 것이고 세계 역사는 전혀 다른 방향으로 흘러갔을 것이다(그러나 포르투갈 선박이 운반해 오는 모든 물동량의 1/5은 에스파냐 왕실에 납부해야 한다는 조건이 붙어 있었다).

이는 주앙 3세의 누이 동생이며 사랑하는 남편을 잃은 이사벨 왕비에 대한 보상의 의미이기도 했다.

29. 코르테스

또 다른 보상으로 그녀의 아들의 지위를 황태자 신분에서 에스파냐 국왕으로 격상시켰다. 관례에 따라 카스티야 전역에서 모여든 영주, 사제, 상인들로 구성된 의회인 코르테스가 개최되어 새로운 왕에게 경의를 표하도록 했다. 어린 필리페가 이 엄숙한 의식에 겁먹고 주눅들까봐 걱정한 찰코 치막이 연설문을 작성해 주었고 히구에나모타가 페드로 피사로의 도움을 받아가며 카스티야어로 옮겼다. 아르코스 공작과 메디나 시도니아 공작은 번역된 연설문을 다시 읽어보면서 명시된 현지의 기관명이나 표현법 등이 이런 종류의 의전 형태에 비추어 적절한지 자신들의 지식을 동원하여 교정해 주었다.

그 결과 신께서 그에게 이토록 어린 나이에 에스파냐 왕국의 운명을 맡기실 만큼 흡족해하셨으므로 자신에게 주어진 임무를 받들기에 충분한 자격이 있노라고 어린 필리페는 당당히 선언할 수 있었다. 행사 준비에 지원을 아끼지 않던 세비야의 영주들은 신임 황제의 아버지가 서른 세 살의 나이에 주님의 부르심을 받고 떠난 사실을 강조하는 것이 좋을 것이라고 제안했고, 그 상징적 의미의 중요성을 눈치챈 찰코 치막이 연설문 안에 그 점을 여러 번 반복해 삽입했다.

자비심 많은 신은 어린 황태자가 장중한 의식에 홀로 서서 당황하지 않도록 그에게 바다 건너에서 온 태양의 자손을 보내어 안내하고 조언해주도록 했다.

남들 눈에 띄지 않게 조언자 역할을 하기란 쉽지 않은 일이었다. 필리페가 머뭇거리거나 연설 내용을 잊어버릴 때마다 옆에 서있던 찰코 치막은 무릎을 꿇고 귀에 대고 다음 말을 속삭여 일러주었다. 의회 회원들에게 이런 모습은 그다지 좋은 인상을 주지 못했다. 특히, 원로 대표들은 과거 젊었던 카를로스의 즉위식에 함께 했던 그의 스승 슈에브르 공을 떠올리며 당시에도 비슷한 상황이 펼쳐졌었음을 새삼 기억해냈다. 하지만 에스파냐 어를 단 한마디도 할 줄 몰랐던 그때의 젊은 군주에 비하면 현재의 상황은 그 당시와는 매우 다른 것도 사실이었다. 적어도 어린 필리페는 플랑드르가 아닌 바야돌리드에서 출생했기 때문이다. 게다가 바다 건너에서 온 조력자는 황금을 보유하고 있는데다 나누어 줄 의사도 있는 것 같았다.

새로운 측근들의 영향을 받아 어린 왕은 즉위 후 일련의 정책을 발표했다.

그중 첫 번째는 최고 종교재판 회의의 해체와 종교재판소가 행하는 일체의 재판 폐지였다. 의회는 이 정책에 찬성하는 웅성거림으로 가득 찼다. 그중에는 심지어 일부 사제 대표들도 포함되어 있는 것으로 보아 아타우알파는 이 정책이 큰 반발을 일으키지 않으리라고 짐작했다.

두 번째는 아르투아와 플랑드르를 프랑스 왕국에 양도하고 그 대신 유사시 상호 지원을 해주는 동맹 조약을 체결하는 정책이었다. 에스파냐인들은 북부 영토에 큰 관심이 없었기 때문에 일부는 무관심으로, 일부는 안도감을 느끼면서 이 결정을 받아들였다.

다음으로, 태양의 아들인 아타우알파 해외 영주가 니콜라 페르노 드 그랑벨을 대신해 국왕 총리대신으로 임명되었다. 니콜라 페르노 드 그랑벨은 다른 반란자들과 함께 처형되었다.

카를로스 황제 죽음의 책임자로 지목된 세풀베다의

목에는 금화 천 냥의 현상금이 걸렸다.

후안 파르도 타베라, 안토니오 데 레이바와 함께 법의 보호 밖으로 내쳐진 프란시스코 데 로스 코보스 이 몰리나를 대신해 페드로 피사로가 서기장에 임명되었다.

신설된 종교부 수장으로 아타우알파는 이냐시오 로페즈 데 로욜라를 생각했지만 그가 사양하자 로렌지노가 로마에서 초대한 콘베르소 인문학자 후안 데 발데스가 그 직을 맡게 되었다.

1492년 카를로스 1세의 조부모가 그라나다에서 서명한, 유대인 추방에 관한 구시대적 알함브라 칙령이 폐기되었다.

30. 모어가 에라스무스에게 보내는 편지

토마스 모어가 에라스무스 로테르다무스에게
안부 전하네.

친애하는 에라스무스 보게. 내가 국새를 반환하고 헨리 폐하께서 하사하신 총리대신 직함도 마다한 채 돌아와 얼마나 은퇴 생활을 잘 즐기고 있는지 자네도 잘 알고 있을걸세.

자네가 몸이 쇠약해진 탓에 조용한 곳에서 휴양하느라 바젤을 떠나 지내고 있다는 소식은 이미 들어서 알고 있네. 신장 결석으로 인한 고통이 많이 좋아졌기를 진심으로 기원한다네.

친애하는 친구여, 그나저나 오늘 내가 이렇게 펜을 든 이유는 다름이 아니라 자네의 오랜 벗인 나를 좀 도와주러 와 달라는 부탁을 하기 위함일세. 이 문제는 내 개인적 차원을 벗어나, 감히 말하건대 기독교계 전체의 운명과 관련된 문제라네.

우리 영국의 국왕 폐하께서 캐서린 왕비와 이혼하고 앤 불린을 아내로 맞아들이려 한다는 소식은 자네도 잘 알고 있을 거라 짐작하네. 그리고 교회의 입장에서는 이를 중혼으로 간주해 폐하의 이혼을 허락하지 않는다는 것 역시 알고 있겠지.

또한 최근 에스파냐 일부 지역에서 신흥 종교가 퍼지고 있다는 소식도 틀림없이 들었을테지. 혹자는 내재주의, 또 어떤 이는 태양주의라고도 하는 이 종교는, 카를로스 황제의 죽음과 관련 있고 현재 에스파냐의 실질적 주인이기도 한 아타우알파 경에 따르면 태양을 신봉하는 종교라고 한다지?

그런데 자네, 요즘 우리 전하께서 무슨 생각을 하고 계시는지 아는가? 교황께서 만족할 만한 답을 주지 않는다면 잉카의 종교로 개종하고 영국의 국교도 바꿔버리겠다고 위협하신다네. 그 종교에서는 마치 우리 주님께서 빵을 여러 개로 늘리듯이 배우자의 수도 그렇게 늘릴 수 있다고 들으신 모양일세.

교황께서 국왕을 파문하겠노라고 으름장을 놓아도 전하께서는 눈 하나 깜짝 안 하신다네. 앤 불린에게 얼마나 지독하게 빠지셨는지 교황의 선전포고를 완전히 무시하기로 단단히 결심하신 것 같네.

도대체 이것보다 더한 불경죄가 어디 있겠나? 그렇지 않아도 루터와 그의 간악한 이단종파의 교세 확장에 대항해 힘들게 싸우고 있는 마당에 이제는 그보다 훨씬 더 크고 끔찍한 위험, 지옥에서 막 나왔다고들 하는 야만인들의 우상숭배에 맞닥뜨릴 처지라니 기가 막히지 않은가?

소중한 나의 벗 에라스무스여, 부디 국왕 전하께 글을 올려, 이 모든 광기가 결국 우리 주님을 향한 믿음의 근간을 뒤흔드는 결과로 이어지리라는 점을 일깨워 드리길 간청하는 바이네. 이는 단순히 지옥의 존재를 부인하고 성 금요일의 육식 금지를 지키지 않는 자들과의 싸움이 아니라는 점을 자네도 알 것일세. 우리 신성한 성전의 일체성이 위험에 빠진 정도가 아니라 그리스도교 세계 자체가 이교 신앙과 무신론 앞에 침몰할 위기에 있다는 말이네.

솔직히 말하자면, 나는 주님을 향한 우리의 진실한 신심을 되살리고 불경스러운 미신을 규탄하는 책을 자네가 발표해 준다면 제일 기쁠 것이네.

오직 자네만이 이 정신나간 광기에 종지부를 찍을 수 있는 권위를 가지고 있다네. 자네의 말 한마디면 유럽 전체를 다시 하느님의 길로 들게 할 수 있을걸세.

누가 알겠는가? 길 잃은 양들을 다시 교회로 인도하고 루터 추종자들의 이성을 회복시켜 모두가 힘을 합쳐 이 새로운 이교도에 대항하도록 하기 위해 이 아타우알파라는 작자를 주님께서 우리에게 보내신 것일지도 모른다네.

신실한 우리의 믿음을 증명해줄 명문이 지치지 않고 언제나 진리를 감시하는 자네의 심장으로부터 분출되기를 내가 언제나 염원해 왔음을 자네도 잘 알고 있을

걸세. 오늘보다 더 적당한 순간은 없다고 진실로 믿으며 또한 이 고귀한 임무를 자네가 결코 외면하지 않기를 기원하네.

부디 건강 조심하게, 세상 무엇보다 소중한 나의 친구 에라스무스여.

1534년 1월 21일, 첼시에서,
진리와 지식의 스승 에라스무스 로테르다무스에게 진심을 담아
토마스 모어가

31. 에라스무스가 모어에게 전하는 편지

에라스무스가 모어에게 안부 전하네.

자네가 언급한 것처럼 요즘 나는 극심한 피로감과 무기력증에 시달리고 있네. 솔직히 고백하자면 내 육신은 나를 한시도 편안하게 놓아두지 않는데다 날마다 새로운 고통이 더해지는 터라 많이 힘들다네.

하지만 자네에 대한 우정을 생각해서, 그리고 자네가 쓴 내용이 워낙 중요한 문제이기도 하니 힘들더라도

최대한 빨리 답장을 보내야겠다고 생각해 펜을 들었네.

우선, 그동안 받아온 비방과 중상모략에 지칠 대로 지친 탓에 다시금 논쟁의 장으로 뛰어들 기운도, 열정도 내게 남아있지 않다는 점을 고백해야겠네. 자네가 내게 바라는 행동에 도전하기에는 현재 내 상황이 이렇다는 것일세.

또 다른 한편으로는, 나에 대한 온갖 모함으로 인해 나의 평판도 크게 훼손 되어있는 상황에서 국왕 폐하께서 과연 이미 반송장이나 다름없는 이 잊혀진 늙은이의 말에 귀를 기울이실까 의문이 드네. 하물며 황송하옵게도 전하께서 그간 수차례나 나를 불러들이셨는데도 번번히 부르심을 거절해오지 않았던가 말일세.

교황을 돕는 문제라면, 자네의 이 고귀한 계획에서 누구보다 도움이 되어줄 최고의 응원군은 바로 자네가 그토록 깎아내리려 애쓰는 아타우알파 그 자라고 생각한다네.

사실 그렇지 않은가? 캐서린 왕비의 조카로서, 만약 교황청이 헨리왕의 이혼을 허락한다면 로마에 보복하겠다고 위협해온 카를로스를 아타우알파가 제거해주었으니 로마에 대한 위협도 사라지고 혼인 파기에 대한 장애물도 사라진 것이 아닌가 말일세. 일단 이혼이 발표되고 나면, 헨리 국왕 전하께서 앤 불린 양을 아내로 맞아들이는데 아무도 대놓고 반대하지 못할테고 그러면 이에 만족한 전하께서 로마 가톨릭 교회를 저버릴 이유도 없을 것이란 말이지.

그런데 그 문제와는 별개로, 그 잉카 작자와 그의 종교에 대한 자네의 발언에 대해 다시 생각해 보는게 어떻겠나? 자네가 그토록 혐오하는 이단 루터파보다 그 종교가 정말 더 악하고 위험하다고 생각하는가? 과연 그들이 자네가 예전부터 비판해 왔던 탐욕스럽고 부패한 사제들보다 우리 교회에 더 큰 해악을 끼칠까? 물론 루터가 가톨릭 교회를 공격하기 위해 칼을 뽑아 들었다는 것은 틀림없는 사실이지만 아타우알파는 그것과는 무관하다고 생각한다네. 그자의 고향 섬에 복음의 메시지가 전달되지 못한 것이 그의 잘못이겠나? 자네는 교회를 등한시하는 자들은 모두 지옥행이라고 굳게 믿는 모양이네만, 지옥은 이교도들을 비난할 수 없다는 점을 명심하게나.

만약 자네가 태양의 종교라는 그 종교를 자세히 들여다본다면 우리 기독교와 상당한 유사성이 있다는 사실을 깨닫게 될걸세. 태양과 비라코차가 아버지 하느님과 그의 아들 우리 주 예수와 많이 비슷하지 않은가? 태양의 누이이자 아내인 달만 해도 그렇네. 어딘지 성모 마리아와의 이미지와 겹쳐지는 느낌이 들지 않느냔 말일세. 그들이 숭배하는 벼락은 우리의 성령과 매우 닮았다고 생각하네. 우리 교회에서 성령이 종종 새의 형상으로 표현된다는 건 자네도 잘 알겠지. 그렇다면 번개불의 형상이 안될 것도 없지 않겠나?

친구여, 하느님의 창조물로만 가득한 세상에서 이단자를 찾으려 하지 말게. 기독교인의 귀에 이단자의 이름이 혐오스럽게 들릴수록, 그가 누구이건 함부로 처단하려는 마음을 경계해야 하네. 루터파의 파괴적 의도와 호전적 열망에 대해 내가 비판했던 일을 자네도 기억할 걸세. 내가 믿고 있는 것이 한가지 있네. 어쩌면 아타우알파 그 자가 우리에게 평화를 가져다 줄 기회가 될지도 모른다는 사실이라네.

늘 몸 조심 하게나. 알리스 부인과 로퍼 부인께도 대신 안부 전해주게.

　　　　　1534년 2월 28일, 프리부르에서
　　　누구보다 지혜로우며 주님의 충실한 수호자인
　　　　　　　　토마스 모어에게
　　　　　디디에 에라스무스 로테르다무스가

32. 모어가 에라스무스에게 보내는 편지

토마스 모어가 에라스무스 로테르다무스에게
안부 전하네.

이번에도 역시 자네의 혜안에 탄복했네. 자네는 지
혜로운 자들 가운데 가장 지혜로운 자라네. 자네 말
대로 교황께서는 영국 국왕에 대한 파문 경고를 거두
고 마침내 이혼을 허락하셨지 않은가. 이제 헨리 전하
께서 앤불린 양과 혼인하시는데 문제될 것은 아무것
도 없겠지.

그러나 자네의 그 놀라운 통찰력도 오직 주님만 예
측하실 수 있는 영역까지는 역시나 도달하지 못했더군.

전하께서 신을 모독하는 불경에 빠질 이유가 사라졌
으니 이제 영국도 안전하다고 자네는 생각할테지만, 실
상은 전혀 그렇지 않고 위험은 그 어느때보다도 심각해
졌다는 걸 알아야 하네.

국왕 폐하께서 앞장서 태양신전을 세우시고 그 안
에 손수 선택한 처녀들을 채운 뒤 원할 때마다 그 여
인들을 취하시는걸 자네는 상상이나 해보았는가? 광
기가 도를 넘어 이제는 야만적 풍습의 아타우알파를
본따 스스로를 태양의 아들로 선포하는 지경까지 왔

다는 말일세.

나 역시도 이 불경스러운 종교에 대해 자네처럼 좋은 눈으로 바라보고 싶네만, 아무리 그러려고 해도 도저히 그들의 종교 안에서 신실한 믿음과 가까운 일말의 희망적 모습도 찾아볼 수가 없다네. 설령 비슷한 점이 있다 한들 얼마나 되겠는가? 물론 구약은 신약의 출현을 예언했고, 자네가 지적했듯이 그 안에 메시아의 도래를 예언하는 여러 신호를 내포하고 있는 것은 사실이네. 그렇지만 친구여, 모세가 예수의 탄생을 준비했다고 해서 우리가 유대인이 되어야 하는걸까?

어찌되었든, 자네가 교황께 편지를 보낸 것에 고맙게 생각하네. 교황께서 이혼을 허락하신 결정에 자네의 편지가 크게 작용했으리라 믿어 의심치 않는다네. 비록 그 결정이 우리가 기대했던 효과로 이어지지는 않았지만 말일세.

내 가장 소중한 친구 에라스무스에게 언제나 주님의 가호가 함께 하기를.

1534년 3월 23일, 첼시에서
에라스무스 로테르다무스에게, 잘 지내시게.

33. 에라스무스가 모어에게 보내는 편지

에라스무스 로테르다무스가 친애하는 모어에게 안부 전하네.

그 이방인, 자네의 표현대로라면 그 야만인이 유럽에는 기회라고 내가 자네에게 말하지 않았는가? 솔직히 말하자면 나는 거의 한 일이 없을뿐더러, 자네가 말하는 통찰력이라는 것은 더더욱 없다네. 내가 이런 생각을 갖게 된 것은 자네와 나 우리 두 사람의 친구 기욤 부데의 편지를 받은 뒤부터니까 말일세.

프랑스의 프랑수아 국왕께서 에스파냐 국왕이 보낸 대사를 지난달 파리에서 접견하셨다는 소식은 들었는가? 그 대사가 인디언인지 잉카인지 - 이들을 뭐라고 불러야 할지도 모르겠군 - 사람들을 여럿 대동하고 왔다더군(페르시아 사람들이 태양을 몹시 사랑한다니 혹시 그쪽 사람들인지도 모르겠네). 듣자하니 이 사람들이 상당히 세련되고 외모도 출중하다고 하던데, 무엇보다 중요한 것은 필리페 국왕이 물려받은 영토 중 상당 부분을 프랑스 왕국에 양도하고 프랑스와 에스파냐 양국 간 평화 조약을 체결하는데 이자들이 큰 공을 세웠다는 사실일세. 에스파냐 영토를 양도받는 대신 프랑수아 국왕은 밀라노인으로서의 권리를 포기하기로 현명한 결정을 내렸고 이에 따라 끊임없는 전쟁에 시달리던 이탈리아에도 항구적 평화의 가능성이 보이기 시작했다네.

그것만이 아니라네. 솔직히 고백하건대 자네에게 다음 소식을 전하기 위해 이 글을 쓰는 중에도 기쁨과 만족감에 전율을 느낄 정도라네. 혹시 자네도 이미 들었는가? 최근 에스파냐에서 날아온 소식 말일세.

어린 필리페 국왕이 신임 총리대신의 조언에 따라 카스티야와 아라곤 전역에 종교의 자유로운 선택과 활동을 보장하는 칙령을 세비야에서 선포하는 모습을 상상해 보게나. 그들에게 부과되는 유일한 의무라고는 일 년에 두 번 태양 축일을 기념하는 것뿐이라네. (그 누구보다 독실한 그리스도교 신자라 할지라도 그 정도의 가벼운 조건이면 받아들일 수 있지 않겠는가? 자네도 이점에 대해서는 나와 같은 생각이기를 바라네.)

친애하는 무어, 모든 친구들 중 가장 귀한 나의 벗이

여, 이것이 무엇을 의미하는지 이해하는가? 마침내 유럽 땅에 우리가 그토록 갈구해마지 않던 관용을 향한 문이 열린다는 것이라네. 아마 하느님께서도 바라셨을 세계 평화를 향한 길 말일세. 아무쪼록 이 관용의 칙령이 세계 모든 왕과 왕자들에게 모범이 되고 나아가 루터의 분노마저 잠재울 수 있는 기회가 될 수 있기를…

자네는 이 일련의 상황이 주는 교훈이 무엇이라고 생각하나? 한 사람의 지혜로운 이교도가 – 아마도 주님의 인도하심을 받아, 자신도 잘 모르고 한 일일 수도 있겠지만 – 피에 굶주린 그리스도 교도 보다 인류를 위해 더 많은 일을 이룰 수 있다는 것이라고 나는 생각하네. 무엇보다, 소크라테스 역시 우리 주 예수 그리스도의 예고자가 아니었나? 자네는 소크라테스와 플라톤도 불경한 야만인이었다고 할텐가? 아니면 그 반대로 주님의 이름을 앞세우며 피렌체를 공포로 물들였던 사보나롤라 수도사를 선한 기독교인이라고 말할텐가?

친애하는 토마스, 조속한 자네의 의견을 기다리겠네. 우정을 담아 나의 마음을 자네에게 전하네.

1534년 4월 17일 프리부르에서

형제와 다름없는 토마스 모어에게
에라스무스가.

34. 모어가 에라스무스에게 보내는 편지

각별한 친구 에라스무스에게,

내가 나의 거처에 있지 않은 탓에 자네의 편지를 조금 늦게 받았다네. 답장이 늦어져 미안하네. 부디 이해해 주기 바라네.

최근 벌어지고 있는 일련의 사태 앞에서 나도 자네의 기쁨과 환희를 함께 나눌 수 있다면 좋으련만 이곳의 상황은 사람들이 기대했던 방향으로 흘러가지 않고 있다네.

앞 서신에서 자네에게 말했던 것처럼, 헨리 국왕께서는 자네의 새로운 친구인 에스파냐 총리대신처럼 자신을 태양의 아들로 칭하는 법률을 선포하셨네.

영국 전역에서 수녀원과 수도원이 태양신전으로 바뀌고, 좋게 말하면 무녀, 정확히 말하면 창녀들로 가득한 매음굴로 전락해 버렸네.

우리에게 이 정도 치욕과 낙담을 안겨주는 것으로는 성에 안 찼는지 모든 신하들에게 그들의 국왕이 신의 은총을 받아 완전한 태양의 아들이 되었음을 인정한다는 선서를 강요하셨다네.

이런 이유로 해서 나는 지금 런던 탑에 감금되어 재판을 기다리며 자네에게 서신을 작성하는 중일세. 듣도 보도 못한 신성모독적 언사로 뒤덮인, 상상할 수조차 없는 이단에 협력하고 서약하라는 요구를 당연히 거부한 죄로 아마도 나는 사형선고를 받게 되겠지.

에라스무스 로테르다무스에게 작별을 고하며

1534년 8월 15일, 런던에서

토마스 모어

35. 에라스무스가 모어에게 보내는 편지

사랑해 마지 않는 나의 형제 토마스에게,

이전 서신에서 소크라테스를 언급한 뜻은 죽음 앞에 기꺼이 나서는 그의 행동을 따르라는 것이 결코 아니었네.

우리의 오랜 우정과 앨리스, 마르가레트, 그리고 자네의 자녀들이 자네에게 보내는 사랑을 담아 간곡하게 부탁하네. 부디 국왕께 선서하고 그가 원하는 대로 해드리게. 폐하께서 터키 황제, 혹은 신을 자처한들 그분의 그런 몽상이 자네에게 뭐 그리 중요한 문제겠는가? 복음을 통해 전달된 신의 진리가 무엇인지는 자네와 우리 모두의 마음 속에 깊이 각인되어 있지 않은가 말일세.

중요한 것은 가족의 사랑이라네. 또한 앞으로도 완수해야 할 수많은 일이 있고, 살아가면서 이 땅에 더 많은 선행을 뿌려야하지 않겠는가? 변덕스런 군주의 철없는 행동보다 이런 것들이 훨씬 더 값어치 있는 일이라고 생각하지 않는가? 나의 오랜 친구여, 부디 자네의 목숨을 지키길 간청하네. 사형의 협박 아래 강요된 선서가 무슨 의미가 있겠나? 신과 자네의 양심 앞에 그런 선서는 부끄러울 일이 전혀 아닐세.

자네 이 이야기 기억하는가? 그리 오래전 일도 아니니 아마 자네도 아직 기억하고 있을걸세. 자네가 아직 새파란 청년이었던 시절 있었던 일이라네. 막 왕위에 오른 루이 12세가 루이 11세의 딸인 자신의 아내와 이혼을 하겠다고 했었지. 그 일로 수많은 사람들의 심기가 불편해졌고 그중에는 장 스탄동크와 그의 제자 토마스도 있었다네. 그들은 선서식에서 하느님께 기도하고 국왕을 옳은 방향으로 인도하겠다는 말 외에는 아무런 비판도 하지 않았었지. 루이 12세는 그들을 해외로 추방하는 것으로 끝냈고, 이혼이 완료된 이후 그들을 다시 불러들였다네. 자네에게 질문을 하나 하겠네. 그 지독한 스탄동크도 자신의 양심을 시험하는 상황 앞에서 현실을 수용했는데, 자네 같은 선한 이가 그렇게 못하겠는가? 공허한 자존심은 접어두게나. 입장을 바꿔 생각해보게. 자네 아내와 아이들, 동료 친구들에게 지금 자네가 하는 것처럼 선서를 거부하라고 충고할 수 있겠나? 물론 그러지 않을걸세. 사랑하는 이들의 죽음을 결코 바랄 리도 없고 선서를 한다고 해서 그들의 영혼이 더럽혀진다고 믿지도 않을 테니까 말일세. 그렇다면 그들에게 괜찮은 일이 왜 자네에게는 안된단 말인가? 어째서 자네는 순교의 소명에 그토록 집착하는가?

부디 주님께서 자네를 보다 명철한 이성과 겸손의 길로 이끌어 주시기를 기도하겠네. 그리고 자네에게 관

용을 베풀어달라고 지금 바로 헨리 폐하께 편지를 쓰
겠네.

나의 친구여, 그때까지 주님께서 자네를 지켜주시기
를, 그리고 내 기도가 늘 자네와 함께 할 것이네.

1534년 9월 5일, 프리부르에서
에라스무스

36. 에라스무스가 헨리 8세에게 보내는 편지

고귀하신 헨리 8세 영국 폐하께 에라스무스 로테르
다무스가 문후인사 드립니다.

위대하신 폐하시여, 폐하의 명민한 통찰력은 세상 누
구와도 비길데 없이 뛰어나시니 제가 이 편지를 드리는
이유에 대해서도 틀림없이 짐작하고 계실 줄로 믿습니
다. 제가 오늘 이렇게 펜을 든 이유는 폐하의 친구이며
또한 저의 벗이기도 한 토마스 모어경의 목숨을 살려주
십사 간청드리기 위해서입니다.

제가 굳이 상기시켜 드리지 않아도 폐하께서 그를

치하하셨던 일을 기억하시겠지요? 그리 오래전 일도 아니니까 말입니다. 폐하께서도 그만큼 그를 인정하셨기 때문이 아닙니까? 그런데 이제와서 폐하의 우정에 불충한 배신자 취급을 하시다니요. 폐하께서 그에게 맡기신 자리를 스스로 그만두었을 때 그것이 배신이었겠습니까? 영국의 국왕 곁에서 더 높은 자리를 차지하고 권세를 누릴 수 있음에도 거절한 그가 위선자이고 역적이었을까요?

오 폐하시여, 우리의 모어경은 절대로 폐하께 해가 될 일을 할 수 없는 사람임을, 폐하를 향한 그의 존경과 사랑이 그토록 신실함을 폐하께서는 너무도 잘 알고 계십니다.

물론 종교에 관한한 그의 신앙심이 지나칠 정도로 순수한 탓에 거슬릴 때도 있고, 또 때로는 맹신의 모습을 보일 때도 있는 것은 사실입니다. 그렇지만 말입니다! 그 옛날 아비가 아들을 용서했던 것처럼, 다 큰 아들이 아비를 용서할 수는 없는 것입니까? 아무 힘 없는 불쌍한 사람의 선서에 무슨 큰 의미가 있습니까?

위대하고 현명하신 폐하시여, 간곡히 간청 드리오니 부디 손에 든 칼을 거두시고 우리의 선량한 모어경의 목숨을 지켜주소서. 깊은 신앙심과 더불어 놀라운 지식의 양으로 이미 불후의 명성을 쌓은 한 남자의 목숨을 구함으로써 폐하께서는 본인과 본인의 명예를 더욱 드높이게 되실 것입니다. 진정 그를 벌하고 싶으시다면, 차라리 그를 왕국 밖으로 내쫓아 버리십시오. 오, 왕 중에 가장 빛나는 분이시여, 부디 그렇게 당신의 권위와 관용을 보여 주십시오. 오래전, 제가 플루타르크 영웅전을 가르쳤던 그 아이는 언제나 제게 크나큰 기대감을 안겨 주었으며, 이제는 그 기대감을 충족하고도 뛰어넘는 성인이 되었습니다. 오늘 저의 이 글이 그때 그 소년의 마음에 가 닿았으리라고 믿어 의심치 않습니다.

1534년 9월 5일, 프리부르에서
에라스무스 데 로테르다무스

37. 엘리사벳

세비야 칙령으로 전 유럽(제5 지대가 되기 전 이 땅은 유럽이라고 불렸으므로 그대로 기록하기로 한다)에 한바탕 광풍이 휘몰아쳤다.

에스파냐에서는 당연히도 무어인과 콘베르소들이 제일 먼저 이 새로운 법을 두팔 벌려 환영했다. 그도 그럴 것이 그들이야 말로 이 법의 최대 수혜자였기 때문이다. 아타우알파는 이로써 그들이 자신의 충성스런 백성이 되었음을 알았다. 하지만 그들의 충성심이 영원불변할 것이라고 믿어서는 안된다는 것 또한 그는 명심하고 있었다. 백성들의 마음은 언제라도 바뀔 수 있음을 그는 잘 알고 있었기 때문이다.

독일, 프랑스, 영국(기존의 많은 자료에서 확인할 수 있듯이), 그리고 심지어 스위스까지, 그동안 혹독한 박해를 받으면서도 구교를 새롭고 젊어진 종교(실상은 초기 기독교에 가깝다고 할 수 있다. 그들은 같은 신을 믿지만 그 숭배 형식에 있어서 차이를 보여준다)로 대체하기 위해 투쟁해온 모든 곳에서 루터파의 수가 늘어났다. 그들에게 세비야 칙령은 어둠을 밝히는 한 줄기 빛과 같았다. 종교재판 없는 세상을 염원하던 꿈이 에스파냐에서 구체적으로 진척되고 있으니 이제 세계 평화와 화합을 비롯한 다른 모든 희망도 가능하거나 아니면 적어도 예상할 수 있을 것이다.

루터는 태양의 종교에 대해 침묵했다. 승인할 수는 없

었기 때문이었다.

애초에 너그러움 같은 것은 가지고 있지 않던 프랑스 국왕은 루터교 신자들의 불손함을 비난하며 산채로 화형시키는 것에 찬성하고 있었기 때문에 그들과 평화로이 지내기를 굳이 원하지 않았다.

하지만 그간의 숱한 학살에 넌더리가 난 많은 이들이 세비야 칙령과 같은 조치를 프랑스에서도 취해 달라고 강력히 요구하고 나섰다.

들리는 얘기에 따르면 사람을 산채로 토막내거나 불에 달구거나 치리구아나 사람들이 하는 식으로 잡아먹는 일들이 자행되어 왔고, 이를 들은 키토인들은 대경실색했다. 나바르의 마르그리트가 작성한 서신을 보면, 프랑스에서 흥분해 이성을 잃은 가톨릭 교인이 루터파 교인 한 명의 살을 가르고 심장을 꺼내 뜯어먹었다고 한다. 마르그리트 왕비조차도 '혐오스러운 도륙질'이라고 표현했던 이 범죄는 알카라르 궁에까지 알려져 잉카인들을 몸서리치게 만들었다. 그녀에 따르면 이 무시무시한 행동은 괴상망측하기 짝이 없는 믿음의 결과였다. 신전에서 종교 의식을 진행하는 동안 사제가 신도들에게 작고 하얀 떡 같은 것과 검은 술 한 모금을 먹으라고 시켰는데 키토인들로서는 도저히 이해하기 어려운 극도의 상상력이 그들 사이에 발휘된 나머지 자기들이 먹고 마시는 것이 진짜 신의 피(검은 음료를 밝은 곳에서 보면 붉은 빛을 띠기 때문이다)와 살이라고 믿었다는 것이다.

신교도들은 그런 믿음을 갖지는 않았지만 그렇다고 해서 키토인들 생각에 그들이 구교도보다 범죄를 덜 저지르는 사람들도 아니었다. 신교도 역시 사람을 화형했기 때문이다.

터무니없이 불합리한 맹신에서 야기된 논쟁이 사회 공동체, 혹은 심지어 가족 내에서까지 끔찍한 살상으로 비화되는 현실 앞에 태양신의 후예들은 놀라움을 금치 못했다.

특히나 독일에서는 분열이 극에 달해 그 여파가 세비야에까지 미쳤다.

루터교로 개종한 어느 왕족 부인이 브란덴부르그 요새의 총독인 남편을 떠나 튀링겐 지방 영주인 삼촌에게 피신한 후 그곳에서도 에스파냐처럼 종교의 자유를 선포하라고 종용했다. 그와 더불어 그녀는 총리대신 아타우알파에게 서신을 보내 열렬한 존경과 경의를 표하는 한편 그가 뿌린 평화의 씨앗이 북부 지방에도 싹트길 희망하는 기대감을 드러내었다(그녀는 키토인들이 한번도 들어본 적 없는 덴마크라는 소국 출신이었다). 이에 찰 코 치막은 새로운 동맹을 체결할 목적으로 결혼을 신청 하면 어떻겠냐고 아타우알파에게 건의했다. 그러자 코 야 아사르파이는 신대륙의 일반적인 결혼제도에 대해 상기시켜주었다. 이곳에서는 군주마저도 결혼 서약을 한다는 것이다(이제 그 유명한 영국 국왕은 예외가 되 었지만). 그 서약에 따라, 덴마크의 엘리사벳은 기혼자 로서, 그녀의 남편이 살아있는 한 다른 누구와도 재혼할 수가 없었다. 그녀가 남편과 갈라섰고 화해가 불가능한 지경이라도 마찬가지였다. 실제로, 그녀가 원하는 것은 결혼이 아니라 스스로 방어할 수 있는 병력이었다. 그녀 는 총리대신에게 보호를 간청했다. 카를로스 황제가 죽 은 후 그의 동생 페르디난트의 그림자가 전 유럽을 뒤덮 고 있었다. 각 국은 그의 분노를 두려워하면서, 어차피 그의 화가 미칠거라면 자기 나라가 아닌 이웃 국가에 벼 락이 떨어지길 기도하고 있는 처지였다. 그녀는 개신교 를 신봉하는 소국들의 동맹, 슈말칼덴 동맹에 대해 언급 하고 있지만 그 정도로는 페르디난트 황제의 대군을 상 대하기에 너무 벅찬 것이 사실이었다. 형 카를로스의 뒤를 이어 제국을 물려받은 로마인의 황제 페르디난트가 끊임없이 엑스라샤펠 점령을 노리고 있었기 때문에 엘리사벳은 그의 이러한 야욕을 멈추게 도와달라고 아타우알파에게 부탁하고 있는 것이었다.

그러나 북부의 국가들도 그리고 페르디난트도 우선 에스파냐 내에서 자신의 입지를 확고하게 강화하려고 고심하는 잉카의 고민에 대해서는 전혀 알지 못하고 있었다.

38. 발렌시아

물론 안달루시아는 평화로웠다. 루미냐우이는 그라나다로 돌아가 그곳에 수비대를 설치했다. 카디스에서는 배가 여러 척 건조되었다. 미켈란젤로가 설계한 태양신전은 코르도바 성당 안에 세워졌다. 세비야가 하루가 다르게 부유해지면서 인구도 몇 배나 늘어 이 도시는 신대륙 최대 도시로 성장했다. 유대인들이 쇄도하여 숙련된 고급 노동력 공급이 늘어나자 국가는 날로 번창했다. 필리페 국왕은 알함브라에서 모셔온 아버지의 유해를 부모가 결혼식을 올렸던 성당 안에 만든 호화로운 대리석 묘에 안장했다. 약속한대로 로렌지노는 자신이 그 토록 칭송하던 베니스의 화가 티치아노와 함께 돌아왔다. 화가는 세비야에 오자마자 아타우알파를 태양의 아들로 표현한 초상화 그리기에 착수했다. 그리고 날마다 과달키비르에 정박한 화물 수송선에 검은 술을 담은 통과 금과 은을 실은 궤짝을 교대로 싣고 내리느라 항구가 북적였다.

그렇지만 이베리아 반도에는 여전히 불안정한 두 도시가 있었다. 하나는 카스티야의 톨레도이고 다른 하나는 아라곤의 발렌시아였다.

톨레도는 카를로스 1세 황제에게 마지막까지 충성을 바치던 자들을 보호해주고 있었다. 암석으로 이루어진 고지대에 위치한 지리적 특성으로 인해 이 도시를 함락하는 것은 쉽지 않은 일이었다. 그러나 그곳은 고립된 지역이어서 잉카 수뇌부에게 크게 걱정할 바는 못되었다. 외부의 도움이 없는 한 톨레도의 반란이 언제까지고 유지될 수는 없는 일이었다.

그런데 발레시아는 문제가 조금 달랐다. 이 도시는 바다를 통해 이탈리아로 이어지는 관문으로서, 여기에서 출발한 배가 제노바, 나폴리, 그리고 부친 사후 어린 필리페가 물려받은 시칠리아로 항해하고 있었다. 게다가 위치상 터키의 슐레이만에게 매수된 바르바리아인 해적들로부터 끊임없이 공격과 노략질을 당하고 있었다. 그런데 발렌시아 주민 중 1/3 이상이 무어인이었다. 구교도 주민들은 이들이 종교와 언어가 같은 아프리카 형제들과 내통하며 에스파냐를 통째로 옛 주인에게 넘기려 한다고 의심해왔다.

세비야 칙령이 에스파냐 전역에서 호의적으로 수용될 수 있었던 것은 가장 큰 혜택을 보는 유대인, 무어인들과 영합했기 때문이라고 말하는 사람이 있을지도 모르겠지만, 실상 종교 재판 폐지 후 새로 도입된 법률은 구교도들에게 더 많은 환영을 받았다. 카를로스 생전 그의 수많은 원정 전후 비용을 대느라 지속적으로 증가하던 세금 부담을 없애 그들의 마음을 샀기 때문이었다. 타완틴수유에서 막대한 양의 금과 은이 쏟아져 들어오고 있어서 아타우알파는 세금을 걷을 필요가 없었다. 사회 혼란을 일으키는 것은 가난이다. 그런데 에스파냐는 날이 갈수록 점점 더 번창해 가고 있었다.

그러나 가난 외에 불안감 역시 사회적 동요의 원인이 된다. 다른 어느 지역보다 발렌시아에 사는 무어인들은 이슬람교 신봉 경향이 강했다. 한편 전통적 기독교인들은 해적의 공격에 맞서 싸우면서도 등 뒤에서 끝이 휘어진 단도의 차가운 칼날이 자신들을 노리는 듯한 불안감을 안고 살았다. 이런 분위기 속에서 저항 운동이 태동했다. 구교도 연대가 조직되어 새로운 법질서를 무너뜨리려는 시도가 일었다. 세비야 정부에서 파견한 관리들이 여러 명 피살되기도 했다.

발렌시아 문제는 군사적 해법이 아닌 정치적으로 풀어야 한다고 느낀 아타우알파는 그에 걸맞는 수완과 계략을 찾아야 했다. 그는 다시 한 번 피렌체 공화국의 마키아벨리를 공부하기 시작했다.

39. 자문회의

티치아노가 그린 아타우알파 초상화 중에서 가장 유명한 작품은 아마도 후세에 '자문회의'라는 제목으로 알려진, 알카사르 정원을 배경으로 그린 그림일 것이다. 그림 속에서 태양의 아들로 표현된 아타우알파는 머리에 진홍색 관을 쓰고 멋진 옆모습을 자랑하고 있다(화가는 형제간의 내전 때 상처입은 귀를 그린 식으로 세심하게 가렸다). 팔에는 파란색 앵무새를 올리고 왼쪽 손목에 금팔찌를 찬 모습이다. 그는 분수대 앞에 서있는데 분수대의 가장자리에는 오렌지와 아보카도가 담긴 바구니가 여러 개 올려져 있다. 적갈색 고양이 한 마리가 그의 발 아래에 잠을 자고, 뱀이 그의 한쪽 다리를 감고 있다. 배경 뒤쪽으로는 여러 그루의 종려나무가 하늘을 향해 높이 솟아 있고, 하늘에는 금색과 은색 테를 두른 태양과 달이 동시에 빛난다. 알파카 털로 만든 튜닉에는 금실로 수놓은 문장이 보인다. 문장을 살펴보면 먼저 카스티야 성과 아라곤을 상징하는 붉은색과 노란색 줄무늬가 눈에 들어온다. 나무 두 그루 사이에 매 한 마리가 있고 석양에 뚜렷하게 두드러지는 연보라색 캐러벨 선이 쿠바에서 시작된 그의 항해를 상징한다. 문장의 중앙에는 무지개 아래 머리 다섯 달린 퓨마가 그라나다와 안달루시아를 상징하는 붉은 씨앗이 박힌 노란 과일을 감싸 안고 있다.

아타우알파의 뒤편에 갓 태어난 아기를 안고 있는 코야 아사르파이와 옷을 입지 않고 도도한 자세로 서 있는 히구에나모타, 그리고 키스키스, 찰코 치막, 망코 카팍, 페드로 피사로, 로렌지노 데 메디시스가 보인다.

그림 속에 루미냐우이, 키스페 시사, 쿠시 리마이 오클로, 필리페 2세와 이사벨의 모습은 보이지 않는다.

사실 이 그림이 그려지던 순서와 일정을 살펴보면 에스파냐와 세계 역사의 가장 결정적 전환점 중 한 시기를 되짚어 볼 수 있다.

실제로 아타우알파는 초상화의 모델이 되어 포즈를 취하는 동안 항상 자문회의를 소집했다.

이때의 자문회의에서 결정된 일련의 정책들은 단지 일부 개인이나 소수민을 대상으로 한 것이 아닌 국가 전체의 운명을 가르는 조치들이었다.

그 정책을 결정할 당시 아타우알파는 총리대신일 뿐이었다. 화가는 그림을 완성하는 시점에 가서야 잉카의 튜닉 위에 에스파냐 문장을 그려 넣었다.

당시 루미냐우이는 알함브라 수비대에 가 있었다. 키스페 시사와 쿠시 리마이는 정원 어디에선가 노느라 바빴다. 하지만 어린 왕 필리페와 그의 모친의 부재에는 다른 의미가 있다. 사실 그들은 그 회의에 초대받지 않았던 것이다.

무엇보다 가장 큰 이유는 톨레도의 반란이 선왕을 따르던 추종자들에 의해 일어났기 때문이다. 그의 아들과 부인을 경계하는 편이 안전하다고 그들은 판단했다.

그들은 톨레도 공략을 위해 키스키스를 보내기로 결정했다. 키스키스가 선택된 이유는 그의 뛰어난 무사로서의 능력도 있지만 그를 어린 필리페 국왕과 떼어놓기 위한 것도 있었다. 그는 필리페에게 목검으로 검술을 가르치면서 필요 이상으로 정이 많이 들어있었다.

로렌지노는 제노바로 가서 도리아 제독을 찾아 도움을 요청하는 임무를 맡았다. 배를 타고 바다로 나가 지중해 반대편 바르바리아 후방 기지인 항구들을 접수하기 위해서였다. 또한 이사벨 왕비를 리스본으로 보내 그의 오라비 주앙 국왕에게 포르투갈 측의 도움을 요청하기로 했다.

히구에나모타는 파리로 가서 프랑스 국왕의 도움을 구하기로 정해졌다.

이와 병행해서 아타우알파는 발렌시아에 거주하는 무어인들을 다른 곳으로 이주시킬 계획을 세웠다. 그는 이 계획이 아라곤 구교도들의 분노를 잠재우기에 적절한 방편이라고 여겼다.

하지만 히구에나모타는 지지자들의 불만을 사는 결정은 현명하지도 못하며 무어인들에게 잘못된 신호를 주는 것이라며 반대했다. 찰코 치막은 그들에게 믿을만한 임무를 맡겨 떠나게 하면 어떻겠냐고 제안했다. 죽고 죽이며 심지어 인육을 먹기까지 하는 극도의 혼란에 시달리고 있는 독일인들이 거주하는 여러 주에 그들을 보내 평화를 정착시키는 임무를 맡기자는 것이었다. 독일인들이 잉카인들에게 도움을 요청하고 있는 마당이니 핑계가 그럴듯 하다고 주장했다. 그들은 프랑스를 거쳐 필리페 국왕의 고모 마리아 여대공이 다스리는 네덜란드에 정착하게 될 것이다. 그곳에서라면 무어인들도 카를로스의 사후에도 에스파냐의 통치권이 여전히 유효함을 확인하고 안심할 것이다. 망코 카팍이 그들을 인솔해 떠나기로 했다.

필리페 국왕 문제를 어떻게 처리할 것인지도 결정해야 했다. 찰코 치막의 첩자들이 카를로스의 아우 페르디난트 황제의 서신을 가로채 얻은 정보에 따르면, 페르디난트는 투르크족과의 전투가 끝나는 대로 군대를 에스파냐로 진군시키겠다고 조카에게 언약했다. 침략 계획과 알카사르 내부의 공모가 발각된 것이다. 결국 죽은 왕이 살아있는 왕보다 더 강력한 것이 아닌가하는 의문이 새삼 일었다. 이제 아타우알파는 왕위를 찬탈하기로 마음먹었고 그의 수하들도 더 이상 그의 그런 목표를 모른 체하지 않았다.

아기 카를로스에게 젖을 먹이고 있던 코야 아사르파이는 필리페를 공개 처형하여 본보기로 삼아야한다고 주장했다.

그러나 그럴 경우 에스파냐 백성들이 어떤 식으로 반응할지 알 수 없었다. 선왕인 아버지를 떠받들었던 사람들이기에 그 아들을 지지할 수도 있었다. 더구나 그 아들은 8 수확기도 채 되지 않은 너무 어린 아이가 아니던가.

찰코 치막은 자연스러운 사고로 보일 수 있도록 은밀하게 제거하자는 의견을 냈다. 필리페의 외삼촌인 포르투갈 국왕이나 그의 모친 그리고 백성들의 반발을 사지 않을 수 있는 방법이었다.

그러나 키스키스는 크게 반박했다.

"아직 어린 아이에 불과한데 너무한 것 아니오!"

그때까지 침묵을 지키던 아타우알파가 그의 말을 막으며 말했다.

"천만에. 그는 왕이다."

바로 그때 그 유명한 상황이 벌어졌다. 화가 티치아노는 회의의 내용이 무엇인지 알지 못했다. 그들이 잉카 언어로 대화하고 있었기 때문이었다. 다만 그 언어를 익힌 로렌지노와 페드로 피사로만이 충분히 이해할 뿐이었다. 그러나 왠지 모를 어떤 불길한 예감에 사로잡힌 화가의 손이 갑자기 벌벌 떨리더니 잡고 있던 붓을 놓쳐버렸다.

아타우알파는 초상화를 위해 취하고 있던 자세를 풀고 앞으로 걸어가더니 몸을 숙여 떨어진 붓을 주워 들어 화가에게 내밀었다.

이것이 실제로 일어났던 일이며, 전혀 다른 이야기를 하고 있는 역사학자 고마라의 주장은 사실이 아니기 때문에 내가 여기에서 따로 논할 필요성을 느끼지 못한다.

이 일화에 관해, 나는 이 책에 실린 내용이야 말로 전적으로 사실에 기인한 진실임을 단언하는 바이다. 700 수확기 이전으로 거슬러 올라가는 모체 문명이나 치무 왕국의 역사와 오랜 구전 전설 등과는 전혀 다르다. 이 역사서를 읽는 동안 독자들은 그 내용의 구체적 시기나 방법으로 인해 모든 사건들이 바로 어제 일어난 일인 것처럼 느끼게 될 것이다.

그날 이후 필리페 왕의 처리 문제는 결정이 일단 보류되었으나 그의 목숨이 한 줄기 실에 매달린 듯 위태로워진 것만은 분명했다.

아타우알파는 에스파냐에 대한 대규모 개혁을 계획하고 있었다. 그런데 이 개혁은 어떠한 방해도 없이 왕권의 전폭적 지원이 있어야만 가능한 쉽지 않은 계획이었다.

그의 참모들은 당황했다. 개혁이라니? 또 다시 종교 개혁이란 말인가?

이에 아타우알파가 다음과 같은 대답을 했는데, 이에 대해서는 프란시스코 데 고마라도, 안토니오 데 구에바라, 알로소 데 산타 크루즈 그리고 제5 지대의 다른 어떤 역사가도 이견을 달지 못할 것이다.

"종교가 아니다. 토지 개혁이 될 것이다."

40. 필리페

그들은 둘 다 아주 어린 아이들이다. 나이든 보모가 이 아이들을 보살피고 있다. 아버지는 죽었고 어머니는 먼 곳에 가고 없다. 아이들은 나무로 만든 작은 배를 가지고 알카사르 연못가에서 영광과 태풍, 모험을 상상하며 놀고 있다. 필리페는 각지에서 모여든 선단의 앞머리에 용맹하게 서있는 자신의 모습을 상상한다. 키스키스가 돌아오면 그와 함께 해적 소굴을 정복하러 떠날 것이다. 하지만 누이동생 마리도 오빠에 뒤지지 않는다.

"먼저 튀니스를 정복하자. 다음은 알제 차례야."

오누이는 오스만 제국의 바르바로스를 체포하는 문제를 두고 서로 자기가 하겠다고 다툰다. 검은 옷을 입은 보모가 부드러운 표정으로 아이들을 지켜보고 있다.

리스본에서 온 편지에는 아이들의 어머니가 자신의 동생이자 아이들의 삼촌인 베자 공작 루이스와 함께 돌아오는 중이라고 적혀 있다. 베자 공작은 스물 세 척의 배를 가지고 그들에게 오고 있다. 그러나 아이들의 관심사는 그것보다 도리아 제독이다. 제독이 제노바에서 갤리선 함대를 이끌고 오는 모습을 상상하며 흥분한다. 그런데 이 시각 다른 인디오들은 어디에 있는 것일까?

키스키스는 톨레도 시 전체를 불태우고 있다.

히구에나모타는 만 명의 지원군을 보내주기로 약속한 프랑스 국왕과 잠자리에 들었다.

망코는 발렌시아의 모어인들을 이끌고 길고 긴 이동을 한 끝에 브뤼셀에 도착했다.

루미냐우이는 병력을 끌어 모으기 위해 바르셀로나

로 가는 중이다.

아타우알파는 장차 냉혈왕 피에르 1세가 되어 통치하게 될 서늘한 궁전에서 참모들에게 둘러싸인 채 지도 위에 선을 그어가며 에스파냐 고산 지대에 옥수수와 감자를 재배하기 위한 토지 조성 계획에 몰두해 있다. 남쪽의 시에라 네바다 산맥은 그라나다에서 피신하면서 넘어간 적이 있어서 그가 잘 아는 곳이기도 하다. 북쪽의 피레네 산맥은 그의 친구 나바르의 마르그르트의 영토에 걸쳐 있다. 너무도 오랜 기간 도피 생활을 했으니 이제는 쌓아 올릴 때가 되었다. 집중할 때면 늘 그렇듯이 그의 눈은 벌겋게 핏발이 서있다.

창문을 통해 찰코 치막은 두 아이들을 지켜보고 있다. 그의 시선은 그의 심장만큼이나 음침하다.

찰코 치막은 냉혹한 인간이었다.

정원으로 내려간 그는 보모에게 무슨 말인가 속삭인다. 그녀는 얼굴이 창백하게 질렸지만 그가 시키는 대로 움직인다. 마리에게 다가와서는 어떤 핑계를 대고 데리고 나간다. 상황을 이해하지 못한 마리는 드레스가 구겨질까 걱정하면서도 전쟁놀이를 더 하고 싶다고 떼를 쓰며 항의하지만 결국 체념하고 보모를 따라간다.

필리페는 심술궂은 아이가 아니지만 그래도 연못을 혼자 독차지할 수 있게 되어 속으로는 좋아한다. 자기의 명령에 대드는 사람이 사라진 것이다. 이제 장난감 함대에 혼자 명령하며 마음대로 지휘하고 있다. 연못 정원에서 주워 온 커다란 종려 나무 잎으로 파도를 일으켜 장난감 배들이 출렁이게 만든다. 물결이 퍼져나가고 배들이 일렁인다.

자기 뒤에 찰코 치막이 와있는 것도 모르고 놀이에 빠져있다. 그의 애견 셈페레는 한가로이 낮잠을 즐기고 있다. 어린 필리페의 가벼운 몸이 어느 순간 공중으로 번쩍 들리더니 물 속으로 처박힌다. 건장한 키토 무사에게는 한손으로도 가뿐한 일이다. 얼마나 조용히 순식간에 움직이는지 돌멩이 하나가 물에 떨어지는 정도의 소리가 들릴 듯 말듯 할 뿐이다. 그러나 아이가 비명을 지르자 그 소리에 잠에서 깬 셈페레가 상황을 파악하고 짖기 시작하지만 아무 소용이 없다. 더 없이 참혹한 시간이 흐르고 있다. 보초병들이 어린 왕을 구하려고 달려왔지만 자기들의 장군이 미동도 없이 연못가에 서있는 모습을 보고는 슬금슬금 뒤로 물러나고 만다. 이윽고 어린 왕의 작은 몸이 축 늘어져 잠잠해지더니 얼굴이 물에 잠긴 상태로 둥둥 떠오른다. 개의 격렬하던 짖음은 이제 원망하는 낑낑 우는 소리로 바뀐다.

같은 시간, 이사벨 왕비는 지브랄타 해협을 건너고 있다. 오랜만에 오라비들을 만난 기쁨과 이제 곧 다시 아이들과 재회한다는 설렘에 들떠 있다. 한편 아타우알파는 토지 개혁 정책의 일환으로 토속 작물 재배와 에스파냐 들판을 가득 메울 작고 하얀 라마 목축에 열의를 보이고 있다.

평상시와는 다른 연못의 출렁임에 불편함을 느낀 백조 한 마리가 잉카의 머리 위로 날아가지만 잉카는 고개조차 들지 않는다.

찰코 치막은 주군을 위해서라면 어떤 험한 일도 마다하지 않는 냉혹한 자였다.

41. 튀니스

필리페의 죽음 후 모든 일이 수월해졌다,

타완틴수유에서 보내오는 황금에 취한 카스티야와 아라곤 의회는 아타우알파를 에스파냐, 나폴리, 시칠리아를 아우르는 국왕으로 선포했다. 일의 원활한 진척을 위해 그는 동방인들이 몹시도 중요하게 여기는 세례식을 거행하기로 동의했다. 그는 안토니오라는 세례명을 부여받았지만 그것은 그다지 중요한 일은 아니었다. 왜냐하면 일부 독실한 카스티야 구교도를 제외하고는 적이든 친구든 어느 누구도 세례명으로 그를 부르지 않고 원래 이름을 사용했기 때문이다.

역사가 중요하게 기억하는 것은 세례명이 아니라 그가 의회 앞에서 한 약속이다. 전임 황제와 마찬가지로 그 또한 에스파냐에서 삶과 죽음을 맞으리라고 선서했다. 그리고 사람들은 그가 어떻게 그 약속을 지키는지 지켜보았다.

유럽 내에서 잉카인들의 입지를 강화하기 위한 정략결혼 정책이 뒤를 이었다.

아들의 죽음으로 절망에 빠진 이사벨은 아타우알파의 요청을 또 다시 거절할 힘이 없었다. 그리하여, 카를로스 1세의 미망인은 그의 두 번째 부인이 되었다. 상 중에 이루어진 혼인이므로 예식은 즐거운 분위기가 아니었고 엄숙하게 진행되었다. 신부의 슬픔을 자극하지 않기 위해 결혼식은 카를로스의 묘가 안치된 세비야 성당이 아닌 코르도바 성당에서 거행되었다. 잉카식 성대함과 에스파냐 왕실의 화려함이 결합되는 순간이었다. 에스파냐 국왕은 샌들을 새 신부의 발에 신겨준 다음 그들의 전통에 따라 여러 마리의 라마를 제물로 잡아 하객들에게 대접했다. 그리고 보석이 가득 담긴 함 여러 개를 왕비에게 선물로 전달했다.

누구보다 행복한 사람은 키스페 시사였다. 그녀는 로렌지노를 베필로 맞아 그를 따라 이탈리아로 떠났다. 결혼 선물로 아타우알파는 로렌지노의 사촌 알렉산드로 대신 그를 피렌체 공작으로 명명했다. 후원자였던 카를로스 1세를 잃은 알렉산드로는 사람들의 멸시와 외면 속에 피렌체를 떠나야 했다.

망코는 나바르의 왕녀 마르그리트의 딸 잔느 달브레와 정혼했다.

어린 카를로스 카팍은 장차 카를로스 1세와 이사벨의 딸이자 잔느 라폴과 필리프 르 보의 손녀이며 가톨릭 수장 카스티야의 이사벨과 아라곤의 페르디난트의 증손녀인 마리와 결혼하게 될 것이다.

톨레도는 잉걸불처럼 불에 벌겋게 달구어진 자갈 세례에 무너졌다. 키스키스는 투석기와 충분한 양의 화약 가루를 이용해 반란을 잠재웠다. 안토니오 데 레이바는 성벽 위에서 산채로 내던져졌으며 재상 코보스와 그란벨 추기경은 항복하여 목숨을 건졌다. 타베라는 새로운 국왕에 대한 충성을 거부하고 채찍질 당한 후 교수형에 처해졌다. 배신자 세풀베다는 독사가 우글대는 컴컴한 지하감옥에 던져졌고 이후 키토인들은 그의 시신에서 벗겨낸 피부로 북을 만들어 잉카 황제에게 바쳤다.

아타우알파는 교황의 축복 속에 튀니스 원정을 허가받았다. 수적으로 매우 열세였던 오스만의 바르바로스 해군 함대는 완전히 박살나 바다 속으로 침몰하고 말았다. 라굴레트 항이 한 달에 걸친 길고 처절한 공격 끝에 마침내 함락되었다. 북쪽에서 내려온 아타우알파는 타완틴수유에 살면서 칠레 사막도 경험해 본 적이 없었기 때문에 이 땅의 더위와 갈증에 고통받았지만 그는 전혀 내색하지 않았다.

라굴레트의 함락으로 튀니스로 향하는 길이 열렸지만 그곳에는 슐레이만이 해군 제독으로 임명한 해적 바르바로스가 투르크족의 엘리트 병력인 왕실 근위보병 오천 명과 함께 경계를 서고 있었다. 앞이 보이지 않을 만큼 상황은 암담했다. 숨이 턱턱 막히는 더위에 사람들이 쓰러지고 병들어갔다. 아타우알파의 인내심도 바닥을 드러낼 즈음 튀니스에서 발생한 노예 폭동이 그를 도왔다. 튀니스 도시 감옥에 감금되어 있던 이만 명의 그리스도 교도가 형리와 사형집행인을 죽이고 성벽의 내리닫이 격자문을 향해 내달렸던 것이다.

도시의 성문을 가장 먼저 통과한 이는 루미냐우이가 조직한 알바신의 무어인 군사들을 이끌고 온 페드로 피사로였다. 그의 곁에는 톨레도에서부터 그의 가장 충직한 부관 역할을 해온 푸카 아마루가 함께 있었는데, 그는 뾰족한 돌기로 장식된 쇠막대로 많은 적병들의 머리를 박살냈다. 이 광경을 그린 틴토레토의 작품에는 붉은 머리 키토인들의 활약상이 고스란히 표현되어 있다.

옛 주인의 손아귀에서 탈출한 이만여 그리스도교 노예들이 바르바리아의 아름다운 도시를 쑥대밭으로 만들었다. 그 결과 아타우알파는 연기가 피어오르고 있는 잔해 속에 곳곳에 뒹구는 시체들 사이로 무사히 입성할 수 있었다. 그는 이 영광스런 승리를 자축하며 병사들을 향해 카를로스 1세의 좌우명을 세 번 외쳤다.

"보다 먼 곳으로!"

병사들은 세 번에 걸쳐 우레와 같은 함성으로 그에게 화답했다.

그러나 이 승리로 다 끝난 것은 아니었다. 바르바로스를 아직 잡지 못했기 때문이다. 튀니스라는 도시 하나만으로는 큰 의미가 없었다. 바르바리아 해안 전체를 소탕해야만 했다. 포르투갈 왕자 루이스는 그 해적을 알제의 은신처에서 끌어내야 한다고 주장했다. 아타우알파는 처남의 주장을 받아주고 싶었지만 원정을 오래 끌기 어려운 이유가 있었다. 페르시아와의 새로운 전쟁으로 여력이 딸린 슐레이만이 페르디난트에 대한 공격을 중단하자 동쪽 국경 전투에서 자유로워진 페르디난트가 서쪽으로 관심을 돌려 에스파냐 공격을 감행할 수 있게 되었기 때문이다. 왕국의 주인이 된 지금, 그에게 최우선 순위는 자국 본토의 안위였다. 튀니스의 술탄이었던 무어인 물라이 하산은 바르바로스에 의해 자리에서 축출되었지만 에스파냐의 속국이 되기로 약속하는 조약을 체결한 뒤 왕위를 되찾았다. 전후 사정이야 어찌되었든 결과적으로 아타우알파가 튀니스를 투르크족 오스만 제국의 지배로부터 해방시켜주지 않았는가? 아타우알파는 알바이신의 모어인 군대를 그곳에 주둔군으로 남겨두고 떠났다.

아타우알파와 그의 군은 배를 타고 시칠리아로 향했

다. 팔레르모 시가 준비한 환영식의 규모에 아타우알파
는 원정 전투 승리의 영향이 얼마나 큰지 알 수 있었다.
갑자기 잉카는 기독교 세계의 영웅으로 떠올랐다. 그의
승리를 기념하는 개선문이 세워졌다. 교황도 그에게 축
하 서신을 보냈다. 모두가 그를 스키피오라는 사람과 비
교했다. 당시에는 지도제작 전문가로서, 아직 편년사가
로 임명되기 전이었던 알론조 데 산타크루즈가 새로이
완성한 지도는 이후 화가 베르메이엔에 의해 '튀니스 정
복'이라는 제목의 기념비적 타피스리 작품으로 재탄생
되었다.

42. 미타

아타우알파는 팔레르모 시의 축제를 충분히 즐긴 후
시칠리아 산 포도주 통을 잔뜩 싣고 세비야로 돌아갔다.

망코가 보낸 보고서에 따르면 플랑드르로 이주한 무
어인들이 현지 주민들의 적대적 대우에 고초를 겪고 있
는데 섭정 마리아 여대공 역시 기대했던 만큼 호의적이
지는 않았다고 한다. 다만 그녀에게는 에스파냐 국왕에
복종할 의무가 있으므로 기대를 걸어볼 수 있을 것이라

고 그는 알렸다. 이후 망코는 루터파가 장악하고 있는 독일의 몇몇 지방을 방문했는데 그곳에서 목격한 상황은 더 나빴다고 보고했다. '악의 세력을 처단하라'는 루터의 선동에 수많은 무어인들이 학살되었고 극소수 생존자만 그곳에서 탈출했다는 것이었다. 망코 역시 하마터면 목숨을 잃을뻔 했다고 한다. 이에 대한 아타우알파의 대답은 이제 그만 나바르로 가서 장차 장모가 될 마르그리트에게 선물이나 전해드리라는 것이었다. 솔직히 말하면 북부 지역의 상황에 대해 아타우알파는 거의 관심이 없다시피 했다. 그쪽 지역을 확실하게 장악할 만한 대책도 아직 마련되어 있지 않은 상태였다.

반면 피렌체에서 로렌지노가 보내온 편지의 내용은 상당히 흡족스러웠다. 아타우알파의 명성이 제5 지대에 너무도 드높아 페르디난트조차 유럽내 모든 이로부터 비난 받고 매장될까 두려워 당분간은 감히 '기독교 세계의 구원자'를 공격할 엄두를 내지 못할 것이라고 전해왔기 때문이었다. 그가 알고 싶었던 것이 바로 그것이었다.

마침내 잉카는 자신의 은밀한 집념에 몰두할 수 있게 되었다. 물론 군주라면 자신이 쟁취한 결과물을 자랑스러워하기 마련이다. 하지만 아타우알파는 전쟁보다 통치가 더 어렵다는 진리를 이미 알고 있었다. 그의 조부인 쿠시 유팡키는 다른 어떤 군주보다도 제국의 영토를 크게 확장시킨 잉카였다. 그러나 후세가 그에게 붙여준 이름을 보면 그가 남긴 족적의 본질이 무엇인지를 알 수 있다. 그는 파차쿠티, 바로 세계의 개혁가였던 것이다.

실제로, 알타우알파가 그저 시에라 네바다 산자락에 토지 개간을 위한 선을 몇 개 긋는 정도만을 원했다면 야심이라고 할 수도 없었을 것이다. 하지만 그의 형 우아스카르는 코야족, 차차포야족, 치무족, 카나리족, 카라족 등 타완틴수유의 최하층민, 제국의 온갖 허섭스레기를 몽땅 배에 실어 동생에게 보냈다. 새로운 노동력이 도착한 것이다! 눈 덮인 산악 경사지대와 메마른 고원 지대에는 아직까지 전혀 사람의 손길이 닿지 않아 불모지 상태로 남아있는 곳이 수두룩했다. 지금까지 어느 누구도 경작할 생각을 못하던 그곳에 그는 옥수수, 퀴노아, 그리고 제 5 지대 사람들이 맛본 후 반해버린 감자를 재배하도록 했다. 촘촘하게 수로를 파 그때까지 황무지였던 메마른 땅에 물을 공급하면서, 삭막하던 드넓은 토지가 농경지로 탈바꿈 했다.

에스파냐 전역에서 그 수가 크게 불어난, 양이라고 불

리는 작고 하얀 라마들은 아주 오래 전부터 풀을 뜯어먹으며 살았다. 아타우알파는 전 국토가 풀도 없이 메마르고 흙먼지가 날리게 된 원인이 바로 양이라고 생각해서 모두 도축해 버리라고 명령했다. 또한 그는 떠돌이 양치기들이 한 곳에 정착하기를 바랐다.

황제의 명령에 따라 거대한 곡물 저장 창고가 곳곳에 지어졌고, 양고기는 끈처럼 길게 잘라 소금을 뿌린 후 건조시켜 저장했다. 옥수수와 퀴노아 알갱이는 가루로 빻아 보관하고, 감자는 밤에 얼렸다가 낮에 말리기를 반복하면 여러 달이 지나도 썩지 않고 보관이 가능했다. 식량은 단지 안에 담아두거나 깊게 판 구덩이에 넣은 뒤 흙으로 다시 덮어서 보관했다.

이렇게 저장된 식량으로 그는 페스트 등 전염병이 돌거나, 흉작으로 배를 곯는 사람들이 많을 때 배를 채워줄 수 있을 것이라고 생각했다.

에스파냐 농민들은 코카 잎을 씹으면서 그 약효에 의존해 피곤함을 이겨내는 법을 배웠다(그중 일부는 지나치게 남용해 멍한 상태에 빠져들기도 했다).

그는 소작제를 철폐했으며 병사들의 임금을 제때에 줄 능력이 없는 용병 사업가들에게 철퇴를 내렸다.

또한 대부분의 세금을 없애고, 아이유 같은 공동체로 재편성된 농민들과 이미 내부적으로 일과 재산을 분배하고 있는 코뮤니다드 같은 소그룹으로 구성된 공동체에 토지를 일정량씩 나누어 분배해주었다.

그 대신 그는 세금을 대체할 부역제도를 도입했는데, 이는 타완틴수유에서 실시되고 있는 노동력 단위세인 미타를 본따 만든 것이었다. 이 제도에 따라 농민은 일정 시간을 할애해 잉카 황제의 땅과 태양신의 토지에 노동력을 제공해야했다(태양신에 대한 부역 의무는 잉카에게도 동등하게 주어졌으나 태양신이 임명한 대지의 대표자로서 그는 자신의 부역 임무를 신전의 사제들에게 위임하였다). 미카 시기가 되면 축제가 열려 그 시작과 끝을 알렸으며, 백성들은 축제를 마음껏 즐겼다.

이 대규모 국토 재분배 사업은 사회 전반에 어마어마한 반향을 일으켰다. 많은 수의 기독교 사제들이 십자가 신을 버리고 성당을 태양신전으로 바꾸어 새로운 제도의 혜택을 받으려 나섰다. 같은 이유로 수녀원 또한 '간택 받은 여인들의 집'으로 탈바꿈했다.

수공업인 또한 농민과 비슷한 의무에 복종해야 했다. 일정 시간을 공동 집단 임무(석공일, 철공 작업, 교량 건설, 수로 공사…) 또는 잉카 개인을 위한 업무(도기 제작, 금은 세공, 섬유제작 등…) 중 어느 것이라도 괜찮았다.

모든 공동체와 단체는 장애를 가진 사람이나 노인, 과부, 환자를 먹이고 재우고 돌보아야 할 의무가 있었다.

땅에서 생산된 모든 생산물은 초과 생산분이라도 모두 그 땅을 경작한 이의 몫이었다. 하지만 토지 자체까지 소유할 수 있는 것은 아니었다. 토지의 분배는 정기적으로 재검토 되었고 필요에 따라 재조정 되었다. 그래서 만약 한 그룹의 인원수가 줄어들게 되면 할당되는 토지 역시 비율에 따라 줄어드는 식이었다. 반대로 인원이 늘어나면 그 늘어난 입을 충족하기 위해 그만큼 토지를 더 할당해주었다. 그리고 만약 그룹간 인구의 수가 너무 심하게 차이 날 경우에는 인원을 재조정했다. 키푸카마욕[23] 단체가 등록부에 그 수를 기록했다. 키푸의 술장식을 이루는 색색의 가느다란 끈에 남자, 여자, 아이의 수만큼 매듭을 묶어 표시하는 식이었다.

협조를 꺼리거나 반발하는 경우에는 가혹한 처벌로 다스렸다.

잉카의 파견인, 정부 관리, 부족장, 그리고 그가 특별

---

[23] 결승 문자인 키푸를 해석하는 전문가

히 임무를 맡긴 이달고라고 불리던 지방 호족들의 임무는 카스티야와 아라곤의 모든 농촌과 도시의 백성들에게 잉카의 메시지를 전파하는 것이었다. 즉, 잉카가 보유한 땅은 백성들이 필요로 하는 땅이 아닌 활용방법을 몰라 경작하지 못하는 땅이라는 점, 그들에게 부과된 임무는 황제가 경작을 허락한 토지에서 생산된 수확물의 대가라는 점, 황제가 그들에게 하사하는 것은 군대와 정부 유지에 비용을 대고 난 나머지를 나누어 주는 것으로 황제 개인 재산으로부터 나오는 것이라는 점, 백성들 간에 지극히 사소한 이유로 인한 대립과 다툼이 사라졌다는 점, 그리고 부자든 빈자든, 어른이든 어린아이든 누구라도 모욕과 무시를 당하지 않도록 왕국이 보장하리라는 점이 그 내용이었다.

끝으로 아타우알파는 혼인하는 모든 농민에게 혼례식 당일 라마 한 쌍을 선물하겠다는 약속을 했다.

43. 군주론

그러나 왕위에 오른지 얼마 되지 않은 잉카는 짧은 재위 기간으로 인해 자신의 지위가 언제라도 위협받을 수 있다는 사실도 모르지 않았다. 태양의 아들을 향한 백성들의 경외심이 고향 땅에서만큼 확고하기는 어려웠다.

"군주가 존경받으려면 원대한 계획을 세우고 추진해야한다. 그래서 백성들이 그를 위대하다고 여겨 따르도록 해야 한다."

마키아벨리는 자신의 생각을 이렇게 종이에 옮겨 놓았었다.

아타우알파는 에스파냐 제국이 인정해온 특권을 축소하지 않도록 신경 썼다. 귀족들에게 황금 양모를 나누어 주었는데, 자신에게는 별로 부담 없는 물건이지만 받는 사람과 자신을 이어줄 수 있는 매우 귀한 선물이었다. 비록 귀족의 수도 극소수에 불과하고 그들이 반란을 일으킬 수단도 별로 없기는 했지만 잠재적 위험 측면에서 결코 무시할 수 없는 존재였기 때문에 그들과 잘 지내는 것이 아타우알파에게도 이익이었다.

그는 마키야벨리의 말을 절대적으로 받아들였다. 다른 사람의 이야기가 마치 아타우알파 자신의 이야기처럼 느껴졌기 때문이었다.

'우리는 지금 에스파냐 국왕이신 아라곤의 페르난도 시대에 살고 있다. 그를 기존에 없던 새로운 군주라고 칭

해도 무리가 없으리라. 출발은 미미했으나 이후의 명성과 업적을 따져보았을 때 가톨릭 세계를 통합한 최초의 국왕으로 성장했기 때문이다. 왕위에 오른 이후 그가 한 행적을 살펴보면 매우 대담하고 때로는 특별한 면이 있음을 알게 될 것이다. 재위 초기 그는 그라나다 왕국을 공격했는데, 이것이 이후 그가 강한 권력을 구축하는데 기초가 되었다. 우선 그 공격을 단행한 시기는 평화롭던 시절이어서 아무런 방해도 받지 않았다. 그라나다를 점령한 후 그는 그곳에서 카스티야의 영주들을 다스렸는데, 이 전쟁을 기억하는 그들은 공연한 분란 따위는 꿈도 꾸지 않았다. 이런 방법으로 페르난도 국왕은 그들이 미처 깨닫지 못하는 사이 그들을 장악하고 에스파냐 왕국의 군주로서 명성을 얻었다.'

이렇게 잉카는 자신도 인지하지 못한 상태에서 이 위대한 전임자, 즉 자신이 왕위를 빼앗은 카를로스와 지금 그 자리를 노리고 있는 페르디난트의 조부가 갔던 발자취를 따라가고 있었다.

그러나 그 다음 문장에서 두 군주 사이의 차이점, 나아가 상반되는 부분이 드러난다.

'교회와 백성으로부터 걷어들인 돈으로 군대를 유지

했고, 오랜 전쟁은 그의 군대에 존재 이유를 제공했다. 그리고 이는 곧 자신의 영광을 드높이는 결과로 이어졌다. 그 외에도 보다 큰 계획들을 실현하기 위해 그는 언제나 종교를 수단으로 삼았다. 예를 들면, 가톨릭 개종 유대인들을 내쫓고 박해하는 등 독실한 가톨릭 신자로서 무자비함을 드러냈는데, 그 가혹함에 있어서 비슷한 예를 찾기 어려울 정도였다.'

즉 페르난도 군주가 한 일을 아타우알파는 폐지했다. 그럼에도 불구하고 잉카는 다른 어느 누구보다 이 페르난도에게 동질의식을 느꼈다. 강한 호기심에 이끌려 그는 페르난도 국왕에 대해 집중적으로 탐구했다.

'그는 같은 구실을 들어 아프리카를 공격했다. 이탈리아 정복을 위한 원정에 나섰으며 마지막으로는 프랑스를 공격했다. 그렇게 그는 끊임없이 원대한 계획을 추진해 백성을 긴장시키고 경외심을 불러 일으켰으며 결과에 대한 기대감에 부풀어 다른 생각을 못하도록 만들었다. 그는 초지일관 이런 방식을 유지함으로써, 반대 세력이 차분히 역모를 꾀할 수 있는 시간적 여유를 허락하지 않았다.'

갑자기 아타우알파는 마키아벨리의 군주론을 읽어주

던 시종을 손짓으로 중단시켰다. 그리고 알제 공격을 결심했다.

44. 알제

도리아 제독은 겨울 폭풍을 피하려면 공격을 서둘러야 한다고 조언했고 잉카는 그의 조언에 따랐다.

옥수수 수확 축제와 태양축일이 끝난 뒤 그는 대규모 함대를 꾸리고 혹시 모를 사태까지 대비해 꼼꼼하고 치밀하게 준비를 했다.

프랑스 국왕은 그 역시 영광의 일부를 나눠 가질 자격이 충분하다는 히구에나모타의 설득에 넘어가 참전하라는 그녀의 의견을 받아들였다.

또한 에스파냐 엘리트 귀족들도 잉카의 깃발 아래 줄지어 나섰다.

교황은 하산 알-와잔 혹은 아프리카인 레옹이라고 불리는 가톨릭 개종 무어인 지리학자를 아타우알파에게 급히 파견하여, 이슬람 세계에 대한 그의 해박한 지식을 활용할 수 있도록 성의를 표했다.

아타우알파는 무어인 부대 전 대원과 유대인 연대도

잊지 않고 배에 태웠다. 무어인 병사들에게는 오스만 투르크 족의 억압으로부터 고향을 해방시키는 사업이라고 설명했으며 유대인 병사들에게는 과거 에스파냐에서 추방된 형제들을 다시 만날 기회라고 말했다.

아타우알파의 대군은 알제 만을 점령했고, 곧이어 북아프리카 해안을 지키는 요새 페뇽섬의 성벽 위에 나부끼던 초생달 깃발을 치우고 태양 깃발과 십자가를 세웠다.

기독교인들은 바르바로스를 못 찾으면 어쩌나 걱정했지만 그 해적은 알제의 성 안에서 그들을 기다리고 있었다.

항복을 설득하기 위해 페드로 피사로가 그를 만나러 갔다. 피사로는 푸카 아마루를 동반했는데 그 이유는 그의 붉은색 머리카락이 바르바로스와의 사이에 공통 분모가 되어 긍정적 작용을 해주기를 바랐기 때문이었다. 그러나 이러한 시도는 무위로 돌아갔다. 바르바로스의 머리칼은 완전한 백발로 변해있었기 때문이었다. 마치 한번도 붉은색이었던 적이 없었던게 아닌가 하는 생각이 들 정도였다.

그렇다고 해서 푸카 아마루가 꾸어다 놓은 보릿자루

처럼 가만히 앉아만 있었던 것은 아니었다. 항복 요구를 받은 바르바로스는 콧방귀도 끼지 않고 그 제안을 거절하며 일말의 관심도 없음을 페드로 피사로에게 다음과 같은 말로 전했다.

"가서 너의 주인에게 전해라. 기독교도의 개는 과거에도 그랬고 앞으로도 결코 알제를 갖지 못할 것이다. 오스만 제국의 황제이신 내 주군께서 너희의 계획을 미리 알았더라면 노예와 병사들을 보내 당장 얼빠진 너희 군대와 너희 족속 모두를 바닷물 속에 쳐박아 넣었을 것이다."

그러자 푸카 아마루가 통역자의 말을 전해 듣고는 자리를 박차고 일어나서 소리쳤다.

"내 주군은 기독교도가 아니다. 그리고 네놈이야말로 진짜 노예다!"

그의 이 발언은 이후 글로 남겨져 후세에 오래도록 전해졌다.

푸카 아마루의 갑작스러운 도발에 이제 끝장이라고 생각한 페드로 피사로는 손에 칼자루를 움켜쥐고 방어할 준비를 했다. 하지만 바르바로스는 전쟁과 외교에 있어서 만국 공통의 규칙을 존중하는 차원에서 그들을 죽이지 않고 되돌려 보냈다.

얼마 안되는 병력으로 바르바로스는 용감하게 싸웠지만 끝도 없는 포 공격으로 몇 주만에 도시는 결국 무너지고 말았다.

프랑스 국왕 프랑수아 1세가 타고 있던 말이 교전 중 죽었으나 그는 살아남았다.

맨 처음, 아타우알파는 이 도시의 지배를 전 태수 살림 알투미의 아들인 아히아 알투미에게 맡길 생각이었다. 그는 제1대 바르바로스 아루지[24]에 의해 아버지가 축출(욕조에서 목이 졸려 죽었다)당한 후 에스파냐에 도피해 살고 있었다. 알제 함락 소식이 전해진 뒤 그는 아타우알파의 제안을 신의 선물로 여겨 환영했다. 그러나 그의 아버지가 치세 기간동안 백성들로부터 신망을 얻지 못했음을 알고 아타우알파는 계획을 철회했다. 단지 무어인이라는 이유만으로 기존의 투르크인 지배자를 대체하는 것은 큰 의미가 없었다. 제 2대 바르바로스[25]는 전임자였던 자신의 형보다 한층 강화된 전설적 후광에 싸여 있었기 때문에 아타우알파는 대대로 오스만 제국에 복종하는 이 해적 가문의 고리를 끊어내면서도 전임자

[24] 붉은 수염이라는 뜻.
[25] 아타우알파와 맞선 해적이자 제독

와 후임자 사이에 일종의 영속성은 갖추는 것이 유리할 것으로 판단했다. 그래서 그는 알제의 새로운 통치권자로 푸카 아마루를 임명하고 알제 백성에게 제 3대 바르바로스, 바르바로스 르 베리타블(진정한 바르바로스)로 소개했다. 붉은 수염이라는 뜻의 바르바로스(혹은 바르바로사)는 바르바르인들의 언어로는 아무 의미도 없는 그저 고유명사였을 뿐이다. 더구나 푸카 아마루에겐 수염도 없었다. 타완틴수유에도 하관 쪽에 덥수룩한 수염이 자라는 사람이 있기는 했지만 이는 비정상적이거나 육체적 결함처럼 여겨지곤 했으며 주로 붉은 머리카락을 가진 사람들 중에 그런 사람들이 흔했다. 대신 그의 이름 '아마루'는 고향 사람들 언어로 '붉은색'을 뜻하는 단어와 비슷했다. 잉카는 그에게 붉은 뱀을 형상화한 상징물을 제작해 사용하도록 했으며 발렌시아 출신 무어인들을 보내 개인 경호원으로 삼았다. 또한 비지르 하산 알–와잔에게 그곳에 남아 아마루를 보좌하도록 명했다(이 아프리카인 레옹은 사실 그라나다 태생이었다). 세비야 칙령 이후 아타우알파의 편이 되어 충성하면서도 알제 현지인들과 같은 신앙을 가진 에스파냐 출신 무어인들을 현지 관리자로 임명하려는 것이 잉카의 생각이었다. 그는 또한 근위대장 자리에 크리스토발이라는 무어인을 임명했는데, 그는 스페인 북부 도시 부르고스에서 한 귀족 부인의 노예로 살고 있다가 노예 신분에서 벗어나기 위해 잉카 진영에 합류한 자였다.

푸카 아마루의 성 안에는 튀니스 정복에서 세운 그의 무훈을 표현해 놓은 그림이 여러 점 걸렸다. 또한 그의 전임자였던 해적의 머리를 성벽 위에 내걸어 주인이 바뀌었음을 모든 알제 백성에게 알렸다.

바르바로스가 제거되자 해안선 주변의 잔적 무리 소탕은 일도 아니었다. 베자이아, 테네스, 모스타가넴, 오랑에 이르기까지 도리아 제독이 이끄는 함대는 마치 꽃을 꺾듯이 모든 바르바르의 요새를 손쉽게 차지해버렸다. 에스파냐인들에게 아타우알파는 이제 '콩키지타도르' 즉 정복자로 인정받았다. 그리고 무어인들에게는 해방자였다. 그러나 잇따른 정벌에 의기양양해진 제노바 출신 도리아 제독이 이 기세를 몰아 보다 동쪽에 위치한 로도스 섬을 치러 가자고 제안했을 때 아타우알파는 이제 이 출정의 막을 내릴 때가 되었다고 판단했다. 오스만 무리를 모조리 지중해 해역에서 몰아낼 생각은 없었다. 그들이 있어야 페르디난트를 동쪽 경계선에 묶어 둘 수 있기 때문이었다. 게다가 로도스 섬은 전략적으로도 에스파냐에 그리 큰 도움이 되지 않았다. 이제 나폴리에서 카디스까지, 제 5지대에서 쿠바로 이어지는 항로가 완전히 확보되었고, 그에게는 그것이면 충분했다. 게다가 프랑스 국왕 프랑수아 1세도 과거 카를로스 1세와 앙숙이었던 오스만에 대한 반감이 별로 크지 않았기 때문에 원정 종결에 찬성했다. 얼마 지나지 않아 프랑스 국왕은 오스만 정부와 무역 협정을 체결하게 된다.

45. 플랑드르[26]

이야기는 이쯤에서 끝날 수도 있었다. 그러나 인간의 행동은 강물과 같아서 강물을 말려버릴 수 있는 태양신을 빼고는 그 누구도 그 흐름을 멈출 수 없음을 기억하자.

페르디난트는 신성 로마 제국 황제 대관식을 위해 아헨으로 향하고 있었다.

독일은 아타우알파에 별로 관심이 없다고 알려져 있었고 실제로 그때까지는 사실이었다. 그러나 독일의 입

---

[26] 현재의 프랑스 북부, 벨기에, 네덜란드에 걸쳐 존재했던 백작령

장에 변화를 가져온 사건이 발생했다.

플랑드르의 섭정녀 마리아 여대공은 오스트리아 가문 출신으로 사망한 카를로스 1세와 페르디난트의 누이동생이었다. 그리고 또한 합스부르크가의 핏줄이었다. 그녀는 오빠가 아헨으로 온다는 소식에 에스파냐 새 국왕과의 관계를 끊고 드디어 친족 제국에 합류할 기회가 왔다고 생각했다. 에스파냐와 동맹을 체결한 프랑스의 반격에 대비해 그녀는 새로운 세금을 도입했다. 외국 용병 고용 비용을 마련하기 위해서였다. 그러나 플랑드르에 위치한 도시 헨트 ─카를로스 1세가 태어난 곳이기도 했다─의 부르주아들은 자기들과 상관도 없는 전쟁을 위해 이미 지나친 돈을 지불해 왔다고 생각했기 때문에 이 새로운 세금 징수에 반발해 반란을 일으켰다.

이 소문은 세비야에까지 전해졌고, 이와 함께 합스부르크가 여인의 음모까지 드러나고 말았다.

아타우알파는 그녀가 망코와 발렌시아를 떠나온 무어인들을 어떻게 대접했는지 잊지 않고 있었다. 애초 아타우알파는 어차피 신성제국 황제의 실질적 통치력이 제대로 미치지도 못하고 수많은 영주국이 난립해 있던 게르만 지역을 페르디난트가 알아서 처리하도록 놓아

둘 생각이었다. 그러나 네덜란드는 달랐다. 그 땅은 카를로스 1세가 남긴 부르고뉴 상속 영토의 일부였다. 때문에 아타우알파는 단 한번도 그곳에 발을 디뎌본 적도 없지만 애착을 느끼고 있었다. 잉카는 직접 그곳에 가기로 결정했다.

군대를 이끌고 프랑스를 가로질러 그는 플랑드르로 향했다.

46. 헨트

아타우알파는 병사들에게 지나는 길목의 백성들에게서 식량 조달을 하지 못하도록 금지시켰다. 그러자면 어마어마한 병참물자를 준비해야했다. 우아스카르에 맞섰던 내전 당시처럼 다시 한번 황제의 군대는 먼지 구름을 일으키며 긴 행렬을 이루었다. 옛날에 비해 앵무새, 꾸이, 라마, 재규어, 길들여진 퓨마의 수는 적었지만 그때보다 더 많은 수의 양, 소, 총기류와 대포, 그리고 여러 개의 통을 가득 채운 화약가루가 있었다. 하늘에는 여전히 매가 날아다녔고 병사들의 긴 행렬을 개들이 따랐다.

가건물과 창고를 짓게 한 뒤 우선 안달루시아와 타완

틴수유에서 가져온(혹은 보내온) 식량으로 채웠다.

헨트 앞에 다다르자 잉카는 거대한 군영을 세우라고
명령했다.

병사들에게 휴식을 취하도록 하고는 자신은 쉴 겨를
도 없이 극소수의 측근 루미냐우이와 찰코 치막 두 장군
만을 데리고 도시 안으로 들어갔다(어린 필리페의 죽음
에 크게 상심한 키스키스는 세비야에 남아 제국의 수도
를 지키고 있었다).

문이 열려 있는 소보루(小堡壘)를 통과한 뒤 인적 없
는 텅 빈 길을 따라 올라갔다. 길의 양 옆에 줄지어 늘어
선 집들은 모두 덧창이 굳게 닫혀 있었다. 길은 큰 광장
으로 이어져 있었고 그곳에 위치한 석조 교회의 종탑이
하늘을 향해 우뚝 솟아 있었다. 여러 층으로 이루어진 건
물은 그에게 전혀 놀라울 것도 없었다. 이곳의 석재는 그
라나다처럼 붉은색이었지만 건물의 지붕은 더 날카로운
톱니모양을 이루고 있었다. 각 지방마다 건축의 스타일
이 달랐는데 아타우알파는 그 다양함이 마음에 들었다.

초보적 형태의 수로가 광장을 가로질러 놓여 있었다.

그리고 그곳에 군중이 모여 있었다.

손에 푸른 종려나무 가지를 든 여자들과 아이들이 그

를 보고 달려오더니 프랑스인들의 언어로 외쳤다.

"유일한 주인이시며, 태양신의 아들, 또한 가난한 이들의 위로자여, 부디 저희들을 용서해 주십시오."

그가 에스파냐에서 단행한 개혁 정책이 이곳까지 알려져 있었다.

잉카는 온화한 표정으로 그들을 맞았다. 그리고는 그들이 처한 모든 불행의 원인은 플랑드르의 지도자들에게 있으므로 그들을 제외한 나머지 백성들에게는 반란의 책임을 묻지 않을 것이라고 말했다. 또한 자기가 이곳에 온 이유는 자신의 입으로 직접 용서를 언급하는 모습을 보여줌으로써 백성들이 안도하고 처벌에 대한 두려움에서 벗어날 수 있도록 하기 위해서라고 전했다. 또한 관리들에게는 백성들이 필요로 하는 모든 것을 제공해주고 그들을 사랑과 자비로 돌보며, 섭정 일당들과의 싸움으로 남편과 아비를 잃은 모든 과부와 고아들이 살아갈 수 있도록 생계를 보장해주라는 명령을 내렸다. 톨레도 사건을 여전히 기억하고 있던 백성들은 무시무시한 학살이 이 곳에서도 벌어질까봐 두려움에 떨고 있었는데 아타우알파의 연설을 듣고는 안도와 기쁨으로 환호했다. 그를 끌어안는 이가 있는가 하면 또 어떤 이들은 그의 얼굴에 흐르는 땀을 닦아주었다. 몸에 덮인 먼지를 털어주는 사람, 꽃과 좋은 향이 나는 허브를 바치는 사람들도 있었다. 이렇게 해서 잉카는 대성당을 차지했고 십자가에 못박힌 신을 믿는 신도들은 그들의 예법에 따라 잉카를 위한 예배를 드렸다. 이후 잉카는 도시의 귀족들을 만나, 그들에게 더 이상 어떤 세금도 요구하지 않을 것이라고 약속했다. 대신 식량 창고를 채우기 위해 약간의 시간과 노동력을 제공해 달라고 요구했다. 귀족들은 그에게 카를로스 1세가 지내던 궁에 머물러 달라는 요청을 했고 그곳에서 사흘 동안 축하연을 열었다.

그런 다음 잉카는 마리아 여대공을 찾으러 브뤼셀로 향했다.

47. 브뤼셀

섭정 왕녀 마리아 대공의 군대는 전투 준비가 되어 있지 않았다. 무기도 변변찮았고 보수도 형편없었기 때문이다. 그들은 제대로 싸우지도 못하고 나가떨어졌다.

마리아 여대공과 그의 참모들이 열을 지어 도시를 걸었다. 몸에 실오라기 하나 걸치지 않은 그들은 목이 포승

줄로 줄줄이 묶여 있었다. 여대공은 이 치욕스런 형벌을 자신만은 면하게 해달라고 애원했지만 아타우알파는 예외를 인정해줄 마음이 전혀 없었다. 누구보다도 히구에나모타가 그것을 용납하지 않을 터였다.

마리아는 오라비인 카를로스와 닮기는 했지만 입술이 더 도톰하고 볼이 더 통통했으며 엉덩이가 펑퍼짐했다. 잉카는 그녀의 외모가 나쁘지 않다고 여겼다. 젖가슴은 아직 탄력이 있었다. 그는 그녀를 정부(情婦)로 삼았고, 그녀는 얼마 지나지 않아 잉카의 아이를 잉태했다.

그는 몸값을 받고 임신한 그녀를 오라비인 페르디난트에게 보낼까도 생각했다. 그러나 찰코 치막은 그 두 사람을 조우하게 하는 것은 위험할 수 있다며 차라리 여대공을 잉카의 아내로 취하는게 좋겠다고 조언했다. 이로써 마리아는 이사벨 이후 에스파냐 국왕의 두 번째 후처가 될 처지가 되었다.

잉카와 합스부르크 가문의 피가 반반 섞인 후계자가 태어나게 될 것이다.

브뤼셀에 있는 구둘라 대성당에서 혼례식이 엄숙하게 거행되었다. 진홍색 양모를 꼬아 만든 관을 머리에 쓴 아타우알파 앞에 마리아 여대공이 무릎을 꿇고 충성의 표시로 그에게 샌들 한 짝을 신겨주며 신부의 예를 표했다.

그는 양손에 검은 술이 가득 담긴 잔을 하나씩 들고 있다
가 우의의 표시로 그녀에게 왼손에 들고 있던 잔을 건넸
다. 이후 두 사람은 상호 존경의 의미로 함께 그 잔에 담
긴 술을 마셨다. 나머지 한 잔에 들었던 술은 황금 단지
에 다시 옮겨 부은 후 태양신께 바쳤다.

지금도 구둘라 사원에는 이 날의 결혼식 장면이 묘사
된 스테인드 글라스 장식과 당시 학자들이 주로 사용하
던 언어로 아타우알파를 다음과 같이 지칭한 글귀가 남
아 있다.

Atahualpa Sapa Inca, Semper augustus,
Hispaniarium et Quitus rex, Africae domi-
nator, Belgii princeps clementissimus, et
Maria ejus uxor
(아타우알파 사파 잉카, 셈페르 아우구스투스, 라틴
아메리카와 키토 왕, 아프리카 정복자, 벨기에 최고의
관대한자, 마리아를 아내로 둔 자)

튀니스와 알제가 위치한 바르바리아 유역은 아프리카
라고도 불렸으며, 브뤼셀 사람들은 스스로를 벨기에인
이라고 불렀는데 자신들이 벨가이족의 후예라고 여겼기

때문이었다. 언어에 관심이 많은 독자라면 이런 약간의 설명이 흥미로울테지만 혹시 지루하게 느낀 분이 있다면 사과의 말씀을 전하고 싶다.

마리아 여대공의 편에 서서 싸우거나 잉카의 행차에 대해 적대적 선동을 일삼았던 8천 명의 브뤼셀 반란자들은 에스파냐의 인적 드문 도시 마란차로 유배되었다.

반란의 기억을 지우기 위해 브뤼셀에서는 헨트보다 한술 더 떠 9일 간의 축제가 선포되었다. 한때 고인이 된 카를로스 1세의 성이었으며 나중에 그의 누이동생 마리아 여대공이 거주하던 쿠덴베르크 궁전 안에서도 가장 호화로운 방에서 축하연이 개최되었다. 이 방 하나만으로도 쿠즈코의 어떤 왕궁의 길이보다 길었다. 왕궁은 마리아와 그의 측근들이 포승줄에 목이 연결된 채 알몸으로 치욕스럽게 줄줄이 걸어 올라갔던 오르막길과 면해 있었다. 이곳에서 열린 성대한 무도회를 주최한 이는 아이러니하게도 새로운 남편과 함께 자리한 마리아였다. 무도회가 끝난 뒤 궁전 정원에서 검정 라마들을 죽여 제물로 바치고 이후 잉카 군대의 시가 행진이 펼쳐졌다. 그런데 여기에서 잠시 독자들의 이해를 돕기 위해 그간 세비야에서 벌어졌던 상황을 설명해야 할 것 같다. 세비야에는 매일매일 사방위 제국에서 출발한 배가 황금과 화약을 싣고 도착했다. 하지만 배에는 그런 물자들만 실려온 게 아니었다. 맨 처음 키토에서 180여 명의 개척자들이 떠나온 이후 신대륙에서의 새로운 기회를 꿈꾸며 수많은 사람들이 몰려들었던 것이다. 이제 에스파냐에는 타완틴수유에서 넘어온 이민자들의 수가 크게 불어났는데 그들 대다수는 에스파냐 군대에 합류했다.

군대 최고 지휘자였던 루미냐우이는 병사들을 출신지별로 구분해 부대를 조직했다. 과거 서로 적대적 관계에 있던 친차 부족과 융카족을 뒤섞을 수는 없었기 때문이다. 양 부족간에 피비린내 나는 전쟁을 벌인 기억이 있는 융카인들과 치무인들도 마찬가지였으며, 같은 이유로 케추아족 출신이 증오해 마지 않던 찬카인들과 나란히 전투에 참가하는 일 또한 상상할 수 없었다.

이런 이유로 인해 브뤼셀 축제에 참석했던 에스파냐 병사들은 피부색과 출신 부족에 따라 구분되어 연대별로 차례차례 행진했다.

전투에서 가장 두각을 나타내었던 호전적 찬카족 병사들이 행진의 첫머리를 차지했다. 그 뒤로는 발렌시아의 무어인, 안달루시아의 기병대, 에스파냐 전역의 유대인 부대가 따랐다. 차라스인들은 군중의 찬사와 호기심을 한 몸에 받았는데 그 이유는 등에 콘도르 날개 장식을 달고 있었기 때문이었다. 기괴한 가면을 쓰고 나타난 융카 병사들은 미치광이 혹은 바보스런 표정과 제스처로 관중을 놀래켰다. 그들은 손에 피리, 불협화음을 내는 타악기와 찢어진 동물 가죽을 들고 나와 온갖 괴상한 동작을 선보였다. 관례에 따라, 오직 잉카에게만 복종하는 야나 부대, 즉 잉카 황제 정예부대가 페드로 피사로의 지휘 아래 말을 타고 행진의 마무리를 장식했다.

이 자리에 키스키스는 없었다.

군대의 행진이 끝난 뒤 노래와 춤 그리고 구기 경기가 왕궁 앞 드넓은 잔디 광장에서 펼쳐졌다. 새하얀 백조들이 연못 위를 유유히 떠다니고 있었다. 아카의 일종인 맥주(아카는 옥수수에서 추출되는 반면 맥주는 다른 곡식으로 만들어진다)가 축제의 장 곳곳에서 넘쳐 흘렀다. 이 지역에서는 맥주가 가장 대접받는 음료였기 때문이다.

아타우알파는 새로운 에스파냐 법이 과거의 법률을 대체할 것이며 이후 플랑드르 지방과 네덜란드 전역이 에스파냐 왕국에 완전히 복속된다는 내용의 칙령을 발표했다. 다만 릴, 두에, 됭케르크를 포함한 일부 지역만 예외적으로 프랑스 국왕에게 양도한다고 밝혔다.

이로써, 용담공 샤를 1세가 건설하고 카를로스가 죽기 직전까지 탐내던 부르고뉴 공국은 역사 속으로 사라져버렸다.

마리아는 몇 달 후 여자아이를 낳았다. 마리아 보다 앞서 섭정 역할을 했던, 카를로스와 마리아의 숙모이자 합스부르크 가문 태생 마르그리트 도트리슈와 아타우알파의 생모이며 키토 왕국의 여왕이었던 파차 두치켈라의 이름을 따 아이의 이름을 마르그리트 두치켈라로 지었다. 나중에 이 아기는 이복 오라비 카를로스 카팍과 결혼하게 된다.

48. 독일

반면, 페르디난트의 신성제국 황제 대관식이 거행될 예정인 독일은 계속되는 분열로 쪼개지고 있었다. 헤센, 튀링겐, 포메라니아, 스트라스부르의 황제 직할 도시들, 울름, 콘스탄츠, 브레멘의 한자 동맹 도시들 그리고 뤼벡과 함부르크 같은 지역의 사람들은 그동안 로마 교회가 가난하고 순진한 백성들을 지나치게 착취해 왔다고 비판하며 십자가 신의 육신이 밀가루떡이나 빵 조각 안에 있다고 해도 빵조각은 빵조각일 뿐이라고 주장해왔다.

작센 공작, 튀링겐 방백, 브란덴부르크의 변새(邊塞)[27] 총독, 궁중 백작 등 신성제국의 황제 선출 권한을 가진 일부 선제후들이 구교의 수호자 페르디난트를 그들의 현신 구원자로 인정하기를 거부했다. 필리프 멜란히톤[28]과 친분을 유지하던 헤센 제후 필립 1세가 독일을 친루터교 국가로 개종하거나 아니면 - 무력을 써서라도 - 최소한 신교를 용인하는 황제를 앉히기 위해 슈말칼덴 동맹을 결성하고 지휘했다. 그들은 교회 재산을 몰수하고 교회의 과도한 권리를 박탈하여 재분배하길 원했다.

그러나 개혁은 쉬운 일이 아니었다. 아직 이성이 없는 어린 아이에게 세례의식을 통해 십자가에 못박힌 신 종교를 강요해서는 안된다고 믿었던 재침례교파 교도들은 그런 신념을 주장하려다 목숨을 잃어야 했다. 마찬가지로 농민들은 루터가 자신들의 입장을 대변해주는 자이

---

27 변방의 요새
28 독일의 신학자이자 종교 개혁가

며 가난은 운명이 아니라 극복해야 하는 것이라는 자각 속에 지상에서의 정의를 실현하고자 나섰다가 학살당했다. 심지어 믿었던 루터마저 그들을 지지하기는커녕 농민 폭도들을 한 명도 남기지 말고 목을 베라고 제후들을 부추겨 그들을 좌절시켰다.

현명공 프리드리히 3세 작센 제후, 헤센 제후 필립 1세 등 루터파로 개종한 걸출한 선제후들이 열정적으로 그리고 부지런히 임무를 실행에 옮겼다. 그러나 지도자들은 죽고 그들을 따르던 사람들은 신체의 일부가 잘리는 벌을 받았다. 이후 독일 농촌에는 코와 귀가 없는 사람들이 무수히 생겨났다.

하지만 페르디난트와 아타우알파가 둘 다 독일 땅으로 향하고 있다는 소식에 시들어가던 불꽃이 재점화 되었다.

루터파 제후들은 세비야 칙령이야 말로 종교 평화를 실현할 수 있는, 독일이 반드시 받아들여야 할 표본이라고 여겼다. 그들은 대관식이 거행되기 전에 아타우알파가 아헨에 도착해서 페르디난트에게 압력을 가해주기를 바랐다. 그렇게 되면 등 뒤에 버티고 있는 슐레이만의 위협은 말할 것도 없고 에스파냐와 프랑스라는 두 강대국 연합에 맞서 루터파 독일 제후들의 협조가 절실한 페르디난트가 양보를 할 수 밖에 없을 것이라고 판단했던 것이다.

한편 에스파냐에 이어 네덜란드에도 토지 개혁이 이루어졌다는 소식을 접한 농민들의 가슴 속에도 희망의 불씨가 되살아났다. 그들에게 잉카는 새로운 루터, 나아가 또 다른 토마스 뮌처[29]였다. 넋나간 유령들과 초점 잃은 눈빛만 넘쳐나던 이곳 독일 땅의 사람들 가슴 속에 그 어느 때보다도 두근거리는 긴장감이 감돌았다. 코 없는 사람들이 소리없이 군단을 이루며 불어났다. 사람들은 어제의 영웅들과 그들의 산산조각난 꿈을 떠올렸다. 그들은 '불쌍한 콘라드'[30]를 회상하며 눈물 지었다. 그러면서 동시에 이를 갈았다. 코와 귀 등 신체의 일부를 절단당한 사람들은 밤이면 아이들에게 지난 날의 그 끔찍했던 이야기를 들려주었다. 카스파 프리지저, 장 드레이드, 얀 마티제이스 등 칼 제조 상인들의 이름이 오르내렸으며 특히 위대한 토마스 뮌처의 이름이 자주 언급되었다. 너무 오랜 시간 동안 숨어 지내 모두들 죽었다고 여

---

[29] 독일의 신학자이자 종교 개혁가
[30] 루터의 종교 개혁을 지지하던 농민운동 조직의 이름

겼던 사람들이 은신처에서 나와 홀연히 모습을 드러내기도 했다. 아타우알파의 방문 소식이 만들어낸 기적이었다. 어느 떠돌이 부랑인 한 명이 숲에서 나오더니 자신이 재침례파 교도 필그람 마르페크라고 주장했다. 그런가 하면 슈바벤에서는 모피상 세바스찬 로체르와 그의 친구 대장장이 율리히 스미드가 다시 나타나서는 마치 1년 전, 아니 바로 어제 일인 양 그 옛날 자신이 내걸었던 요구사항들을 하나도 틀림없이 줄줄 읊어댔다.

"각 교구 공동체는 해당 교구의 신부를 지명하고, 그의 행실에 문제가 있을 경우 면직시킬 권리를 갖는다. 신부는 복음을 전파함에 있어 구체적이고 정확해야 하며 인간에 의한 일체의 사족을 첨가해서는 안 된다. 주님께 다가갈 수 있는 유일한 방법은 성서를 통한 진실한 믿음밖에 없기 때문이다."

밭일을 멈추고 그들의 이야기를 듣고 있던 농부들의 얼굴에 한줄기 바람이 스치고 지나갔다.

"사제의 급료는 농작물과 상업소득에 대한 십일조세로 충당하며 가난 구제와 전쟁 자금을 위한 일시적 세금 추가는 가능하다. 그러나 가축세는 폐지되어야 한다. 이것은 인간이 만든 세금이기 때문이다. 주님께서 인간을 위해 창조하신 동물에 비용을 지불하게 하는 것은 안 될 일이다."

매 한 마리가 그 말에 동의하는 듯 흐린 하늘로 솟구쳐 날아올랐다.

"오랜 농노 관습은 악습 중의 악습이다. 주님께서는 목동에서 고관대작에 이르기까지 예외없이 모든 사람에게 그 분의 귀한 피를 똑같이 나누어 주셨기 때문이다. 성서를 통해 우리는 자유로우며 또한 자유를 원한다."

그들이 이렇게 말하는 동안 숲 속의 나뭇잎들이 서걱거리며 다정하게 호응해주었다.

"가난한 자들에게서 새와 물고기 등 사냥감을 잡을 권리를 박탈하는 것은 인류애와 하나님의 말씀에도 위배된다. 전능하고 위대하신 주님께서 인간을 창조하실 때 모든 동물, 하늘의 새와 물 속의 물고기를 사냥할 수 있는 능력을 모두에게 주셨기 때문이다."

이렇게 말하자 어두운 숲속에서 짐승들이 맞장구 치며 울었다.

"영주들이 목재 소유권을 독차지한 탓에 나무가 필요한 가난한 자는 원래 가격의 두 배 값을 치루어야 하는 상황이다. 따라서 팔리지 않고 남은 목재는 마을 공동체의 몫으로 돌려줘 누구라도 집을 짓거나 땔감을 위해 나무가 필요할 때 공급받을 수 있도록 보장해야 한다."

이 발언에 숲 속 마른 나무 껍질들이 경쾌하면서도 약간은 위협적으로 탁탁 소리를 냈다.

"끊임없이 늘어나고 강화되기만 하는 부역은 과거 우리 조상들이 오직 주님의 말씀에 따라 행하던 수준으로 대폭 감축되어야 한다."

그러면서 그들은 다음과 같이 덧붙였다.

"영주는 새로운 추가 협의 없이 마음대로 부역 양을 늘려서는 안 된다."

"상당수의 농민이 지나치게 높은 소작료를 감당하기 어려워 고통받고 있다. 믿을만한 책임자가 이들 농가를 직접 방문해 소작료를 산정하고 새로운 소작법을 마련하여 죽도록 일하고도 수중에 아무것도 남는 것이 없는 농민이 생기지 않도록 해야 한다."

이 말이 끝났을 때 꽁꽁 얼어붙은 까마귀들이 돌멩이 떨어지듯 하늘에서 후두둑 쏟아졌다.

"벌금은 합당한 규정에 따라 책정되어야 한다. 제대로 된 기준이 마련되기 전까지는 벌금을 부과해서는 안되며 성서의 가르침으로 돌아가야 한다."

그들은 이렇게 말했다. 하지만 이는 루터가 농민들을 배신하기 전에 나온 말이었다.

"공동체에 속한 밭과 목초지를 개인이 독차지한 경우가 많다. 우리는 그 땅을 다시 되돌려 받고자 한다."

이 발언에는 아타우알파의 그림자가 어른거렸다.

"상속세는 완전히 철폐되어야 한다. 더 이상 과부와 고아들이 가진 것을 다 빼앗기고 처절하게 내팽겨쳐져서는 안된다."

그들은 어둠 속에 구슬픈 울음소리를 내는 부엉이처럼 슬픈 목소리로 말했다.

"법률의 조항이 주님의 말씀에 어긋나거나 부당할 때에는 바로 그 조항을 없애야 한다. 하나님의 뜻에 반하고 이웃에 죄를 짓는 법은 더 이상 만들어서는 안된다."

신화와 믿음 속에 키워온 도덕심과 아이 같은 순진함이 깃들어 있는 양심에 관한 이 발언은 그들을 더욱 돋보이게 만들었다.

49. 아기 요한

태양신을 신봉하는 이교도의 망치와 성난 농민들의

모루 사이에서 제후들은 행동의 방향을 잡지 못하고 안절부절하고 있었다. 루터주의에 기울어진 북부와 동부의 제후들은 십자가에 못박힌 신을 모시는 교회의 막대한 재산을 빼앗을 수 있다는 기대감으로 가톨릭 수호자임을 자처하는 페르디난트를 경계했다. 페르디난트는 로마 교황의 적극적인 지지자이자 오스만 제국의 침략에 맞서는 방패였다. 하지만 루터파 제후들은 농민들의 분노가 어느 종파를 선택하느냐 하는 종교적 차원의 문제를 훨씬 뛰어 넘는다는 사실을 이미 경험을 통해 알고 있었다. 비참하기 짝이 없는 삶과 비교할 때 그들에게 숭배 의식의 차이 같은 것은 부차적인 문제에 불과했던 것이다. 농민의 분노가 과거에 이어 다시 한 번 끓어오르고 있는 동안, 작센, 튀링겐, 브란덴부르크의 제후들은 마음을 정하지 못한 채 신중함을 유지하면서 루터가 머물고 있는 도시 비텐베르그에서 지령이 내려오기를 기다렸다.

반면, 독일의 서부와 남부의 입장은 달랐다. 베스트팔렌, 알자스, 슈바벤 지방의 제후들은 농민들이 또다시 자기네 영지를 휩쓸기 전에 마치 새끼 고양이를 물속에 던져 넣듯이 지체없이 폭동을 침몰시키고 싶어했다. 그래서 농촌과 도시의 폭도들을 소탕하기 위해 용병을 고용했다.

그런데 이 마을 저 마을로 다니면서 자유로운 벌목, 낚시, 사냥 권리를 설교하고 다니던 스트라스부르 출신의 정원사가 소요 주동자로 몰려 쫓기는 신세가 되는 일이 일어났다. 어느날 병사들이 그가 한 농가에 숨어있다는 정보를 받고 급습했으나 그는 이미 도망친 뒤였고 그곳에는 그의 아내와 갓 태어난 아들만 남아있었다. 병사들은 그 둘을 잔인하게 죽였다. 이 비열한 살해 사건에 대한 소문이 삽시간에 전국으로 퍼져나갔다. 살해된 젖먹이의 이름이 '요한'이었기 때문에 모든 마을 , 가구, 상점에서 만나는 사람들 사이에는 '아기 요한'의 원수를 갚아야 한다는 주장이 들끓었다. 이로써 과거의 '불쌍한 콘라드'의 뒤를 잇는 새로운 단체가 탄생했다. 과거와 달리 이들의 목표는 정의 실현이 아니라 복수였다.

그러나 아무리 잔인한 범죄에 대한 그들의 분노가 하늘을 찌를 듯 했다고는 해도 용병들의 미늘창과 총기에 맞서기에는 부족했다. 농민들은 그리 오래되지도 않은 불과 20년 전에 자기들의 리더였던 토마스 뮌처의 목이 잘려 톱밥 부스러기 위로 떨어졌고 그 시신이 이미 들판에 내던져진 수십만 명의 썩어가는 시체 더미 위에 버려졌던 일을 생생하게 기억하고 있었다.

그 당시 루터도 황제도 그들에게 어떠한 도움도 주지 않았음은 말할 필요도 없다. 그러나 지금은 상황이 달라졌다.

그들은 가난한 이들의 수호자 아타우알파에게 특사를 보냈다. 외부 도움이 없다면 그들을 기다리는 것은 로렌 공작(선량공 앙투안이라는 이름은 참으로 부적절하다)이 내리는 일벌백계와 농민의 파멸 뿐이라는 사실을 너무도 잘 알고 있었기 때문이다.

아타우알파로서는 에스파냐로 돌아가야할 시급한 이유가 없었다. 동쪽의 한 도시가 그의 관심을 끌었다. 브뤼셀에서 말을 타고 하루만 가면 닿을 수 있는 아헨에서 그의 경쟁자 페르디난트가 신성로마 황제 대관식을 거행하기로 예정되어 있었던 것이다. 아타우알파는 자신이 벨기에에 머무는 동안에는 페르디난트가 전쟁의 위험을 무릅쓰면서까지 도발하지는 않으리라는 것을 알고 있었다. 왜냐하면 전쟁을 하게 되면 군대를 이동시켜야 하고, 그러면 오스만 군대와 맞대고 있는 동쪽 국경이 무방비 상태가 될 것이기 때문이었다

에스파냐 국왕이며 벨기에인들의 제후, 네덜란드의 주권자, 바르바르인들의 군주는 '어린 요한 봉기'를 도와주기로 마음먹고 찰코 치막을 시켜 군대를 이끌고 알자스로 향하도록 명했다.

농민 반란군과 잉카의 용맹한 군대 사이에 낀 로렌공은 힘 한번 써보지 못하고 패배했으며 그가 피신해 있던 도시 메츠는 공격자들에게 성문을 열어주었다. 도시의 상공인들이 농민 편에 섰던 것이다. 그들은 농민들이 '이유 없이 찢기고 소비되고 물어 뜯기기 일쑤'였다며 그들의 요구는 지극히 정당하다고 여겼다. 그러나 찰코 치막은 로렌공을 포로로 잡을 수 없었다. 성난 농민들이 로렌공과 그의 형제 기즈공까지 사로잡아 들고 있던 무기로 난자하고 몸을 조각 낸 뒤 그들의 머리를 창 끝에 꽂아 전시해버렸기 때문이다.

그렇다고 해서 무법천지가 되어 정치력이 힘을 쓰지 못했던 것은 아니었다. 농민들은 과거 농민 봉기 당시 슈바벤의 동지들이 내걸었던 오래된 요구사항을 다시금 꺼내어 잉카의 대리인 찰코 치막에게 전달했고 그는 그 내용을 브뤼셀로 보냈다. 보름 후, 잉카로부터 답변이 도착했다. 지금 내 앞에는 아타우알파가 직접 각 항목마다

주를 달아 기록해둔 원본이 놓여 있다. 이 원본의 내용을 여기에 그대로 옮겨보겠다.

50. 알자스 농민의 12개조 요구서

1조

복음은 영주와 사제의 이익이 아닌 오직 진실에 의거해 이루어져야 한다.

태양축일을 지키는 조건하에 모든 백성은 자신이 원하는 종교를 자유롭게 선택할 수 있게 될 것이다.

2조

우리는 곡물세든 가축세든 더 이상의 십일조세를 내지 않을 것이다.

허락한다.

3조

소작료는 수확량의 5%로 줄인다.

소작료는 폐지될 것이며 부역으로 대체된다.

4조

물은 누구의 소유도 아니다. 누구나 자유롭게 물을 사용할 수 있어야 한다.

허락한다.

5조

숲은 마을 공동체 모두의 것이다.

허락한다.

6조

사냥감도 개인의 소유물이 아니다. 누구나 사냥할 수 있어야 한다.

허락한다. 다만 태양축일과 기타 다른 축제 등 잉카가 지정하는 특정 기간에만 사냥할 수 있다. 이는 사냥감의 번식을 보장하기 위한 결정이다.

7조

농노제를 폐지한다.

허락한다.

8조

우리 중에 대표를 뽑아 스스로 다스리도록 하겠다.

거부한다.

9조

우리는 우리와 같은 신분의 사람들에게 재판을 받고
싶다.

**동의한다. 단, 판사의 임명은 잉카 혹은 잉카 대리
인의 동의를 받아야 한다.**

10조

우리를 재판하는 대법관은 우리가 직접 선출하고 해
임할 것이다.

**거부한다. 대법관의 임명과 해임은 잉카의 특권이
다. 그러나 그대들이 원하는 자를 후보로 제안하는
것은 가능하다.**

11조

사망세(死亡稅)를 더 이상 내지 않을 것이다.

**허락한다. 고인의 가족들은 마을의 지원과 더불
어 잉카 개인 재산에서 제공되는 식량을 받게 될 것
이다.**

12조

영주가 가로챈 모든 마을 공동 토지는 공동체로 재환수 되어야 한다.

허락한다.

51. 카를 대제[31]

이 합의서의 내용이 알려지자 마자 독일 전역에서 폭발적인 반향이 일었다.

알자스 농민의 승리는 다른 지역 농민들을 크게 고무시켰다. 지난 세월, 그 어느 집단보다 불행하고 고립된 삶을 살아온 독일 농촌의 농민들은 이제 더 이상 혼자가 아니라는 사실을 알게 되었다. 놀랍고 영험한 힘의 소유자, 모든 제후들을 꼼짝 못하게 할 정도의 거의 신적인 능력을 가졌으면서 힘없고 가진 것 없는 백성을 기꺼이 도와주려 하는 구원자가 생긴 것이다.

실제로, 그의 도움이 필요한 곳이면 어디든 아타우알파는 군대를 보냈다. 베스트팔렌에는 몸소 병사들을 이끌고 갔다. 그곳에서 그는 카를 대제가 황제 대관식을 거

---

[31] 혹은 샤를마뉴

행했던 아헨 대성당을 방문했다. 카를 대제가 앉았던 왕좌에 앉아보고 금빛 칠을 한 그의 묘를 손으로 쓰다듬기도 했다. 페드로 피사로로부터 롤랑, 안젤리카와 메도로, 브라다만테의 모험담을 들은 이후 그는 이 위대한 황제를 존경하고 흠모해 왔다. 아마도 이렇게 그의 머리 속에는 마치 인적 드문 땅에서 싹을 틔워 무럭무럭 자라난 감자처럼 새로운 꿈이 뿌리를 내리고 하루하루 커져갔을 것이다.

농민 봉기가 발생하는 곳마다 끈 달린 농민 신발과 무지개 색 깃발이 상징처럼 나부꼈다. 아타우알파는 무지개 깃발을 자신의 상징으로 삼았다. 그는 이것이 카를 대제의 제국에 어울리는 깃발이라고 생각했다.

52. 아우크스부르크

독일의 제국의회는 에스파냐의 코르테스와 비슷하지만 성직자를 제외한 제후들과 지방 영주, 자유도시 대표자들만 참석한다는 점에서 차이가 있었다. 그런데 독일은 너무나 많은 독립 영토로 잘게 쪼개져 있었기 때문에 주요도시 대표의 수가 수백 명에 이르렀다.

제국의회는 슈바벤 공국과 바이에른 공국의 경계에 위치한 도시 아우크스부르크에서 소집되어 왔다. 잉카는 신성로마제국의 서쪽 영토를 지배하고 있었기 때문에 제국의회에 참석할 자격이 있었다. 하지만 제국의회 내에 막강한 영향력을 행사하는 페르디난트가 있는 한 아타우알파의 의회 진입은 어려움을 넘어 거의 불가능에 가까운 일이었다. 그렇지 않아도 페르디난트가 아타우알파를 에스파냐 왕위 찬탈자라고 여기는 마당에 이제는 아타우알파의 보다 큰 야심이 분명하게 만천하에 드러나지 않았는가. 아타우알파는 신성제국 지배를 꿈꾸고 있었고 어느 누구도 그것을 의심하지 않았다. 형이 살해당한 그 날 이미 두 사람 사이에는 목숨을 건 투쟁이 시작되었고 이제 그 피할 수 없는 충돌이 점점 다가오고 있음을 페르디난트는 느끼고 있었다. 이에 따라 그는 전군을 바이에른에 집결시켰다. 바이에른은 독일 땅 진입의 관문이면서 아타우알파 군이 완전히 장악한 슈바벤으로 향하는 길목에 위치한 완충지였다.

상황은 교착 상태에 빠졌다. 아타우알파는 페르디난트의 대관식을 막기 위해 아헨으로 오는 길을 막아버렸고, 페르디난트는 아타우알파의 제국의회 참석을 방해하기 위해 아우크스부르크로 오는 길을 막았던 것이다.

양측 군대는 대치 상태에서 섣불리 먼저 공격하지 않고 탐색전을 펼쳤다. 서로가 서로에게 만만치 않은 상대였으므로 상대에 대한 두려움이 있었다. 기다림은 병사들의 몸과 정신을 지치게 했다. 특히 페르디난트의 병사들 사이에서 무기력증이 퍼지고 병에 걸리는 사람들도 늘어났다. 한편 아타우알파의 군대 역시 가톨릭을 신봉하는 제후들에 맞서 농민 편에서 전쟁을 치르자마자 또다시 이어진 독일 원정에 지쳐 있었다.

이러지도 저러지도 못하고 슈바벤 벌판에서 시간만 흘러갔다.

이번에도 역시 주군이자 연인인 아타우알파를 위해 히구에나모타가 해결책을 내놓았다.

쿠바 공주는 프랑스 국왕에게 개인적으로 편지를 썼다. 그녀는 편지에서 '페르디난트가 다른 곳에 정신이 쏠려 있으니 지금이 비엔나를 차지할 절호의 기회'라는 내용의 서신을 슐레이만에게 보내 달라고 프랑스 국왕에게 부탁했던 것이다.

이미 헝가리 영토 대부분을 차지하고 있던 오스만 군이 또다시 움직이기 시작했다.

이 소식을 전해 받은 페르디난트는 수도를 사수하기 위해 오스트리아로 되돌아갈 수 밖에 다른 도리가 없었다. 엎친데 덮친 격으로 맨 처음 에스파냐를 시작으로 프랑스, 플랑드르, 그리고 독일로 번져갔던 알 수 없는 열병이 그의 병사들을 하나하나 괴롭혔다. 고열에 시달리고 머리카락이 빠지고 온몸에 발진이 일면서 염증으로 뒤덮히는 고통을 받았다. 성기, 항문, 목구멍 안쪽에 궤양이 발생하면서 첫 증상이 시작되는데 처음에는 흑사병을 의심했다. 흑사병은 단 며칠만에 목숨을 앗아가며 전 유럽을 휩쓸었던 무시무시한 전염병이었다. 하지만 병사들이 걸린 이 병은 사람의 목숨을 앗아갈 정도의 치명적인 질병은 아닌 것으로 드러났다. 환자들은 며칠만에 일어났으나 그렇다고 완전히 건강한 몸으로 돌아오지는 못하고 전에 비해 현저히 쇠약해졌다. 이 후유증으로 인해 군의 사기가 크게 떨어졌다. 페르디난트 군은 미련없이 진지를 철거했다. 그들에게 오스만 제국의 투르크 군은 강력하지만 익숙한 적이었다. 반면 바다 건너 온 인디오 군은 신인지 악마인지 알 수 없는 어떤 존재의 일방적 도움을 받고 있는것 같았다.

아타우알파의 앞길은 거칠 것이 없었다.

아우크스부르크에 도착한 그는 곧 그 도시, 아니 독일 최고의 세력가와 면담을 가졌다.

그 누구보다 중요한 인물 안톤 푸거를 만나기 위해 아타우알파는 제국의회 참석과 현지 권력자 방문도 제쳐두고 가장 먼저 그의 집으로 직행했다. 자본가인 푸거는 전임 황제 카를로스에게 그랬듯이 아타우알파를 도시 중심에 위치한 자신의 드넓은 저택으로 맞아들였다. 잉카는 모래 질감의 석재로 지어진 건물의 외관이 마음에 들었다. 거대하지만 간결한 인상을 주는 성을 보니 키토의 건축물들이 생각났다 (그는 타완틴수유 제국의 수도 쿠즈코에는 발을 들여본 적이 한번도 없었다). 주인은 그를 위해 진수성찬을 대접했다. 맥주 맛이 나쁘지 않았다.

두 사람은 서로 상의할 것이 많았다.

안톤 푸거는 신대륙 기준으로 보기에도 약간 이상할 정도로 상당히 단촐한 스타일의 복장을 하고 있었다. 카라 없는 흰색 상의 위에 검정 망토를 걸치고 머리에는 말랑한 갈레트[32] 모양의 커다란 모자를 썼으며 머리카락은 주머니처럼 생긴 천으로 감싸 흐트러짐이 없었다. 숱이

---

[32] 메밀이나 옥수수 가루로 만든 서양 전병

많지 않으면서 넓게 퍼진 그의 수염은 부스스해 보였다. 손은 고급스러운 흰 장갑에 가려 보이지 않았다.

그는 이탈리아어로 말했고 잉카는 그에게 에스파냐어로 대답했다. 그래도 그럭저럭 의사 소통에 별 무리가 없었다.

두 사람은 각자 원하는 것이 분명했다. 따라서 원하는 것을 얻는 대신 상대방에게 무엇을 내어줄 수 있는지 에둘러 말하지 않고 정확하게 밝혀 주길 바랐다.

연회장과 떨어진 푸거의 집무실에서 두 사람은 천지개벽을 예고하는 동맹을 맺었다. 그 방 안에는 여러 개의 서랍이 달린 가구가 놓여 있었다. 이제는 에스파냐어를 읽고 쓸 수 있게된 아타우알파는 각 서랍마다 도시 이름이 적혀 있는 것을 보았다. 리스본, 로마, 세비야, 아우크스부르크. 아직 그가 모르는 지명도 있었다. 베네치아, 뉘른베르크, 크라쿠프…

깃털 왕관을 쓰고 치마를 입은 이 남자가 왜 자기를 찾아왔는지 푸거는 잘 알고 있었다. 카를로스도 같은 이유로 자신을 찾은 적이 있었기 때문이다. 제국을 얻으려면 두 가지 이유로 돈이 많이 들었다. 우선, 전쟁에 필요한 용병을 고용해야 했다. 두 번째로는 황제 선출권을 가진 선제후들의 표를 매수해야 했다. 바다 건너에서 보낸 황금은 세비야까지 오려면 시간이 오래 걸렸다. 그리고 세비야에 도착하더라도 아우크스부르크까지 운반하는 데도 오랜 시간이 필요했고 게다가 제때에 돈으로 바꾸는 일도 만만치 않았다. 제국을 정복하려는 아타우알파의 계획에 필요한 천문학적 자금을 푸거는 미리 지급해 줄 능력이 있었다. 금과 화폐의 교환에 필요한 계량 단위를 아타우알파는 배워야 했다. 잉카는 막연한 손동작으로 돈의 양을 어림잡았던 것이다. 타완틴수유에는 신대륙 같은 형태의 돈이 존재하지 않았기 때문에 에스파냐에 와서야 그 기발한 시스템을 알게 되었었다.

푸거는 이 작은 금화의 가치에 대해 설명해 주었다. 1플로린은 25마리의 암탉, 후추 1kg, 꿀 10리터, 소금 90kg, 숙련된 노동자의 10일치 노동력과 교환된다는 것이었다.

그의 설명대로라면 아타우알파는 막대한 양의 플로린이 필요할 터였다.

잉카는 주의 깊게 들은 뒤 질문도 하지 않고 침묵을 지켰다. 이제 상대방 금융가는 스스로 알아서 묻지 않은 질문에 대답을 할 것이다.

돈을 빌려주는 대신 그가 원하는 대가가 무엇인지 말
이다.

   푸거는 테이블 위에 놓여있던 병을 들어 두 잔에 붉은
술을 따르더니 하나를 잉카에게 건넸다. 잉카는 그 잔을
격의 없이 받아 들고 마셨다. 와인은 피렌체의 토스카나
산이었다. 금융가는 그 와인을 자랑스러워 하는듯 보였
다. 신대륙에서 보낸 지난 몇 년 동안, 좀 더 정확히 말하
면 고향에서 형제와 내전을 벌인 이후로 아타우알파는
왕족으로써 마땅히 누려왔던 일체의 의전에 더 이상 집
착하거나 화내지 않았다. 이제 그는 상대방과 자신 사이
에 천을 드리워 분리하지 않고 마주보고 대화하는 일에
익숙해진지 오래되었다. 제5 지대의 관행에 익숙해진 것
이었다. 이곳에서 상대방에게 잔을 건네는 행위는 선의
와 우정의 표시이며, 주로 동등한 입장의 양자 사이에 이
루어지는 의식이고, 즐거운 만남을 기념하거나 특별한
경우 또는 어떤 일을 마무리 지을 때 행하는 행동이라는
사실을 알게 되었다. 또한 와인으로 상대방을 독살할 수
도 있었다. 그러나 자신을 통해 유럽의 최고 권력자가 되
려는, 그리고 아우크스부르크 최대 금융 라이벌 벨저와
그 밖에 다른 제노바와 안트베르겐의 상인을 제치고 자

신을 확고한 최고의 자산가로 만들어 줄 수 있는 잉카를 독살할 이유가 이 독일인에게는 전혀 없었다.

물론 잉카를 선택하기 전에 고심하지 않은 것은 아니었다. 카를로스 1세의 뒤를 이어 신성로마제국의 황제로 천거된 페르디난트를 후원하는 것이 누가 보아도 자연스러웠다. 그러나 결국 그가 아타우알파를 선택한 데에는 두 가지 이유가 있었다. 첫 번째는 그의 상환 능력이었다. 그가 보유한 금과 은의 보유량이 끝이 없어 보였던 것이다. 그리고 새로운 시장 개척에 대한 전망이 그 두 번째 이유였다.

푸거가 요구한 것은 거의 없었다. 과거 포르투갈 국왕은 그의 삼촌인 야코프 푸거에게 머나먼 동방 국가 인도의 도시 고아와의 교역권을 주었다가 빼앗아간 적이 있었다. 안톤 푸거가 에스파냐 국왕에게 원하는 것은 바다 건너 잉카의 고향 대륙에서 나는 생산물을 수입할 수 있는 허가증이었다. 푸거가는 원래 방직 산업으로 부를 일군 가문이었다. 안톤은 무엇보다도 알파카 털을 사들이고 싶어했다. 알파카 털로 만든 모직물은 품질 면에서 유럽에서 생산되는 그 어떤 직물보다 뛰어났기 때문이다. 그가 관심을 갖는 또 다른 상품은 고무였다. 고무 나무에서 흘러나오는 즙은 이쪽 세계 어디에서도 찾을 수 없는 획기적인 물질이었기 때문에 사업성 면에서 매우 유망한 투자 대상으로 여겨졌다.

아타우알파는 그의 요구를 받아들였다. 관례대로 그는 합의에 이르렀음을 축하하기 위해 잔을 들어 건배하려 했지만 푸거는 그를 제지했다.

조건이 하나 더 남아있었던 것이다.

그는 루터를 제거해 달라고 요구했다.

아타우알파는 종교에 대한 그의 증오심에 크게 놀랐다.

사실, 루터는 그의 사업에 큰 훼방꾼이었다. 금융 사업의 심장이라고 할 수 있는 대출 이자에 대해 이 체제 전복적 신학자의 입장은 언제나 비판 그 자체였다. 안톤 푸거의 삼촌인 야코프 푸거에게 막대한 빚을 지고 있던 로마 가톨릭 교회가 그 대출금을 갚으려면 영리 사업으로 시작한 면죄부 판매가 원활하게 이루어져야 했는데 그 사업을 망친 장본인이 바로 이 비텐베르크 출신의 왜소한 사제 루터였던 것이다.

조카로서 안톤은 루터에게 개인적인 원한이 있었던 것은 아니지만 그래도 두 달 이내에 그가 죽기를 원했다.

그 요구를 들어줄 수 없다면 합의도 없을 것이며 모든 자금 대출도 중단될 것이라고 엄포를 놓았다.

오로지 신성제국을 차지하고야 말겠다는 야심에 사로잡혀 있던 아타우알파는 이 요구를 실현 가능성이나 정치적 파장에 대한 명확한 인식도 없이 덥석 수락했다. 마침내 두 사람은 백성의 화평과 세계를 호령하는 제국 쟁취를 위해 서로의 잔을 부딪혔다.

잉카는 5천 플로린의 금화를 가득 채운 상자를 받아들고 다시 떠났다. 들리는 말에 의하면 이 금액은 푸거 가문이 소유한 재산의 1천분의 1에 지나지 않았다.

53. 프로테스탄트 제후들

이제 그에게는 독일 동부와 남부의 제후들을 당근과 채찍으로 굴복시키는 일이 남았다. 이들 제후는 대부분 루터의 종파를 지지하는 자들이었다.

주요 인물로는 브란덴부르크 변새 총독 요아힘-헥토, 그의 사촌인 프로이센공 브란덴부르크의 알베르트, 헤센의 방백 도량공 필립, 그리고 특히 루터의 개인 후원자이자 현공 프리드리히의 조카인 작센 선제후 도량공

장-프레데릭(당시 제후들 사이에 마그나님, 즉 도량공은 상당히 널리 쓰이는 칭호였다)이 있었다.

장-프레데릭 선재후의 사촌이자 라이벌이었던 모리스 공도 걸리는 인물이기는 했지만 그는 선제후도, 열렬한 루터 지지자도 아니었고 유사시 동원할 수 있는 막강한 군사력도 보유하고 있었기 때문에 아타우알파는 우선 다른 사람들을 집중 공략하기로 마음 먹었다.

신교도 제후들은 딜레마에 빠졌다. 그들은 누구보다도 페르디난트를 싫어하는 사람들이었다. 고인이 된 형처럼 그 역시 가톨릭 교회의 수호자임을 자처하며 일체의 종교 개혁을 거부하고 있었기 때문이다. 이에 따라 선제후들은 아타우알파가 에스파냐에 실행한 종교적 자유를 신성로마제국으로 확대해 독일에도 세비야 칙령과 같은 정책이 도입되기를 염원하고 있었다.

하지만 그렇다고 해서 잉카를 독일에 불러들여 페르디난트를 대신해 그를 신성제국 황제로 앉히는 것은 단순한 이단적 종교 차원이 아닌 명백한 파가니즘으로 여겨지는 태양신 종교를 인정한다는 의미였다.

그러나 이익을 위해 신념을 져버리고 적과 결탁하는 것은 그들에게 그리 생소한 일이 아니었다. 이미 농민 봉기를 짓누르기 위해 처음에는 카를로스와, 그 다음엔 페르디난트와 협력한 전력이 있었기 때문이다. 봉기 진압 같은 종류의 일이라면 아타우알파의 군대 역시 뒤지지 않을 것이다.

제후들이 무엇보다 걱정하는 것은 아타우알파가 에스파냐에서 단행한 정치 개혁과 알자스 농민을 위한 토지 양도 정책이었다. 그들은 소유한 영지와 농민의 노동력으로부터 거두어들여온 소득을 결코 포기할 마음이 없었다. 이 수입이 없다면 기억할 수 조차 없는 까마득한 과거부터 귀족들이 누려온 특권적 삶 역시 불가능해질 것이다. 그런데 아타우알파의 존재는 혁명의 불쏘시개에 불을 붙이고 작센과 프로이센 농촌에서 은밀하게 거래된 바 있는 12개 항의 개혁이 독일 땅에서도 실현될 수 있으리라는 기대감을 농민들 사이에 고무시킬 위험이 있었다. 아타우알파의 개혁 정책과 농민들의 염원 사이에 일종의 우려스럽고도 위험한 합치점이 존재했던 것이다. 게다가 제후들로서는 농노, 즉 거의 노예로 전락하다시피 한 농민들을 놓아주어야 하게 될 수도 있었다. 자기들의 토지를 마을이나 사람들에게 나눠준다는 것은 도저히 용납할 수가 없었다. 그렇지만 이 상상할 수도 없는 일이 알자스, 베스트팔렌, 라인란트, 그리고 슈바벤과 일부 선제후령에서는 이미 벌어지고 있지 않은가…

마음의 결정을 내리지 못하고 쩔쩔매고 있던 이들 제후를 아타우알파가 찾아왔다. 그는 능수능란한 책사 찰코 치막을 시켜 그들과 협상하도록 했다. 찰코 치막 장군은 위협과 약속을 적당히 버무려 협상에 이용했다. 상대편이 올바른 결정을 내리도록 유도하는데에는 당근과 채찍을 동시에 활용할 필요가 있다는 사실을 그는 잘 알고 있었다.

그러나 신교도 제후들은 여전히 결정을 주저했다.

망설임에 종지부를 찍고 결단을 내리기 위해 그들은 잉카에게 루터를 만나보는 것이 어떻겠느냐고 제안했다. 루터라면 자신들이 가야할 길을 제시해주리라 기대하면서, 루터의 결정에 따르겠다고 약속했다. 그리고 만약 아타우알파의 편이 될 경우에는 고소득의 고위 직책을 보장하라는 요구도 잊지 않았다. 잉카는 그들을 위해 다양한 직책을 내릴 준비가 되어 있었다. 또한 그들의 표와 지지를 얻기 위해 그는 제후들이 혹시라도 입게 될 손실에 대해 충분히 보상해 줄 것 역시 약속했다. 그 비용은 푸거가 대줄 것이다.

루터가 살고 있는 비텐베르크에 요청서를 보냈다. 루터는 아우크스부르크의 제국의회에 즉시 참석해 신성로마제국의 황위 승계권을 요구하는 새로운 후보자 에스파냐 국왕을 만나 그의 주장을 들어보고 그가 자격이 있는지, 다시 말해 복음에 위배되지 않는 후보자인지 판단해 달라는 요청을 받았다.

며칠 후 답변이 왔다. 루터는 초대에 감사드린다면서도 회의 불참을 전하게 되어 유감스럽다는 말을 전했다. 그러면서 그는 제후들이 틀림없이 생생하게 기억하고도 남을 과거의 사건을 조심스럽게 언급했다. 과거 보름스에서 열렸던 제국의회에서 카를로스 1세를 만났다가 제국에서 추방당한 뒤 컴컴한 숲 속에서 낯선 이들에게 납치당해 거의 죽을 뻔 했다는 것이었다. 자신의 지지자인 제후들에게 불참을 용서해 달라고 부탁하면서 그는 모든 이에게 신의 가호를 빌었다.

감정을 겉으로 드러내지 않기로 유명한 아타우알파도 이 때만큼은 자제력을 잃고 초조한 기색을 내비쳤다.

작센공이 그에게 비텐베르크 방문을 제안했다. 자신이 직접 잉카의 격에 맞도록 모든 것을 준비하고 루터와의 면담을 주선하겠다는 것이었다.

반달 모양의 눈, 붉은 수염, 짧은 머리를 한 이 살찐 남자에게 알 수 없는 경계심이 일었지만 잉카는 참모 찰코치막과 짧은 의논 후 그의 제안을 수락했다. 제국을 차지하고야 말겠다는 욕망이 그만큼 강렬했다.

　황제를 선출할 자격이 있는 유권자 일곱 명 가운데 세 명은 사제, 네 명은 제후였다. 농민 편에 서서 승리로 이끌었던 '아기 요한' 전투 이후 트리어, 마인츠, 쾰른주 교구는 이미 잉카의 통제권 아래로 들어와 있었다. 따라서 세 표는 이미 확보된 것이나 다름 없었다. 루미냐우이 군에 패한 뒤 동쪽 영토로 피신해버린 팔츠 선제후의 표는 기대할 수 없었다. 그에게는 아직 한 표가 더 필요했다. 나머지 두 사람은 루터를 지지하는 신교도였다. 제국의 향방을 결정하게 될 두 사람은 작센공과 브란덴부르크 변새총독 이었다.

　잉카는 히구에나모타, 찰코 치막을 대동하고 비텐베르크로 가서 루터와 면담하게 될 것이다. 그리고 그 자리에는 두 명의 루터파 제후들도 참석할 예정이다. 독일 전역은 물론이고 덴마크, 폴란드까지도 눈과 귀를 바짝 대고 그 결과를 지켜볼 것이다.

54. 비텐베르크

비텐베르크로 가는 길에 잉카는 많은 것을 보고 느꼈다. 가난한 농민들, 굶주림에 허덕이는 가족들, 병든 아이들을 지나쳐 갔다. 코가 없거나 귀가 없는 사람들도 보였다. 어떤 이들은 오른손 손가락 두 개가 잘려 나가고 없었다. 여자들은 한 마디 말도 없이, 울지도 않고, 그저 덫에 걸려 금방이라도 독을 뿜어낼 준비가 된 짐승처럼 증오에 찬 거친 시선으로 주변을 두리번거릴 뿐이었다.

눈 주위가 움푹 꺼진 장님 거렁뱅이 하나가 잉카를 향해 빈 나무그릇을 내밀었다. 하인들이 발길질로 쫓아내려 했지만 아타우알파가 그를 가마 가까이 불렀다. 그는 나무 그릇을 흔들며 초점 없는 두 눈을 잉카에게 고정하고 이렇게 말했다.

"관대하신 주님, 가난한 이들의 권리를 지켜주십시오."

그는 금반지 하나와 금화 두 닢을 받아들고 떠났다.

잠시 후 잉카는 황제 직할도시 뉘른베르크에서 묵어가기 위해 행렬을 멈추었다. 이 곳의 웅장한 건물들은 주변 농촌의 비참한 풍경과 극심한 대조를 이루고 있었다.

상업이 크게 발달한 다음 숙영지 라이프치히 역시 번

화함이 뉘른베르크 못지 않았다. 한쪽에는 코가 없는 사람들이 있고 다른 쪽에는 눈부실 정도의 풍요로움이 넘쳐흘렀다.

이윽고 그들은 목적지에 도착했다.

비텐베르크는 이름난 학문의 도시였지만 살라망카와는 많이 달랐다.

가운을 걸친 사제들이 종이 뭉치를 손에 들고, 새끼 돼지, 둥그스름한 큰 빵, 혹은 작은 맥주통을 팔에 끼고, 나무 십자가를 목에 걸고 일개미처럼 분주히 오가고 있었다.

비텐베르크 성(城) 교회의 첨탑은 꼭대기가 가시 돋친 왕관 형태를 띠고 있는데 그 모습이 마치 검은 장미의 구근에서 뻗어 나온 가시 줄기 같았으며 그 음침한 그림자를 도시에 드리우고 있었다.

시장 광장에는 사제, 학생, 상인, 농부들이 분주히 지나다니고 양과 돼지들도 사람들의 다리 사이를 요리조리 종종거리며 따라갔다.

현공 프리드리히 선제후 사망 후 성은 사람이 살지 않고 비어 있었다. 상속자인 그의 조카는 그곳을 잉카와 잉카 일행의 숙소로 제공하고 요리사도 보내주었지만 잉카는 그들을 되돌려 보냈다. 잉카 일행은 텅 빈 성을 차지하고 짐을 풀었으며 찰코 치막은 예전에 그라나다로 아타우알파를 찾아온 적 있는 루터의 오른팔 필리프 멜란히톤을 만나러 출발했다. 아타우알파와 루터의 면담을 논의하기 위해서였다.

모든 언어에 능통한 멜란히톤과의 대화는 카스티야어로 이루어졌다. 왜소한 체구의 이 사나이는 붉은 수염을 짧게 다듬은 친절하고 웃는 인상이었다. 주름 때문에 실제보다 더 나이 들어 보이기는 해도 표정만큼은 친근한 호감과 자신감이 넘쳐 청년 같았다. 그렇지만 찰코 치막에게 깊은 인상을 준 것은 외모에서 느껴지는 그런 호감이 아니라 부드러움 뒤로 보이는 지성이었다.

신학 교수와 장군 두 사람은 잔을 들어 건배한 뒤 루터가 직접 양조한 맥주를 마셨다. 멜란히톤은 상당히 즐거워 보였지만 정작 주량이 그리 센 것 같지는 않았다.

두 사람의 만남은 오후 내내 이어졌는데, 늙은 하인이 술병을 채워주러 오거나, 종이를 제출하거나 가져가려고 온 학생들이 범상치 않은 방문객에 놀라 힐끔힐끔 훔쳐보거나 알아듣지도 못하는 대화 내용에 귀를 기울여도 그들은 상관하지 않았다.

다음은 장군이 돌아와 주군에게 보고한 내용이다.

　이곳 사람들은 스스로를 '프로테스탄트'라고 부른다. 그들이 바라는 것은 원하는 종교를 마음껏 실천할 수 있는 자유이다. 십자가에 못박힌 신을 신봉하되 그 방식에 변화가 일어나기를 희망한다. 어떤 제례의식에는 큰 집착을 보였지만 또 다른 의식은 무시한다. 또한 사제의 결혼을 찬성하며 이미 루터 자신이 그 모범을 보여 아내와 자녀를 두고 있는데 사제의 결혼과 육체적 관계는 그리스도교 세계에서 원칙적으로 금지된 행위이다. 그들은 사후 가게 되는 장소와 구원 받는 방법, 즉 십자가에 못박힌 신을 만나서 하늘로 올라가는 최선의 방법에 몹시 집착한다(그런데 그들의 신은 특정 시기가 되면 다시 지상으로 내려온다고 하니, 찰코 치막은 이들의 길이 서로 어긋날 수도 있지 않을까 하는 의문이 들었다). 그들은 꺼지지 않는 불에 영원히 불타는 지하 세계에 큰 두려움을 가지고 있다. 중간 세계도 있는데 그곳에서 일정 기간이 지난 후 빠져나와 하늘로 올라갈 수도 있지만 생전에 돈을 주고 그 자격을 살 수 있다고는 믿지 않는다.

찰코 치막이 더욱 관심을 가지고 경청한 또다른 문제는 그들이 '선행'이라고 부르는 것과 관련 있다. 구원을 받으려는 목적으로 선행을 행하는 것이 과연 합당한 일인가? 이에 대한 프로테스탄트들의 입장은 단호했다. 사후 어디로 가는지는 생전의 행동에 따라 결정되는 것이며, 선행은 사심없이, 오로지 십자가 신의 뜻에 따라 행해져야 하고 보상받고자 하는 욕망 속에 하는 행동은 선행이라고 할 수 없다는 것이다. 찰코 치막은 누구를 구원하고 누구를 불구덩이에 던질지 신이 어떻게 판단하는지는 물어보지 않았다. 솔직히 말하면, 현지 종교에 대한 그의 관심은 오로지 어떻게 하면 그 속에서 정치적 이득을 건질 수 있을까 하는 것 뿐이었다. 그 종교가 유발하는 의문점과 파생되는 도덕적 문제 따위에는 전혀 관심이 없었다.

그렇지만 상대방은 그렇지 않았다. 멜란히톤은 질문이 많았다. 방문객의 나라와 풍습, 그들의 신에 대해 궁금한 것이 많았다. 그곳에서도 전쟁을 하는지, 노예가 존재하는지, 십자가 신에 대해서 한번도 들어본 적이 없는지, 태양신은 정의로운 자에게 상을 내리고 사악한 자를 벌하는지 물었다. 타완틴수유의 위치에 대해서도 몹시 궁금해했다. 많은 사람들이 잉카인들을 인도 사람으로 혼동하는데 비해 멜란히톤은 그게 아니라는 것을 이해하는 것 같았다.

그는 대화와 협상에 열린 마음으로 참여하는 사람으로 느껴졌다. 하지만 위대한 개혁 사제 루터는 결코 쉬운 상대가 아니며 상당히 강하고 완고한 성격이라는 점을 그의 말에서 짐작할 수 있었다. 그의 그런 성격은 세월이 흘러도 조금도 달라지지 않았다는 것이 모든 이의 공통된 생각인듯 했다.

두 사람의 대화는 다른 화재로 이어지며 오래도록 계속되었다. 붉은 수염의 학자는 여러 잔의 맥주를 마신 뒤 이렇게 말했다.

"아우크스부르크는 독일의 피렌체고, 푸거 가문은 오늘날의 메디치 가문이라오."

지나가는 말 끝에 나온 이 언급이 상당히 흥미롭다고 생각한 찰코 치막은 그 발언을 주군에게 그대로 보고했다.

55. 루터

첫 번째 만남이 '대학(우니베지테트)'이라고 불리는 대형 건물 안 1,000명의 청중석이 마련되어 있는 강당에서 작센 선제후의 참석 하에 이루어졌다.

루터는 성난 황소 같은 느낌을 주었다. 아타우알파는 연단 위 히구에나모타와 찰코 치막 사이 상석에 앉았고 프로테스탄트의 대부는 그들의 맞은 편에 자리잡았다. 사제의 말투는 마치 도끼 찍는 소리처럼 딱딱하게 들렸는데 그의 말을 멜란히톤이 에스파냐어로 옮겨 주었다. 그런데 그의 발언은 조리가 없어서 정확하게 무슨 말을 하려는 건지 맥을 잡기가 어려웠다. 유대인에 대해 얘기를 많이 했는데 저들이 저지른 끔찍한 범죄들을 열거하면서 가장 혹독한 벌을 받기를 바랐다. 그의 말대로라면, 유대인은 '악마의 똥으로 가득 찬' 자들이기 때문에 살려두어서는 안된다는 존재였다. 설령 죽이지는 않더라도 최소한 미친 개 몰아내듯 그들을 독일 땅에서 모조리 쫓아내고 집도 불태워야 한다고 그는 강변했다.

그는 쉬지도 않고 한 시간 가까이 이 주제에 대해 열변을 토했다. 아타우알파는 잠자코 그의 말을 들었다. 이런 상황에서 언제나 그랬던 것처럼 태연한 얼굴로(그런데 사실, 이런 일은 전례 없는 경우이긴 했다), 이해하지 못하고 있다는 사실을 전혀 드러내지 않고 묵묵히 자리를 지켰다.

이윽고 루터는 그날의 주빈, 바다 건너온 방문객에 대한 이야기로 화제를 돌렸다. 그는 아타우알파와 그 일행이 죄인들을 벌하고 교회를 정화하기 위해 주님께서 보내신 사절단이라고 굳게 믿고 있었다. 그들이 신봉하는 태양은 하나님을 실체화한 은유일 뿐이며 아타우알파는 메시아의 환생이거나 아니면 적어도 또다른 예언자 혹은 지상으로 내려온 천사라고 여겼다.

그러나 루터 자신 또한 하나님의 뜻을 세상에 전파하라는 소명을 직접 부여받은 자이므로 입을 다물고 있을 수가 없었다. 잉카에게 경고해야만 했다. 저 여인(그는 손가락으로 히구에나모타를 가리켰다)을 곁에 두는 것은 좋지 않다고 말했다. 멜란히톤은 그 말을 옮기지 않고 멈췄지만, 독일어를 알아듣지 못해도 모두가 그의 말을 이해할 수 있었다.

이 나라는 기온이 낮아 추웠기 때문에 히구에나모타 역시 옷을 입고 있었다. 그러나 그 유명한 알몸 공주에 대한 소문을 루터 또한 들어서 알고 있음이 틀림없었다.

그가 그녀를 마귀가 보낸 위험한 자로 의심하는 것도 무리가 아니었다. 히구에나모타는 그런 그를 조롱하며 즐겼다. 그날의 장면을 루카스 크라나흐가 작품으로 남겼는데, 그림 속 히구에나모타는 자리에서 일어나 옷을 슬쩍 들어 자신의 육체를 드러냈고 청중들은 놀라 입을 쩍 벌리고 있다.

입가에 경멸하는 듯한 미소를 띤 채 도발적 자세로 당당하게 서있는 그녀의 모습에 청중석에서는 지탄과 찬사가 뒤섞인 웅성거림이 터져나왔고 루터는 쿠바 여인의 벌거벗은 몸을 나무라는 듯 손가락질하며 말했다.

"남자의 어깨가 넓고 엉덩이가 좁은 것은 지성을 타고났기 때문이오. 여자의 어깨가 좁고 엉덩이가 큰 것은 아이를 낳고 집에서 살림을 하라는 이유임을 명심하시오."

회의는 다른 날로 미루어졌다.

56. 딜레마

"그 자를 죽여요!" 히구에나모타가 말했다.

하지만 그것은 그리 간단한 문제가 아니었다.

루터의 제거는 푸거와 한 약속의 일부였다. 이 약속이

지켜질 때 푸거는 프로테스탄트 유권자 두 명의 표를 매수하는데 필요한 수십만 플로린을 빌려줄 것이다. 그러나 이와 동시에 그 두 명의 유권자를 잃은 모든 친루터파 제후들을 슈말칼덴 동맹의 깃발 아래 하나로 결집시키는 결과로 이어지게 될 것이다.

아타우알파에게는 제후들의 동맹을 깨뜨릴만한 무력 수단이 없었다. 병력의 1/3은 키스키스의 인솔 하에 에스파냐에 남아 혹시 있을지도 모르는 슐레이만과 페르디난트의 공격에 대비하고 있었으며 나머지 2/3는 벨기에와 신성로마제국 서부 지역 방어를 위해 남겨두었기 때문이다.

그렇다고 해서 평화적인 방법으로 선출되는 것도 불가능했다. 그러자면 루터의 죽음과 루터의 승인이 동시에 필요했기 때문이다.

아타우알파가 고심하고 있는 동안 비텐베르크에 백성들이 구름처럼 몰려들었다. 루터와 아타우알파의 만남이 사람들을 희망에 들뜨게 한 것 같았다. 물론 그들은 루터가 토마스 뮌처를 부인하고, 제후들과 협력하여 농민봉기를 탄압하는 등 배신 행위를 했던 과거를 잊지 않았지만 그럼에도 불구하고 알자스 농민 운동의 12개

조항을 알고 있었다. 그들은 아타우알파 황제가 독일 전역에 새로운 법을 확대해 주기를 희망했다. 이 작은 도시의 시장 광장과 골목에 모여드는 백성의 수가 계속해서 늘어갔다.

한편 찰코 치막은 멜란히톤의 집을 방문해 맥주를 마시며 다음 회담 성사를 위해 논의했다.

멜란히톤은 다음 회담 전에 사과하는 것이 좋겠다고 루터를 설득해둔 상태였다.

태양 종교를 어떻게 규정할 것인가가 두 사람 간의 중요한 논점이었다. 정치적 이유 때문에라도 태양교를 이단이나 가짜 선지자 마호메트 종교와 같은 수준으로 취급할 수는 없었다. 아타우알파의 잇따른 승리가 하나님이 그의 편임을 입증하고 있었기 때문이다. 사실상 제5지대 여러 국가들의 패배는 그들의 부패에 대한 하나님의 단죄임이 분명했고, 이는 루터의 주장이 진실임을 다시 한 번 입증하는 것이기도 했다. 그런 이유로 루터는 아타우알파를 사탄이 아닌 하나님의 사자(使者)로 간주했던 것이다. 태양신은 하나님을 의미한다고 인정했다. 마치 십자가에 못박힌 신 추종자들의 설명에 따르면 구약성서가 신약성서의 출현을 예견하는 이야기의 모음집인 것처럼, 잉카 종교는 바다 건너 세계에 맞게 재단된 또 다른 복음 해설임을 루터가 받아들이게 될 것이라고 멜란히톤은 내다보았다.

"태양교가 신약의 초벌판이라는 뜻이오?" 장군이 물었다.

"초벌이라기 보다는 또 다른 해석판이라고 해둡시다." 멜란히톤이 대답했다.

찰코 치막은 유대인에 대한 루터의 발언에 대해서도 논의가 필요한지 물어보았다.

멜란히톤은 그 질문에 손을 내저으며 말했다.

"그 문제에 대해서 그는 일종의 강박증 혹은 편집적인 집착이 있어요. 논의에 이 문제를 끼워 넣으면 안됩니다. 그냥 그가 하고 싶은 말을 하도록 가만히 두기만 하면 됩니다."

그들은 다음 회담 장소로 성 교회를 선택했다. 찰코 치막은 멜란히톤과의 대화를 마치고 안도감, 심지어 약간의 들뜬 기분을 안고 돌아왔다. 사실 그날 맥주를 많이 마신 탓도 있었다. 주군을 만난 자리에서 그는 멜란히톤의 조언을 들은 그대로 전했다.

"루터가 말하도록 내버려 두고 가능한 모든 것에 동

의해 주시면 폐하께서도 그 자로부터 원하는 답을 얻으실 수 있을 것입니다."

57. 성 교회

대학자 에라스무스가 몸소 발걸음을 했다는 소문이 들려왔다. 종교 박해를 피해 피신해 머물던 바젤에서 몇 년 전 숨을 거두었다는 풍문이 돌던 자였다. 동시대 가장 이름난 위대한 개혁가 두 사람의 만남이 갖는 역사적 의의에 대해서 많은 말이 오갔다. 그러나 그들의 만남이 어떤 결과를 낳을지에 대해서는 그 누구도 예측할 수 없었다. 독일 전역과 제5 지대 전체, 그리고 로마까지 모두가 숨죽이고 그 결과를 기다렸다.

한편 도시는 도시대로 흥분에 찬 사람들로 어수선했다. 수없이 많은 소책자와 인쇄물이 나돌았다. 아타우알파, 뮌처, 아기 요한의 초상화와 판화가 곁들여진 12조 요구서 인쇄물이 손에서 손으로 퍼져 나갔다. 끈 달린 농민 신발 그림이 도시 성벽 곳곳을 장식했다. 루터를 가리켜 '비텐베르크의 살찐 고깃덩어리'라고 규탄하는 팜플렛도 있었다. 엄청난 수의 농민들이 밀려들어 도시로 들어오는 성문 주위에 진을 치자 작센 선제후 장 프레데릭은 보병 부대를 성문 앞에 배치시켜 그들이 도성 안으로 쏟아져 들어와 불상사를 일으키지 못하도록 대비했다. 무지개 깃발이 작센 깃발과 나란히 나부꼈다.

그러나 성 교회 안의 분위기는 매우 부드러웠다. 루터는 공개적으로 히구에나모타에게 자신의 결례를 사과했다. 그리고 태양교를 다른 형태의 복음으로 인정할 수 있다고 말했다. 물론 그는 하나님이 만드신 질서를 뒤엎으려는 과격한 당파주의자들과 광신자에 대해 격렬한 비판을 가하면서, 폭력을 부르는 일체의 시도를 엄중히 문책해달라고 모든 참석자들에게 요구했다. 분명하게 명시하지는 않았지만 12개조 요구서에 대해서도 자신의 생각을 넌지시 표명했다. 일부 요구의 정당성에 대해 인정하는 발언을 했다("드디어 그가 나서는군!" 하고 생각하는 사람들이 있는가 하면, "진작 그럴 것이지. 여태 뭐하다가 이제야 저러는거야!"하고 말하는 자들도 있었다). 그는 제후들에게 반성과 성찰을 요구하면서 양보할 수 있는 것은 양보하라고 주문했다. 유대인에 대한 비판은 조금 약해졌다.

지난번과 달리 아타우알파는 역할 교대를 수락해 상

석이 아닌 신도들이 앉는 나무 벤치 첫 번째 줄에 자리를 잡았다. 그의 옆에는 루터의 사과를 너그럽게 받아들인 히구에나모타가 앉았다. 루터가 주교좌에 자리했다. 다시 말해 아타우알파보다 상석에 앉은 것인데 평상시라면 결코 받아들이지 않았을 일이었다.

"제국을 얻는 일에 그 정도 양보는 해야 하지 않겠소?"

아타우알파는 웃으며 선제후에게 말했다. 루터가 유대인을 비난하는 발언을 꺼내자 찰코 치막과 멜란히톤은 걱정스러운 눈길을 주고 받기도 했지만 전체 발언에서 보면 그다지 중요하지 않은 극히 지엽적인 부분에 불과했다.

세비야 칙령과 유사한 원칙적 합의가 거의 이루어졌다는 점이 중요했다. 회의가 끝나자 참석자들이 서로 자축했다. 장-프레데릭 작센 선제후와 요아힘 2세 헥토 브란덴부르크 선제후는 벌써부터 아타우알파 지지의 대가로 얼마를 요구할지 상의했다(10만 플로렌을 요구하자는 말이 나왔지만 잉카에게 그만한 돈이 있을 리 없었다). 멜란히톤과 찰코 치막은 남들이 듣지 못하게 둘이서 나지막이 대화를 주고 받았다. 합의를 문서로 작성해

서명을 받아두기 위한 논의로 보였다.

그들의 대화가 그것이 아니었음을 오늘날 우리는 알고 있다.

58. 교회문

5일째 되는 날 아침, 까마귀 떼가 첨탑 위로 날아올랐다. 최종합의를 위한 양측의 회담 장소인 교회 문 앞에는 구름같은 군중이 모여들었다. 나무로 된 문 위에는 25년 만에 다시 벽보가 붙었고 그 내용이 궁금했던 사람들이 다닥다닥 붙어서 큰 소리로 벽보를 읽어 내려갔다. 그 소리가 도시 전체에 쩌렁쩌렁 울려퍼졌다(문서는 독일어로 씌어 있었다).

얼마 후 그가 나타났다. 먼저 웅성거림이 일더니 그가 지나가는 방향을 따라 군중이 반으로 갈라지며 길을 터주었다. 그는 검은 베레모에 검은색 옷을 입고 배가 나온 사제였다. 약간 기름진 그의 얼굴은 근엄하지만 지쳐 보였고 평소의 날카로웠던 눈빛도 이 날은 찾아볼 수가 없었다. 발걸음도 무거워 보였다. 하지만 늘 그랬듯이 그의 존재 자체에 사람들은 경외감을 느끼며 스스로 위축되었다.

사람들 사이에 웅성거리는 소리가 커지자 그는 오래 전부터 당연히 자신의 것이라고 여겨왔던 교회 문 앞으로 다가갔다. 그의 얼굴은 시뻘겋게 달아올라 있었다.

59. 태양신에 관한 95 개 조문

1. 태양신은 창조주의 은유가 아니다.

2. 태양신은 그 자체로 창조주이며 모든 생명의 근원이다.

3. 비라코차는 태양의 아버지 혹은 아들이며, 또한 달의 아버지 혹은 아들이다.

4. 잉카는 태양신의 지상 대리인이다.

5. 잉카는 잉카 제국 건국왕 망코 카팍과 그의 누이동생 마마 오클로의 자손이며, 망코 카팍과 마마 오클로는 태양신의 아들과 딸이다.

6. 망코 카팍과 마마 오클로의 혈통을 이어받은 잉카 역시 태양신의 후손이다.

7. 잉카는 태양신의 두 번째 자손의 혈연이다. 망코 카팍이 비라코차의 동생 혹은 손자이기 때문이다.

8. 따라서 구종교의 대표자 교황의 권위는 잉카와 그의 신하, 태양신 신봉자에게 아무런 의미가 없다.

9. 구시대의 1531년은 새로운 시대의 첫해로 간주한다. 잉카가 대양을 건너 이 땅에 온 해이기 때문이다.

10. 지축이 흔들리고 리스본이 태양신의 아들에게 문을 열었으니, 이 땅의 사람들이 그 문을 다시 닫지 못할 것이다.

11. 구시대 초창기 테르툴리아누스가 고안해낸 삼위일체 개념은 태양, 달, 천둥의 불완전한 비유에 불과하다.

12. 달을 상징하는 동정녀 마리아가 마땅히 차지해야 할 자리를 성령이 차지하고 있는 것만 보아도 삼위일체의 불완전성이 드러난다. 만약 천둥신을 넣고자 했다면 삼위일체가 아닌 사위일체라고 했어야 옳았다.

13. 천둥신이 불망치로 땅에 벼락을 내리치는 것은 사실이지만 태양신의 힘에는 비할 바가 못된다.

14. 요셉, 마리아, 예수로 이루어진 성(聖)가족은 더더욱 태양신과 달신, 그리고 그들의 아들이

자 아비인 비라코차의 메타포로 인정할 수 없다. 요셉은 신이 아닐 뿐 아니라 가짜 메시아 예수를 입양한 자일 뿐이기 때문이다.

15. 동정녀 마리아의 예수 잉태라는 이야기는 늙은 성불구자 요셉을 남편으로 둔 마리아의 부적절한 임신을 정당화하기 위해 꾸며낸 허구일 가능성이 크다.

16. 태양신은 달의 신과 완전한 결합을 통해 비라코차, 그의 동생 망코 카팍, 그리고 대지의 신 파차마마를 낳았다.

17. 달이 마리아를 비유한 것이지 마리아가 달을 비유한 것이 아니라고 주장하는 사람들은 더 이상 이런 오류를 고집해서는 안 된다. 만약 그들의 주장이 진실이라면 그들의 신이 잉카가 이 땅에 오는 것을 허락하지 않았을 테니까 말이다. 그러나 현실은 아타우알파가 조상인 태양신과 달신의 가호 속에 이 세계를 정복했다는 사실이다. 사람들은 거짓 우상과 가짜 메시아 숭상이라는 과오에 빠져 있다.

18. 진정한 예루살렘은 예루살렘에 있는 것이 아니라 대양 건너편, 세상의 배꼽인 쿠즈코에 있다.

19. 교황과 그의 사제들은 죄를 사해주는 대가로

돈을 요구해서는 안된다. 그들에게는 그럴 권한이 없기 때문이다.

20. 인간은 죽음을 통해 모든 것으로부터 벗어난다.

21. 로마 교회가 판매하는 면죄부만 있으면 모든 고통에서 벗어나 구원 받을 수 있다고 떠드는 자야 말로 죄를 짓고 있는 것이다.

22. 가난한 자에게 필요한 것을 나누어 주거나 빌려주는 것이 면죄부를 사는 것보다 낫다는 것을 그리스도교도들에게 가르쳐야 한다.

23. 불쌍한 사람을 보고도 도와주지 않으면서 면죄부만 사는 것은 교황으로부터 면죄를 얻는 것이 아니라 비라코차의 노여움을 불러들이는 행위임을 그리스도교도에게 가르쳐 주어야한다.

24. 재산이 충분하지 않다면 집에 필요한 물품을 갖출 생각을 해야 하며, 면죄부를 사느라 가산을 낭비해서는 안된다고 그리스도교도에게 가르쳐야 한다.

25. 주교, 신부, 신학자는 신도들에게 이런 말을 전하면서 그 이유도 설명해주어야 한다.

26. 어째서 그들의 신은 최초의 남자와 여자를 낙원에서 쫓아낸 것이냐는 질문에 합리적 이유를

대지 못하고 그리스도교인들은 유혹하는 뱀, 금단의 사과, 타락한 여자로 시작하는 우화를 비롯해 온갖 기상천외한 이야기를 만들어내 설명하려 든다.

27. 저들이 숭배하는 신의 살과 피를 먹고 마신다는 구교도들에게 어찌하여 그다지도 야만스러운 식인 행위를 행하느냐고 물어보면 그들은 놀라 대답하지 못하며, 다만 몇몇 루터교도들만이 신은 종교의식 안에 상징으로만 존재하고 있음을 인정하고 있다.

28. 어떤 사람은 구원이 되고 또 어떤 사람은 파멸하도록 모든 것이 예정되어 있으며, 생전의 업적과 행동에 관계없이 지옥 문 앞에서 떠돌도록 정해져 있다고 믿는 사람들은 구원받을 자와 버림받을 자를 자기 마음대로 정해버리는 신의 잔인함과 횡포에 대해 고민해 보아야 한다. 그들이 그토록 비웃어 마지않는 유대인들의 신과 무엇이 다른가?

29. 자신이 숫처녀임을 내세워 다른 여자들보다 우월하거나 아니면 적어도 동등하다고 으스대는 여인이 있다면 그녀는 '사탄의 동정녀'라고 말한 루터의 지적은 옳다. 비록 사탄은 기독교 세계의 미신이 만들어낸 존재일 뿐이지만, 이 말

을 통해 루터가 전하고자 하는 뜻은 처녀성 그
자체로는 아무런 가치가 없으며, 결혼의 조건
으로 요구되어서도 안 된다는 것이다.

30. 어째서 십자가에 못박힌 신의 추종자들에게는
그들의 신이 다른 어느 누구와도 구별된 유일
한 존재로 인정받는 것이 그리도 중요하단 말
인가? 우리로서는 그 이유를 이해할 수가 없다.

31. 십자가에 못박힌 신은 모세와 다른 성인들이
그랬던 것처럼 모범이 될 수도 있지만 그의 삶
은 그저 자기 것일 뿐, 기독교인이건 아니건 그
어느 누구도 어떤 방식으로든 구원하지 않았
다.

32. 태양신은 다른 신의 죽음을 요구하지 않는다.
자신의 우월성과 능력을 지키려 애쓸 필요도
없다. 다른 어떤 신도 그의 능력에 미치지 못하
기 때문이다.

33. 태양신은 시샘하거나 백성을 선택하거나 소수
의 인간을 구원하기 위해 나머지 사람들을 암
흑 속에 던져 놓지도 않는다. 그는 대지의 모든
인간들에게 자비의 빛을 골고루 비추어 준다.

34. 마찬가지로 태양의 자손 잉카 또한 어느 누구
예외없이 지상의 모든 백성에게 골고루 선을

베푼다.

35. 오직 감화시키거나 예수를 측은히 여기거나 유
대인을 욕하거나 혹은 인간의 나약하고 미숙한
방황을 비판할 목적으로만 예수를 가르치는 이
들이 적지 않다.

36. 십자가에 못박힌 신의 아버지가 세상을 창조한
뒤 아들을 보내 인간을 구원하게 했다고 믿는
것은 참으로 유치하다. 트로이 전쟁이 벌어지
는 동안 신은 어디에 있었나? 잠을 자고 있었
나? 그리스인들을 신의 존재도 모르도록 내버
려둔 이유는 무엇인가?

37. 현자 중의 현자 플라톤과 아리스토텔레스에게
신은 어째서 자신의 존재를 알려주지 않았는
가? 그토록 오래 기다린 이유가 무엇인가? 그
때는 구원받을 죄인이 없었던가?

38. 창조 뒤에 파괴가 오고, 파괴 뒤에 창조가 오듯
이 시대는 계속 이어진다.

39. 최초의 시대는 나뭇잎 옷을 걸치던 최초의 인
간 시대였다.

40. 두 번째는 평화를 구가하던 2세대 인류 시대였
다. 이 인류는 대홍수로 막을 내렸다.

41. 세 번째는 파차카막을 숭배하던 야만인 시대였

다. 그들은 끝도 없이 전쟁을 했다. 천둥의 딸이 그들에게 철을 가져다 준 것도 이 시기였다.

42. 네 번째는 전사들의 시대였다. 이때에 이르러 세상은 네 덩어리로 나뉘어졌다.

43. 다섯 번째는 태양신의 시대이다. 이 시기는 잉카가 지상을 다스리기 시작한 시기와 일치한다. 네 개의 덩어리로 이루어져 있던 세계는 다섯 번째 덩어리가 하나 더 늘었다. 바로 이곳이다.

44. 구 종교는 잔인했을 뿐 아니라 그 편파성과 자의적 징벌, 부당한 법령으로 인간을 학대했지만, 태양교는 정의롭고 현명하며 공정하다.

45. 어떤 아비가 신이라고 하면서 자신의 아들을 희생시킨단 말인가?

46. 인간에게 자유의지를 주어 죄를 짓게 하는 것은 무슨 이유인가?

47. 왜 죄를 짓게 내버려 두었다가 나중에 벌을 주는가?

48. 어린 아이들은 누가 와서 십자가에 못박힌 신에 대해 이야기 해주기 전까지는 그 존재를 알지 못하지만, 세상에 태어난 바로 그날부터 그들은 태양을 접한다. 그렇기 때문에 아이도 어

른도 그 어떤 태양 숭배자도 세례를 받을 필요
가 없다.

49. 사도 바오로는 자신이 모시는 십자가 신의 존
재를 알지 못하는 사람이 있을까봐 걱정했다. '
한번도 들어본 적이 없다면 어떻게 그들이 주
님을 믿을 수 있겠는가?' 이것이 그의 걱정이
었다. 그러나 태양신에게는 선교사가 필요 없
다. 언제나 하늘에 빛나고 있으며 매일 저녁 바
다 아래로 내려가 잠들었다가 아침이면 산 위
로 떠오르기 때문이다.

50. '믿음은 듣는 것에서 온다'라고 바오로는 말했
다. 하지만 태양신에 대한 믿음은 배울 필요가
없다. 고개를 들어 하늘을 보면 된다.

51. 그러나 바오로는 진리에 대한 예지력으로 다음
과 같이 말했다. '밤이 깊고 낮이 가까웠으니 그
러므로 우리가 어둠의 일을 벗고 빛의 갑옷을
입자.'(로마서 13장 12절)

52. '믿음이 연약한 자를 너희가 받되 그의 의견을
비판하지 말라.'(로마서 14장 1절)

53. '어떤 사람은 모든 것을 먹을만한 믿음이 있고,
믿음이 연약한 자는 채소만 먹느니라.'(로마서
14장 2절)

54. '먹는 자는 먹지 않는 자를 업신여기지 말고 먹지 않는 자는 먹는 자를 비판하지 말라. 이는 하나님이 그를 받으셨음이라.'(로마서 14장 3절)

55. '비라코차의 나라는 먹고 마시는 것이 아니요 오직 태양신이 주는 의와 평강과 희락이라.'(로마서 14장 17절에 비추어 옮김)

56. 백성들에게 '적 그리스도와 싸우라'고 말하는 예언자들은 떠나라! 그들이 없는 곳에 적 그리스도가 있다고 자기들 입으로 말했으니!

57. 태양신은 가난한 이들의 권리를 옹호한다.

58. 태양신이 대지를 창조하신 것은 모든 이가 땅에서 나는 소금을 맛볼 수 있게 하기 위함이다.

59. 태양신도 대지의 신도 어느 누구에게든 곡물과 가축 십일조를 강요하지 않는다.

60. 토지는 매매나 임대될 수 없으며 이자의 대상도 아니다.

61. 토지를 독점해서는 안된다. 땅은 각자 필요한 만큼 배분되어야한다.

62. 물은 토지의 일부이며 누구나 자유로이 이용할 수 있다.

63. 물고기는 강의 소유다

64. 사냥감은 숲의 소유다.

65. 숲은 대지의 일부이며 대지는 태양에 속한다.

66. 태양은 농노를 알지 못한다. 모두가 인간이라는 것을 알 뿐이다.

67. 잉카는 태양신의 자손이지만 신은 우리를 구분 없이 똑같은 자녀로 대한다.

68. 태양이 빛나는 곳에서 카인이 아벨을 죽이는 일은 일어나지 않는다.

69. 설령 그런 일이 발생한다 해도 카인을 심판하는 자는 인간 즉, 그의 다른 형제들이다.

70. 산 자가 자신이나 다른 이의 죽음에 세금을 지불하는 일은 옳지 않다.

71. 정부(情婦)를 두고 편애하는 제후들은 위선자들이다.

72. 자신의 사생아를 높은 자리에 앉히는 교황 또한 그 위선이 제후들 못지 않다.

73. 대지는(지구는) 아버지 태양 주위를 돈다.

74. 태양이 우주의 중심인 것은 지극히 당연하다.

75. 우리 주 예수 그리스도는 인간을 창조하신 태양신의 아들이다.

76. 그는 비라코차의 막내동생 혹은 손자이다.

77. 우리 주 예수 그리스도는 제5 지대에 속하며 망코 카팍은 사방위 제국에 속한다.

78. 그러나 예수 그리스도와 망코 카팍 중 누가 더 위에 있는가는 따질 필요가 없다. 우리 주 예수 그리스도가 말씀하신 복음을 실행하려고 망코 카팍의 자손들이 이곳에 왔기 때문이다. 예수 그리스도의 자손이 사방위 제국으로 온 것이 아니다.

79. 신은 우리가 바다 건너 제국에 복음을 전파하길 원하지 않으셨다.

80. 교황은 오직 자기 자신의 대표일 뿐이다. 그는 성 베드로의 아들이 아니다.

81. 교황의 인색함과 탐욕을 고발한 루터의 행동은 옳았다.

82. 정의를 요구하는 농민을 비판한 루터의 행동은 잘못이다

83. 제후들의 게으름과 부패를 비판한 루터의 행동은 옳았다.

84. 사람들의 성적 특정 행위를 타락으로 규정하고 비판한 루터의 행동은 잘못이다.

85. 성 천사의 성(城)(산탄젤로 성) 안에서 바빌론 대 탕녀의 자리를 본 루터는 옳았다.

86. 교황에게서 적그리스도의 모습을 본 루터는 옳았다. 그러나 토마스 뮌처에게서 적그리스도를 본 것은 잘못이다. 뮌처의 유일한 죄는 가난한 이들의 행복을 바란 것이다.

87. 루터는 한 시대의 종말을 예견한 예언자이다.

88. 그러나 그는 새로운 시대의 도래를 알지 못했다.

89. 잉카는 새로운 규범과 정신을 구현하는 자다.

90. 제후들은 태양신의 지상 대변자가 아니다.

91. 잉카만이 태양신의 유일하고도 적법한 대변자다.

92. 제후들은 잉카의 대변자이다. 다시 말해 잉카 부재시 잉카를 대리할 수 있다.

93. 제후의 권위는 잉카로부터 나온다.

94. 잉카의 법이 제국의 법이다.

95. 신은 태양의 다른 이름이다.

60. 루터의 최후

위 95개 조문을 누가 작성했는지에 대해서는 아무도 정확하게 알지 못한다. 다만 상당히 많은 이름이 사람들의 입에 오르내릴 뿐이다. 그중에는 슈바벤의 설교가 크리스토프 샤펠러, 농민 12개조 요구서 작성자 율리히 슈미트, 무신론자로 비판 받았던 형제 화가 한스 세발트와 바르텔 베함, 재침례파 교도 필그람 마르펙, 인쇄업자들, 루터의 직속 제자를 포함한 학생들과 멜란히톤도 포함되어 있다. 아타우알파가 이 문서의 작성을 지시했는지 여부는 지금까지도 증거가 없어 확인할 길이 없다.

루터가 분노에 차 길길이 뛴 것은 물론이다. 의심할 여지 없이 이 성명서에는 적어도 부분적으로 루터 개인에 대한 인신 공격이 포함되어 있었다. 그가 이 문서에 동의했을리 만무했다. 자신이 몸담고 있던 대학교 안에 격렬한 분노의 목소리가 쩌렁쩌렁 울려퍼졌다. 그야말로 어마어마한 소동이었다.

단지 이 정도로 끝날 일이 아님을 알고 있는 작센 제후 장-프레데릭은 야간 통행금지령을 내리고 병사들을 시켜 도시를 순찰하게 했다.

대비에도 불구하고, 벽보가 붙은 바로 다음 날 첫 번

째 폭동이 발생했다. 제후의 병사들이 시위자들을 막아섰다. 집이 불타고 시체가 길거리에 뒹굴었다. 명망 높은 교수들이 폭동을 멈추라고 호소했으나 아무 소용이 없었다. 학생들도 양 진영으로 갈라졌다. 대학 건물에 화재가 발생해 인접해 있던 루터의 집까지 삼켜버리자 그는 멜란히톤의 집으로 피신을 갔으나 들리는 소문에 의하면 그의 문은 굳게 닫혀 있었다고 한다.

이런 소란이 벌어지고 있는 동안 아타우알파는 개입을 일체 삼가했다. 타 도시에 머물고 있던 그의 군대는 어떤 이유로도 절대 움직이지 말라는 명령을 받았다. 도와달라는 제후의 요청에도 귀를 닫았다. 황제의 개인 호위대는 머물고 있던 성 밖으로 한 발자국도 나가지 않았다.

짐수레에 실린 건초 더미 아래 숨어 탈출을 시도하던 루터는 분트슈(끈달린 농민 신발) 깃발을 휘날리며 거리를 누비던 농민 무리에게 적발되고 말았다,

그는 두드려 맞고 고문당하고 장기가 적출되고 팔다리가 찢겨나간 뒤 불태워졌다.

루터의 죽음만으로는 성난 농민들의 흥분이 가라앉지 않았다. 작센 공국과 독일 전역에서 불길이 솟아 올랐다.

장-프레데릭 작센 제후와 요아힘 헥토 브란덴부르크 제후 그리고 다른 몇 사람이 이 문제를 해결할 수 있는 유일한 자, 아타우알파와 평화 회복을 위한 협상에 나섰다. '각 지방은 원하는 한 가지 종교를 선택할 수 있다'는 협상 원칙에 따라 종교의 자유를 인정하는 비텐베르크 조약을 멜란히톤이 루터를 대신해 승인했다. 다시 말해 각 제후가 로마 교회의 감독과는 별개로 자신의 영토에 사는 백성을 위한 결정을 내릴 수 있다는 것이었다. 이는 세비야 칙령만큼 자유를 인정해준 것은 아니었지만 더 중요한 것은 다른 문제였다. 귀족의 특혜를 일부 인정해 준다는 약속을 간신히 받아낸 제후들은 농민들이 요구해온 12개 조항을 거의 전부 수락하기로 한 것이다. 공국의 통치권 거의 모두를 잉카에게 넘겨주기로 한 장-프레데릭과 요아힘 헥토는 그 대신 금전적 대가를 요구했다. 루터가 죽자 약속대로 푸거의 돈이 아우크스부르크로부터 도착했다. 두 선제후는 각자 10만 플로린을 챙겼다. 고향에 있을 때 아타우알파는 재산은 아끼는게 아니라고 배웠다. 특히나 정치적 목적이 있을 때는 더더욱 그랬다. 그는 일체의 흥정 없이 그들이 원하는 액수를 지불했다. 관대함 또한 전략의 일부였기 때문

이다. 그때나 지금이나 관대함은 황제의 위업과는 뗄 수
없는 조건이다.

61. 대관식

"신께서 경에게 기독교 세계의 모든 국왕과 제후를 넘
어 지금까지 오직 경의 선왕 카를로스 1세와 선대 카를
대제만이 누렸던 권력을 부여하셨으니, 경께서는 이제
세계 왕국 실현의 궤도에 올라서셨으며, 모든… 기독교
세계를 단일 지휘 아래 통합하게 될 것입니다."

요아힘-헥터의 삼촌이며 브란덴부르크의 선제후이
기도 했던 마인츠 추기경, 브란덴부르크의 알버트는 이
런 말로 아타우알파를 아헨 성당에서 맞이했다. 머리 위
에는 거대한 금빛 샹들리에가 빛나고 그 아래에는 십자
가를 든 성 바오로와 열쇠를 든 성 베드로(이들은 이 나
라에서 가장 인기있는 우상이었다) 조각상이 배치되어
엄숙함 속에 황제에게 최고의 위엄을 바치는 예를 표했
다.

여성스런 입술에 부드러운 피부, 날카로운 눈매의 추
기경은 아타우알파를 마치 가톨릭 신앙의 구원자인 것

처럼 소개했고, 아타우알파는 그런 그의 연설을 눈썹 하나 까딱하지 않고 들었다. 아무리 좋게 보아도 그의 연설은 약간 과장된 면이 있었다. 어차피 욕심내지 않았던 프랑스, 영국, 포르투갈을 제외하고는 제5 지대에서 가장 넓은 영토를 정복하기는 했지만 가톨릭 군주 페르디난트를 제국에서 몰아내고 오스트리아 영지 안에 가두어 아무런 지원도 없이 홀로 오스만 제국을 상대하게 만들었기 때문이다.

이후 태양 사원이 신대륙 곳곳에 세워졌으며 신성제국의 가톨릭 제후와 루터교 제후들도 속속 태양교로 개종하기 시작했다. 브란덴부르크 선제후도 그중 하나였다.

따라서 아타우알파가 예수 그리스도의 영광과 신대륙 기독교 신성을 드높이기 위해 나섰다는 말을 곧이곧대로 받아들이기에는 무리가 있었다.

더구나 로마 교황은 만약 아타우알파가 페르디난트에게 부여된 지위, 즉 형 카를로스의 정당한 후계자로서의 지위를 빼앗는다면 그를 파문하겠다고 공언하고 있었다(파문은 카톨릭 세계로부터의 상징적인 추방으로써, 국왕이 파문된 경우는 극히 드물었다).

추기경은 이런 정황에 전혀 개의치 않았다. 코메디 같은 면죄부 판매의 주역 중 한 명이자 루터를 극도로 증오했던 반대파였으며 카를로스 1세의 신성로마제국 황제 선출 당시 그에게 투표하는 대가로 거액을 챙기기도 했던 자였다(에스파냐 국왕의 사절이 이에 대해 "그자의 파렴치함에 부끄러움을 느꼈다"고 말할 정도였다). 그간 그가 보여온 정치적 이력을 살펴보면 그는 어떤 도덕적 양심이나 약속 때문에 행동에 제약을 받는 사람이 아니었다. 그렇지만 라인란트를 점령한 잉카 군대의 무력 앞에는 꼼짝할 수가 없었다. 그에게서 일체의 대안과 양심적 행동의 기회조차 빼앗아버렸던 것이다. 신성제국의 새로운 주인에 대한 그의 복종은 자명한 일이었고, 카를로스 즉위 때와는 달리 아타우알파는 그에게 대가를 지불할 필요조차 없었다. 금이 철을 대신할 수도 있지만, 때로는 그 반대 경우도 있는 법이니까 말이다. 잉카의 대관식을 위해 추기경은 자신이 가진 최고로 화려한 붉은색 가운을 걸치고 손가락에는 다채로운 빛깔의 값비싼 보석이 박힌 반지를 여러 개 동시에 끼고 나왔다.

페르디난트를 제외한 모든 선제후들이 새 황제에게 인사하기 위해 참석했다. 그들은 지금까지 당연하게 누려왔던 많은 특권을 포기해야 한다는 사실에 하나같이 울분을 느꼈지만 동시에 최악의 사태는 모면했다는 안도감도 뒤섞여 있었다. 루터는 죽어서 로렌 공작, 로렌 공작의 형제 기즈 공작과 함께 땅속에서 썩고 있지만 자기들은 살아남았다는 안도감이었다.

멜란히톤도 아헨 대성당에서 거행되는 대관식에 참석했다. 키토의 모험가가 이루어 낸, 통합 혹은 화합을 위한 위대한 의식이라고 부르기에 부족함이 없었다.

오래 전부터 신성로마제국은 수많은 공국과 백작국, 자유도시국가 등으로 분할된 집합체에 지나지 않았고, 당대의 가장 큰 힘을 가진 제국 내 대가문에 상징적 통치를 맡겨오고 있었다. 아타우알파의 황제 대관식은 이중으로 혁명적이었다. 아타우알파는 독일의 제후도 아니었을 뿐만 아니라 그저 상징적 군주도 아니었기 때문이다. 그는 혁명가이자 가난한 이들의 수호자였다. 백성들이 붙여준 이러한 칭호는 결코 상징적 의미가 아니었다. 그에게는 충분한 자격이 있었다. 볼살이 말랑말랑한 사제로부터 왕관과 통치권, 카를 대제의 지구본을 부여 받았지만, 그의 법은 이미 진작부터 제국 대부분의 영토, 나아가 프랑스 동부와 스위스 북부에까지 효력을 미치고 있었기 때문이다. 이들 지방의 권력자들은 농민 봉기 발생을 우려해 아타우알파의 개혁 정책을 도입할 수 밖에 없었다.

프랑스 국왕은 자신을 대신해 누이 마르그리트와 그녀의 사위 망코 카팍을 즉위식에 사절로 보냈다.

포르투갈 국왕은 동생인 베자 공작 루이스 왕자를 보냈는데, 베자 공작은 프랑수아 프랑스 국왕과 함께 바르바리아 원정에 참전했던 인물이다.

영국 국왕은 두번째 왕비인 앤 불린을 보냈다(첫 번째 왕비가 카를로스 1세의 숙모였기 때문에, 카를로스의 죽음과 관련된 일련의 사건을 고려할 때 그의 후임자를 축하하는 자리에 첫째 왕비가 오는 것은 적절하지 않았다).

하산 알-와잔 재상도 알제에서 발걸음을 했다.

로렌지노가 키스페 시사와 함께 방문했는데 이탈리아 스타일의 의복을 차려 입은 그녀가 지나가자 그녀의 아름다움에 감탄한 사람들이 웅성거리기도 했다.

대성당에 설치되어 있는 800년 된 거대한 '피리'가 연주되는 동안 세계의 쟁쟁한 인사들 앞에서 카를 대제의 석좌에 앉아서 아타우알파는 틀림없이 자신의 형 우아스카르를 떠올렸으리라. 이제 우아스카르 황제와 동등한 지위에 올랐을 뿐 아니라 위대하신 파차쿠티를 포함해 선조 어느 누구도 꿈꾸지 못한 업적을 그가 이루어낸 것이다.

62. 제국의 십계율

1. 첫 번째이자 가장 중요한 계율은 공물(혹은 부역) 의무가 면죄된 자에게 어떤 경우, 어떤 이유로라도 의무를 강제하지 않는다는 것이다. 그 대상에는 왕실 혈통의 잉카, 장군과 그 수하, 100인 규모의 소부대장과 그들의 자녀와 손자, 부족장과 일가친척이 포함된다. 하급 왕실 관리의 경우 임기 중에는 면제된다. 참전 중인 병사와 25세 이하 청년도 마찬가지이다. 그 나이에는 부모를 봉양해야 하기 때문이다. 노인도 50세 이후부터 면제된다. 과부와 기혼자, 소녀를 포함 모든 아녀자 또한 면제 대상이다. 환자는 완쾌될 때까지 유예된다. 장님, 절름발이, 손이 없거나 기타 모든 신체 장애를 가진 사

람들도 면죄된다. 그러나 말 못 하는 자와 듣지 못 하는 자는 말하거나 들을 필요가 없는 업종에 배치될 수 있다.

2. 위에 언급되지 않은 모든 신대륙 출신자는 공물 혹은 부역의 의무를 진다. 단, 태양 신전의 사제와 종복, 간택 받은 처녀들은 제외된다.

3. 어떤 이유로든 납부할 공물이 전혀 없을 때에는 노역을 하거나 국왕과 국가를 위한 임무에 시간을 할애함으로써 대신할 수 있다.

4. 자기 일이 아닌 업무를 강제할 수 없다. 다만 밭일과 군역은 모든 사람이 똑같이 따라야 한다.

5. 공물은 반드시 자기 고장에서 생산되는 것으로만 납부해야 한다. 자기 고장에서 생산되지 않는 물품을 구하러 다른 지방으로 가는 일이 있어서는 안된다. 잉카는 결코 자기 땅에서 생산되지 않는 것을 백성에게 요구하지 않는다.

6. 잉카와 그의 수하들을 위한 일에 고용된 일꾼은 그 임무 수행에 필요한 모든 재료를 제공 받는다. 예를 들어 귀금속 세공인에게는 그 일에 필

요한 금과 은 구리가 제공된다. 직물 제조인에 게는 면과 모가, 화가에게는 물감이 제공되는 등이다. 이 모든 것은 일꾼이 의무를 수행함에 있어 일체의 부담없이 오로지 노동력만을 제공할 수 있도록 하기 위함이다. 총 기간은 두 달, 길어도 세 달을 넘지 않는다. 해당 기간이 끝나면 더 이상의 추가 부역은 없다.

7. 모든 일꾼은 음식, 의복, 기타 세세한 필수품과 병에 걸렸을 때에는 치료약을 제공받는다.

8. 이 계율은 공물 징수에 관한 내용이다. 특정 시기에 각 지방의 수도에 심사 징수관과 계산원 혹은 끈에 묶은 매듭으로 공물과 부역의 양을 계산하는 기록관이 집결한다. 매듭을 점검하여 백성 개개인이 수행한 노동의 양, 그의 임무, 제후와 상관의 명령에 따라 수행한 출장, 기타 모든 활동을 파악할 수 있다. 이 모든 활동은 그가 납부(혹은 제공)해야 할 공물(부역) 양에서 공제될 것이다. 또한 관리 책임자들은 각 도시의 저장 창고에 비축된 모든 물품에 대해서도 조사, 보고해야 한다.

9. 쓰고 남은 공물은 공공 재산이므로 공공창고에 보관해 흉작이 들거나하여 물품이 부족해질 때를 대비한다.

10. 국왕, 도시, 국가에 대한 봉사로 부과되는 노동은 공물을 대신한다. 이 작업은 상호 협력을 필요로 하는 공동 업무이다. 길을 평평하게 닦거나 포석을 까는 일, 태양신전이나 기타 종교적 성역 재건 및 수리, 신전과 관련된 다른 모든 작업이 여기에 속한다. 또한 창고, 재판관과 정부 관리를 위한 공관 같은 공공 건물 건설, 교량 보수, 역참 건설, 토지 경작, 농산물 저장, 가축 방목, 공공재산, 문화, 기타 재산 보존 및 관리, 여행객이 묵을 숙소를 관리하고 그들에게 필요한 물품을 제공하는 일들을 강제할 수 있다. 이때 여행객에 제공되는 물품은 국왕 개인 재산으로부터 나온다.

63. 감자 시대

이로써 제5 지대는 전례 없는 평화와 번영의 시대를

구가하게 되었다. 그 시대가 지금까지 계속 이어지지는 않았지만 신대륙 역사상 가장 평온하고 융성했던 한 시기를 회고해 보는 것도 의미 있을 것이다. 단언할 수는 없지만 예기치 못한 돌발 상황만 벌어지지 않았다면 그 조화로운 시대는 훨씬 더 오래 이어졌을 것이다.

아타우알파는 인구 이동 정책을 단행했다. 슈바벤, 알자스, 네덜란드의 농민들을 에스파냐의 가장 메마른 황무지로 이주시켜 대대적인 관개 공사를 벌였던 것이다.

한편 에스파냐의 농민들은 독일의 추운 농촌으로 이주해서 감자와 퀴노아를 재배했다. 얼마 지나지 않아 감자와 퀴노아 재배는 제국 전역으로 퍼져 나갔다.

구대륙에서 온 찬카족 이주민 집단을 작센 지역에 정착시켜, 비텐베르크를 중심으로 남아있는 프로테스탄트들을 감시하도록 했다.

잉카는 필요에 따라 상품이 원활히 거래되도록 경제 구조를 정비했다. 아보카도와 토마토를 독일로 운반하고 대신 독일과 벨기에산 맥주를 에스파냐 백성에게 공급했다. 카스티야에서 생산되는 검은 술은 알자스의 노란빛 술과 거래되었다.

포르투갈과 협약을 체결하여 브라질 땅을 양도받는

대신 아타우알파의 제국은 포르투갈의 아프리카를 거쳐 인도로 이어지는 향신료 무역에 딴지를 걸지 않기로 약속했다.

우아스카르는 정기적으로 사절을 보내 새로운 소식과 형으로서 아우에게 개인적 안부를 전했다.

세비야는 세계의 중심지가 되었고 리스본은 날로 번성해갔다. 북부 항구도시 함부르크, 암스테르담, 안트베르펜은 푸거 가문의 자본이 집중되어 크게 성장했다. 항구를 통한 무역으로 푸거가의 부가 더욱 축적되었음은 물론이다.

신대륙 토착 종교는 에스파냐에서는 세비야 칙령으로, 신성제국 내에서는 비텐베르크 평화조약에 따라 자유로운 숭배 활동이 용인되었음에도 불구하고 태양신전의 수가 늘어나는 만큼 그 위세가 크게 약화되어갔다.

독일 왕국 동쪽 경계 밖에서 건너온 천문학이 주장해온 이론 즉, 지구가 아닌 태양이 우주의 중심이라는 학설이 제5 지대 전반에서 수용되었다. 이 이론은 '천구의 회전에 대하여'라는 뜻의 학술어 '데 레볼루티오니부스 오르비움 코엘레스티움'이라는 제목으로 인쇄, 배포되었다. 이 책의 성공으로 기독교도의 태양교 개종은 더욱 가

속화되었다(이 천문학자는 이후 세비야에 초대되어 황실 점성가 직을 맡았다).

그러나 로마 교회가 보낸 첩자들이 에스파냐의 농촌을 누비며 가톨릭교의 이름으로 봉기를 일으키라고 백성들을 선동하고 있었다. 이 비밀결사대의 대장은 아타우알파가 그라나다에 머물 때 만난적 있는 이냐시오 데 로욜라 사제였다. 잉카는 이들의 위협을 중대한 사안으로 여겨 이 단체의 회원들을 추적, 소탕하라고 찰코 치막에게 명령했다. 십자가에 못박힌 신의 이름을 따 단체의 이름을 '예수회'라고 지은 이들은 자기들이 숭배하는 예수의 영광을 위해 기꺼이 목숨을 바치겠노라는 맹세를 한 자들이었다.

이 저항 운동을 아타우알파가 신경 쓰기는 했지만 심각할 정도는 아니었다. 진짜 더 큰 위기가 그를 기다리고 있었음을 시간이 지난 후 알게 되었다.

64. 쿠바의 침묵

세비야로 오던 배들이 갑자기 뚝 끊어졌다.

처음에는 변화가 잘 느껴지지 않았다. 그저 북적거리던 부두의 소란이 살짝 약해졌을 뿐이었다. 쿠바로 출항하는 선박을 위한 선적 작업은 계속 이루어지고 있었기 때문이다. 사람들은 기상이 나쁘거나 태풍 때문에 좀 늦어지나 보다 하고 대수롭지 않게 여겼다. 만만치 않게 먼 거리이니만큼 별별 일이 다 일어나기 마련이니 말이다. 그런데 떠난 배들이 단 한 척도 돌아오지 않았다.

그제서야 세비야 사람들은 너무나 조용한 바다에 이상함을 느끼기 시작했다. 모두의 가슴 속에 막연한 두려움이 안개처럼 스며들었다. 한동안은 별일 아닌 척 초연한 척 지냈지만 언제까지나 외면할 수만은 없는 일이었다. 이내 이 문제가 모든 이의 화두에 올랐다.

"금이 왜 안 오지?"

사람들이 서로 물었다. 황금 루트가 예고도 없이 끊어진 이유가 무엇일까? 금을 찾아 떠난 배가 돌아오지 않으면서 남아있는 이들 사이에 근심이 커져갔다. 차츰 선원들도 기약 없는 항해에 오르길 거부하기 시작했다. 부두는 사람들의 왕래가 끊어져 휑해졌다. 황금, 은, 화약, 알파카 털, 포도주, 코카 잎, 담배 잎이 담긴 궤짝을 밀

고 다니던 사람들도 사라지고 도시 전체에 음울함이 감
돌았다.

그러던 중 리스본으로부터 풍문이 들려왔다. 대양 한
가운데에는 포르투갈 령에 속하는 군도가 있는데 들리
는 소문에 따르면, 깃털과 표범 가죽 옷을 걸친 사람들
이 탄 배들이 그곳에 정박하고 있다는 것이었다. 그 뒤
나바르에서 날아든 전언에 의하면 이 선단이 프랑스 해
안을 따라 출몰하고 있었다. 기습적 침략과 노략질이 자
행되는 것 같았다.

프랑스 해안에 나타난 이 선단에 두려움을 느낀 프랑
수아 1세는 아타우알파에게 친서를 보내 양국간 체결한
동맹 조약을 언급했다.

아타우알파는 헨리 8세의 친서도 받았는데, 수상한
선박들이 프랑스와 영국 사이에 위치한 바다의 지류에
출몰한다는 내용이었다. 아직까지는 영국의 수비 부대
가 화기로 이들 선박의 상륙을 저지하고 있지만 이 위
협적인 선단의 정체에 대해 그 역시 궁금해하고 있었다.

잉카가 소집한 자문회의에는 당혹감이 감돌았다. 우
아스카르가 원하는게 무엇일까? 어째서 쿠바와의 연결
노선을 단절한 것일까? 모든 관계 당사자에게 이토록

큰 이익을 주는 거래를 어째서 중단하려는 것일까? 선단 파견은 무엇을 의미하는가? 그의 의도가 대체 무엇이란 말인가?

히구에나모타는 그녀대로 자신의 동족 타이노인들이 자기를 모른 채 내버려두고 이 상황에 대한 아무런 정보를 전해주지 않는 이유를 이해할 수가 없었다.

루미냐우이는 이 일련의 상황들이 무력 침략의 조짐이라고 생각했다.

코야 아사르파이는 두 형제 간의 해묵은 증오심이 잠들어 있다가 이제 다시 깨어난 것이라고 확신했다

찰코 치막도 그녀의 의견에 동조했다. 모든 정황으로 볼 때, 우아스카르는 양측간의 무역 거래에 더 이상 만족하지 않고 제5 지대의 재산에 직접 손을 대려는 것 같다는 것이었다.

그러나 찰코 치막은 그런 문제보다 더 시급한 문제를 지적하고 나섰다. 타완틴수유로부터의 물자공급이 중단되면 제국의 금고도 바닥난다는 사실이었다

아타우알파는 누구보다도 그 사실을 잘 알고 있었다. 아우크스부르크에서 푸거가 보낸 독촉 서신의 무례함에서 그는 자신의 약화된 위상을 절감하지 않을 수 없

었던 것이다.

"우리 가문이 에스파냐 황실을 위해 언제나 헌신해 왔다는 사실을 폐하께서는 잘 알고 계시리라 믿습니다. 우리의 도움이 없었다면 폐하께서도 그 자리에 앉지 못하셨으리라는 점은 폐하의 충신들도 부인하지 못할 것입니다. 우리는 엄청난 위험부담을 감수해가며 기꺼이 폐하를 지원했습니다. 솔직히 말해서 우리 가문이 오스트리아 대공을 지지했더라면 막대한 이윤을 남기면서도 위험 부담은 훨씬 덜했을 것입니다. 이런 우리의 헌신을 고려하시어, 폐하께 바친 작지만 충직한 공로를 인정해주시고 빌려드린 자금의 이자를 지체없이 지불하라 명해주시길 간곡히 부탁드립니다."

무슨 수를 써서라도 쿠바와의 연락을 재개하고 무엇보다도 최대한 빠른 시일내에 우아스카르와 협상을 해야 했다.

이에 따라 히구에나모타의 프랑수아 국왕 방문이 결정되었다. 왕궁이 있는 퐁텐블로로 지체없이 출발하되 가는 길에 나바르 왕국에 들러 망코와 그의 장모 마르그리트를 만날 예정이다.

65. 히구에나모타가 아타우알파에게 보내는 편지

태양의 아들이여, 잘 지내시나요?

우선, 나바르 왕궁을 방문해 당신의 동생 망코를 만났다는 소식을 전합니다. 망코는 아주 잘 지내고 있으며, 당신의 혜안으로 짝지워준, 마르그리트의 딸이자 이제 그의 아내가 된 잔느와도 아주 행복한 혼인 생활을 하고 있더군요. 이 두 사람은 아침부터 저녁까지 궁궐 정원에서 꼭 붙어서 어린 아이들처럼 떨어질 줄 모르고 즐겁게 깔깔대고, 저녁부터 아침까지 도시 전체가 울릴 정도로 마상 시합을 하며 애정을 과시하고 있어서 조만간 잔느가 아이를 갖게 될 것이라고 모두들 믿고 있더군요.

하지만 잔느의 모친 마르그리트 왕비는 프랑스에서 날아든 소식에 근심을 감추지 못하고 있습니다. 혹시나 에스파냐 측의 배신으로 인해 오라비의 왕국이 위태로워지는 것은 아닐까 걱정하면서 말이지요. 부디 당신께 부탁해서 프랑스 영해에 떠다니는 선박들을 소환하여 프랑스 국왕에 대한 당신의 신의를 증명해 달라고 내게 거듭 요청하더군요. 그들이 어디에서 왔으며 목적지가 무엇인지 당신도 알지 못하고 있다고 아무리 말해도 내 말을 완전히 믿지 못하는 눈치였습니다. 어떤 말로도 그녀를 안심시키기가 어려웠습니다. 눈물과 걱정 속에 작별하면서 그녀에게 에스파냐 국왕은 그녀와 그녀의 오라비와 언제나 함께 할 것이라고 굳게 약속했습니다.

프랑스는 경이로움으로 가득한 나라예요. 여행 기간 내내 눈앞에 펼쳐지는 다채로운 풍경 앞에서 감탄을 금할 수가 없었답니다. 이 나라를 방문한 것이 이번이 처음이 아닌데도 말이죠. 게다가 이 나라의 포도주는 정말 최고예요. 에스파냐에서 생산되는 포도주와는 그 맛이 살짝 다르네요.

프랑스 국왕은 나를 최고의 격식과 의전을 갖추어 퐁텐블로 궁에서 맞아주었습니다. 지난날 저와의 우정 어린 추억과 여자에 대한 몸에 밴 친절이 그를 그리 하도록 만들었겠지요. 그는 돌에 부딪혀 갈라져 흐르는 강물처럼 양쪽으로 둥글게 갈라진 계단 위에서 저를 기다리고 있다가, 제가 입장하자 피리, 트럼펫, 오보에, 플루트, 비올라로 구성된 오케스트라 연주를 시키고, 왕실 거주지로 새롭게 단장한 궁중의 눈부시게 화려한 연회실에서 제 이름으로 무도회를 열어주었답니다.

궁중 사람들은 언제나 상냥하고 매력적이에요. 과하게 치장된 드레스를 입은 여인들과 하늘을 관찰하는 학자, 이탈리아에서 건너온 화가와 조각가, 장미의 아름다움과 인생의 무상함을 노래하는 시인 같은 다양한 사람들로 가득 찬 이 궁전의 정원을 산책할 때마다 황홀감과 행복을 느낀다는 걸 인정하지 않을 수가 없군요.

누이동생 마르그리트 왕비와는 달리 프랑스 왕국 폐하께서는 ─ 그분이 폐하 칭호를 원하십니다 ─ 해안선에 출몰하는 선박에 대해 전혀 개의치 않는듯 제가 늘 알고 지내왔던 그 모습 그대로 쾌활하고 친절했어요. 하지만 몸이 많이 약해져서 예전 같지 않더군요. 쇠약해진데다 다리까지 절어서 제게 춤을 신청하지 못하는 것을 미안해 했지요. 예전에 알던 그는 지칠 줄 모르고 춤을 추던 분이었는데 말이죠. 당신이 이곳에 파견한 현지 대사 말에 따르면 둔부의 혈관에 문제가 생겨 썩어 들어가고 있어서 전의들도 그가 오래 살긴 어려울 거라는 비관적 전망을 한다고 하네요. 이곳 사람들은 이 병을 '에스파냐 병'이라고 부르는 모양인데 우리 에스파냐에서는 '리스본 병'이라고 부르죠.

하지만 신체의 불편과 극도의 피로감에도 불구하고

전혀 내색없이 항상 진지하게 나랏일을 챙기는 모습이 인상적입니다.

현재 우리가 걱정하고 있는 그 문제에 대해 언급하자면, 당신의 형님 나라에서 온 배들이 결국 영국 해안에 상륙한 것으로 보이지만, 당신도 알다시피 영국과 프랑스가 현재 교전중이라서 보다 자세한 소식은 듣지 못하는 형편입니다. 세세한 얘기까지는 하지 않았지만, 이 사람들이 어디에서 온 자들인지 가능성에 대해 프랑수아 국왕에게 알려주었어요. 당신과 우아스카르 사이의 지난 날의 분쟁에 대해서는 적당히 얼버무리듯 넘어갔죠. 하지만, 이 배들이 아마도 도중에 길을 잃은 것 같으니 당신의 이름으로 명령이 전달 되면 곧 세비야를 향해 다시 길을 떠날 거라고 그를 안심시켜 주었답니다. 현재로서는 그도 저의 이런 설명에 만족해 하는 모습입니다.

태양신께서 당신의 그늘을 비추시고 당신의 제국을 보호해주시기를.

제5 지대 13수확년,
구시대력 1544년 4월 30일
퐁텐블로에서,

당신의 충실한 공주, 히구에나모타

P.S. 지금 나는 당신이 준 박쥐 털 망토를 걸치고 있어요.

66. 아타우알파가 히구에나모타에게 보내는 편지

눈부시게 빛나는 공주여, 잘 지내고 계시오?

프랑스에서 내게 소식을 전해주고 나와 제국에 대한 애정으로 그 먼 길까지 방문해주어 얼마나 당신께 감사한지 모른다오.

나도 당신께 전해줄 소식이 있소. 매우 중요한 소식이고 또 누구보다도 바로 당신과 관련 있는 일이기도 하오.

마침내 쿠바에서 배 한 척이 왔다오. 그 배에 누가 타고 있었는지 아시겠소? 바로 당신의 사촌 하투에이였소. 타완틴수유 항로가 끊어지게 된 경위를 그로부터 들을 수 있었다오.

서쪽에서 멕시코인이라는 부족이 쿠바에 왔다하오.

아주 사납고 호전적인 전사들이라오. 그들은 쿠바섬

에 주둔해 있던 내 형님의 병사들을 쫓아내고 당신 사촌의 군사들도 물리쳤다 하오. 당신의 사촌은 자기를 따르는 모든 타이노인들을 데리고 가까스로 도망쳐 아이티 섬으로 피신했소. 그곳은 당신이 나고 자란 첫 번째 집이 있는 곳이라고 알고 있소. 하지만 멕시코 부족이 거기까지 추격해오는 바람에 하투에이는 산속으로 숨어들어 동족들과 함께 산짐승처럼 지내다가 가까스로 배 한 척을 구해 이곳 세비야까지 왔다고 하오.

하타우이가 들은 바로는 멕시코인들이 파나마 지협까지 잉카인들을 추격한 것 같다하오. 그곳에서 우아스카르의 군대가 아주 처절하게 싸운 모양이오. 그 야만족 무리가 협로를 통과하는 날엔 타완틴수유까지 걷잡을 수 없이 밀려 들어올테고 그러면 사방위 제국도 끝장날테니 절대 물러설 수 없는 전투였을 것이오.

프랑수아 국왕에게 이 소식을 전해주고, 그의 영해를 맴도는 선단은 우리와 전혀 상관없는 무리라는 것도 알려 주시길 바라오.

특히 그에게 이 말을 꼭 전해주시오. 프랑수아와 나 사이에 우정이 깊으니 나의 형제 프랑수아 국왕의 일은 나의 일과 같으며, 누군가가 그의 나라에 피해를 입힌다면 이는 곧 에스파냐에 일어난 일과 똑같이 여길 것이라는 사실이오. 그리고 적은 그 어떤 무리보다 사납고 거친 자들이니 준비를 철저히 해야 한다고 꼭 알려주시오.

제5 지대 13수확년
구시대력 1544년 5월 9일, 세비야에서
당신의 헌신적 군주 아타우알파

67. 히구에나모타가 아타우알파에게 보내는 편지

사파 잉카이며 키토의 태양이신 자여, 인사드립니다.

어제 멕시코인들이 노르망디에 상륙했다는 소식을 저녁에 받았어요. 인적 없는 해안에 내리는 모습을 농부 몇 명이 목격했다는군요. 그들은 아브르 드 그라스 항으로 가서 배를 타고 강을 거슬러 파리를 향하고 있는 모양이에요.

프랑수아가 그들을 상대하겠다며 군대를 소집했어요. 적의 상륙이 그의 기운을 북돋아준 느낌이 드네요. 둔부에 문제가 있는데도 말을 타고 가겠다고 고집하더군요. 방문객들을 상대하러 몸소 군대를 이끌고 가서 필요하다면 직접 전투에 참여하겠다고 합니다. 그의 병들고 늙은 몸이 이번 모험 – 그는 이 전투를 모험으로 여기는 듯 하군요 –에 잔뜩 흥분한 상태랍니다. 아마도 혈기왕성하던 청춘 시절이 떠오르나 봅니다. 제가 과거 알고 지내던 구총사령관 안느 드 몽모랑시는 궁중에서도 최고 권력자였는데 지금은 더 이상 황제 곁에 보이지 않는군요. 붉은 수염이 인상적인 프랑수아 드 기즈 공이 그 자리를 차지한 모양이에요. 황태자 앙리가 말을 타고 황제 곁을 지키네요.

궁중이 소란스럽군요. 가벼운 취기와 밝은 기운 속에 모두들 출정 준비로 바쁩니다.

밝은 기운이라는 말이 나왔으니 말인데, 요즈음 궁에 있는 모든 이가 돌려가며 읽고 있는 재미있는 책이 있답니다. 라블레라는 작자가 쓴 거인 가르강튀아의 모험을 그린 이야기예요. 에스파냐로 돌아가면 당신께 몇 구절 읽어 드릴게요. 굉장히 웃기고 멋진 이야기이니까 당신도 저처럼 거인의 무례함을 즐기셨으면 좋겠어요. 왕국의 운명을 떠안은 우리 같은 사람들도 때로는 막중한 부담감에서 벗어나 머리를 식힐 자격이 있지 않겠어요?

그럼 다시 만나는 그날까지 당신의 아버지 태양신께서 우리가 책임을 완수할 수 있도록 지켜주시고 혹시라도 침입자들이 공격하러 온다면 우리를 도와주시기를 기원하며 이 글을 마칠까 합니다. 나의 사랑 폐하와, 제 것처럼 아끼는 폐하의 자녀에게 키스를 보냅니다.

제5 지대 13수확년,

구시대력 1544년 6월 17일, 퐁텐블로에서

당신의 나신(裸身) 공주, 히구에나모타

68. 아타우알파가 히구에나모타에게 보내는 편지

열도의 태양, 세상에서 가장 아름다운 공주 보시오.

우려스러운 소식이 타완틴수유로부터 전해졌소. 멕시코인들이 파나마 지협을 건너 남쪽으로 향하고 있다는 것이오. 우아스카르 형님의 군대가 용감하게 싸웠지만 결국 패배하고 길을 터주게 된 모양이오. 다음 달 무렵이면 키토까지 공격을 받을 것 같소.

나의 형제 투팍 우알파가 직접 와서 내게 모든 사정을 알려주었다오. 투팍 우알파와 그의 부하들은 안데스 산맥에서 시작되는 강을 타고 정글숲을 지나 바다에 닿은 후 해안선을 따라 브라질에 도착했다고 하오. 예전에 포르투갈의 점령지였던 브라질에서 배를 수리한 후 오랜 항해 끝에 세비야로 올 수 있었소. 따라서 이제 타완틴수유에서 신대륙으로 올 수 있는 두 번째 길이 열린 셈이요. 물론 그 길을 통해서 거꾸로 신대륙에서 타완틴수유로 갈 수는 없지만 말이요. 아마도 나의 형님이 이 길을 통해 다른 배들을 보내 내게 전쟁의 진척 상황에 대해 소식을 전해주리라 생각하오.

멕시코인들은 사납고 피를 좋아하는 종족이니 최악의 끔찍한 재앙이 닥쳤다 생각하고 절대로 경계를 늦추지 말라고 프랑수아 국왕에게 전해주시오.

프랑스 땅에 발을 디딘 자들이 침략을 위한 교두보를 마련하기 전에 우리가 최후의 한 놈까지 모두 처단할 것이다.

태양신께서 당신과 모든 프랑스 백성을 보호해 주

시기를.

제5 지대 13수확년,

구시대력 1544년 6월 18일, 세비야에서

당신의 손에 입맞추는 황제, 아타우알파

69. 히구에나모타가 아타우알파에게 보내는 편지

신대륙의 태양이신 당신께 안부 전합니다.

당신께 좋은 소식을 전하게 되어 얼마나 제 마음이 가벼운지 모릅니다. 이 소식을 받고 기뻐할 당신의 모습을 상상만해도 행복해집니다. 제 편지가 그 기쁨의 원인, 아니면 적어도 전령이 되겠지요.

우리의 걱정은 괜한 기우였는지도 모르겠어요.

프랑스인들과 멕시코인들이 루앙이라는 도시의 근교에서 만남을 가졌답니다.

방문객들의 기를 죽일 목적으로 프랑수아 국왕은 어마어마하게 큰 규모의 진지를 세우게 했어요. 저는 그렇게 큰 진지를 본적이 없어요. 텐트 500개가 들판을 뒤

덮었고 그 중앙에는 양측의 회견이 이루어질 거대한 막사가 설치되었죠. 이 막사와 다른 모든 텐트에 황금빛 명주천이 드리워졌죠. 손님들에게 입이 떡 벌어질 만큼 호화로운 연회를 제공하기 위해 포수들이 곳곳을 뛰어다니며 엄청난 양의 사냥감을 잡아왔지요. 프랑수아는 이 날을 위해 준비해둔 선명한 푸른빛 갑옷을 입고 백합을 상징하는 금빛 휘장을 둘렀답니다. 그의 곁에는 아버지로부터 노르망디 총독 직함과 임무를 부여 받은 황태자 앙리가 함께 있었어요. 엘레오노르 왕비와 막내 왕자 오를레옹공 샤를르도 한자리에 모였고요.

멕시코인들은 늠름하고 체격이 다부진 사람들로 이곳 프랑스인들처럼 혈색이 창백하고 아파 보이지 않더군요. 남자들은 당신과 나의 고향 사람들처럼 수염을 기르지 않아요. 그들의 대장이라는 이는 혈기왕성한 나이의 건강하고 보기 좋은 외모를 가졌지만 프랑스 국왕만큼 거대한 체격은 아니었어요. 그의 이름은 쿠아우테목이고 황제 목테수마를 모신다고 해요. 긴 머리를 묶었고 머리에는 깃털 장식을 달았으며 의복은 조악하지만 정교하게 세공된 갖가지 보석을 착용하고 과시하는 듯 했죠.

그는 그 나라말로 '날개 달린 뱀'을 뜻하는 '케찰코아틀'신을 모신다고 하더군요. 그런데 말하는 중간중간 '틀라톡'이라고 부르는 비의 신에 대해서도 언급하는 걸 유심히 들어보니 우리의 천둥신 토르 일라파처럼 이 신도 망치를 들고 있다고 하네요.

그의 전사들은 대부분 창과 둥그스름한 방패로 무장했지만 일부는 표범의 머리를 마치 투구 쓰듯이 머리에 쓰고 있어서 짐승의 입에서 사람 머리가 나오는 것처럼 무시무시하게 보였어요.

하지만 쿠아우테목은 별로 싸우려는 의사가 없어 보였어요. 바다 건너에 있다는 왕국의 명성에 이끌려 온 것이지 전쟁을 원하는 것이 아니라고 하면서 프란시스코폴리스라고도 불리는 아브르 드 그라스 항구에 해외 상관을 설치하게 허락해달라고 프랑스 국왕에게 요청하더군요. 멕시코와 프랑스 양국 사이에 상선의 왕래가 이루어지길 희망한다는 것이었어요. 제가 이 편지를 쓰고 있는 지금 이 순간에도 무역협약 계획이 추진중이고 아마도 곧 조인될 것 같아요.

쿠아우테목은 당신도 알고있는 선왕 카를로스 1세의 누이동생 엘레오노르 왕비에게 최대한의 예의를 갖추었고 제게도 정중한 태도를 보였어요. 그러면서 자기들이 제 고향의 타이노족에게 원하는건 단지 소박한 해외 상관 설치와 통행권 뿐이라며, 협정이 체결되면 즉시 군사를 쿠바에서 철수시킬 생각이라고 저를 안심시켜 주더군요. 약간의 주둔군만 남기고 떠날 것이며 아이티 침략은 중단할 것이라고도 했답니다.

모든 정황상 전쟁은 일어나지 않을 것으로 보입니다. 이들 멕시코인들이 이렇게 부드러운 태도를 취하고 있으니 우리 모두에게 정말 다행한 일이죠. 당신의 제국은 이제 막 피어나는 중이니 지금은 전쟁이 아니라 평화로 다져져야 할 때입니다. 따라서 지금 당신에게 글을 쓰면서 느끼는 이 흡족한 감정을 이 소식을 받는 당신도 똑같이 느끼리라 확신하고 있답니다.

지금까지 우리가 함께 이루어온 역사에 딱 들어맞는 - 저는 그렇게 생각합니다 - 시구절과 함께 당신께 키스를 보냅니다.

그렇게 세상은 웃는다네,
그러니 젊은게지.

제5 지대 13 수확년

2544년 7월 7일 루앙에서

당신이 오랜 쿠바 친구, 히구에나모타로부터

70. 우아스카르가 아타우알파에게 보낸 키푸 문자

키토 함락.

잉카 철수 병력: 38,000명

인명 손실: 12,000명

포로로 잡힌 민간인 및 병사 : 15,000명

투미팜파로 진군 중인 적의 병력: 80,000명

인신공양 희생자: 2,000명

71. 아타우알파가 히구에나모타에게 보내는 편지

나의 사랑하는 히구에나모타여

아래 메시지를 프랑수에게 전해주고 당신은 지체없이 에스파냐로 돌아오시오. 그것이 어려우면 나바르 공국으로라도 피신하시오. 프랑스에 있으면 위험하오. 멕스코인들이 원하는건 화친이 아니오! 처음엔 나도 분명한 확신이 없었지만 최근 타완틴수유로부터 날아든 전갈을 통해 나의 우려가 사실로 드러났소. 우아스카르 형님이 키푸 문자로 된 소식을 보내왔다오. 멕시코인들은 극도로 포악한 자들로서 전쟁 포로를 눈 하나 깜짝하지 않고 처형한다 하오. 진격을 멈추기는커녕 그들은 내 조상들의 땅에서 전쟁을 계속 이어가고 있으며 키토는 이미 함락되었고 그들은 계속 남하하는 중이라 하오.

프랑스 주재 신성제국 대사 생모리스 경에게도 지금 바로 공문을 발송하도록 했지만, 모리스경이 당신보다 먼저 프랑스 국왕에게 소식을 전할 수 있을지는 모르겠소. 멕시코인들은 지금 함정을 파고 있는 것이라고 프랑수아 국왕에게 전해주시오. 프랑스가 주도권을 잡으려면 최대한 빨리 공격해야하오.

나의 다정한 공주여. 부디 준비되는대로 그곳을 떠나시오. 망코에게는 나바르의 병력을 끌고 프랑스로 가라고 이미 서신을 보내 놓았소. 열흘 후면 파리에 도착해 프랑스 군과 합류할 수 있을 것이오.

나의 연인이여, 부디 탈출해 목숨을 구하시오! 이 편

지가 제때에 당신에게 닿을 수 있기를. 프랑스의 육로 사정이 우리 에스파냐만큼 좋지는 않은걸 알고 있소만 가장 발빠른 차스키들에게 이 서신을 맡길 것이니 7일 이전에 당신이 받아볼 수 있을 것이오.

1544년 7월 14일, 세비야에서

언제나 당신을 섬기는 친구, 아타우알파 씀

72. 히구에나모타가 아타우알파에게 보내는 편지

나의 군주시여,

당신이 이미 제게 편지를 보냈는지 아니면 좀 더 많은 정보를 모아서 제게 보내느라 기다리는 중인지 모르겠습니다. 당신으로부터 소식이 없으니 어떤 행동을 취해야 할지 몰라 저는 그냥 프랑스 국왕 옆에 머물면서 평화조약 체결 준비를 도와주고 있었어요.

그런데 불행한 일이 닥쳤어요.

어제, 그러니까 7월 19일에 수는 얼마 안되지만 멕시코인들이 우리를 배신하고 프랑스 진영을 공격해 우리를 충격에 빠뜨렸고 이 기습 공격으로 꽤 많은 인명 피해가 발생했습니다.

이와 동시에 칼레에 있던 영국군이 불로뉴를 기습했다는 소식도 접했답니다. 멕시코의 공격을 가까스로 벗어났지만 이제는 이중의 적에 맞서게 되었어요. 프랑수아 국왕은 멕시코와 영국이 밀약 하에 협공을 취했다고 확신하고 파리로 퇴각을 명령했습니다. 제가 멕시코인들이 쳐놓은 함정에서 무사히 빠져나올 수 있었던 건 기적이라고 밖에 할 수 없군요. 사람들이 우왕좌왕 부딪히며 혼란스러웠던데다 내 어두운 피부색이 적들과 비슷했던 덕택에 다행스럽게도 잡히지 않았답니다. 창날의 숲을 헤치고 공중을 가르는 검과 도끼를 피해가며 전속력으로 전장 한복판을 달려 가까스로 주인 잃은 말을 잡아 올라타고 그곳에서 벗어났어요. 멕시코인들의 살육전에 내던져진 프랑스인들을 뒤로하고 정신없이 말을 달렸지요. 제가 만약 말 타는 법을 몰랐다면 그 자리에서 죽었을 거예요. 오늘 저는 프랑스 생존자 진영에 합류해 무사하지만, 얼마나 오래 살아남을 수 있을지는 모르겠어요.

73. 망코가 아타우알파에게 보내는 편지

나의 형제, 제5 제국 황제 폐하께 문후 드립니다,

1만5천 병력을 이끌고 프랑스 국왕을 구하러 출발하여 소요의 한복판에 있는 이 나라에 도착했습니다.

멕시코군의 기습으로 전열이 흐트러진 프랑스 군이 파리로 퇴각해 수도를 방어하고 있습니다. 프랑스 국왕은 현재 멕시코와 협공을 펼치고 있는 영국군과도 싸워야 하는 처지입니다. 최근 입수한 정보에 따르면 불로뉴가 곧 적의 손으로 넘어갈 것 같습니다.

프랑스 군은 이들의 양면 공격으로 크나큰 곤경에 처해 있지만 가망이 없지는 않습니다. 키스키스 장군과 3만~4만명의 병력을 보내주시면 충분할 것 같습니다. 지원 병력과 함께 힘을 합쳐 멕시코군과 영국군을 해안선까지 몰아내겠습니다.

이 편지가 폐하께 닿을 때까지 5일 정도 걸릴 것이라고 계산하면, 늦어도 15일 후면 폐하께서 보내신 병력과 합류할 수 있으리라 기대합니다. 그때까지는 파리도 버틸 수 있을 것입니다.

제5 지대 13년,

구시대력 1544년, 7월 24일 푸아시에서,

나의 형제이자 군주께

나바르의 왕자 망코 장군 드림

P.S. 엘레오노르 왕비가 실종되었습니다. 죽었는지 적의 포로가 되었는지 아직 알지 못하는 상태입니다.

74. 우아스카르가 아타우알파에게 보내는 키푸 문자 서신

투미팜파 포위됨

격렬한 저항중

잉카 병력 손실: 20,000명

적군 손실: 10,000~15,000명

반격: 60,000명(찬카족 2만명, 차라족 1만명, 카나리족

8천명, 차차포야족 5천명 포함)

화포: 포 120기

말: 6천 마리

키토 전투: 양측 각 3만명 전사

협상 진행중. (아톡 장군, 투팍 아타오 장군, 그리고 ###[33]) 휴전 가능함

75. 히구에나모타가 아타우알파에게 보내는 편지

당신의 편지를 늦게 받아 너무나 안타까와요. 당신의 편지를 제때에 받았더라면 멕시코인들의 거짓 술책을 미리 파악하고 프랑수아 국왕에게 조언할 수 있었을 거예요. 그랬더라면 그의 군대가 패주하는 일도, 우리가 이렇게 길바닥에 내쳐지는 참사도 피할 수 있었을테지요.

이곳의 상황은 여전히 암담하답니다. 날마다 아브르드 그라스 항에 속속 도착하는 멕시코 지원 병력 때문에 프랑스 군은 제대로 힘도 못 쓰고 후퇴를 거듭하고

---

[33] 키푸문자 해독 불가.

있어요. 한편 영국군은 불로뉴를 함락하고 파리를 향해 우리를 점점 조여오고 있어요.

엘레오노르 왕비가 쿠아우테목의 정부가 되어 온갖 정보를 그들에게 알려주고 있다는 소문이 들립니다. 프랑스인들의 복장이나 국토의 지형, 동물, 자기 남편인 국왕이 지휘하는 군대의 병기와 전략까지 멕시코 측에 도움이 될 만한 모든 것을 알려준다는 겁니다. 프랑수아는 그 소식을 믿기 어렵겠지만 그녀가 합스부르크 출신이고 여전히 합스부르크 가문 사람이라는 생각이 강하기 때문에 전혀 불가능한 일도 아니라는게 제 생각이에요.

망코 장군이 1만 5천여 병력을 이끌고 도착한 덕분에 우리도 한숨 돌리게 되었답니다. 그의 지원군이 오지 않았더라면 프랑스 군은 전멸했을지도 모르지요. 저도 그렇구요. 하지만 이 정도 병력으로는 협공을 펼치는 멕시코와 영국군을 상대하기에 충분하지 않아요. 우리를 구해줄 수 있는 건 당신 밖에 없어요. 부디 너무 늦기 전에 병력을 보내 우리의 뼈가 저들의 날카로운 이빨에 산산이 으스러지기 전에 우리를 구해 주시기를 간청합니다.

1544년 8월 6일, 셍제르멩 앙레에서
언제나 당신에게 충실한 히구에나모타로부터

76. 우아스카르가 아타우알파에게 보낸 키푸 문자

휴전 체결.

제5 제국에 전투 중지를 요청함.

77. 히구에나모타가 아타우알파에게 보내는 편지

모든게 끝났어요!

망코가 죽었어요. 맹렬하게 덤벼드는 멕시코 군에 맞서 마지막 순간까지 싸우다 장렬히 전사했어요. 포위된 파리를 방어하려다 희생되고 말았지요. 그의 병사들도 끝까지 저항하다 그와 함께 쓰러졌습니다.

우리는 국왕과 함께 루브르 궁에 피신해 있어요. 하지만 그는 심각한 치루의 고통으로 말을 타기는커녕 서 있는 것조차 어려워 하루의 대부분을 누워서 지내고 있답니다. 도시 방어를 책임지고 있는 기즈 공작이 열정

적으로 임무를 수행하고 있지만 상황이 너무나 열악해
서 지금보다 병력이 100배 늘어난다 해도 모자랄 듯 합
니다.

우리에게 희망은 당신 밖에 없어요. 군대를 이끌고
키스키스 장군이나 루미냐우이 장군, 아니면 나의 황제
이신 당신이 몸소 늠름한 모습으로 와주시기를 이제나
저제나 기다리고 있답니다. 가슴 속 불안과 밖에서 들
려오는 전투 소리에서 잠시 벗어나 휴식을 취하거나 피
로에 지쳐 잠깐 잠이 들 때마다 그런 꿈을 꾼답니다.

태양의 아들이여, 혹시 나를 다시 보지 못하게 되더
라도 당신의 쿠바 공주를 기억해주세요.

1544년 8월 10일, 파리에서
당신의 히구에나모타

78. 우아스카르가 아타우알파에게
보내는 키푸 문자

**모든 영토에서 전투를 중지한다는 전제 하에 조건부
평화 협약 체결**

쿠바와의 연락 노선 재개 합의

10척의 상선 출항 대기

물자가 거의 바닥남. 제국 한계상황에 다다름

친찬수유와 안틴수유 내전 위기

전투 즉각 중지 요망

79. 아타우알파가 프랑스 주재 신성제국 대사 장 드 생모리스에게 보내는 편지

나, 아타우알파, 제5 제국 황제가 그대에게 명하노니 위대한 멕시코인들과의 항구적인 평화 협약을 체결하고자 하는 나의 확고하고도 무조건적인 의지와 호의의 의사를 지금 즉시 쿠아우테목 장군에게 전하라.

제5 제국 황제이자 에스파냐 국왕은 오직 쿠아우테목 장군과 그의 주군 목테수마와의 화친을 원할 뿐이며, 나의 확고한 의지를 표명하기 위해 프랑스와 맺은 동맹관계를 파기하고 프랑스 백성과 프랑스 국왕에게 약속한 군사 원조 의무를 중단하며 기타 일체의 지원을 멈출 것임을 분명히 알리도록 하라.

또한 만약 프랑스가 그들의 수중에 넘어간다면 히구

에나모타 공주가 안전하고 정중한 대우를 받을 수 있도록 각별히 신경 쓸 것을 요구하라.

대사 그대의 성실함과 재능에 대해서는 선대 카를로스 황제께서도 인정하셨으며, 그의 후계자인 나 역시 그대의 능력을 한결같이 신임하는 바, 외교 사절로서 그대를 얼마나 중요하게 여기고 있는지는 굳이 자세히 설명할 필요도 없으리라. 이것은 제국의 평화와 관계된 문제니라. 나의 아버지 태양신께서 그대와 함께 하시리라.

제5 지대 13수확년,

구시대력 1544년 8월 15일, 세비야에서

아타우알파 1세, 에스파냐 국왕,

벨기에와 네덜란드 군주,

튀니스와 알제 국왕, 나폴리와 시칠리아 군주, 제5

제국 황제.

80. 아타우알파가 히구에나모타에게 보내는 편지

사랑하는 나의 공주, 나의 영혼, 나의 모든 계획에 함께한 하늘이 주신 동반자, 죽음의 곤경에서 수백 번 나를 구해준 은인이여,

이 편지가 당신의 손에 닿을 수 있기를 나의 심장 깊은 곳으로부터 절절이 기원하오.

내 말을 잘 들으시오. 지원군은 없을 것이오. 프랑스는 적의 손에 넘어갈 것이니 지금 당장 그곳을 벗어나시오. 파리를 떠나시오. 에스파냐로 돌아와요. 명령이오.

1544년 8월 15일 세비야에서
당신의 주군, 아타우알파

81. 히구에나모타가 아타우알파에게 보내는 편지

나의 왕, 나의 연인이여,

당신이 이 편지를 받을 수 있을지 모르겠군요. 멕시코인들이 궁궐 주위를 첩첩이 둘러싸고 있어요. 아마도 오늘 저녁이나 내일이면 공격을 하겠지요.

나를 용서해주세요. 프랑수아를 버리고 떠날 수 없

었어요. 내가 당신에게 얼마나 헌신적인지는 당신도 잘 알테지요. 그래서 당신이 카를로스와 페르디난트에 맞서 프랑스와 협상을 하기 위해 나를 보냈을 때 나는 한 치의 주저함도 그리고 추호의 불만도 없이 프랑스 국왕에게 내 몸을 주었었지요. 하지만 그의 생명과 통치가 꺼져가는 이때에 홀로 남겨두고 떠날 마음이 들지 않았답니다. 왕국의 패망을 두 눈으로 지켜보면서 처절하게 무너져 내리는 이 사람에게 저는 여전히 깊은 정과 친밀감을 느낍니다. 부디 자신의 목숨을 거두어 달라고 신께 간청하며 고통 속에 침대에 누워 눈물 흘리는 그의 모습을 본다면 그 가엾은 광경 앞에 당신도 저처럼 연민의 감정이 일지 않을 수 없을 거예요.

밖에서 멕시코 병사들의 북소리가 들리네요. 저들의 전투가는 마치 짐승의 울음소리 같아서 제 피를 얼어붙게 만드는군요. 대학살이 다가오고 있어요. 이번에는 빠져나가기 어려울 것 같아요.

나를 기억해줘요. 안녕.

1544년 9월 1일, 파리에서
당신의 H

82. 장 드 생모리스 대사가 아타우알파에게
보내는 편지

저의 주군이시며 태양의 아들이신
아타우알파 제5 제국 황제시여,

폐하,

폐하께서 지난 달 15일 제게 보내주신 서신에 그자
가 매우 기뻐했다는 소식을 이 편지를 통해 전해드립
니다.

우선 폐하께서 제게 지시하신 히구에나모타 공주의
안위 문제와 쿠아우테목 장군에게 전하는 화친 제의에
대한 진척 상황에 대해 답변을 드리려 합니다.

그러나 그에 앞서 폐하께 최근의 상황에 대해 먼저
알려드리는 것이 좋을 듯 합니다. 틀림없이 폐하께서도
관심가지실 일들입니다.

일주일간의 격렬한 공방전 끝에 멕시코 군이 마침내
루브르 궁을 접수했습니다. 이후 동부 교외 일부 고립
지구의 산발적인 저항을 제외하고는 파리에서는 전투
가 멎었었습니다.

기즈 공이 쿠아우테목을 만나 항복 의사를 전했습

니다. 마지막 순간까지 용감하게 싸웠던 기즈 공은 창에 찔려 얼굴에 심각한 부상을 입은 탓에 항복하던 순간에도 상처에서 피가 번져 나왔다고 합니다. 현재 그는 피부 봉합과 골접합에 능숙한 의사에게 치료를 받고 있습니다.

국왕은 지금 두 아들과 함께 자신의 궁에 감금되어 있습니다.

국왕의 건강 상태가 매우 안 좋아 전의들마저 오래 살기는 힘들 것으로 보았습니다만 사흘 간격의 간헐열을 세 번 겪은 이후 지금은 상태가 호전되었다고 합니다.

대량의 살육전으로 수많은 사람들이 목숨을 잃은 와중에도 폐하의 기원대로 히구에나모타 공주는 무사하십니다. 그리고 제가 개인적으로 직접 확인한 바, 공주께서는 저들로부터 정중한 대우를 받고 계시니 폐하께서는 안심하십시오.

엘레오노르 왕비와 관련해 떠돌던 소문은 사실이었을 뿐 아니라 소문 그 이상이었음을 전해드립니다. 프랑스 왕국의 왕비가 쿠아우테목 장군과 팔짱을 끼고 파리로 입성하는 놀라운 광경을 제 두 눈으로 직접 목격했으며 이후 그녀가 그자에게 조언과 국가에 대한 정보를 제공하고 있음을 확인하였습니다. 두 사람의 관계에는 의심의 여지가 없어 보입니다.

이제 저로서는 가장 힘들고 어려운 일이었으며 또한 두려운 일이었던 마지막 보고 내용을 폐하께 전해드리겠습니다. 폐하께서도 능히 짐작하시겠지만 지금처럼 혼란스러운 때에 새로운 권력자 앞에서 정신을 바짝 차리기란 쉽지 않은 일이었습니다. 그러나 폐하의 명에 따라 화친 제안을 쿠아우테목 장군에게 전달했고, 그는 폐하께 안부인사와 경의를 표했으며 폐하의 제안에 긍정적 화답을 약속했습니다. 그는 '잉카인과 멕시코인 모두에게'(이부분은 통역인과 엘레오노르 왕비의 번역을 거쳐, 쿠아우테목이 직접 우리말로 언급했습니다) 이득이 되는 타협점을 찾을 수 있을 것으로 확신한다고 밝혔습니다.

폐하, 부디 폐하의 높고 고귀하며 의로운 희망이 실현되기를 태양신께 기도하겠습니다.

제5 지대 13년,

구시대력 1544년 9월 18일, 파리에서

폐하의 미천한 충복

장 드 생모리스

83. 히구에나모타가 아타우알파에게 보내는 편지

태양의 아들이며 키토의 영광, 충실한 동지여,

오늘 프랑수아가 죽었습니다. 어떻게 최후를 맞았는지 그 상황을 당신께 기꺼이 알려드리지요.

당신의 새로운 멕시코 친구들이 루브르 궁 정원에 피라미드를 세웠습니다. 규모도 상당하고 균형 잡힌 석조 건축물이더군요. 층층의 계단과 제단으로 이루어진 모습이 당신네 잉카인들이 산 위에 만들어 놓은 토단(土壇)과 닮았어요.

이 피라미드는 일종의 제사 의식용으로 보였지만 정확하게 어떤 일이 이루어질지는 짐작할 수 없었지요.

멕시코인들도 태양신을 숭배한다는걸 알면 당신도 기쁘실겁니다. 그들이 열과 성을 다해 숭배하는 태양신은 동시에 전쟁의 신이기도 하다니 재미있지 않나요?

꽤 적절한 조합이라고 생각하지 않으신가요?

바로 이 태양신에게 그들은 프랑스 국왕과 그의 두 아들, 기즈공과 백여명의 프랑스 귀족을 제물로 바쳤습니다. 그중에는 젊은 처녀도 여럿 포함되었는데 아마도 처녀들이 신의 취향에 맞았나 보지요.

처형 장면이 궁금하지 않으세요?

계단을 스스로 기어올라갈 힘조차 없었던 국왕이 피라미드 꼭대기에 옮겨졌을 때 그는 이미 거의 산송장에 가까운 상태였어요. 멕시코인들이 왕의 상의를 찢은 후 그를 돌 제단 위에 눕혔지요. 네 사람이 각각 그의 팔과 다리를 움직이지 못하게 누르고 다섯 번째 남자가 그의 머리를 움직이지 못하게 고정하더군요. 제사장으로 보이는 자가 날카로운 칼로 왕의 가슴을 가르고는 심장을 도려내 숨죽인 군중들이 지켜보는 앞에서 공중으로 흔들어 댔습니다. 그런 후 심장을 항아리에 담고, 이것만으로는 그 잔인함이 부족했는지 왕의 시신을 계단 아래로 밀었고 바닥까지 굴러 떨어진 시신에서 흘러나온 선혈이 온 계단을 흥건하게 적셨지요. 아래에서 기다리고 있던 다른 멕시코인들이 시신을 옮겨 여러 조각으로 토막냈는데, 조각난 뼈로 장신구나 악기를 만드는데 사용하려는 것이었죠.

요컨대 태양이시여, 참으로 당신의 이름으로 하지 못할 일이 없더군요 !

적어도 프랑수아는 첫 번째 제물이 된 덕분에 제단 위에서 발버둥치던 두 아들 앙리와 샤를르의 처절한 처형 장면을 지켜보지 않아도 되었으니 다행이라고 해야 할까요.

당신이 멕시코인들과의 평화 협약 조인을 위한 협상 테이블에 제 목숨을 살려 달라는 조건도 올려 놨다고 생모리스로부터 전해 들었습니다. 물론 제가 더 이상 젊지 않아 신들의 관심을 사지 못했던 것이 피라미드 행을 면한 이유겠지만 그래도 당신의 호의에 감사드립니다.

제가 더 이상 당신의 참모로 일하고 싶어하지 않는다는 것을 아마 당신도 느끼셨으리라 생각합니다. 솔직히 말하면, 프랑스 왕국을 충격에 빠뜨린 비극적 사건들을 불행히도 제가 직접 목격했고 당신도 그 책임에 전혀 무관하다고 생각하지 않아요. 그래서 이제는 더 이상 에스파냐로 돌아갈 마음이 들지 않습니다. 물론 엘레오노르 왕비처럼 살 생각은 추호도 없습니다. 그녀가 남편과 조국을 배신할 수 밖에 없었던 이유에 대해서 판단할 마음은 없군요. 여왕의 딸로 태어난 저는 오직 단 한 사람의 왕만을 섬겨왔으며 앞으로도 다른 왕을 섬길 생각은 없습니다. 하지만 저는 오늘 당신에게 다른 부탁을 드리려고 합니다. 당신에 대한 저의 충심을 다른 방식으로 증명할 수 있도록 너그러운 자비를 베풀어 주세요. 당신의 아내 마르그리트가 차지하고 있는 네덜란드 섭정 칭호를 제게 하사해 주시기를 간청 드립니다. 우리의 네덜란드 원정 이후 당신이 관용을 베풀어 그녀에게 그 직위를 유지하도록 허락했지만 그녀는 당신의 신뢰를 받을만한 자격이 없는 사람이었습니다.

신성제국의 황제, 키토의 군주시여, 안녕히.

1544년 10월 9일, 파리에서

H

84. 보르도 분할

멕시코인들의 신대륙 침략이 그간 아타우알파가 끈기 있게 차근차근 쌓아 올린 정치 체계를 동요시켰음은 물론이다.

　프랑스 국왕에 대한 외면은 힘든 결정이었지만 불가피한 선택이었고 이에 대해서는 이견이 없었다. 제5 지대는 사방위제국 없이는 유지될 수 없었기 때문이다. 타완틴수유가 무너졌다면 아타우알파의 제국 역시 엄마 잃은 아이처럼 같은 길을 걸었을 것이다. 히구에나모타만이 프랑수아 국왕에 대한 미련으로 인해 그 사실을 인정하지 않으려 했을 뿐이다. 그녀는 심지어 멕시코와의 평화 협정으로 고향 쿠바가 안전해질 수 있었다는 점 마저 보지 않으려 했다. 평화 협정으로 쿠바는 타완틴수유와 신대륙을 잇는 요충지로서의 역할을 되찾았고 아이티 역시 침략에서 벗어났다. 기름, 포도주, 밀, 금과 은의 운송이 곧 재개될 것이며 그녀의 동족 타이노인들은 다시금 번영을 누릴 수 있게 될 터였다. 조만간 전세계 사람들이 코히바를 피게 될 것이다.

　멕시코의 침략으로 야기된 여러 변화 중 하나는 항구 도시 보르도의 발전이었다. 보르도는 프랑스의 수도가 되었다. 평화 협정 조인식이 이루어지고 신대륙의 분할이 결정된 곳도 이곳이었다.

아타우알파는 쿠아우테목을 만나기 위해 보르도로 갔다. 멕시코 장군 쿠아우테목은 프랑스 왕위 계승의 정당성을 확보하여 국가 지배에 결격 사유가 없음을 백성들에게 증명하기 위해 프랑수아의 딸 마르그리트 드 프랑스를 베필로 맞아들였다. 프랑수아의 두 아들의 가슴을 갈라 죽여 적수가 사라졌으므로 황실을 경계할 필요가 없었고, 그리고 이제 혼인으로 그도 황실 가문의 일원이 되었다.

그가 단지 포악한 전사이기만 했던 것은 아니었다. 뛰어난 전략가였으며 정치적 수완에도 능했던 그는 프랑스 현지 관습에도 금방 익숙해졌다. 십자가에 못박힌 신종교로 개종하는 것이 유리하다고 판단했으며 마르그리트와의 사이에 태어날 아들에게도 멕시코 식 이름으로 세례 받게 하여 프랑스 역사에 자신의 혈통을 뿌리내리게 하고 현지의 관습과 예법에 따라 키우기로 결심했다. 이 나라의 관습에 따르면 국왕도 '정부'라고 불리는 여러 명의 첩을 두었는데 종종 정부가 정실 왕비보다 더 사랑을 받았으며 때로는 좀 더 유리한 면도 있었다. 쿠아우테목은 프랑수아의 미망인 엘레오노르를 정부로 두었다.

새 정권에 가장 먼저 협력한 것은 전임 국왕으로부터

박해받던 프랑스 남부 루터교 종파 중 하나인 발도파였다. 나머지 백성 중에는 물론 저항하다가 가혹하게 진압당한 무리가 있기는 했지만 대체로 큰 반란 없이 덤덤하게 받아들였다.

포르투갈과 영국의 국왕은 각각 잉카와 멕시코의 동맹이었기 때문에 그들을 만나러 왔다.

헨리 8세는 프랑스 침공에 대한 군사적 협력에 고마움을 표함과 동시에 칼레와 불로뉴 주변 북부 해안 지대의 지배를 멕시코 측으로부터 공식적으로 인정받았지만 다른 영토에 대해서는 요구하지 않았다.

나바르 왕국은 에스파냐 영토와 프랑스 영토로 쪼개졌다.

포르투갈은 불가침 통치권을 인정받았으며 또한 에스파냐가 부여한 아프리카 우회 동인도제도 교역권을 프랑스 측으로부터도 용인 받았다

쿠바와 아이티는 쿠바에서 카디스, 리스본, 보르도를 잇는 세 항로 운항 선박에 대해 입항 허가 의무를 지는 대신 대서양 자유 무역 지대로 선포되었다.

대서양에서의 지리적 위치로 인해 기항지 역할을 하는 아소르스제도, 마데이라 제도, 카나리 제도 역시 같

은 의무를 부여받았다. 하지만 아소르스 제도는 프랑스에, 마데이라와 카나리 제도는 각각 포르투갈과 에스파냐 영토로 편입되었다.

영국은 아소르스 제도와 아이슬란드(대서양 북부에 위치한 얼음 섬) 사이를 통과하는 항로 탐사권을 허가 받았으며, 이 조약으로 인해 탐사 중 발견한 땅과 섬의 소유권을 갖게 되었다.

프랑스, 에스파냐, 영국, 포르투갈 소속 선박이 길을 잃어 자국 항로가 아닌 루트를 허가 없이 침범하게 될 경우 안전한 항구로 이동할 때까지 안전을 보장받는 대신 선적된 화물의 1/5에 해당되는 비용을 지불하기로 합의가 이루어졌다.

이 조약은 이름난 귀한 포도주 잔을 앞에 놓고 조인되었는데, 참석자들은 모두 포도주의 맛과 향에 감탄을 금치 못했다고 한다.

다른 대륙에서 건너온 정복자들에게 끝까지 저항하던 신대륙 사람들은 이탈리아 도시 트렌토에 모여 자신들이 패배한 이유와 어째서 그들의 신이 보호해주지 못했는지 원인을 분석하기 위해 수많은 토론을 벌였다(이 연대기가 쓰여지고 있는 이 순간에도 토론이 계속되고 있다).

페르디난트는 동쪽에 위치한 왕국에서 옴짝달싹 할
수 없었다. 오스트리아, 헝가리, 보헤미아를 아우르는 여
전히 거대한 영토를 다스리기는 했지만 오스만 제국의
끊임없는 위협에 시달렸다. 심지어 슐레이만이 페르시
아와의 전투에 몰두할 때조차 안심할 수 없는 처지였다.

제노바 공화국과 베네치아 공화국은 각각 아타우알파
와 페르디난트의 동맹국이었지만 독립은 유지했다.

에스파냐는 밀라노 공국을 복속시켰으며 신성제국은
독일 북부 개신교 국가인 덴마크, 스웨덴과 조약을 체
결했다.

하투에이는 대서양을 책임지는 대제독으로 임명되었
다.

마리아 여대공은 네덜란드 섭정 지위를 박탈당하고,
이 칭호는 히구에나모타에게 주어졌다.

아타우알파는 두 번 다시 쿠바 공주를 만나지 않았다.

85. 잉카의 죽음

제5 제국에는 평화가 도래해 화합과 번영의 시대를

맞았다.

어느날 아타우알파는 불현듯 이탈리아를 방문하고 싶은 생각이 들었다. 얼마나 대단한 나라기에 세상이 그토록 아름다움을 칭송하며 어떻게 그 많은 뛰어난 예술가를 배출했는지 직접 가서 보고 싶어졌던 것이다. 그의 연인 쿠바 공주가 브뤼셀에 칩거한 채 그를 만나기도, 심지어 네덜란드 국정과 관련된 일이 아니면 그의 편지에 대한 답장조차 거부한 이후 어쩌면 그는 우울감에 사로잡혀 있었는지도 모른다. 그녀를 잊을 수 있는 기분전환이 될 만한 것을 찾고 있었을 수도 있다.

피렌체에서 로렌지노가 수차례 그를 초대했지만 한 번도 이루어지지 못했던 것은 제국의 막중한 임무가 설틈을 주지 않았기 때문이었다.

그런데 갑자기 아타우알파가 신시대력 16수확년 4번째 태양축일에 그 유명한 도시를 방문하겠다고 통보했다.

이번 축제는 질병 퇴치를 목적으로 했기 때문에 대중적으로 매우 인기있는 날이었다. 당시 제5 제국의 많은 도시들이 신대륙의 수많은 생명을 앗아갔던 페스트에 시달리고 있었다.

피렌체에서는 9월 첫 번째 날에 단식이 시작된다.

화덕에 굽는 빵에는 젊은 청년의 피가 아니라 남자 경험이 없는 젊은 처녀의 피가 들어간다. 여자의 동정에(남자의 동정 여부에는 관심이 없다) 큰 의미를 부여하기 때문이라는게 그들의 설명이었다. 처녀의 양미간 사이를 침으로 찔러 피를 내는데 우리 나라에서 남자들에게 하는 것과 같은 방식이다.

지금껏 황제는 단 한번도 우울함을 느껴본 적이 없었다. 혹자는 그의 천성적 기질 자체가 신대륙 정복에 하등 도움이 되지 않는 감정 따위와는 거리가 멀기 때문이라고 생각하기도 하겠지만, 어쩌면 그의 삶에 점철된 결코 평범하지 않는 사건들로 인해 우울한 감정을 느낄 기회조차 갖지 못했던 것일지도 모른다. 피렌체를 방문하면서 아타우알파는 자신이 태어난 고향으로 돌아간 것 같은, 꿈꾸는 듯한 기분을 느꼈다.

도시는 무지개색 깃발을 곳곳에 나부끼며 황제의 방문을 환영했다. 바로 옆에서 인사말을 전하는 로렌지노의 목소리를 흘려들으며 마차에 앉아 있던 그는 궁궐과 성을 보면서 멍한 기분이 들었다. 거칠게 재단된 석벽이 잉카의 건축물과 몹시도 흡사했기 때문이다.

강 건너편 고지대에 솟아 있는 성채는 쿠스코의 신전 삭사이우아만이 아닌가 싶을 정도였다.

언덕배기의 계단식 정원 위에 터지는 불꽃은 타완틴 수유의 경치를 떠올리게 했다.

그러나 무엇보다 그에게 강한 인상을 심어준 곳은 로렌지노 공의 거처와 정부 청사가 함께 들어서 있는 베키오 궁전이었다. 오렌지 향 감도는 알카사르 궁전의 기교 넘치는 정원에 진력난 그가 요철 모양의 첨탑이 높게 솟아 있는 이 회색 석조 건물에서 조상들이 품어왔던 투박한 지배력을 느꼈던 것일까. 대평의회실 안에는 다비드라는 이름의 작은 제왕 조각상들이 여럿 전시되어 있었다. 이들 작품에 자부심이 컸던 로렌지노의 설명을 듣는 둥 마는둥, 아타우알파의 생각은 제국에서 제국으로 넘나들고 있었다. 그러던 황제는 갑자기 환한 표정을 짓더니 이토록 훌륭한 작품들을 만든 조각가를 소개해 달라고 요청하면서 거금을 지불하고라도 세비야로 데려가고 싶다고 말했다. 로렌지노도 따라 웃었다. 그것이 예의였기 때문이다. 그러나 그는 주군을 만족시키기 위해 과거 피렌체에서 가장 이름 높았던 조각가를 안달루시아로 데려갔고, 그로 인해 이 도시가 위대한 예술가 한 명을 잃었음을 잊지 않고 있었다. (사실 그 당시 그 예술가는 이미 피렌체를 떠나 로마에 살고 있던 사람이었지만 그 것은 그에게 중요하지 않았다.)

미켈란젤로는 늙었지만 아직 살아있었다. 그는 여전히 세비야의 작업실에서 도면을 그리는 일에 열중했고, 아타우알파는 해가 지면 종종 그의 작업실에 들르는게 낙이었다. 그러나 로렌지노는 더 이상 예전의 그가 아니었다. 이 피렌체 공작은 이름도 로렌지노에서 로렌조로 바꾸었다. 그는 지략과 단호함으로 무장한 한창 나이의 젊은 통치자였다. 그의 아내 키스페 시사 공작 부인은 토스카나 전체에서 가장 아름다운 미모를 자랑했으며 사랑스러운 두 아이를 그에게 안겨주었다. 제5 제국 전체에 이 도시의 찬란한 문화에 대해 칭송이 자자했다. 그는 로마, 제노바 공화국, 심지어 페르디난트가 다스리는 왕국의 수도 빈과도 평화조약을 체결했다. 신성 제국의 가장 명망 높은 예술가들이 앞다투어 피렌체로 모여들었다.

한마디로 말해서 로렌조 데 메디치의 권위가 위세를 떨치고 있었다. 하지만 불행이도 권력욕은 라이벌은 고사하고 2인자 조차도 용납하지 않는 법이다. 아타우알파가 그를 시기했던 것인지 아니면 피렌체의 번영으로 인해 떨어진 위신을 다시 바로 세우고 싶었던 것인지는 알수 없다. 그것도 아니면 사치를 과시하는 봉신에게 그 대가를 치르게 해 망신을 주려는 것이었을지도 모른다. 만약 그런 이유였다면 아타우알파의 행동에 딱히 문제는 없었을 것이다. 어쩌면 그는 단지 조상 대대로 누려왔던 왕족으로서의 특권을 과시하고 싶었는지도 모른다. 그러나 제5 제국의 관습은 타완틴수유와 같을 수 없었다. 다른 어느 누구보다 황제는 그 점을 유념했어야 했다.

하지만 아타우알파는 로렌조 공작의 아내이자 누이동생인 키스페 시사의 아름다움에 넋을 잃고 말았다. 그녀의 엉덩이는 크고 푸짐했으며 가슴은 탱탱했다. 아름답게 그을린 피부는 탄력을 자랑했다. 그녀의 계란형 얼굴은 어깨까지 늘어뜨린 검은 머리카락으로 인해 더욱 도드라져 보였다. 그녀의 이런 스타일은 이탈리아의 귀족여인들 사이에서 뿐만 아니라 평민들 사이에서도 크게 유행했다. 모든 여인들이 그녀의 세세한 부분까지 따라할 정도였다. 그녀의 그런 매력이 아타우알파의 남자로서의 본능에 불을 지폈다. 오래전 리스본으로 향하던 운명을 건 항해 기간 히구에나모타 공주에게서 느꼈던 그

감정이 그 이후 처음으로 되살아난 것이다. 그는 로렌조 공작에게 누이동생을 달라고 요구했다. 공작은 아내를 양보하고 싶지 않았다. 그러나 어느 누구도 감히 잉카의 명을 거절할 수 없다는 사실을 그는 누구보다 잘 알고 있었다. 아마도 키스페 시사는 기꺼이 오라비의 요구에 응할 준비가 되어있었을 것이다. 어쩌면 영광으로 여겼을 지도 모를 일이다.

로렌조는 황제의 명령을 받드는 대신 계략을 꾸미기로 마음먹었다. 아타우알파의 요구를 기꺼이 받아들이는 척, 심지어 매우 기쁜 척 연기를 하면서도 갖가지 핑계를 만들어 합방 날짜를 뒤로 미루었다. 아내가 월경 중이라고 했다가 이후에는 아내가 주군이며 오라비인 그를 최선을 다해 모시기 위해 준비할 시간을 원한다고도 했다. 그녀는 단식을 해야 한다고 했다가, 몸에서 좋은 향을 풍기기 위해 포르투갈로부터 귀한 인도산 향유를 주문해 도착을 기다리고 있다고도 했다. 도시 최고의 직조장인과 재단사를 불러 최고급 금실로 꿰맨 우아한 옷을 만들도록 하기도 했다.

이렇게 시간을 끄는 동안 로렌조는 피렌체에서 가장 부유한 가문 중 하나이자 메디치 가문과 오랜 라이벌 관계에 있던 스트로치 가문과 비밀리에 접촉했다. 스트로치 가문은 공화정의 복귀를 꿈꾸는 사람들이었다(앞에서도 언급한바 있는 것처럼 이 형태의 정부에서는 한 사람에게 권력이 집중된 것이 아니라 귀족 그룹이 권력을 배분하여 나누어 갖고 지도자를 선출하는데 베네치아와 제노바의 총독이 그렇게 선출된 예다).

로렌조는 그들에게 무엇을 약속했을까? 합의를 위해 도대체 얼마나 놀라운 약조가 둘 사이에 오고갔던 것일까? 그들을 뒤에서 받쳐준 후원자는 누구였을까? 베네체아 공화국? 그럴지도 모른다. 페르디난트? 그 가능성은 거의 희박하다. 어제의 압제자에게 새로운 폭정 이외에 무엇을 기대할 수 있었겠는가? 더욱이 젊은 시절 로렌지노는 합스부르크 가문 혈통인 사촌 알렉산드로를 쫓아내기 위해 잉카와 협력하지 않았던가. 그렇다면 교황은 어떤가? 가장 그럴싸한 추측이다. 못박힌 신을 추종하는 무리의 수장인 그는 마지못해 아타우알파를 황제로 인정하고 지지하기는 했지만 태양교로 개종하는 신자의 수가 늘어나는 것에 우려하고 있었기 때문이다. 더욱이 그는 이런 종류의 음모에 익숙한 사람이었다. 로마에서 제노바의 도리아 암살을 사주한 것이 불과 얼마

전이었다.

로렌조는 스트로치, 리치, 루첼라이, 발로리, 아차이올리, 귀차르디니, 심지어 그의 가문에 적대적 증오심을 가지고 있던 파치 가문과 알비치가 사람들까지 만나 이렇게 설득했다.

"시간이 흘러도 자유를 갈망하는 마음까지 지워버릴 수는 없지요. 자유를 한 번도 경험해보지 못한 시민, 혹은 부모님의 회상을 통해 자유를 알게 된 사람들이 어떤 희생을 치르더라도 기필코 빼앗겼던 자유를 되찾으려는 시도가 여러 도시에서 일어나고 있음을 우리는 알고 있소. 부모가 알려주지 않더라도 법원, 행정 관청, 독립기관의 문장들을 통해 선량한 시민들은 끊임없이 자유로웠던 시절이 있었음을 배우고 있는 것이오."

로렌조의 정치적 의도가 무엇이었는지는 확실치 않다. 그의 행동이 지극히 개인적 동기에서 비롯된 것이었기 때문이다. 이유야 어찌되었건 그의 결심은 확고했다. 주저하는 이들에게 그는 결과가 불투명하다고 해서 의로운 일에 등을 돌리는 자는 겁쟁이일 뿐이라고 못박았다.

로렌조 공작의 반란 모의로 끓어오른 열기는 얼마 지

나지 않아 외부로 새어나가고 말았다.

　소문은 루미냐우이가 심어 놓은 첩자의 귀에도 들어 갔고, 루미냐우이는 즉시 주군에게 그 사실을 알렸다. 그러나 아타우알파는 그 얘기를 전혀 귀담아 들으려 하지 않았다. 만약 찰코 치막이 그 자리에 있었더라면 위험성에 대해 알아듣도록 황제를 설득했을지도 모른다. 간계와 음모는 그의 전문 영역이었지 늙은 장군 루미냐우이의 몫은 아니었기 때문이다. 어쩌면 아타우알파는 그저 지긋지긋했던 것인지도 모른다. 신중함과 주의력, 동물적 감각 같은 능력이 너무도 거추장스러워 벗어버리고 싶었던 것이 아닐까? 그것도 아니라면, 신대륙의 정복자, 제5 제국 황제 잉카는 영토 정복이라는 자신의 임무가 완수되었음을 깨닫고 이제 어떤 식으로든 그 역할에 종지부를 찍고 싶었을 수도 있다. 위대한 파차쿠티보다 더 위대한 운명을 기꺼이 받들어온 이 남자에게 이제는 휴식이 필요했을지도 모른다. 오렌지 나무와 대가의 그림, 책과 선택된 여인들에 둘러싸여 코히바를 피우고 회고록을 쓰는 빛나는 은퇴자의 삶을 꿈꾸었던건 아닐까? 아무도 그의 깊은 속을 알지 못한다.

　9일 동안 파티가 이어졌다.

산타 크로체 광장에서는 기마 창시합이 벌어졌고, 시합이 끝난 후 대량의 하얀 새끼 라마들을 통째로 구워 백성들에게 나누어 주고 모두 함께 춤과 노래를 즐겼다.

밤에는 태양신의 전령들이 횃불을 마치 투석기 돌리듯 빙빙 돌리면서 거리로 달려 나와 아르노강에 던졌다. 집과 마을에서 몰고 나온 나쁜 기운을 강물에 던져 바다로 떠내려 보내는 의미였다.

아침이 되면 겨우 몇 시간 눈을 붙이고 나온 시민들이 미사에 모였다. 피렌체에서는 못박힌 신을 믿는 종교가 여전히 대중적으로 매우 널리 펴져 있었고, 제국 전체에서 가장 호화로운 신전도 이곳에 있었다. 하늘을 찌를 듯이 높이 솟아 있는 흰색 대리석 건물은 마치 람바예케 최고의 장인이 거대한 보석조각을 해 놓은 것처럼 아름다웠다. 아타우알파는 첫번째 아침의 미사에는 참석했지만 이후에는 신대륙 사람들, 그중에서도 특히 이탈리아 사람들이 무엇보다도 큰 의미를 부여하고 있는 이 엄숙한 종교 의식에 루미냐우이를 대신 참석시켰다. 노장군은 이 임무를 성실히, 때로는 열성적으로 수행했다.

평소 키스페 시사 공작부인은 그녀의 미모를 칭송하며 떠받드는 사람들의 기쁨을 충족시켜 주기 위해 매번 미사에 참석해 왔지만 황제의 방문 이후 계속되는 연회로 피로가 쌓이자 못 박힌 신에 대한 이야기 보다는 나른한 잠 속에 머물러 있기를 원했다.

로렌조공은 몸집이 작고 말라서 놀라우리만치 균형 잡힌 체격의 아타우알파를 혼자서 제거할 수 없었다. 하지만 그에게는 스코론콘콜로라는 이름을 가진 충성스러운 야나[34]가 있었다. 주인을 위해서라면 어떤 명령도 완벽하고 깔끔하게 해내는 인물이었다. 공작은 들키지 않고 적을 처단할 준비가 되었는지 그에게 물었다.

"예, 주인님, 황제를 제게 맡겨 주십시오." 그는 대답했다.

이에 로렌조는 다음과 같은 계획을 세웠다. 아침 미사가 진행되는 동안 아타우알파를 자신의 침실로 보낸다. 누이동생 키스페 시사가 방에서 기다리고 있다고 유인하겠지만 사실 그곳에서 기다리는 사람은 로렌조의 심복이다. 그는 문 뒤에 숨어있다가 황제가 들어오는 순간을 노려 숨통을 끊어 놓을 예정이다. 같은 시각 공작의 또다른 공모자들이 대성당에 있는 루미냐우이를 단도로 찌른 뒤 군중의 혼란을 틈타 사라지기로 약속되어

---

[34] 잉카인 노예

있었다(그 전에 로렌조는 미리 루미냐우이를 만나, 반가운 척 그의 가슴에 손을 올려 혹시 그가 겉옷 안에 갑옷을 입고 있는지 확인해 둘 예정이다). 암살이 완료된 뒤 주동자들이 정부 청사로 사용되고 있는 석조 베키오궁에 모여, 백성들에게 제국의 폭정에 봉기하라고 선동하는 한편, 로렌조는 공화정의 회복을 선언하게 될 것이다.

일은 순조롭게 진행되었다. 산타크로체 광장에서 벌어진 기마 창시합에 뒤이어 개최된 연회 자리에서 로렌조가 아타우알파에게 공작부인을 맞을 시간과 장소를 귀속말로 알려주었다. 성당에서 다음날 아침 미사가 진행되는 시간에 메디치 궁으로 가면 되며 키스페 시사가 기다리는 방으로 자신이 직접 황제를 안내하겠다고 말했다. 이 날이 오기만을 손꼽아 기다렸던 아타우알파는 그의 말을 곧이 곧대로 믿었다. 저녁 연회 대부분의 시간을 자신의 누이와 히히덕거리며 보냈지만 두 사람 중 어느 누구도 다음날의 일에 대해 입에 올리지 않았다. 키스페 시사는 아무것도 알지 못했으니 당연한 일이고 아타우알파는 예의를 차리느라 그랬다.

그날 저녁의 연회는 메디치가가 거주용으로 최근에

구입한 올트라르노 언덕 위의 성에서 열렸다. 밤새 계속된 연회에 피로해진 공작부인은 메디치 궁의 침실까지 이동하고 싶지 않아 새로운 거처에서 잠을 청했다. 한편 로렌조는 다음날 침실 문 뒤에서 아타우알파가 발견하는 것이 사람이 아니라 죽음이 되도록 만반의 준비를 마쳐 놓았다.

파티가 끝났다. 마지막까지 남아있던 참석자들은 황제가 정원을 지나 토스카나의 시골 풍경이 내려다 보이는 벨베데르 요새까지 올라가는 모습을 지켜보았다. 황제는 성벽 위에 서서 떠오르는 태양을 홀로 감상했다. 요철 모양의 첨탑 지붕이 하늘을 배경으로 언덕 위에 우뚝 솟아 그 윤곽이 두드러져 보였고 소나무 숲의 실루엣이 첨탑의 윤곽과 절묘하게 뒤섞여 있었다.

그처럼 거나하게 파티를 치른 다음날 아침, 도시에는 온갖 냄새가 뒤섞여 공기 중에 감돌고 있었다. 아타우알파는 그날의 약속을 위한 채비를 하느라 베키오 궁이 위치한 시뇨리아 광장으로 향했다. 최소한의 수행원만을 거느리고 걸어서 이동했다. 신선한 새벽 공기를 맛보고 싶었기 때문이었다. 잠에서 깨어나 활기가 감돌기 시작한 베키오 다리를 건넜다. 길가에는 간밤의 음주에서 아직 깨어나지 못한 미천한 백성들이 널부러져 있었다. 지난 밤, 도시의 모든 불길한 기운을 몰아내고자 강으로 던졌던 횃불이 강을 따라 흘러가지 않고 불 꺼진 채 길 위에 여기저기 흩어져 있었다. 미신 때문이라기 보다는 그냥 반사적으로 황제는 이 횃불을 피해 발걸음을 옮겼다.

약속된 시간에 그는 몸에 딱 붙는 알파카 외투를 입고 메디치 가문의 궁 앞에 도착했다. 다섯 개의 붉은 원 위에 파란 원이 그려져 있는 독특한 메디치 문장이 눈에 띄었다. 로렌조 공이 직접 나와 황제를 맞이했다. 황제는 수행원들을 돌려보냈다. 황제와 로렌조 공은 나무와 고대 동상이 들어차 있는 정원과 정교하게 손질된 회랑으로 둘러싸인 중정을 지나 사저로 이어지는 석조 계단을 함께 오른 뒤 작은 예배당을 가로질렀다. 예배당은 사냥 장면을 묘사한 그림으로 사방이 뒤덮여 있었다. 로렌조는 황제가 그중 한 패널 앞에서 잠시 시간을 지체했음을 언급하면서 그 작품에 표현된 몇 가지 동물에 대해 이름이 무엇인지 물었다. 이후 그들은 연달아 몇 개의 방을 더 지나 마침내 공작의 침실 앞에 도달했다. 공작은 방문을 조심스럽게 세 번 노크한 뒤 황제가 안으로 들어갈 수 있도록 비켜섰다.

커튼이 드리워진 방은 어둠 속에 잠겨 있었다. 간신히 침대만이 어슴프레하게 보일 정도였다. 그리고 침대 위 이불은 살짝 불룩하게 부풀어 있었다. 이불 속 그 형체는 다름아닌 쿠션을 여러 개 정렬해 놓은 것에 불과했지만 아타우알파의 욕망을 자극하기에는 충분했다. 그는 앞으로 걸어갔다. 침대는 비어 있었고 방 문 뒤에는 공작의 심복이 손에 단검을 쥐고 숨어있었다.

그는 황제의 목을 노렸지만 방을 감싸고 있는 어둠 때문에 감각에 의존해 어림 겨냥 할 수 밖에 없었다. 칼날이 파고 들어간 곳은 목이 아니라 황제의 어깨였다. 아타우알파는 비명과 동시에 번개같이 몸을 돌려 자객을 덮쳤다. 스코론콘콜로는 그의 옆구리를 사정없이 찔렀다. 하지만 황제는 놀라우리만큼 강한 사람이었다. 만약 로렌조가 달려 들어오지 않았다면 그의 부하가 오히려 황제의 손에 목졸려 죽었을 것이다. 방에 뛰어들어 왔지만 아무것도 보이지 않자 로렌조 공은 커텐을 열어 젖혔다. 햇살이 쏟아져 들어와 바닥에 뒹굴며 격렬하게 엎치락뒤치락하는 두 남자의 몸뚱이가 드러났다. 상대를 짓누르고 있는 아타우알파가 더 우세해 보였다. 공작은 지체없이 들고 있던 단도를 황제의 등에 깊숙하게 박았다.

난데없는 암살자의 정체를 확인하려고 황제가 몸을 돌렸다.

"로랑, 네놈이?"

이것이 그의 마지막 말이었다. 그러나 온몸을 난자당했음에도 그의 몸은 아직 반응할 힘이 조금은 남아있었다. 짐승같은 괴성을 토해내며 공작 위로 몸을 덮쳐 그의 엄지 손가락을 물어뜯고는 그대로 고꾸라졌다.

황제 아타우알파는 이렇게 숨을 거두었다.

같은 시각, 대리석으로 지은 대성당에서는 미사가 시작되었다. 그러나 그 자리에 있어야 할 루미냐우이가 보이지 않았다. 그를 제거하러 온 로렌조의 공모자들은 당황했다. 사제가 라틴어로 미사를 집도하는 동안 그들은 대책을 논의했다. 신도들의 성가가 돔 아래에 울려퍼질 때, 그들은 시뇨리아 광장으로 가기로 의견을 모았다. 이런 결정을 내린 이유는 루미냐우이가 그곳에 나타나 주변을 살피고 있다는 소식이 날아들었기 때문이었다(주변 도시 피사와 아레초에서 군대의 수상한 움직임이 있다는 첩보를 누군가가 루미냐우이에게 전해주었던 것이다). 로렌조의 공모자들은 루미냐우이에게 긴급히 상의할 일이 있으니 만나자고 요청했고, 그는 과거 피렌체 공화국의 대평의회 회의실로 사용되었던 오백인의 방에서 보자고 답했다. 그 자리에 나타난 사람들은 원로원 의원인 바치오 발로리, 니콜로 아차이올리, 프란체스코 귀차르디니, 필리포 스트로치, 그리고 파치 가문의 남자 한 명이었다. 그들은 장군을 둘러쌌지만 방문 앞을 지키고 서있는 보초병들이 어떻게 나올지 예측할 수 없어서 섣불리 행동에 나서지 못했다. 행동을 쉽사리 결정하지 못한 채 그들은 장군에게 토스카나에서 로마 교황청의 사주를 받은 군사 반란 조짐이 보인다고 경고하는 척하며 그의 의심을 사지 않으려 애썼다. 그들의 말은 사실이었다. 다만 그 주모자가 자기들이라는 부분만 숨겼을 뿐이다.

미적지근한 먹이감을 앞에 둔 개들처럼 그들은 장군의 주위를 둘러쌌다. 그때 흰색 실크 드레스를 입은 키스페 시사가 그곳에 들어왔다. 아침에 잠에서 깬 그녀는 새 거처인 피티궁에 남편도 오라비도 보이지 않자 그들을 찾아 나섰던 것이다. 맨 처음에는 대성당을 찾았다. 그 곳에서도 그들을 찾을 수 없자 베키오 궁까지 오게 된 것이었다.

로렌조는 어디있죠? 황제는요? 그녀의 질문에 원로

원 의원들은 물론 대답할 수 없었다. 두 사람이 사라졌다는 걸 이제야 알게 되었다는 듯 깜짝 놀라는 척 했다. 루미냐우이는 이자들이 어떤 사람들인지 알지 못했고 이탈리아어도 알아듣지 못했지만 공작부인은 달랐다. 그녀는 그들을 잘 알고 있었다. 그들의 놀라는 모습에서 그저 의례적이고 석연치 않은 무언가 이상한 느낌을 받았다. 그들은 그녀가 알아들을 수 없게 빠르고 나직히 무슨 말인가를 중얼거리기도 하고 주저하는 모습을 보이기도 했다. 그들의 그런 모습에서 그녀는 불길함을 느꼈다.

밖에서 웅성거리는 소리가 들려왔다. 다섯 명의 원로회 의원과 공작부인 그리고 루미냐우이가 서있는 대평의회 회의실에 감도는 쥐 죽은 듯한 침묵과는 반대로 바깥의 웅성거림은 점점 커져갔다.

키스페 시사가 케추아어로 장군에게 몇 마디 말을 건넸다.

거리에서 선동자들이 메디치 가의 이름으로 공화국을 요구하며 소리치고 있었다.

아타우알파가 죽었다는 소문이 퍼지기 시작했다. 이 소리는 오백인의 방에까지 들려왔다. 공작부인의 낯빛이 창백해졌다. 로렌조의 성공에 고무된 다섯 대의원들이 용기를 내 칼을 빼려고 했지만 루미냐우이는 벌써 경계 태세를 갖추고 있었다. 이 잉카인 거인은 허리춤에 차고 있던 도끼와 해머를 빼들었다. 제일 먼저 달려든 자의 머리를 내리쳐 박살낸 다음 두 번째 공격자의 눈을 찍었다. 그리고 나머지 셋을 두들겨 팬 후 경비병들에게 이들을 체포하라고 명령했다.

루첼라이 가문과 알비치 가문이 이끄는 폭도들이 성문 앞에서 소란을 피웠다. 루미냐우이는 아무도 들어올 수 없도록 막으라고 명령했다. 폭도 무리를 이끄는 선동자 중 한 사람이 큰 소리로 외쳤다. 목소리가 젊고 성마른 것으로 보아 필리포 스트로치의 아들 레온 스트로치인 것 같았다. 그는 자유의 이름으로 잉카인들에게 물러나라고 요구하고 있었다. 황제는 죽었다. 그의 군대는 수적으로도 열세다. 공화국이 선포되었다.

문 밖의 함성은 더욱 커졌다.

로렌조의 모습은 보이지 않았지만 군중은 그의 이름을 연호하고 있었다.

"공작 만세! 공화국 만세!" 안에서도 그들의 외침이 생생하게 들렸다. 키스페 시사는 피렌체 사람들, 그리고 무엇보다 메디치 가문의 생리를 너무나도 잘 알고 있었다. 로렌조와 그의 공범들이 봉기를 일으켰다는 것은 의심할 여지가 없었다. 밖에서 소리치고 있는 사람들 대부분은 틀림없이 매수된 자들일 것이었다. 스트로치의 아들이 루미냐우이를 내놓으라고 요구했다. 아타우알파가 죽었으니 이제 루미냐우이만 손에 넣으면 상황이 종료될 것이라고 주모자들은 믿고 있었다.

　로렌조가 시뇨리아 광장에 직접 나타나지 않은 것은 실수였다. 그간 로렌조는 언제나 피렌체, 토스카나, 이탈리아, 나아가 나폴리의 백성들의 편에 서리라고 공언해 왔다. 그러나 루미냐우이가 성당에서 암살되었다면 틀림없이 성당에서 소동이 벌어졌어야 하는데 아무 소리도 들리지 않는 것이 이상하다고 생각했을지도 모른다. 상황이 어떻게 돌아가고 있는지 추이를 전달받을 때까지 기다려야겠다고 생각했을 수도 있다. 또한 백성들이 자신을 지지하고 있는지 반응을 알기 전에 섣불리 움직이는 것이 위험하다고 판단했을 것 같기도 하다. 상황을 유리하게 끌고 가려면 황제를 죽일 때와 같은 대담함이 필요했지만 이 순간 그에게는 그런 과감성이 부족했다.

　그럼에도 시뇨리아 광장에는 엄청난 인파가 모여 들었다.

루미냐우이는 고민에 빠져들었다. 성에서 강 건너편으로 이어지는 통로가 있다는걸 알고 있었던 그는 로렌조의 아내에게 즉시 그 길을 이용할 수 있게 해달라고 요청했다. 이 길을 통해 함락된 것이나 다름없는 도시를 빠져나가 밀라노까지 갈 수만 있다면 반격을 준비할 수도 있을 터였다. 하지만 마음먹기에 따라서는 그녀가 남편의 편을 들 수도 있었다. 그녀의 갈등을 루미냐우이는 이해했다. 하지만 그 결정이 무엇이든 간에 그녀는 시간을 끌 겨를이 없었다.

그녀는 바닥에 널부러져 있는 다섯 명의 대의원을 가리켰다. 그중 둘은 이미 죽은 상태였다. 모두가 들을 수 있게 그녀는 카스티야어로 장군에게 말했다.

"저들을 성벽 위에 매달아요."

누워있던 세 명의 부상자들은 믿을 수 없다는 듯 그녀를 바라보았다.

"지금 당장이요 !"

반란분자들이 망루에 내걸렸다. 군중들이 당황해서 비명을 질러댔다. 흰색 드레스 차림의 키스페 시사가 발코니에 모습을 드러냈다. 쥐 죽은 듯 고요한 침묵이 광장에 내려앉았다. 모든 시선이 일제히 그녀에게 쏠렸다.

"피렌체여!" 그녀가 소리쳤다.

그토록 우아한 몸집에서 나오는 소리라고는 믿기 어려울 정도로 메마르고 우렁찬 목소리에 모두가 깜짝 놀랐다.

"피렌체 백성들이여! 여기 너희의 파멸을 바라는 자들이 있다!"

축 늘어져 흔들거리는 시신들을 가리키며 그녀가 말했다.

"저자들의 얼굴을 보라. 배신자의 얼굴이다. 저들의 값비싼 옷을 보라. 너희의 땀과 피가 만든 옷이다. 이 반역자들이 바라는게 무엇이더냐? 제국을 버리고 독립하는 것이다. 무엇 때문인가? 백성 위에 군림하며 마음대로 폭압을 행사하기 위해서이다. 피렌체의 백성들이여 잘 생각해 보라. 제국을 포기하는 것은 제국의 법을 포기하는 것이다. 한줌도 안되는 몇몇 가문이 너희의 골수를 빨아 마시던 과거 그 시대로 돌아가고 싶은가? 적들이 되돌아오기를 바라는가? 진정 공공 곡물 저장고를 없애는 것이 그대들의 소원인가? 기근이 들면 너희는 어디에서 빵을 구할 것인가? 페스트가 창궐하던 때, 저 배신자들은 어디에 있었는가? 너희가 병들었을 때 저들이 보살

펴 주었더냐? 너희의 늙은 부모와 어린 자식들을 위해서
는 대체 무엇을 도와주었는가 생각해보라. 피렌체여, 인
간의 살을 갉아먹는 저 간교한 자들의 공허한 속삭임에
취하지 말라. 황제가 죽었다고 들었다. 로렌조 공작의 짓
인가? 만약 그것이 사실이라면 그를 생포해 내게 데려오
는 자에게 4천 플로린을 주겠다! 공범들의 목을 가져오
는 자는 1천 플로린을 받을 것이다!”

　그러면서 그녀는 군중 속에 끼어있던 스트로치 가문
의 아들과 루첼라이 가문 사람들을 가리켰다. 군중의 왁
자지껄한 소동이 어지럽게 광장을 메웠다. 공작 부인의
엄숙한 연설이 계속 이어졌다.

　“나의 오라비가 죽었다고 생각한다면, 이 자리에 모인
자들이여 오판하지 말라. 저들이 죽이는 것은 피렌체이
니! 피렌체여 살아나라! 일어나라 피렌체여! 제국의 보
물이여, 탐욕스런 압제자의 귀환을 용납하지 말지어다!
법이여 만세! 토스카나 만세! 피렌체 만세!”

　햇살이 구름을 뚫고 대지로 쏟아졌다. 그녀는 두 팔을
하늘로 치켜들고 마지막 기원의 말을 토했다.

　“태양의 제국 만세! 백성이여 영원하라! 배신자에게
죽음을!”

군중의 함성이 광장을 울렸고 모두가 열광적으로 몸을 일으키는 모습은 마치 거대한 물결을 보는 듯 했다. 루첼라이와 일비치 가문 사람들은 군중에 둘러싸여 사지가 갈갈이 찢겨 나갔고 레온 스트로치만 칼을 휘두르며 길을 터 아르노 강 방향으로 도주했다.

순식간에 상황이 역전되었음을 확인한 키스페 시사는 만족스러운 표정으로 되돌아와 루미냐우이에게 말했다.

"밀라노로 가서 도움을 청하세요."

아타우알파의 피살 소식은 정오 무렵 사실로 확인되었다. 키스페 시사는 코야 아사르파이에게 편지를 쓴 뒤 가장 발빠른 파발꾼에게 전달을 명했다. 최대한 빨리 상황을 알림으로써 코야 아사르파이가 미래의 사파 잉카가 될 그녀의 아들 카를로스 카팍의 왕위 승계를 준비할 수 있도록 하려는 것이었다.

로렌조는 도망자 신세가 되었다. 들리는 말에 의하면, 그의 아내가 직접 말을 준비해주고 그가 탈출할 수 있도록 도시 성문을 열어주라고 비밀 지령을 내렸다고 한다. 그는 베네치아로 숨어 들어갔지만 결국 찰코 치막의 첩자들에게 발각되어 살해된 뒤 베네치아 석호에 던져졌다.(이탈리아의 유명한 화가 베로네세가 이 장면을 그려

작품으로 남겼다)

키스키스는 토스카나 주의 평화 유지를 위해 대군을 이끌고 이탈리아로 귀환하여 로마 교황청의 공격에 대비했다. 그는 교황령에 속해 있던 볼로냐 시를 점령한 후 그곳에 주둔해 볼로냐의 총독이 되었고 이후 이탈리아의 두 지방 에밀랑과 로마냐 공작 칭호를 받고, 이탈리아 전역에 막강한 권한을 행사함으로써 일체의 공격으로부터 피렌체를 보호할 수 있었다. 그는 프랑수아 1세의 아들 앙리의 미망인이었던 카테리나 데 메디치를 아내로 맞아들여 아홉 자녀를 두었다.

아타우알파의 시신은 방부 처리 후 안달루시아로 옮겨졌다. 잉카 전통에 따라 1년의 장례기간을 거친 뒤, 그의 미이라는 세비야 대성당, 옛 라이벌 카를로스와 이 두 남자의 아내였던 이사벨 옆에 안치되었다.

4 부

세르반테스의
모험

CIVILIZATIONS
by Laurent Binet

4부
세르반테스의 모험

1. 청년 미겔 데 세르반테스가
에스파냐를 떠날 때의 상황

그리 오래되지 않은 옛날, 마드리드의 어느 이름도 가물가물한 어떤 마을에 석공이 한 명 살고 있었다. 당시의 석공들은 평민이면서도 아름답고 생기넘치는 젊은 아내를 두고 축적한 재산으로 지방 관리, 경관, 법관들을 주무르는 사람들이었다.

그런데 어느날 이 석공이 미겔 데 세르반테스 사아베드라 라는 이름이 아주 잘 어울리는 이웃 청년과 다투게 되었다. 25세가 채 안된 이 청년은 준수한 외모에 제법 교육을 받았고 시를 사랑하는 젊은이였다. 극작가 로페 데 루에다의 작품에 심취해 있던 그는 소문에 의하면 살짝 말을 더듬기는 했지만 만나는 사람이 누구든 순식간에 매료시킬 수 있는 능력이 있었다.

어느날 석공은 동네 축사인지 마굿간인지 어느 장소에서 이 청년이 자신의 아내와 히히덕거리고 있는 장면을 목격했다. 그 두 남녀의 유희가 어느 정도 수준이었는지는 알 수 없지만 정황상 상당히 질펀했던 것으로 추측된다. 그러나 이 이야기에서 그건 그리 중요하지 않다. 다만 한가지 사실만은 분명히 말할 수 있다.

마요르 광장의 회랑에서 벌어진 결투에서 청년이 석공에게 부상을 입혔다는 사실이다.

석공의 쟁쟁한 인맥과 수완을 익히 알고 있었던 청년 미겔은 무시무시한 재판소의 심판을 피하기 위해서 도시를 떠날 수 밖에 없었다. 재판이 대부분 부자의 편을 든다는 사실을 그가 모를리 없었다. 그는 라만차의 한 여관을 은신처로 삼았는데, 그가 빌린 고미다락방은 과거 여러 해 동안 짚단을 보관하던 창고로 쓰였던것 같았다. 그가 도망친 것은 결과적으로 매우 잘한 결정이었다. 얼마 후 재판 결과에 대한 소식이 마드리드로부터 날아왔기 때문이다. 그가 없는 가운데 진행된 재판에서, 모두가 지켜보는 공개된 곳에서 그의 오른팔을 절단하고 그에 덧붙여 10년간 제국에서 추방한다는 결정이 내려졌던 것이다.

자신에게 언도된 가혹한 징벌을 피하기 위해 최대한 빨리 에스파냐를 벗어나기로 마음먹었다. 친절한 하녀가 밤마다 먹을 것을 가져다 주던 그 여관에서 며칠 더 묵다가, 오래전 교회문에 못 박아둔 그 유명한 태양교 95개조문을 보기위해 비텐베르크로 성지순례를 간다는 순례자 6명을 만나 함께 길을 떠나기로 했다. 그들은 미겔을 기꺼이 일행으로 받아주었다. 선해 보이는 인상 때문에 들르는 마을마다 적어도 1 레알[1]의 적선이라도 받아낼 수 있지 않을까 기대했던 것이다. 떠나기 전 미겔은 둥근 손잡이 장식이 이중으로 달린 지팡이 하나와 돼지가죽 배낭을 만들었다. 그를 좋아했던 하녀가 배낭 안에 빵, 치즈, 올리브 열매, 갈증을 대비한 포도주 한 병을 넣어 주었다. 미겔과 순례자 일행은 사라고사를 향해 북쪽으로 길을 떠났다.

가지고 있던 많은 책 가운데 그는 성모 기도서와 가르실라소의 연대기 단 두 권만 추려 주머니에 넣었다.

처음에 그들은 프랑스를 거쳐 독일로 가려고 했다. 하

---

[1] 옛 스페인 은화 단위

지만 사라고사로 향하는 길에 묵었던 여관에서 들은 정보에 의하면 멕시코인 군주에 대항한 봉기로 나바르와 옥시타니아가 온통 들끓고 있어서 그쪽을 지나가는건 미친 짓이었다.

사라고사 루트를 포기하고 그들은 바르셀로나로 경로를 변경했다. 바르셀로나에 도착한 뒤에는 봉쇄된 육로를 대신해 바다로 우회하기로 하고 배를 수소문했다. 마침내 포도주를 선적하고 피렌체로 떠나는 크나르선 한 척을 구했다. 이 선박을 선택함으로써 그들은 항해 기간 내내 술잔을 기울이며 흥겨움을 유지할 수 있었다. 불안하게 비틀거리는 발걸음으로 그들은 이탈리아 땅에 첫발을 내딛었다. 이때만 해도 청년 미겔은 얼마 지나지 않아 배를 다시 타게 될 것이라고는 생각하지 못했다.

2. 세르반테스와 엘 그레코 도미니코스 테오토코풀로스[2]의 만남: 베네치아로 가다

당시 피렌체는 모두의 존경을 받던 공작부인 키스페

---

[2] 그리스인 화가. 본명은 도미니코스 테오토코풀로스지만 미술의 중심지였던 이탈리아에서 그리스 사람이라는 뜻의 엘 그레코라고 불렸다.

시사와 황제 시해자 로렌자치오[3]의 맏아들 코시모 우알 파 데 메디치 대공의 통치를 받고 있었다. 대공의 통치 스타일은 자유로운 편이었지만 피렌체를 포함한 토스카나 지방 전역은 제5 제국의 영토였다. 따라서 10년 추방형을 선고받은 미겔로서는 여전히 오른팔을 잃을 위험에 노출되어 있었다. 로마로 도피할까도 생각했지만 그곳으로 군대가 이동할 것이며 도시는 이미 계엄 상태에 들어갔다는 소문에 그 계획을 포기하고 결국 순례자 친구들을 따라 볼로냐로 갔다. 볼로냐 또한 메디치 가문 사람인 엔리코 유판키 공이 어머니인 키스키스 대장군의 미망인 카테리나의 조언을 받아 다스리는 도시였다. 볼로뉴에 이어 도착한 밀라노 또한 신성제국의 영토였다. 그는 스위스 도시 제네바, 바젤 혹은 취리히에 가면 가혹한 법적 처벌을 피해 단 며칠이라도 안심하고 숨어지낼 수 있을 것이라고 생각했다.

그러나 운명은 그를 그렇게 내버려두지 않았다. 스위스 국경을 넘어서기 직전 코모 시(市)에서 그들은 제5 제국 입출국을 통제하기 위해 이탈리아 북부로 건너온 키토인 순찰대와 마주치고 말았다. 카를로스 카팍 황제의

---

[3] 로렌조를 비하해 부르는 이름

통치 아래 종교 간 화해 정책이 취해지고 있다고는 하지만 구교도 중에는 태양의 후예들과 사이좋게 지내기를 거부하거나 그들의 지배를 받아들이지 못하는 이들이 상당히 많았다. 그런 사람들 중 어떤 이는 로마로, 어떤 이는 베네치아로, 또 어떤 사람은 빈으로 가기를 꿈꾸기도 했다 (심지어 서방의 이단 종교를 신봉하느니 마호메트교가 낫다고 주장하며 콘스탄티노플로 떠나기를 원하는 사람들도 있었다. 적어도 마호메트교는 유일신을 믿는다는게 이유였다).

순례자 친구들은 이미 오래 전에 태양교로 개종하고 그 표시로 목에 금으로 만든 작은 태양 목걸이를 걸고 다녔기 때문에 성지 순례라는 여행 목적을 증명하는데 문제가 없었다. 하지만 어떤 말을 꾸며내고 덧붙이고 해도 미켈이 비텐베르크에 가야 하는 이유를 설명하기에는 부족했다. 더군다나 그는 태양 목걸이도 없었고 하필이면 주머니에서 나온 책이 비텐베르크 태양사원 순례라는 목적과도 어긋나는 성모 기도서였으니 순찰대를 납득시킬 수가 없었다. 그에게는 여행의 목적, 심지어는 신분을 보장할 증명서나 추천서도 없었기 때문에 그는 꼼짝 없이 스위스를 거쳐 빈으로 가 체제 전복을 도모하려는 구종교 추종자로 의심을 받게 되었다. 키토 순찰대는 그의 발에 족쇄를 채워 밀라노로 압송했다. 밀라노에 도착한 후에는 갤리선 강제 노역형을 받은 도형수들과 함께 묶여 스위스 제네바행 길에 올랐다. 제네바에 도착하면 첫 번째 배에 태워져 에스파냐에 도착한 후 법적 처분을 받게 될 예정이었다.

제네바로 압송되는 사람들은 모두 열두 명이었는데, 마치 묵주알처럼 쇠사슬에 목이 줄줄이 엮인 채 걸어서 이동했다. 손에도 수갑이 채워져 있었다. 말을 탄 남자 둘과 도보로 이동하는 남자 두 명이 그들을 감시했다. 말을 탄 남자들은 차륜식 소총으로 무장을 했고, 보행인 둘은 창과 검을 소지하고 있었다.

족쇄로 인해 발목이 심하게 짓무른데다 마음의 상처는 육체의 상처보다 더 깊게 패였고 불운한 처지에 좌절감 마저 느끼고 있던 젊은 미겔은 무리와 함께 이동 중어떤 남자와 마주쳤다. 심플하지만 목 깃에 주름장식을 단 제법 잘 차려 입은 검은색 옷차림에 수염은 단정히 다듬어져 있고 머리카락은 없는 이 젊은 남자는 허리띠에 물통과 단검을 매달고 있었다. 그는 인솔 책임자에게 다가가, 족쇄를 한 저 불쌍한 사람들의 죄명이 무엇이냐고 매우 정중한 태도로 물었다. 말을 탄 두 명 중 한 사람은 그에게 저들은 황제 폐하의 도형수들이라는 것 외에 지금으로서는 해줄 말이 없으니 더 알려고 하지 말라고 퉁명스럽게 대답했다. 하지만 그가 몹시도 정중하고도 집요하게 물어보자 – 억양으로 보아 이탈리아 사람은 아니라고 미젤은 생각했다 – 다른 호송인이 죄수들에게 직접 물어보라고 말했다.

끔찍한 범행을 자백하는 이도 있었고, 어떤 이는 억울하게 누명을 쓴 것으로 보여 동정심이 일기도 했다. 그런가 하면 어떤 사람은 서툰 범행으로 실소를 자아냈다. 그중 한 사람은 남들보다 더 긴 사슬에 단단히 결박되어 있었는데, 그가 들려준 이야기는 감탄과 두려움을 동시에 자아낼 정도로 어마어마한 내용이라 다른 날 기회가 있을 때 따로 언급하도록 하겠다. 드디어 미젤의 차례가 왔다. 가혹하고 불운한 자신의 처지로 인해 제정신이 아니었던 데다가 말까지 더듬는 바람에 도대체 그가 무슨 말을 하는 건지 당최 알아들을 수가 없었지만 사람들은 눈물로 얼룩진 그의 얼굴을 보면서 이 가엾은 청년에게 덩달아 마음이 찡해졌고, 도대체 얼마나 슬픈 사연이 있기에 저리도 말을 두서없이 더듬더듬 하는 걸까 측은지

심이 생겼다.

사람들의 관심이 눈물을 쏟아내는 미겔에게 쏠린 것을 본 주름 옷깃 복장의 사나이가 갑자기 외쳤다.

"저들의 죄가 무엇이건 모두 똑같이 하느님의 자녀들이지 않소!"

그러면서 말 탄 첫 번째 남자의 장화를 움켜쥐더니 그를 세게 끌어내려 땅바닥에 패대기를 치고는 그 자리의 모든 사람들이 놀라 멍하니 있는 사이 허리춤에 차고 있던 단도를 꺼내 냅다 상대방의 가슴팍에 꽂아버렸다. 느닷없이 벌어진 상황에 놀란 나머지 어찌할 줄 모르던 호송관들이 이내 정신을 차렸다. 말 위에 앉아있던 다른 호송인이 차고 있던 소총을 빼어들려 했고, 보행 압송관도 창을 움켜쥐고는 주름깃 장식 옷의 사나이를 공격하려 했지만 그는 재빨리 첫 번째 희생자에게서 뺏은 총으로 두 번째 호송관을 공격해 바닥으로 고꾸라뜨렸다. 쓰러진 남자는 맥없이 숨만 할딱거렸다. 말을 타지 않은 두 명의 호송관은 창을 들고 있었지만 그들을 상대하는 주름깃 장식 남자는 단도 하나만을 들고 그들과 맞서야 했다. 도망칠 기회가 왔다고 여긴 도형수들은 이 틈을 타 자기들의 몸을 감고 있던 쇠사슬을 끊으려고 했지만 잘

되지 않았다. 그런데 그 때, 남들보다 더 단단히 사슬에 이중으로 묶여있던 남자가 갑자기 가까이 있던 호송관을 덮쳐 사슬을 그의 목에 감아 숨통을 끊어 놓았다. 마지막 압송관마저 손쉽게 제압되었고 죄수들은 이내 몸을 조이던 사슬에서 벗어나 자유의 몸이 되었다.

그들이 자유를 되찾도록 도와준 은인의 이름은 도미니코스 테오토코풀로스였다. 그는 그리스인으로 그리스도의 전사라고 자신을 소개했다. 그리고는 그들을 그리스도의 땅으로 데려가 진실한 믿음을 지키고 왕위 찬탈자를 무찔러 무리의 죄를 씻기고 영혼을 구원해 주겠다고 제안했다. 그러자 죄수 무리 중 대표가 대답했다.

"이방인 양반, 우리를 도와준 건 무척 고맙소만, 구속하던 족쇄의 속박만으로도 우리는 충분히 고통 받았소. 이제 와서 신을 모시느라 또 다른 구속에 뛰어들 생각은 없소이다. 우리의 죄를 대속하여 영혼을 구제해주겠다고 했소? 불행히도, 이교도 세 명을 처치했다고 그간 우리가 저지른 죄가 용서되지는 않을 거요. 죄의 목록이 그렇게나 길다오. 나는 도적으로 살다가 도적으로 죽을 테요. 도적의 법 외에 그 어떤 법과 권위에도 고개 숙이지 않는 것이 우리들 세계의 유일한 명예니까 말이오. 우리 세계에는 이런 말도 있다오. '좋다'와 '싫다'의 글자 수는 똑같다."

이 말을 마치고 그는 몸을 숙여 아직 장전되어 있는 소총을 집어들었다. 그리고는 쓰러져 있는 압송관의 요대 안에 들어있던 검 두 자루를 빼들고 그의 웃옷과 장화까지 챙긴 뒤 두 마리 말 중에서 더 좋아 보이는 놈을 골라 타고 다그닥거리며 떠나갔다. 다른 죄수들도 아무 말 없이 각자 산속으로 뿔뿔이 흩어졌다. 이국 땅에서 의지할 곳 없이 도망 다니는 수배자 신세가 된 세르반테스는 사망자 한 명과 심각한 상처를 입은 부상자 두 명을 뒤에 남겨둔 채 자신을 구해준 은인을 따라가기로 했다. 그리스 남자는 이 나라를 마치 자기 주머니 속 보듯이 구석구석 잘 알고 있었다. 어느 길이 가장 붐비는지, 어느 마을에 사람이 많이 사는지, 어디로 가야 순찰대를 피해갈 수 있는지 완벽히 파악하고 있었다. 그는 볼로냐 쪽으로 되돌아가는 건 바보짓이라며 차라리 숲을 가로질러 가며 별을 이불 삼아 자는 게 낫다고 주장했다. 그렇게 해서 앙코나까지 간 뒤 그곳에서 베네치아 행 배에 올랐다. 만약 아타우알파가 없었더라면 사람들은 이 세상에 베네치아만큼 특별한 도시가 또 있다는 걸 알지 못했을 것이다. 아마도 위대한 베네치아에 위대한 멕시코의 존재를 알려주어 서로 겨루게 하려는 하늘의 뜻이 아니었을까? 이 두 도시의 가장 큰 공통점은 바로 수로였다. 유럽의 도시는 구대륙의 감탄을 자아냈고, 대서양 건너편의 도시는 신대륙 사람들에게 놀라움을 안겨주었다.

3. 과거, 현재, 미래를 통틀어 가장 영광스러운 사건이 불운한 세르반테스에게는 가장 큰 불행이 되다

"교회 혹은 바다 혹은 왕궁."

과달라하라에서부터 전쟁과 운명이 이끄는 대로 베네치아의 이 작은 선술집까지 오게 된 그 유명한 함장 디에고 데 우르비나는 지금 그리스인 친구 엘 그레코와 함께 술을 마시면서 그 자리에 동석한 젊은이 세르반테스에게 이렇게 말했다.

"우리 에스파냐 속담 중에 꽤 일리 있는 표현이 있다네. 물론 옛말이라는 게 원래 다 그렇기는 하지. 오랜 경험이 함축된 지혜로운 문장이니까 말일세. 그 속담은 바로 '이글레시아 오 마르 오 카사 레알(교회 혹은 바다 혹은 왕궁)'이라네."

앞에 있는 젊은이가 이 심오한 진리를 깊이 새길 수 있도록 잠시 말을 멈추고 맥주로 목을 축였다. 하지만 청년이 이해하지 못한 것 같자 그는 설명을 덧붙였다.

"갖고 싶은 것이 있거나 부자가 되고 싶은 사람은 교회에 가거나 물건을 팔러 배를 타고 떠나거나 그것도 아니면 왕을 모시러 궁에 들어간다는 뜻일세. 왕 주변에서 떨어지는 콩고물이 귀족의 총애보다 나은 법이거든."

미겔이 막시밀리안은 국왕이 아니라 대공이라고 지적하자 듣고 있던 엘 그레코가 질책하고 나섰다.

"이런 불경이 있나! 폐하께서는 헝가리, 크로아티아, 보헤미아의 국왕이시며, 그 분의 조부이신 카를로스 1세는 에스파냐와 신성 제국의 황제셨네. 하느님께서 허락하신다면 그분의 손자이신 폐하께서도 그리 되실 것이네."

그러더니 성호를 긋고 술을 또 한 잔 주문했다.

비잔틴 교회 신도이거나 마호메트 추종자가 더 어울릴 것 같은 그리스인이 그토록 열정적인 가톨릭 신봉자라는 사실에 미겔이 놀라워하자 도미니코스는 자신이 어떻게 매우 젊은 나이에 조국을 떠나 이탈리아로 가게 되었는지 이야기해주었다. 처음에는 베네치아에서 그림

공부를 했지만 이후 로마에 가서 알렉산드로 파르네세 추기경을 모시게 되었고, 그 인연으로 예수회에 가입하여 적의 땅에서 주님을 위한 정찰과 동지 모집 활동을 하게 되었다는 내용이었다.

함장은 그 얘기를 너무 여러 번 들어서인지 아니면 대화가 엉뚱한 쪽으로 흘러갔다고 여긴 탓인지 살짝 짜증을 내며 술을 세 잔 더 주문하고는 다시 미겔의 장래 문제와 관련된 처음의 대화 주제로 되돌아갔다.

"자네는 아직 젊으니 나중에 언제라도 교회에 갈 시간이 있을 걸세. 그리고 지금 자네 처지를 보아하니 장사를 해서 돈을 벌 상황은 아닌 것 같네 그려. 에스파냐와 제 5제국에서 추방되었으니 대서양 건너 서방으로 가는 길이 막혔지 않나. 멕시코나 타완틴수유와의 교역으로 돈을 벌 방법이 없어진 셈이지. 그렇다면 이제 남은 건 하나뿐일세. 가장 영예로운 길이기도 하고 말이야. 바로 군대라네."

엘 그레코가 그를 설득하기 위해 덧붙였다.

"기독교 세계 최후의 수호자들을 위해 싸우는 건 하느님의 영광을 세우는 일이기도 하다네. 자네가 가톨릭 신자이고 순수한 혈통이라는 점을 확인하기 위해 증명서를 요구하지는 않을 걸세."

그의 말이 마음에 들었는지 함장은 맥주 잔을 들어 시
원하게 들이키더니 껄껄 웃으며 도미니코스 테오토코풀
로스의 등을 두드렸다. 웃음소리에 덩달아 흥이 난 미겔
은 족쇄에 관한 도형수의 말은 어느새 다 잊어버리고 그
들의 조언을 따르겠다고 대답했다.

이것이 미겔 데 세르반테스 사아베드라가 막시밀리안
오스트리아 대공의 군대에 합류하게 된 경위이다.

처음에 그는 다양한 모험을 하면서 자신의 선택을 후
회하지 않았다.

그의 부대는 폴란드, 스웨덴, 독일 국경지역 등 새로
운 황제와 구 황제, 혹은 그들의 아들과 손자들이 유럽
의 패권을 놓고 다투는, 전쟁이 벌어지는 곳이라면 어디
든 달려갔다. 주둔군 생활을 했고 전투에도 익숙해졌다.
그러다 지중해에서 그는 대륙의 운명을 결정짓는 사건
에 휘말리게 되었다.

카를로스 카팍은 자신의 아버지처럼 가톨릭 신자들의
심기를 불편하게 하지 않으려고 늘 조심했다. 그들은 제
국 내에서, 적어도 에스파냐와 이탈리아에서는 가장 많
은 다수를 차지하고 있었기 때문에 가능한 한 불필요하

게 그들을 자극하는 일은 만들지 않으려고 했던 것이다. 더구나 그의 아버지는 그가 태어나자 세례를 받게 했으니, 그 역시 공식적으로는 가톨릭 신자였다. 물론 자신은 구교도라고 주장하지도 않았으며, 혈통의 순수성에 대해서도 로마 교황청의 인정을 요구하지 않았다. 종교 재판이 다른 곳에서는 모두 사라졌지만 로마에서만 여전히 살아남아 신도들에게 혈통의 순수성을 요구하고 있었다. 과거 가톨릭 국왕은 종교 재판을 통해 혈통이 의심스러운 신자들을 체포하고 심문하고 필요할 경우 불의 심판을 자행했었다.

로마 교황청이 자신을 제거하기 위해 음모를 꾸미고 교황 비오 5세가 오스트리아와 꾸준히 접촉하고 있다는 사실을 황제도 모르지 않았다. 그는 이 늙은이가 온후한 겉모습 뒤에 독기를 품고 있는 위험한 자라고 생각해 경계해 왔다. 하지만 로마가 터키인들과 손을 잡았다는 소식에는 그도 크게 당황했다. 그것만은 절대 일어날 수 없는 일이라고 믿어왔기 때문이다. 로마에 밀파한 밀정의 보고와 오스만 정부 내부에 심어둔 첩자가 제노바에 보내온 정보를 종합할 때 그 소식은 의심의 여지 없는 사실이었다. 그들의 보고는 한결같이 '책의 동맹'(일부 기독교 역사가들은 이 동맹을 '문자 동맹'이라고도 일컫는다) 의 탄생을 말하고 있었다. 제5 제국으로서는 그야말로 경악스러운 위협이 아닐 수 없었다.

이것이 카를로스 카팍이 로마에 파병하게 된 이유였다. 지극히 비기독교적인 그 동맹을 교황이 단념하도록 하려는 것이었다.

그러나 비오 5세는 그럴 생각이 전혀 없었다. 교황은 신성 제국 황제의 손아귀에 잡히느니 도망치는 방법을 택했다. 그는 범선을 타고 그리스로 도피했고, 오스만 제국 술탄 셀림 2세는 그에게 은신처를 제공하고 신변 보호를 약속했다.

격노한 카를로스 카팍은 비오 5세의 도주를 교황으로서의 임무 포기로 간주하고 그를 교황직에서 파면하는 칙령을 발표하도록 했다. 콘클라베가 소집되어 알렉산드로 오타비아노 데 메디치를 새로운 교황으로 선출했고, 그는 교황 레오 11세가 되었다. 이 새로운 교황이 신성 제국 황제에게 전임자보다 훨씬 유화적 태도를 보였음은 물론이다.

그러나 비오 5세는 교황이라는 칭호도, 책무도 포기할 생각이 전혀 없었다. 그는 셀림 2세와 합의 하에 교황청의 아테네 이전을 공포했다. 이로써 아테네는 실질적인 새 로마가 되었다.

기독교 세계는 이제 두 명의 교황이라는 특수한 상황을 맞았다. 물론 교황이 두 명이었던 역사가 과거에도 없지는 않았지만 그래도 이 상황이 정상은 아니라고 여긴 카를로스 카팍은 제2의 교회 분열 사태 해결을 핑계로 십자군 전쟁에 돌입했다. 표면상의 목적은 비오 5세를 잡아와 철창에 넣겠다는 것이었지만 실제 그가 노리는 것은 다른 데 있었다. 제 5제국의 영토를 그리스까지 확장해 지중해의 명실상부한 주인이 되어 터키인들을 유럽 밖으로 몰아내고 막시밀리안을 옴쭉달싹 못하게 손발을 묶어 놓으려는 것이 그의 숨겨진 야망이었다.

6개월 뒤, 세계 역사상 최강의 양측 군대가 지중해 한가운데 레판토 만에서 서로 대치했다.

카피탄 파차가 이끄는 오스만 함대 노장 세바스티아노 베니에의 해군, 오스트리아-크로아티아 연합군, 그리고 열혈 후작 산타 크루즈 알바로 데 바잔과 마르크 안토니오 콜로나가 각각 이끄는 망명 에스파니아 병사와 망명 로마 병사 파견대가 한 편을 이루었다.

반대 진영은 후안 말도나도가 지휘하는 히스파노 잉

카 함대와 콜리니 사령관이 이끄는 프랑스-멕시코 연합 함대가 주력군으로 참전한 가운데 포르투갈 함대, 대제 독 안드레아 도리아의 조카 장-앙드레 도리아의 제노바 갤리선, 필리포 스트로치의 갤리선 함대가 힘을 보탰으 며, 특히 난폭한 변절자 우찰리 파르탁스가 이끄는 무시 무시한 바르바리아 사략선들까지 합세했다.

모두 합해 대략 500여 척의 배가 참전했는데 그중 베 네치아의 대형 범선 여섯 척은 엄청난 화력을 자랑하는, 일명 떠다니는 요새였다.

대제국들 간의 전투가 조만간 벌어질 태세였으며, 미 겔 데 세르반테스 역시 디에고 데 우르비노 함장의 지휘 아래 전투 준비를 하고 있었다. 망명 에스파냐인 파견대 는 베네치아의 지휘를 받아야 했는데 양측 사이에 자잘 한 충돌이 계속 발생했다. 하지만 적을 무찌르려는 의욕 은 어느 다른 군대보다 이들 에스파냐 망명 대원들 사이 에서 가장 높았던 것도 사실이다.

한편 미겔은 승선한 갤리선에서 놀랍게도 1년 전 베 네치아에서 헤어진 엘 그레코를 다시 만났다. 그 동안 이 친구가 어디에서 무엇을 하고 있었는지는 알 수 없지만 어쨌든 그는 빨리 싸우고 싶어서 안달난 사람 같았다.

전투 전날 밤, 미겔은 갑자기 열이 심하게 올랐다. 아침까지도 여전히 몸이 불덩어리인 것을 확인한 함장 우르비노는 그에게 교전에 참여하지 말고 누워서 쉬라고 지시했다. 하지만 전우애에 불타던 청년 세르반테스는 그까짓 열병 때문에 명예로운 전투에서 빠지고 싶지 않았다. 그는 자리를 박차고 일어나 무기를 집어 들고 요대를 차고 다른 병사들과 함께 갑판에 올라 좀 더 넓은 바다로 나아갔다.

모든 연대기 작가들이 이 전투에 대한 묘사를 기록으로 남겼다. 불꽃을 뿜으며 공격하는 함선들의 대규모 충돌, 목선이 삐걱거리고 우지끈 소리를 내며 요동치고 마치 뼈가 부러지듯 동강난다. 두려움을 잊은 용감한 병사들, 무기가 만들어내는 굉음, 맹렬한 공격, 참치처럼 물속에서 버둥대다 죽어가는 사람들, 피로 붉게 물든 바다, 그리고 죽음의 냄새…

장-앙드레 도리아는 삼촌과 달랐다. 결정적 기습의 순간에 드러난 그의 소심함으로 인해 잉카 연합군은 승리의 기회를 놓치고 말았다. 베네치아의 대함선들이 넓은 바다 곳곳에 진을 치고 있다가 수천 발의 쇠화살을 날렸는데, 가장 가벼운 것도 20파운드가 넘는 치명적 무기였다. 콜리니 제독의 눈앞에서 부르봉 콩데의 머리가 이 쇠화살에 맞아 작살났다. 포르투갈 갤리선 전체가 나포되거나 바다 밑으로 가라앉았다. 말도나도 사령관은 퇴각해야 했지만 대담하고 낙천적인 해적 출신 우찰리가 대신 이슬람-기독교 연합 진영에 막대한 피해를 안겨주었다.

세르반테스가 승선했던 갤리선 라 마르퀘사호는 프랑스-멕시코 연합군의 공격에서 가까스로 살아남았지만 기독교-오스만 연합군이 쳐놓은 덫에서 귀신같은 솜씨로 요리조리 빠져나와 항해하던 우찰리 함대와 마주쳤다.

알제의 왕(우찰리의 공식 칭호였다)이 몰타 함선을 막 침몰시켰을 때 라 마르퀘사호가 우찰리 함선의 항로 앞을 가로로 막아 섰다. 세르반테스가 탄 갤리선 라 마르퀘사호는 우찰리의 함선을 잡으려다 충격은 말할 것도 없고 그대로 두 동강이 날 판이었다. 하지만 상대 배의 운항 실력은 여지껏 한번도 들어본 적 없는 경이로움 그 자체였다. 현장에서 직접 목격한 증인들조차도 두 눈을 믿지 못할 정도의 기술로 우찰리는 함선의 진행 방향을 돌려 라 마르퀘사호와 충돌을 피하고 측면을 따라 미끄러져 나가는데 성공했다. 두 선박의 동체가 서로 측면을 긁으며 끼기긱거렸고 찌그덕거리는 소리가 길게 울려퍼졌다.

두 척의 배가 서로 옆으로 나란히 붙자 엘 그레코가 한 손에는 검을, 다른 손에는 총을 들고 적의 함선으로 뛰어들었다.

그의 뒤를 따라 열 두 명의 병사가 확신에 찬 목소리로 "돌격!"을 외치며 적선으로 넘어갔고 그중에는 세르반테스도 있었다. 그러나 그들의 용맹이 무색하게도 바르바리아 함선이 상대의 배와 거리를 벌려 떨어져나가면서 다른 병사들이 뒤따라 넘어오지 못하게 만들었다. 이렇게 되자 적의 배 위로 먼저 넘어온 열 두 병사들만 덩그러니 남아 수적으로 압도적인 적군에 둘러싸이는 신세가 되어버렸다. 그들이 아무리 용감무쌍하다 해도 그 많은 적을 상대로 싸워 이길 수는 없었고 결국 모두 피투성이가 되고 말았다.

세르반테스 역시 쏟아지는 화승총 세례에 가슴과 손에 부상을 입고 온몸이 피로 물들었다.

이 불운한 생존병들은 꼼짝없이 우찰리의 포로 신세가 되었다.

한편 구사일생으로 살아남은 잉카 연합군의 전 함대는 부상병들을 가득 싣고 처량한 몰골로 메시나에 모여들었다. 항구에 들어오는 그들을 붙잡아 바닷물에 처박아버리면 전쟁은 기독교 세계의 승리로 끝날 일이었다.

"잉카 병사들과 동맹군은 자기들이 그곳에 입항하면 옷가지와 신발을 챙겨두었다가 다음 전투가 일어나기 전에 육로를 통해 도망갈 궁리를 했지. 해상에서 본 우리 함대의 위용에 그만큼 겁을 먹었던 걸세. 그러나 하늘의 뜻은 인간의 계획과는 달랐다네. 우리 측 장군이 무슨 실수나 잘못을 했다는 말은 아니야. 다만 기독교 세계에 넘쳐나는 죄를 벌하기 위해 하느님께서는 우리를 끊임없이 괴롭힐만한 존재를 남겨두고자 하셨다는 것이지."

훗날 엘 그레코가 미겔에게 해준 말이었다.

악천후, 기독교 진영의 손실과 피해, 그리고 무엇보다도 크림 반도의 타르타르 족이 등 뒤에서 반란을 일으키는 바람에 이를 진압해야 했던 오스만 제국이 이 전쟁을 계속할 의사가 없었다는 것이 패배의 원인이 되었다.

그렇지 않았다면 유럽의 역사는 달라졌을 것이다.

몇 주 동안 고열에 시달리다 제정신이 돌아왔을 때 세르반테스는 상체가 온통 붕대로 칭칭 동여매져 있었고,

왼손은 언젠가 다시 사용할 수 있으리라는 희망도 없는 불구가 되어있었다. 게다가 알제의 감옥에 갇힌 신세였다. 그곳에는 우찰리가 잡아온 다른 터키인, 기독교인들도 섞여있었다.

4. 청년 세르반테스에게 닥친 불행의 연속

알제 왕은 포로들을 그냥 놓아줄 생각이 없었다. 언제나 인질을 풀어주는 대가로 몸값을 두둑이 챙겨왔기 때문이다. 반 송장 상태의 세르반테스를 죽이지 않고 살려둔 것도 바로 그 이유 때문이었다. 그러나 같은 이유로 그가 자유를 되찾을 수 있을 가망도 거의 없었다. 이 젊은이는 빈털털이였는데다가 가족 또한 그보다 형편이 낫지 않았던 것이다. 그의 석방을 위해 몸값을 지불해 줄 수 있는 사람이 아무도 없었다.

그와 그의 다른 무일푼 동료들은 그렇게 배에 탄 채 알제까지 오게된 것이었다. 그런데 엘 그레코의 말에 따르면 항해 기간 내내 우찰리의 공간에서 따로 지낸 포로가 한 명 있었다. 그렇게 따로 분리되어 있었기 때문에 그를 본 사람도, 그가 누구인지 아는 사람도 아무도 없었다. 배에서 내릴 때도 그는 별도로 움직였다. 다른 포로들과 같이 감옥에서 지내지 않고 그는 어떤 무어인의 집에 묵었다. 그 집의 창은 감옥의 앞마당을 향해 나있었는데, 그 지방의 다른 일반적인 주택들처럼, 창이라기보다는 벽에 구멍을 뚫어놓은 것 같았다. 창에는 두껍고 딱 맞는 덧문이 붙어있었다. 어느 날, 세르반테스와 엘 그레코가 미리 구해둔 백묵으로 감옥의 테라스 바닥에 그림을 그리며 시간을 보내다가 문득 고개를 들었을 때, 누군가가 작은 창문 뒤에 서서 그들을 지켜보고 있다는 것을 눈치챘다.

이후로도 며칠 동안 그들은 그림을 그리러 그곳에 왔고, 그때마다 덧창 뒤에 있는 어떤 존재를 느꼈다.

어느 날 아침, 경비병이 엘 그레코를 데리고 갔다가 해가 진 뒤에야 돌려보냈다. 돌아오자마자 그는 몹시 흥분한 말투로 세르반테스에게 그날의 일에 대해 떠들었다.

"친구여, 어쩌면 우리가 이 감옥을 벗어날 수 있는 방법이 생길지도 모르겠네! 글쎄, 무슨 일이 있었는지 들어보겠나? 경비병들이 나를 옆 건물로 데려갔는데, 거기에 바로 그 창문 뒤의 남자가 있지 뭔가. 우리가 늘 정체를 궁금해했던 바로 그 포로 말일세. 그가 우리와 다른 대접을 받을 수 밖에 없었던 이유를 알았네! 내 말을 믿을 수 있겠나, 미겔? 바로 교황님이셨다네! 그 분이 바로 여기에 잡혀계신다는 말일세!"

다른 이들이 모두 전투 준비를 하는 동안 우찰리의 심복들은 아테네로 침투해 쥐도 새도 모르게 교황 비오 5세를 납치한 후 배에 태웠던 것이다.

만약 잉카 황제가 교황에게 손을 댔더라면 후폭풍이 만만치 않았을 것이다. 그러나 우찰리는 교황의 몸값을 어느 누구보다 두둑하게 챙길 수 있으리라는 생각에 동맹국들에게조차 그의 납치를 알리지 않고 독단으로 감행했다.

"성하께서는 내가 베네치아에서 티치아노의 제자로 수학한 것이 사실이냐고 물으셨다네. 내가 그렇다고 대답하고 또한 스승께서 한번도 내 그림에 흠을 잡으신 적이 없었노라고 말씀 드리자 성하께서는 그분의 초상화를 그리는 은총과 영광을 내게 주셨다네. 잘 들어보게, 미겔. 일생일대의 기회가 곧 온단 말일세! 내가 그분의 초상화를 훌륭하게 그리는 대가로 성하께서 나의 몸값을 대신 지불하시고 비엔나로 나를 데려가겠다 하셨다네. 황금이 곧 도착할걸세. 그렇지만 아무 의지할 곳 없는 자네를 내가 어떻게 이 지옥 같은 소굴에 홀로 남겨 두고 떠나겠는가? 그건 기독교인으로서 할 짓이 못되지. 나 때문에 곤경에 처한 친구를 두고 혼자서는 절대 떠날 수 없다고(내가 자네를 이 모험에 끌고 들어온 건 사실이지 않은가? 나는 자네를 내 친동생처럼 여기고 있다네) 얼마나 성하게 간청을 드렸는지, 그분께서는 자네의 몸값도 지불하고 우리와 함께 데려가기로 승낙하셨네."

이 말에 미겔은 더할 수 없는 기쁨을 느끼며, 이후 여러 주 동안 매일 오후 그리스인이 무어인 저택에서 돌아오기만을 기다렸다가 초상화 작업은 어디까지 진행되었는지 물어보는 것이 그의 낙이자 일과가 되었다. 마침내 그림이 완성되었을 때 교황은 크게 만족감을 표했다. 그의 엄격하고 권위적인 태도와 메마른 심성을 충분히 가려줄 수 있을 만큼 온화한 분위기로 표현되었기 때문이다. 초상화는 완성되었지만 그 후에도 기다림은 이어졌다. 교황의 몸값이 그의 지위만큼이나 엄청나게 높았기 때문이다.

그럼에도 불구하고 비엔나 측이 결국 그 금액을 지불하여, 황금이 마침내 도착했다.

갤리선이 교황을 베네치아로 모셔가기 위해 준비되었고 교황은 자신의 초상화를 가지고 배에 올랐다. 그러나 거기에는 엘 그레코도, 미겔도 없었다.

교황이 화가를 기만했던 것일까? 아니면 그들의 존재를 그냥 잊었던 것일까? 교황의 몸값을 마련하느라 천문학적 금액을 끌어 모아야 했던 오스트리아가 추가로 다른 이들의 몸값을 낼 수 없다고 거절했던 것일까? 그것도 아니면 우찰리가 그들을 풀어주겠다는 약속을 어기기라도 한 것일까? 이유야 어쨌든 교황이 자신의 초상화를 그려준 그리스인에게 인사 한마디 없이 버려두고 가버린 것은 사실이다. 그림 속에서 교황이 한 손을 들어올리고 있는 모습은 작별 인사를 하는 것처럼 보이기도 한다.

바르바리아인의 탐욕 때문인지 덕분인지 기독교 세계는 또 다시 두 명의 교황을 갖게 되었다. 한 명은 로마에, 다른 한 명은 베니스에 말이다. 그러나 교황이 하나이건 둘이건 불행한 미겔과 도미니코스의 운명과는 아무런 상관도 없는 일이었다.

불행에 불행을 더한다고, 몸값을 지불하지 않았거나 그럴 능력이 없어 보이는 사람들은 모두 에스파냐에 팔렸다고 누군가가 알려주었다.

세르반테스와 도미니코스가 동료 포로들에게 신세 한탄을 늘어놓자, 그들 중 세비야와 카디스 출신자들이 무시무시한 얘기를 들려주었다. 타완틴수유 제국이 은광 채굴에 필요한 일손을 요구했는데, 그중에서도 가장 풍부한 은 저장량을 자랑하며 절대 고갈되지 않는 포토시 은광은 노동 환경이 열악하기 그지 없어서 노예들은 처참한 대우를 받다가 몇 년, 혹은 몇 달도 지나지 않아 고된 노동에 목숨을 잃는다는 것이었다. 고된 삶을 견디다 못해 스스로 목숨을 끊는 이들도 있다고 했다. 포토시행은 곧 죽음을 의미하는 것이었다.

만약 세비야로 보내진다면 적어도 에스파냐 땅에서 살아갈 기회는 얻게 되겠지만 노예가 되어 이베리아-잉카 귀족들의 시중을 들으며 평생을 보내야 할 것이다. 만약 그것도 아니고 카디스로 가게 된다면 그것은 삶의 끝을 향한 최종 단계가 될 것이다.

그들에게는 결국 카디스로 향하는 갤리선에서 노젓는 일이 주어졌다.

5. 세상 그 어떤 선원과 항해가도 막을 수 없는 사고: 세르반테스와 그의 친구 엘 그레코가 겪은 상상을 초월하는 위험천만한 해상 사건들

그러나, 강대국들이 서로 노를 부딪혀가며 충돌하고 소용돌이 속에 침몰하는 혼란의 시대에는 운명의 신도 그 변덕이 극에 달하는 법이라, 우리의 두 친구들에게도 아직 또다른 예기치 못한 놀라운 사건들이 기다리고 있었다.

갤리선은 많은 양의 향신료와 포로들을 싣고 카디스를 향해 나아갔다. 미겔과 그리스인 엘 그레코는 그들을 기다리는 절망적 운명에 체념해 채찍질에도 무심하게 묵묵히 노를 저었다.

그러나 에스파냐 해안을 목전에 두고 멀리서 들려온 귀가 멍멍해질 정도의 천둥소리에 배 안에 있던 모든 이들이 소스라치게 놀랐다. 하늘은 구름 한 점 없이 맑았고 태양이 머리 위에서 눈부시게 빛나고 있었기 때문이다.

갤리선이 카디스만에 들어섰을 때 노를 젓던 포로들 사이에서 웅성거리는 소리가 커져갔다.

"드레이크! 드레이크다!"

경비병들의 낯빛이 급격히 창백해지더니 채찍질 속도가 두 배로 빨라졌다.

"좌현으로! 좌현으로! 선수를 북쪽으로 돌려라!"

선장이 다급하게 외쳤다. 그는 그 유명한 바르바로사의 아들이었다.

그러나 노를 젓던 도형수들은 절박함에 으르렁거렸다. 미겔과 그리스인 화가는 그들보다 오래 포로로 잡혀 있던 에스파냐 출신 선장과 같은 자리에서 노를 젓고 있었는데, 그의 이름은 예로니모 데 멘도사였다. 여윈 몸에 희고 긴 수염을 가졌으며 피부는 햇빛에 그을었지만 그의 눈빛은 여전히 살아있었으며 이 예외적 상황에서도 빛이 났다. 그의 두 동료가 이게 무슨 상황이냐고 물어보자 그는 악명 높은 해적 프란시스 드레이크의 기습 공격을 당한 것이라고 설명해주었다.

"바다는 거대한 숲과 같아서 누구에게나 열려있는 공동의 공간이지. 그런데 영국 사람들은 이곳에서 한몫 단단히 챙기려 한다네."

남쪽으로는 멕시코, 북으로는 스코틀랜드로부터 협공을 당한 이후, 영국의 엘리자베스 여왕은 갤리선, 소형 갤리선, 스쿠너선, 수송선, 돛이 두 개 혹은 세 개 달린 온갖 종류의 범선과 둥근 배, 심지어 작은 어선과 나룻배 등 물에 뜰 수 있는 배란 배는 모두 모아 백성들을 태우고 도피 길에 올랐다. 처음에는 아일랜드로 갔다가 나중에는 아이슬란드에 정착했다. 그리고 그곳에서 저 악명 높은 영국의 해적 드레이크가 선박을 건조해 프랑스, 포르투갈, 에스파냐 해안에서 납치, 습격을 자행하며 대서양을 휩쓸고 있었다. 그날은 그가 지금까지 그 어느 때보다도 남쪽으로 더 내려가 한 해안 도시를 기습 공격한 날이었다. 만약 우리의 주인공들이 탄 알제리 갤리선이 해적들의 약탈에 당하지 않으려면 그들을 발견하는 즉시 뱃머리를 돌려 먼 바다로 되돌아가야 했다. 그런데 상인들의 습성을 잘 아는 예로니모 데 멘도사는 그들이 알제로 돌아가는 대신 리스본으로 가려 할 것이라고 예측했다. 돈도 못 벌고 빈손으로 돌아가느니 그곳에 가서라도 싣고 온 물건들을 팔려고 할 것이라는 말이었다. 리스본으로 간다고 잘 되리라는 보장은 없지만 카디스로 가는 것 보다는 낫다고 생각한 이유는 리스본이 포토시와 직접적 교류를 하지 않기 때문이었다.

그러나 리스본으로 가려는 알제인들의 계획도 뜻대로 되지 않았다. 영국 갤리선이 그들을 발견하고 항구에서 방향을 돌려 그들을 추격해오자, 바르바로사의 아들인 선장의 독촉은 더욱 거세졌다. 공포에 질린 알제 경비병들이 쏟아지는 비처럼 채찍질을 퍼부어댔다.

그러나 영국 갤리선이 그들을 포위하고 손에 닿을 듯 가까이 다가오자 노를 젓던 포로들이 일시에 잡고 있던 노를 집어 던지고 대신 상갑판 위에서 더 빨리 노를 저으라고 고함치던 선장을 움켜쥐고는 배의 끝에서 끝까지 질질 끌고 다니며 욕설을 퍼붓고나서 돛대에 그의 몸통을 꽂아버렸다. 그러나 그렇게 목숨이 끊기기 전에 그의 영혼은 이미 지옥에 떨어진 거나 다름없었다. 그가 포로들을 잔인하게 학대했던 만큼 그에 대한 포로들의 증오심도 컸던 것이다.

배의 나포는 포로들에겐 자유를 의미했다. 그래서 영국 해적들이 배를 접수하자 "영국 만세! 드레이크 만세!"라고 외치며 그들을 환영했다. 영국 깃발이 활대에 내걸렸다. 며칠 동안 먹을 물과 빵을 마련한 후, 몸을 옥죄던 쇠사슬에서 풀려난 포로들은 기쁨에 넘쳐 노래 부르며 기운차게 노를 저어 아이슬란드를 향해 나아갔다.

그러나 불행히도, 도중에 그들은 스코틀랜드 선박과 맞닥뜨리고 말았다. 해상 감시인이 "붉은 다리다!"라고 소리치자 (스코틀랜드 사람들을 그렇게 부르는 이유는 그들이 붉은 색 격자 무늬 치마를 입고 다니기 때문이다), 달아나기 위해 노 젓는 속도를 크게 높였지만 - 왼손을 쓸 수 없었던 미겔은 노를 빨리 저을 수가 없었다 - 결국 스코틀랜드 배에 따라잡혔다. 피비린내 나는 싸움이 벌어졌고, 왼손이 마비되어 불편한 몸으로 청년 세르반테스는 놀라울만큼 용감하게 싸웠지만 그들은 결국 또다시 포로 신세로 전락하고 말았다.

그들은 메리 여왕이 통치하는 스코틀랜드로 끌려갈 것이라고 생각했다. 그나마 그 편이 나아 보였다. 하지만 그런 기대는 곧 무참하게 깨졌다. 그들을 실은 배가 프랑스 해안을 향하고 있었던 것이다. 배는 보르도로 이어지는 넓은 강 하구로 미끄러져 들어갔다.

운명의 짓궂은 장난에 다시 한번 그들은 좌절했다. 스코틀랜드인들이 그들을 멕시코인들에게 넘기려 했던 것이다. 멘도사 선장에 따르면 그것은 포토시 광장으로 끌려가는 것보다 더 끔찍한 일이었다.

실제로 멕시코인들에게는 일을 부릴 노동력보다 야만스러운 제사에 바칠 인간 제물이 더 많이 필요했다.

미겔의 운명은 이제 세상 반대쪽 은광에서 죽을 처지

에서 프랑스의 피라미드 꼭대기에서 죽을 신세로 바뀌었다. 그가 세상에서 보게 될 마지막 장면은 반으로 갈라진 가슴에서 도려져 나와 펄떡거리는 자신의 심장의 모습이 될 것이다.

6. 신은 어떻게 세르반테스와 엘 그레코를 죽음에서 구했으며, 그들은 어떻게 망루에 은신하게 되었는가?

보르도 항구는 가론강이 반달 모양을 그리며 휘어지는 습곡에 자리잡고 있었다. 잡혀온 포로들은 가스코뉴 사람들의 감시속에 배에서 내렸다. 거칠고 방탕하기 짝이 없는 그들은 포로들을 비웃으며 벌레 취급했는데, 이것은 시작에 불과했다. 조롱과 멸시 속에서도 세르반테스는 침묵을 지키며 의연하게 가교를 걸어 내려갔다. 하지만 다혈질의 엘 그레코는 그들을 발정난 염소 취급하며 프랑스인은 물론이고 이교도들과도 붙어먹는 더러운 기독교 자식들이라고 욕했다. 그 말을 들은 감시인 중 하나가 갑자기 소총을 들어 그를 겨냥했다. 만약 그때 멕시코인 상관이 멈추라고 소리치지 않았더라면 그의 머리가 박살났을 것이다. 그들과 같이 배에서 내려오던 멘도 사는 멕시코인이 폭력을 멈추게 했다고 해서 고마워할 필요는 없다고 말했다.

"저자들은 그저 제물이 두 발로 걸을 수 있는 온전한 상태이기를 바라는 것뿐이야."

보르도 항구의 부두는 세비야만큼이나 사람과 물자로 북적거렸다. 포도주 통 굴러가는 소리가 아침부터 저녁 까지 항구 도시에 울려퍼졌고 중간 중간 짐꾼들의 외침 소리도 들렸다. 가스코뉴 감시인들이 뾰족한 창으로 짐 꾼들의 사이를 양 옆으로 벌려 길을 트자 포로들이 길게 한 줄로 그 사이를 지나갔다.

그들은 망루가 솟아있는 카이유 성문을 통과해 안으 로 들어갔다. 망루는 광장을 향해 있었고 광장에는 멕시 코인들이 쌓아 올린 피라미드 제단이 보였다. 피라미드 계단 밑바닥까지 흘러내린 마른 핏자국이 눈에 띄었다. 울먹임과 한숨이 그들 사이에서 터져 나왔다. 그들은 옹 브리에르 성 안 감옥에 갇혀 모든 걸 체념하고 운명의 순 간만 기다리는 신세가 되었다. 차라리 부두 바닥에 굴러 다니는 포도주 통이 부러울 지경이었다. 그랬더라면 배 에 실려 이 지옥같은 곳을 벗어날 수 있었을텐데…

그래도 최소한 먹을 음식은 부족하지 않게 공급되었다. 아침 저녁으로 빵과 수프가 제공되었다. 일요일이면 사람들이 와서 그들 중 10여 명을 제물로 끌고 갔다. 광장에서 들려오는 북소리는 그들을 공포로 얼어붙게 했다. 그런 날에는 모두에게 포도주 한 잔이 제공되었다. 미겔은 죽음이 두렵지는 않았다. 그러나 이런 죽음을 원한 건 아니었다. 그는 전장에서 죽기를 원했다. 분노의 저주를 토해내던 엘 그레코는 이제 더 쏟아낼 말도 없었다.

그런데 어느 날 이상한 일이 일어났다. 사람들이 오더니 포로를 두 배 더 데리고 가는 것이었다. 북소리도 그만큼 더 커졌다. 간수들도 늘 오던 사람들이 아니었다. 그러더니 그 다음주에는 아무도 오지 않았고 북소리도 잠잠했다. 며칠이 더 지났다. 간수들은 더 이상 음식을 가져다 주지 않았다. 도시에서 들려오던 소리도 완전히 멎었다. 포로들은 정적에 싸인채 어두컴컴한 감방에 갇혀있었다. 갈증과 배고픔이 더 이상 참을 수 없는 지경에 이르자, 그들은 뒤에 어떤 일이 닥치더라도 일단은 탈출하고 보자고 결정했다. 쇠 숟가락을 날카롭게 갈아서 감옥의 나무 문을 톱질하듯 잘라냈다.

마침내 자물통이 풀려 그들이 밖으로 나왔을 때 눈에 들어온 것은 버려진 성과 무기, 그리고 수십 마리의 죽은 쥐들이었다. 그들은 테이블 위에 남겨진 음식을 발견하고 달려들었다. 오랜 감금 생활로 다른 포로들 사이에서 자기 몫을 챙기는데 익숙해진 멘도사는 얼른 닭다리를 집어들었다. 그러나 경험이 짧은 세르반테스와 그리스인 도미니코스는 자유로운 공기를 되찾았다는 기쁨을 만끽하다가 너무 늦게 오는 바람에 돌바닥에 널부러진 죽은 쥐들만 쿵쿵 짓밟으며 화풀이했다.

성 밖으로 나오자 식욕이 싹 사라졌다. 연기 줄기가 여기저기에서 하늘로 피어오르고, 구역질나는 악취가 도시 전체에 감돌았다. 거리에는 시체가 널려 있고 까마귀들이 시체의 살을 서로 뜯어먹으려고 다투고 있었다. 마치 유령처럼 생기라곤 찾아볼 수 없는 몸뚱이들이 끙끙 신음하며 죽어가는 사람들을 수레에 싣고 어디론가 향하거나 이미 죽은 자들을 수레에 쌓아 담고 있었다. 그리고 곳곳에 죽은 쥐들이 보였다. 처음에 세르반테스는 거대한 지옥의 무두질 공장에 와 있는 기분이었다. 하지만 이내 의심의 여지없이 페스트 때문이라는 것을 깨달았다. 사형선고가 떨어진 이 도시에서 꾸물거릴 틈이 없었다. 지체 없이 떠나는 것이 목숨을 살리는 길이었다. 그들은 서둘러 부둣가로 달려갔지만 배를 타고 도시를 떠나려는 사람들을 경비대가 가로막아 혼란스러웠다. 그곳에서 다시 만난 멘도사는 그들을 설득해 함께 시골로 방향을 돌렸다.

그들은 죽음의 그림자가 어른거리고 있는 도시를 뚫고 걸었다. 아직 병에 걸리지 않은 사람들이 가재도구를 서둘러 수레나 노새의 등에 싣고 있었다. 운 좋게도 말을 가진 사람들은 빨리 달려 도시를 벗어날 수 있었다. 상황이 상황인 탓에 도시 순찰병들도 우리의 주인공 탈옥수들에게 전혀 관심을 보이지 않았다. 하지만 서쪽 길은 막혀있었다. 포르뒤아 성을 지키는 병사들이 여전히 감시를 하고 있어서 그쪽으로는 들어갈 수도 나갈 수도 없었다.

할 수 없이 그들은 부두로 되돌아왔다. 엘 그레코가 경비대 두 명을 기절시켰다. 어쩌면 죽였는지도 모르지만 역사가 그것까지 자세히 기록해 놓지는 않았다. 밤이 되어 어둠이 내리자 그들은 헤엄쳐 강을 건너갔다. 여전히 죽어가는 이들의 신음소리와 죽음의 냄새를 뒤에 남겨두고 떠나온 것이다.

보르도의 들판을 헤매는 길고 긴 떠돌이 생활이 시작
되었다. 도착하는 마을마다 그들을 맞는 것은 쇠갈퀴 협
박이었다. 그들이 마을에 병을 옮길까봐 두려워했던 것
이다. 그런가 하면 어떤 마을은 이미 병이 돌아 신음하는
사람들이 있었다. 그런 마을은 들어가지 않고 돌아서 피
해갔다. 며칠 동안 먹은 거라곤 포도 밭에서 따먹은 포도
가 전부였기 때문에 곧 그들은 복통과 설사에 시달렸다.
배가 아플 때마다 아무데나 배설을 한 탓에 그 흔적만으
로도 그들을 뒤쫓을 수 있을 정도였다.

　　그러다가 그들은 어느 모로 보나 주인이 버리고 떠난
것이 분명해 보이는 성을 찾았다. 몇 명 안 되는 하인들
만 남아 있었는데 그들 역시 처음에는 이 낯선 방문객들
을 거부했다. 하지만 그중에 마음 따뜻한 한 사람이 그들
의 몰골에 측은함을 느꼈는지, 그날 하루만 재워줄테니
날이 밝는 대로 떠나라고 하며 받아주었다. 그렇게 해서
그들은 실로 오랜만에 주린 배를 채우고 그들을 받아준
사람들의 건강을 기원하며 건배를 했다. 그러나 식사를
마친 후 멘도사가 갑자기 구토를 했다. 이를 본 성의 하
인들은 겁에 질려 황급히 성을 버리고 뒤도 돌아보지 않
고 달아나버렸다. 그리고 새벽에 멘도사가 죽었다. 성은

이제 완전히 비었다. 세르반테스와 그리스인은 그의 시신을 정원에서 소각하고 성을 차지했다.

성에는 주거용으로 꾸며진 망루가 두 개 있었는데 두 개의 망루는 성벽으로 연결되어 있었다. 특히 그중 한 곳은 외따로 은둔 생활을 하기에 좋은 모든 시설과 물건이 갖추어져 있었다. 침대와 작은 예배당, 편의 장치, 옷가방 몇 개가 마련되어 있었고, 위층 방에는 상당한 양의 책이 보관되어 있는 근사한 서재가 있었다. 천장을 받치는 들보에는 라틴어와 그리스어로 글귀가 새겨져 있었다. 성 안 곳간에는 곡식이 가득했고 축사에는 매일 신선한 우유를 짤 수 있는 암탕나귀 한 마리가 있었다. 두 친구는 다른 곳에 가는 것보다 여기에 지내는 것이 낫겠다고 생각해 망루 안에 그대로 머물렀다. 그리스인은 서재 들보에 적혀있는 그리스어 글귀 중 한 문장을 해석해주었다.

"나의 소원은 검소하되 고통 없이 사는 것이다."

라틴어를 읽을 줄 알았던 세르반테스가 다른 문장을 풀이해주었다.

"바람이 나를 데려가는 곳이 어디든 그곳이 나의 집이다."

7. 세르반테스와 엘 그레코는 망루의 주인과 사귀며 그곳에서 지적으로 충만한 시간을 보내다

그들은 은신처에서 마음껏 책을 읽으며 행복하게 지냈다. 세르반테스는 전도서를 좋아하지 않았지만 들보에서 또다른 글귀를 발견했다.

"지금 이 시간을 온전히 누려라. 나머지는 네 영역 밖에 있느니라."

사람들이 그들을 평화로이 지내게 놓아두는 한, 즉 페스트가 창궐하여 모든 외지인과 이웃을 멀리하고 자기 집에 스스로 격리하고 있는 한, 지금 두 사람의 모습이 바로 그 글귀와 같았다.

몇 주가 지나도록 성 근처에는 사람 그림자 하나 얼씬하지 않았다. 그들은 암탕나귀에서 짜낸 우유와 암탉들이 낳은 계란을 먹으며 평화로운 나날을 보냈다. 어느 날 키 작은 남자가 서재에 불쑥 나타나기 전까지는 말이다. 아타우알파 연대기를 읽고 있던 세르반테스와 그런 친구의 모습을 목탄으로 그리고 있던 도미니코스는 느닷없이 나타난 남자를 보고 소스라치게 놀랐다.

그 남자의 이름은 미셸 드 몽테뉴였다. 마침내 주인이 돌아온 것이다.

엘 그레코가 그를 죽이려고 펄쩍 뛰어올라 덮치려 했다. 그러나 세르반테스는 자기들이 왜 이곳에 지내고 있는지 그에게 이유를 설명하는 편이 낫다고 판단했다. 그래서 여기까지 오게 된 모든 과정과 겪은 모험담을 하나도 남김없이 이야기 해주었다.

몽테뉴 경은 자그마한 체구에 머리는 거의 대머리에 콧수염과 턱수염을 짧게 다듬어 단정한 모습이었다. 주름이 잔뜩 들어간 장식깃을 목에 두르고 고급 천으로 지은 값비싼 옷을 입었으나 오랜 여행 탓인지 흙먼지가 잔뜩 묻어있었다. 그래도 그의 눈빛은 맑고 다정해 보였다. 예의 바른 토스카나어에 중간중간 라틴어를 섞어가며 말했는데 상대방이 알아듣기에 무리가 없었으며, 그가 상대방의 말을 알아듣는 것은 더욱 쉬웠다. 그리스어와 에스파냐어를 할 줄 알았기 때문이다. 그는 프랑스 국왕 치말포포카의 고문이자 의원이었다. 그가 자신의 직함을 소개하자 그리스인은 페이퍼 나이프를 집어 그의 목을 찌르려고 했지만 세르반테스가 얼른 그의 팔을 잡았다.

유연하고 명민한 사고를 가진 몽테뉴 경은 그들이 처한 어려운 처지를 충분히 이해하고 그들이 원할 때까지 망루에 은신해도 좋다고 허락했다. 혼자 있는 시간을 즐기는 그였지만 이 친구들과 함께 지내는 것도 꽤 유쾌한 경험이 될 것 같았기 때문이었다. 다른 망루에 거처하는 그의 아내와 하인들에게도 그들의 존재는 비밀로 해둘 것이며, 요와 이불을 집무실에 마련해, 그곳에서 잠잘 수 있게 하고 과일 바구니와 포도주 병도 항상 채워놓겠다고 약속했다.

다른 대안이 없었다. 아니면 사냥개 무리에 쫓기는 산토끼처럼 적지의 들판을 헤매 다녀야 할 텐데 그것이 달가울 리 없었다. 그들은 그의 제안을 받아들였다.

집무실에는 벽난로가 있었다. (몽테뉴 경은 혹시라도 귀한 책들이 불에 타버리는 일이 발생할까 걱정해 서재의 벽난로는 막아놓았다) 그들이 바르바리아 갤리선에서 하선한 게 불과 두 달 전이었다는 걸 생각하면, 이보다 더한 호사가 없을 정도였다.

읽고, 먹고, 성의 주인과 대화하는 나날이 이어졌다. 저녁이면 식사를 한 후 잠자리에 들었다. 아주 가끔 깊은 밤에 신선한 공기를 마시며 부엉이들만 지켜보는 가운데 정원에서 다리 운동을 할 때를 빼고는 망루 밖으로 나가는 일은 없었다.

몽테뉴 경은 매우 섬세한 정신의 소유자였으며 호기심 많고 대단히 깊은 지식을 가진 사람이어서 그와 이야기를 나누다 보면 어느새 대화에 깊이 빠져들곤 했다. 정신이 생기 넘치고 견실한 사람과 대화를 하면 상대방의 수준도 덩달아 높아지는 법이다. 젊은 세르반테스는 그와 함께 시, 연극, 그외 모든 것에 대해 이야기 나누는 시간이 즐거웠다. 그와 대화하다 보면 언제나 대화 주제와 적절하게 들어맞는 고대 저자, 예를 들면 베르길리우스, 소포클레스, 아리스토텔레스, 호라티우스, 섹스투스 엠피리쿠스, 키케로에 대해 들을 수 있었다.

그러나 그것보다 더 재미있는 것은 그와 엘 그레코 사이에 벌어지는 논쟁을 듣는 것이었다. 왜냐하면 그들의 대화는 늘 격렬한 강연으로 이어졌기 때문이었다. 물론 세르반테스는 집주인의 서고에서 꺼낸 책을 읽는 것도 좋아했지만 아무래도 독서는 정적이고 약한 활동이어서 흥을 고조시키지는 못하는데 비해 강연은 가르침과 문답이 동시에 이루어졌다.

그리스도의 전사로서 그리고 예수회의 일원답게 엘 그레코는 몽테뉴 경의 입장은 전혀 고려하지 않고 그가 이교도와 타협하느라 같은 가톨릭 동포를 배신했다며 신랄하게 비판했다.

세르반테스는 그리스인 친구의 비판으로 마음 상한 주인이 더 이상 그들을 보호해주지 않고 내쫓을까 걱정되어 친구의 말을 끊으려고 노력했다. 그러나 이런 노력에도 아랑곳 않고 그는 쉴 새 없이 비난을 퍼부어댔다.

"불신자와 결탁하는 기독교는 지옥불에 떨어질 것이오!"

그가 말했다.

그러나 몽테뉴 경은 불쾌해하기는커녕 상대방이 더 질책하도록 부추기는 것도 모자라 심지어 맹렬하고 거침없는 언행을 즐기는 듯 보였다.

"상대방이 나와 반대되는 믿음을 가졌다고 해서 내 마음이 상하지는 않는다네."

좌불안석하는 세르반테스를 안심시켜주기 위해 그는 이렇게 말했다.

"토론이 차분하게 이루어지는 날, 작정하고 차근차근 반론할 예정이네."

그러더니 웃으면서 덧붙였다.

"나를 어려워하는 사람보다는 나를 난타하는 사람에게서 진리를 발견하는 경우가 훨씬 많다네."

반대를 하면 화가 나는 게 아니라 오히려 흥미가 끓어오르는 사람 같았다.

엘 그레코는 주인에게 만족감을 주는 행동을 계속 이어갔다. 하루는 그의 믿음 없음을 탓하고 또 그 다음날은 야만적이라고 비난했다. 프랑스의 진정한 가톨릭 국왕을 죽이고 왕위를 찬탈한 자를 모시는 것은 단순히 깃털 달린 뱀을 추종하는 무리에게 고개 숙이는데 그치지 않고 혐오스럽기 그지없는 인신 공양 행위에 공모하는 짓이라는 것이었다. 또한 그가 진실한 믿음의 편에 서서 싸우지 않고 현재의 공식 직함을 받아들인 것은 비겁하고 탐욕스러운 사람이기 때문이라고도 했다.

그러자 몽테뉴 경이 반론을 시작했다. 엘 그레코가 진실한 가톨릭 수호자라고 일컫는 프랑수아 1세도 그 옛날, 일생의 라이벌인 가톨릭 국왕 카를로스 1세를 누르기 위해 오스만 제국과 동맹을 체결하지 않았느냐고 상기시키면서, 위대한 국왕의 그러한 행동도 교황이 용인한 마당에 보잘것없는 일개 관리에 지나지 않는 자신, 미셸 드 몽테뉴가 따라했다고 해서 비난하는 것은 무리이며 지나치다고 반박했다. 또한, 단지 교회의 개혁을 요구했던 영국 국왕 헨리 8세와 사제 루터는 파문된 반면 오스만 제국의 술탄 슐레이만과 친구가 된 자에게는 교황이 어떠한 제재도 가하지 않았음을 언급했다. 아타우알파, 쿠아우테목, 그리고 그들의 후계자들까지 그 누구도 처벌받지 않았음은 물론이고 그들은 모두 세례까지 받았다고 덧붙였다. 막시밀리안과 교황 비오 5세, 오스만의 셀림 2세가 협력한 신동맹에 비추어 볼 때 그것은 현명한 처사였다는 게 몽테뉴 경의 생각이었다.

엘 그레코는 이제 전략을 바꾸었다. 성의 주인이 고대 그리스 학자들에게 얼마나 심취해 있는지 알고 있던 그는 먼 옛날 테르모필레스 전투에 나섰던 스파르타인과 마라톤 전투에 참전한 아테네인들이 페르시안 침략자에 맞서기 위해 끌어들였던 조국애를 들먹였다.

조국애라는 단어에 반가움을 표하며 몽테뉴 경이 세르반테스에게 물었다.

"자네 카스티야 출신이라고 했지? 그럼 혹시 카를로스 1세가 에스파냐 왕위에 올랐을 당시 카스티야어를 거의 할 줄 몰랐다는 걸 아는가? 헨트에서 태어났는데 그는 왜 독일 사람이라고 하지 않는가? 어째서 그의 후계자 아타우알파보다 그가 더 에스파냐인으로 인정을 받는지 내게 말해주겠는가?"

카를로스 국왕은 적어도 어머니가 에스파냐 사람이었다고 세르반테스가 대꾸하자, 몽테뉴 경이 바로 그 대답을 이어받았다.

"아! 그 대단하신 모친 말이구먼! 왕위를 박탈당한 미친 여왕 후아나였지. 그 아들에 그 어머니가 아닌가!"

그리고는 엘 그레코를 향해 말했다.

"물론 카를로스 1세는 가톨릭 신자였지만 구력 1527년에 성도 로마를 약탈함에 주저함이 없었다오. 사냥개에게 쫓기는 토끼 신세가 되어 산탄젤로 성에 숨어있던 교황 클레멘스 7세에게 자신의 목을 따려는 병사들이 기독교인인지 아닌지가 중요했겠소? 지금도 마찬가지요. 오스만 제국의 셀림 2세가 교황 비오 5세에게 병사들과 전함을 빌려주었는데, 그 병사들의 종교가 교황에게 중요했을 것이라고 생각하오? 내게 중요한 것은, 바다 건너온 저 이방인들이 우리 프랑스와 에스파냐 땅에 종교적 평화를 가져다 주었다는 것이오. 내가 개인적으로 쿠아우테목에게 마음의 평화를 위해 기도하라고 권유했다는 것도 알아주시오. 프랑스 땅의 모든 백성이 두드려 맞거나 추방, 교수형, 화형의 두려움 없이 자신이 원하는 종교를 선택할 수 있도록 세비야 칙령을 모델로 삼아 보르도 칙령을 선포하는 작업에도 적극적으로 참여했다오. 이 정도면 심판의 날 이런 나의 행적이 조금은 감안되지 않을까 싶소만."

엘 그레코가 버럭 화를 냈다.

"그리스도교인들이 화형을 한다고 비판한다면 피라미드 제단 위에 살아있는 사람을 제물로 바치고 가슴을 칼로 가르는 당신의 멕시코인 친구들에 대해서는 뭐라고 말할테요? 이 혐오스러운 범죄에 당신도 공범이라고 생각하지 않소?"

그 같은 풍습은 없어져야 하는 게 맞다고 인정하면서 그 제도의 폐지를 위해 젊은 왕 치말포포카 곁에서 애쓰고 있다고 말했다.

엘 그레코는 코웃음 치며 대꾸했다.

"우리에겐 댁의 노력보다 페스트가 더 효과적으로 느껴지는구려."

몽테뉴는 토론을 끝내기 위해 그들의 잔에 자기 소유지에서 생산된 포도주를 가득 따라주며 경쾌한 목소리로 말했다.

"로마에서는 로마법을 따르라!"

그러자 세르반테스가 슬쩍 물었다.

"당신 집에 찾아온 사람들이 로마인들이면요 ?"

그들은 각자 읽던 책을 다시 집어 들고 읽기 시작했다.

몽테뉴 경이 출타해 자리를 비운 어느 날, 세르반테스는 창을 통해서 어떤 젊은 여인이 암탉들에게 모이를 주는 모습을 보게 되었다. 이목구비를 자세히 구분하기는 어려웠지만 자세와 실루엣으로 보아 무척 아름다운 귀부인 같았다. 특히나 곡물 알갱이를 뿌리는 그녀의 모습이 매우 우아해 보였다.

오후 늦게 몽테뉴 경이 엘 그레코를 위한 선물을 가지고 돌아왔다. 이젤과 기타 미술 도구였다. 그의 작품들을 보고 그림 실력이 범상치 않음을 느꼈기 때문이다.

이후 엘 그레코는 성의 주인과 친구의 초상화, 창 밖으로 보이는 보르도의 풍경을 그리기 시작했다.

몽테뉴와 세르반테스는 땅속에서 빠져나온 듯 진흙에 뒤섞여 누워있는 그림 속 자신들의 얼굴을 바라보며 경탄과 당혹감을 동시에 느꼈다.

그러나 이 화가는 그림을 그리면서도 배교자이자 이교도의 공범과의 논쟁을 그칠 줄 몰랐다.

"패자의 곁에 설 수 있는 용기를 가져야 하오."

몽테뉴가 웃으며 대답했다.

"지금 내가 당신들과 함께 있는 것이 바로 그런 것 아니오?"

그는 계속 말을 이어갔다.

"내 말을 들어 보시오, 도미니쿠스. 얼마 안가 우리는 모두가 승자와 패자의 후손이 될 것이오. 두 세계가 만나 이룬 결실, 첫 자손들이 이미 지금 성인으로 자라지 않았소. 쿠아우테목과 마르그리트 드 프랑스의 아들, 우리의 군주 치말포포카가 우리의 아담이라오. 아타우알파와 마리아 도트리슈의 딸 마르그리트 두치켈라는 우리의 이브이고 말이오. 나바르의 왕 투팍 앙리 아마루는 잔느 달브레와 망코 잉카의 아들이고 로마냐 공작 엔리코 유팡키와 그의 여덟 형제자매는 카테리나 데 메디치와 키스키스 장군의 아들과 딸들이오. 이들은 모두 잉카 혹은 멕시코의 피를 이어받은 프랑스인과 이탈리아인들이지 않소. 카를로스 카팍과 마르그리트 두치켈라의 아들 필리페 비라코차 왕자는 에스파냐 왕위 계승자이자 로마인들의 왕이며 그는 우리 시대의 아벨이라고 할 수 있을 것이오. 아타우알파는 우리의 아에네아스일 테고 말이오. 아에네아스가 로마인이었던가? 무엇보다, 잉카인들과 멕시코인들에게 우리는 에트루리아인일 것이오."

세르반테스는 귀로는 그의 말을 들으면서 눈은 정원 쪽 창을 통해 지난번에 보았던 그 여인을 또다시 향해 있었다. 이번에는 토마토 덩굴을 훑어본 뒤 아보카도 나뭇가지를 다듬고 있었다. 격리 생활과 오랜 시간에 걸친 역경이 그의 상상력을 고취시켰음에 틀림없었다. 거기에 젊음이라는 마법이 더해져 그는 사랑에 빠져들었다.

어느 날 저녁 그는 코히바를 피우러 정원에 나갔다가 두 번째 망루의 창에서 그녀의 모습을 발견했다. 그녀의 거처인 듯한 그곳을 밝히고 있는 촛불 덕분에 그녀를 볼 수 있었다. 세르반테스는 어두운 곳에 있었기 때문에 들킬 염려가 없었지만 혹시라도 코히바의 끝에서 깜빡거리는 불빛이 보일까봐 손바닥으로 감싸 가렸다. 그리고 그녀가 창문 주위로 오가는 모습을 한참 동안 지켜보았다. 이윽고 그녀의 망루에도 불이 꺼져 그녀가 잠자리에 들었음을 알 수 있음에도 그는 꼼짝 않고 그 자리를 지키다가 나무 아래에서 그대로 잠이 들어버렸다.

동이 트기 직전, 엘 그레코는 자신이 혼자라는 사실을 깨닫고 걱정이 되었다. 침실에 동료가 없음을 확인하고 혹시 성 안의 하인들이나 마을 사람들에게 들킨 것은 아닌지 확인하려고 그를 찾아 조심조심 내려갔다. 나무 아래에서 주먹을 꼭 쥔 채 두 눈을 감고 잠들어 있는 세르반테스를 발견했다. 살살 흔들어 깨웠지만 미동도 하지 않자, 이번에는 그의 몸을 굴려 크게 흔들었다. 마침내 기지개를 켜며 눈을 뜬 그는 놀란 듯이 주변을 두리번거리더니 말했다.

"주여 이 친구를 용서하소서. 세상 어떤 남자도 상상할 수 없을 정도로 황홀한 여인을 보고 있었는데 당신이 나를 끌어냈어요."

이 말에 엘 그레코는 정신이 들도록 그의 뺨을 가볍게 몇 차례 찰싹 때린 뒤 말했다.

"몽테뉴 부인을 말하는 건가? 성 주인의 아내 말일세. 그녀의 이름은 프랑수아즈라네."

그들은 침실로 사용하고 있는 집무실로 돌아가 닭이 울 때까지 기다리며 잠자리에 다시 누웠다. 하지만 세르반테스는 잠이 들기는커녕 잠옷만 걸치고 침대에 누워 있는 그녀의 모습을 상상하며 창 밖이 환하게 밝아올 때까지 시간을 보냈다.

다음 날에도 정원이 내려다보이는 서재 창가에 서서, 마음 속의 여인이자 부차적으로는 성 주인의 아내이기도 한 그녀가 나타나길 고대하며 귀로는 멕시코인들의 종교가 완전히 허섭쓰레기는 아니라고 엘 그레코를 설득하는 몽테뉴 경의 목소리를 듣고 있었다.

"그들도 우리처럼 세상의 종말이 가까워졌다고 생각한다오. 인간의 발길이 닿는 곳마다 뿌려진 탄식과 황폐화가 그 조짐이라는 것이오. 이걸 보면 그들에게도 그들 나름의 지혜와 혜안이 있다는 걸 부인할 수는 없지 않겠소, 도미니코스?"

몽테뉴 경에 따르면 멕시코인이나 잉카인 모두 세상이 다섯 개의 태양이 차례로 탄생했다 소멸하는 다섯 단계의 시대로 이루어져 있다고 믿는다. 네 개의 태양이 이미 그 수명을 다했고 지금 우리를 비추고 있는 태양이 마지막이라는 것이다. 이 마지막 태양이 어떻게 소멸될지는 몽테뉴도 아직 알지 못했다.

"하지만 그들의 신앙이 우리 것보다 못하다고 누가 단언할 수 있겠소?"

코히바를 피우던 엘 그레코는 이 말을 듣자 흥분해서 신성 모독이라고 소리치며, 세상에 오직 단 한 분, 유일신 우리 주님께서는 일찍이 레판토 전투에서 불신자들의 승리를 허락하지 않으셨으며, 이로써 거짓 신들에 대한 그 분의 우위를 확실하게 증명하셨노라고 반박했다. 또한, 저들에게 화를 내려 시련을 겪게 한 것이 그분의 뜻이었다면, 진실한 그리스도인에게는 결국 최후의 승리로 보상해 주실 것이라고 단언했다.

"진실한 그리스도인은 역경 앞에서 몸을 사리지 않소. 이런 자들이야 말로 진정한 믿음의 승리를 가능케 하는 자들이오! 레판토 전투가 한창일 때 당신은 어디에 있었소, 미셸? 페스트가 도시를 휩쓸 때엔 또 어디에 있었소? 주님께서 자비를 베푸시어 우리에게 승리를 내려주신다면 – 물론 나는 반드시 그리 되리라 확신하오 – 거기에 그대의 자리는 없을 것이오."

몽테뉴는 특유의 친절함을 잃지 않으면서도 엘 그레코 못지 않은 단호함으로 대답했다.

"우리가 하는 일의 성공과 번영을 기준 삼아 종교를 지탱하고 강화하려는 태도는 옳지 않소. 도미니코스, 당신네 종교에는 그런 성공 논리로 설명할 수 없는 반대의 근거도 얼마든지 존재한다는 걸 잊지 마시오."

엘 그레코는 이번에도 신성모독을 그냥 넘어가지 못했다.

"미셸, 내가 제대로 들은 거 맞소? 자네 지금 '당신네'

종교라고 말했소만…"

"내가 말하고자 하는 건," 몽테뉴가 대답했다.

"자네가 말하는 승리는 -그리고 사실 그대들, 그러니까 자네와 미겔 두 사람 모두 큰 고초를 겪지 않았소?- 물론 잉카 제국과 프랑스를 상대로 치른 해전을 의미하겠지만, 참고로 말해두자면 당신네 진영을 진두 지휘한 장수는 오스만 제국의 카피탄 파차였소. 뿐만 아니라, 그때는 그대들의 진영이 승리했다 치더라도 신께서 당신네 편에 패배를 안겨준 적도 상당히 여러 번 있었다는 점을 지적하고 싶소. 살라망카 전투에서 카를로스 1세가 생포되었던 것 역시 하나님의 뜻이었다는 말이오. 프랑수아 1세가 쿠아우테목과 영국 연합군에게 패배한 것도 마찬가지라오. 어디 그뿐이오? 하나님은 신성제국을 오스트리아 가문에서 빼앗아 아타우알파 가문의 손에 넘겨주었잖소. 이는 곧 추구해야 할 선과 두려워해야 할 악이 이 세상의 행 불행과는 다른 것임을 신께서 우리에게 가르쳐주시려고 인간이 이해할 수 없는 신의 뜻에 따라 선과 악을 다루고 실행하시며 우리가 우리 편의대로 어리석게 해석하지 못하도록 막으신 것이라고 생각하오."

그리고는 자신의 얘기가 그리스도교도의 귀에 지나

치게 이단적으로 들릴 수 있다고 생각했는지 화제를 다른 곳으로 돌렸다.

엘 그레코에게 경고하기 위해 몽테뉴 경이 호라티우스의 교훈을 언급하는 내용이 세르반테스의 귀에 들려왔다.

"아무리 미덕을 추구한다 해도 그것이 지나치면 현자는 미치광이로, 정의로운 자는 부정한 자로 불리게 될 것이오."

그는 또한 궁수가 과녁을 빗나가는 것은 활을 너무 세게 당겼기 때문이라며 과도한 선행 추구의 과오를 지적했다. 그러나 더 이상 그의 얘기가 세르반테스의 귀에 들어오지 않았다.

몽테뉴 부인이 마당을 가로지르는 모습을 본 뒤 그에게는 현실 감각이 사라졌다. 그 자리에서 며칠이 그대로 지나간 것 같은 느낌이었다. 어쩌면 정말 그랬는지도 모른다. 다시 두 사람의 대화가 귀에 들어왔을 때, 어떻게 이야기가 그렇게 흘러갔는지는 모르겠지만 그들은 결혼에 대해 대화를 나누고 있었다.

엘 그레코는 잉카와 멕시코 군주들이 여러 명의 처를 거느리는 구역질 나는 행태를 신랄하게 비난했는데,

이번에는 몽테뉴 경도 그의 말에 동의했다. 카를로스 1세를 제외하면 오로지 자신의 아내에게만 충실하며 유년시절 이후 정부도, 혼외 자식도 두지 않고 정절을 지킨 군주가 있었던가? 교황들 마저 정부를 두고 그 사이에 난 사생아를 최고위직까지 앉히지 않았던가? 그러나 어쨌든 정부를 취하는 행위가 신 앞에 죄악임을 그도 동의했다.

이제 세르반테스도 완전히 정신이 돌아와 그들의 대화에 귀를 기울였다.

몽테뉴는 부부간의 사랑은 위험하며, 과도한 정사를 삼가고 중도와 절제가 필요하다고 주장했다. 혼인의 궁극적 목적이 자손의 생산에 있는데 지나치게 뜨겁고 향락적이며 잦은 쾌락은 씨종자에 변질을 가져와 수태를 방해한다는 것이 그의 논리였다.

자신도 오직 자손 생산을 목적으로 한 달에 단 한 번만 아내의 침실을 찾는다고 자랑했다. 만약 아내와의 관계에서 격정적인 사랑에 빠져들게 되면, 서로간에 지켜온 존경과 둘 사이의 화합이 돌이킬 수 없을 만큼 망가지게 될 것이라고 그는 확신하고 있었다. 혼인은 되돌릴 수 없는 약속이므로, 육체의 쾌락을 부부간의 돈독한 정에 비길 수는 없다고 그는 말했다.

몽테뉴 경의 다음 발언은 여인들에 대한 언급이었지만 세르반테스에게는 자기에게 하는 말처럼 들렸고, 결국 이 젊은이에게 위험한 모험을 꿈꾸게 했으니 그의 말은 바로 이러했다.

"그런 음란한 짓은 남편이 아닌 다른 사내의 품 안에서나 배워야 할 것일세."

망루에서의 생활은 계속되었다. 몽테뉴는 편지를 읽거나 조수에게 편지를 받아쓰게 시키거나 (그때마다 세르반테스와 엘 그레코는 예배당에 가서 몸을 숨겼다), 공무를 챙기느라 보르도로 출타했다. 엘 그레코는 그림을 그렸고, 세르반테스는 서재에서 읽은 각종 책에 영감을 받아 소일 삼아 짧은 작품들을 쓰고 저녁 식사 후 친구들에게 읽어주기 시작했다. 하지만 밤이 되면 예외없이 코히바를 피우러 프랑수아즈의 창가로 향했다. 가끔씩은 그녀가 자장가를 흥얼거리는 소리가 들리기도 했고, 그럴 때면 그녀의 목소리에 취해 한숨이 절로 터져나오고 그녀를 향한 애타는 마음은 더욱 깊어져 갔다. 그러다가 성 안 사람들에게 친구가 발각이라도 될까봐 조바심이 난 엘 그레코는 정신 나간 짓이라고 비난하며 그의 경솔함을 꾸짖었다.

어느날 저녁, 끓어오르는 열정을 더 이상 견디지 못하고 세르반테스는 가교 역할을 하는 성벽을 지나 그녀의 망루로 건너갔다.

그곳에서 밤새도록 그녀를 기다리며 극도의 번민에 빠져들었다. 한참 뒤 자신의 거처로 돌아온 세르반테스는 옷차림이 흐트러지고 머리는 잔뜩 헝클어진 모습으로 격정과 흥분에 빠져 횡설수설했고, 그것을 본 엘 그레코는 덜컥 겁이 났다. 여기에 지금 이 이야기를 쓰고 있는 저자로서, 엘 그레코에게 세르반테스가 들려 준 이야기가 사실인지 확인할 수 없다는 점을 고백하며 다만 그의 이야기를 그대로 옮기는데 만족하고자 한다. 그가 전한 내용은 이렇다. 어떻게 해야 할지 몰라 성벽에서 그녀를 기다리며 한 시간을 보낸 후 결국 부인의 방을 조심스럽게 노크했다. 평소 이렇게 그녀를 찾아오는 사람은 남편뿐이었으므로 그날도 당연히 남편이 왔다고 생각한 그녀가 방문을 열어주었다. 문 앞에서 낯선 젊은 남자를 발견한 그녀의 입에서 낮은 신음 소리가 새어 나왔다. 세르반테스는 자기가 낯설지 않을 것이라며, 오랫동안 정원이나 창가에서 그녀를 지켜보고 있는 자신의 모습을 그녀도 아마 본 적이 있을 거라고 다급하게 호소했다. 그녀는 아이가 깰 수 있으니 제발 조용히 하라고 부탁했다. 그날 밤에는 보름달이 떠서 주위가 대낮처럼 환했다. 괜한 쑥덕공론이 걱정되었는지 아니면 비상 경보가 울려 주위가 소란스러워질까 두려워서였는지는 모르겠지만 - 이 부분에 대해서는 세르반테스가 분명한 언급을 하지 않았다 - 어쨌든 그를 안으로 들였다.

그 다음 이야기를 할 때 이 젊은이가 너무 들떠 있어서 엘 그레코는 제발 목소리를 낮추라고 통사정해야 했다. 그가 들려준 이야기는 믿을 수 없을 만큼 놀라운 내용이었다. 그가 그리스 친구에게 해준 이야기는 다음과 같다.

그녀는 아무 말도 하지 않고 기다렸다. 그가 주저하자 그의 여신이 눈처럼 새하얀 팔로 감싸 안아 그의 몸을 따스하게 데웠다. 갑자기 낯설지 않은 뜨거운 불길이 그의 온몸을 휘감았다. 너무도 익숙한 열정이 살을 뚫고 뼛속까지 퍼져나갔다. 번개가 번쩍이자 이윽고 좁고 긴 불의 길이 열려 빛이 구름을 뚫고 지그재그로 내달렸다. 끝으로 그는 그녀를 뜨겁게 안아주고 그녀의 가슴에 기대 달콤한 잠 속으로 빠져들었다.

엘 그레코는 그의 말 중에 어느 것이 진짜고 어느 것

이 지어낸 것인지 구별할 수는 없었지만 두 번 다시 그곳을 다시 가지 않겠다는 다짐을 받아내려 했다. 하지만 세르반테스는 입가에 행복한 미소를 띤 채 이미 자리에 누워 곯아떨어졌다.

그로부터 일주일이 흘렀다. 그들이 몽테뉴경의 성에서 지낸 지도 다섯 달이 지나갔다. 젊은이는 거기에서 평생토록 머물고 싶었겠지만 어느 날 아침 미겔 데 세르반테스 사아베드라와 도미니코스 테오토코풀로스라는 이름의 탈주범을 잡으러 온 경관들이 방문을 두드렸다. 그때까지 자고 있던 두 친구들을 발견하고 경관들이 그들의 목덜미를 움켜쥐었다. 잠이 덜 깬 멍한 상태였던 세르반테스는 아무런 저항도 못하고 붙잡혔지만 불한당들에게 느닷없이 공격당한 엘 그레코는 죽을 힘을 다해 그중 한 경관의 목을 움켜잡았다. 얼마나 세게 목을 졸랐던지 동료들이 구해주지 않았다면 그 경관은 탈옥수를 잡기는커녕 도리어 목숨을 잃었을 것이다.

몽테뉴 경이 잠옷 가운 차림으로 달려왔으나 할 수 있는 것이 아무것도 없었다. 두 탈옥범은 체포되어 보르도 압송을 위해 쇠사슬에 묶였다. 엘 그레코는 자기들을 멕시코 놈들에게 팔아 넘겼다고 몽테뉴에게 욕설을 퍼부으며 고함을 질러댔다. 한편 몽테뉴 경은 자신이 고위 관리이자 왕자의 고문임을 내세우며 경관들을 설득하려고 노력했지만 허사였다. 갑작스러운 소동에 성 안의 모든 종들과 함께 달려 나온 사랑하는 여인 프랑수아즈의 눈앞에서 세르반테스는 친구와 나란히 포박되어 성 밖으로 끌려나갔다. 그가 태양 아래 또 다른 자신만의 태양을 그렇게 가까이에서 바라볼 수 있었던 것은 그때가 처음이자 마지막이었다.

8. 세르반테스가 마침내 바다를 건너가게 된 경위

보르도로 송환된 후의 삶은 비참하기 그지없었다. 그들은 또다시 창살 안에 갇혀 죽을 차례를 기다리며 한 달을 보냈다.

사람들이 그들을 데리러 온 날 아침, 드디어 마지막 순간이 찾아왔다고 생각한 그들은 하느님께 영혼의 구원을 기도했다. 그리고는 피라미드 꼭대기로 이어지는 계단을 기어오르기 위해 나갔다. 피라미드 꼭대기에는 사형 집행인이 황금빛 손잡이가 달린 제식용 칼을 쥐고 그들을 기다리고 있을 것이다. 칼의 손잡이에 새겨진 얼굴은 죽음의 신일 것이다. 그들의 모험도, 지상에서의 삶도 이렇게 영원히 끝나게 될 것이다.

예상과 달리 그들은 피라미드 계단 앞에 멈추지 않고 그대로 지나쳐 가론 강가에 우뚝 솟은 거대한 석조 왕궁 트롱페트 성으로 끌려왔다. 황금 방패로 뒤덮힌 낭하에서 사람들이 그들을 기다리고 있었다.

깃털 투구를 쓰고 창으로 무장한 멕시코인 근위병들은 그들이 묻는 말에 대답하지 않았다.

한참을 기다린 뒤 그들은 거대한 철제 샹들리에가 드리워진 넓은 방으로 들어갔다. 샹들리에는 위협이라도 하는 듯 그들의 머리 바로 위에 매달려 있었다.

그들 앞에는 거대하고 육중한 나무 테이블이 있고, 테이블 위에는 종이가 흐트러져 있었다. 그리고 그 뒤로는 검은색 베레모를 쓴 남자가 등을 돌리고 항구가 내다보이는 창을 바라보고 서 있었다. 그 시각(정확히 말하면 하루 종일), 부두에서는 일꾼들이 한창 분주하게 움직이고 있었다.

세르반테스는 그리스인 친구를 팔꿈치로 쿡 찔렀다. 방 구석에 친구의 그림들이 쌓여있는 것을 발견했던 것이다.

여전히 등을 돌린 채 남자가 말했다.

"당신들을 도와준 귀인에게 감사해야 할 것이오. 그자가 내게 당신들의 작품을 보내왔소. 신께서 그대들에게 특별한 재능을 내리셨더군."

권위적인 말투로 보아 그가 꽤 높은 직위의 사람이라는 건 어렵지 않게 추측할 수 있었다. 해군 제독 콜리니였다.

그는 몸을 돌려 테이블 위에 흩어진 종이를 들더니 세르반테스의 코앞에서 흔들었다.

"개들의 토론회라… 재미있군. 정말이오. 그리고 이 기적의 성화 이야기는… 화가 선생도 읽어보셨소? 안 읽었다면 간단하게 일러주리다. 언변 뛰어난 사기꾼이 마을 사람들에게 신비로운 그림을 소개하는 내용이라오. 조상 중에 유대인도 무어인도 섞이지 않은 순수한 혈통의 가톨릭 신자의 눈에만 보이는 놀라운 보물이라고 자랑을 하는데 물론 거짓말이었지만 어떤 일이 일어났는지 아시오? '오! 기적이다!' 가짜 성화 앞에 선 사람마다 감탄의 찬사를 내지른다는 이야기라오."

프랑스 국왕 최고 고문은 진심에서 우러나오는 웃음을 터뜨렸다.

"정말 재미있는 이야기 아니오?"

엘 그레코도, 세르반테스도 감히 대답을 하지 못했다. 제독은 목에 두른 두툼한 금 목걸이를 손가락 사이로 미끄러지듯 어루만지며 말했다.

"프랑스 왕국을 속국으로 두고 있는 멕시코 제국과 제5제국의 동맹국인 서잉카 제국, 이 바다 건너 두 대제국에서 화가와 문인을 찾고 있소. 강력하고 뛰어난 제국들이지만 미술과 문학 분야에선 아직 우리 세계를 따라잡지 못한 것이 사실이기 때문이오. 그대들의 재능이 모자라지 않으니 프랑스가 멕시코에 바치는 조공을 실은 배를 타고 그대들도 곧 함께 출발하게 될 것이오. 그곳에서 가장 높은 금액을 제시하는 자에게 팔려가겠지만 신께서 원하신다면 그대들이 자유를 찾을 수도 있겠지."

그가 말을 마치고 신호를 하자 병사들이 와서 두 사람을 데리고 나갔다. 다음 날, 그들은 포도주와 쿠바로 가는 사람들을 가득 실은 갈리온선에 올랐다.

어느 날, 늙은 에스파냐 선원이 세르반테스에게 말했다.

"배를 타고 바다로 나가면 살려달라는 기도가 절로 나오는 법이라네."

그렇게 두 달이 채 걸리지 않은 항해는 꿈처럼 흘러
갔다.

배에서 우리 두 친구는 제네바 출신의 구두 제조인,
멕시코 상인, 테살로니키 출신 유대인, 아이티인 담배 생
산자, 표범을 데리고 여행 중인 촐룰라의 공주를 만났다.

그들은 하나같이 바다 건너 먼 나라들의 아름다움에
대해 입에 침이 마르도록 칭찬했다. 끝도 없이 광활한 대
지, 온화하고 비옥한 자연환경, 풍부한 자원, 부를 이룰
수 있는 기회 등에 대해 흥분해 떠들었고 불온한 계획을
가지고 가는 사람은 거의 없었다.

그러던 어느 날 아침, 쿠바의 수도이며 신 구 양대륙
의 교차점인 바라코아가 수평선 위로 모습을 드러냈다.
그곳은 궁궐과 야자수와 흙으로 만든 집의 도시였다. 개
가 앵무새에게 말을 걸고, 부유한 상인이 노예와 포도주
를 팔러 오고, 거리마다 알 수 없는 과일 향이 진동하고
알몸의 타이노족 귀족들이 18겹의 붉은 진주 목걸이와
악어 등껍질 팔찌로 치장한 채 칠레산 순종 말을 타고 다
니며, 걸인들마저 가면을 쓰고 머리에는 구리와 금으로
만든 거울을 쓰고 있어 쇠락한 고대 왕국의 왕처럼 보이
며, 상점마다 물건이 넘쳐흘러 밤이 되면 볏도마뱀들이

공략할 궤짝을 탐색하며 이리저리 거리를 어슬렁거리는 곳이었다. 세상의 모든 언어가 들려오고 모든 여인들이 사랑 받으며 모든 시(詩)가 숭배되었다.

쏟아져 들어오는 색채의 향연에 눈이 부시고 고대 바빌론을 연상시키는 소란과 흥분에 신경이 자극된 엘 그레코는 실성한 사람처럼 웃음을 터뜨렸다.

고개를 들어 하늘을 바라본 세르반테스는 불확실한 미래에 대한 근심도 잊고 머리 위를 날고 있는 붉은 머리 독수리 떼에 탄성을 질렀다. 저 모든 생물이 마법에 걸린 이 신비의 섬에만 보이는 환영이라는 생각이 들었다. 그리고, 자기 존재마저도 유령이 틀림없다고 굳게 믿어버렸다.

옮긴이의 글

입장 바꾸어 생각해 보라고 약자는 항변한다. 그러나 강자가 스스로 그리 하는 경우는 극히 드물다. 로랑 비네의 소설 〈문명〉에서는 서구 문명의 발자취를 중심으로 구축되어온 세계 역사가 뒤집어지는 순간 당연하게 치부되던 견고한 관습도 예절도 종교도 바벨탑처럼 허물어져 내리고, 위인이 악인이 되고 패배자가 영웅으로 변모되는 당혹스러운 상황이 펼쳐진다. 심지어 우리가 알고 있는 서양이 동방의 미개척지로 일컬어지니 허를 찔린 듯 가벼운 현기증이 날 지경이다. 벌거벗은 '미개한 침입자'들에게 유린당하는 내로라한 '위인'들의 굴욕 앞에 치욕감이 이는 것은 내 안에 독버섯처럼 자라고 있던 서구 문명에 대한 사대주의적 세계관 때문은 아닐까 ? 그런가 하면 독자는 때로 반만년 약소민족의 후예라는 열등감이 가학적 쾌감으로 변질되는 복잡다단한 심리적 동요를 겪기도 할 것이다. 누군가에겐 통쾌하고 누군가에겐 불쾌함을 넘어 불경스럽기까지 한 도발적인 작품이 소위 현대 문명의 건설자이자 승자라 자처하는 서구 유럽 작가에 의해 탄생되었다는 점에 박수를 보내고 싶다. 역사에 대한 성찰과 역지사지의 가능성을 엿보았다고 하면 혹자는 지나친 호들갑이라고 할지도 모르겠다.

문명의 사전적 의미를 찾아보니 인류가 이룩한 물질적, 기술적, 사회구조적인 발전이라고 나온다. 그리고 발전은 더 낫고 좋은 상태나 단계로 나아감을 의미한다. 서로 다른 대륙에 산재한 인간 족속이 자신이 처한 상황에 맞는 삶의 방식으로 변해왔다고 할 때 과연 우월한 문명이라는 말은 이치에 맞는 표현인가 ? 벌거벗은 것은 켜켜이 덧씌워 행동과 신체를 구속하는 호화로운 복장보다 미개한 것일까 ? 화려한 깃털 장식은 빛나는 돌멩이보다 덜 아름다운가 ? 주변의 흔한 나뭇잎으로 만든 가옥이 주변의 흔한 흙과 돌로 지은 가옥보다 덜떨어진 것일까 ? 종교는 우리에게 무엇이며 이단은 또 무엇인가 ?

설화와 전설, 미미한 흔적들로 출발해 여걸 프레위디스의 아메리카 대륙 및 대서양 연안 도서 상륙을 상상하고 이후 콜럼버스의 침입과 그로 인해 아타우알파로 대표되는 잉카 문명의 '제5지대' 점령으로 이어지는 스토리를 따라가다 보면 어느 것이 현실이고 어느 것이 허구인지 혼동되는 지점에 이르게 된다. 인간이 가진 최고의 무기 중 하나가 상상할 수 있는 능력이라고 할 때, 무한

한 상상력을 통해 최고의 희열을 맛보았던, 그리고 그 결과 지상의 낙원으로 가 닿았던 청년 세르반테스가 부러워졌다면 번역자의 자세를 벗어난 과한 몰입일까 ?

지구본을 앞에 놓고 머리 속으로 그렸던 바이킹과 잉카인 그리고 세르반테스와 엘그레코의 항해 여정을 독자들도 따라가며 내가 느꼈던 호기심과 기대와 설렘을 맛보길 기대한다.

문득 나 자신이 세계의 중심 쿠스코를 등지고 신세계를 찾아나선 아타우알파가 되어 연인과 함께 뱃머리에 서서 대양의 어둠을 깨뜨리며 수평선 위로 떠오르는 태양을 온몸으로 맞이하는 환영에 사로잡힌다.

옮긴이 **권희선**

한국외국어대학교 통번역대학원 한불과를 졸업하고 주한 프랑스대사관에서 근무
했다.

국빈 통역 및 국방, 무역 등 다양한 분야의 전문 통/번역을 주로 하였으며,

현재 전문 번역가로 활동하고 있다.

최근작으로 『21세기 엘리트』, 『가짜중도』, 『프랑스 민중사』가 있다.

문 명

1판 1쇄 2021년 8월 17일

지은이 로랑 비네
옮긴이 권희선
펴낸이 임상훈
편 집 임경훈
디자인 풀잎디자인

펴낸곳 인문결미디어
출판등록 2016년 1월 5일 / 제 2016-000003
주소 서울시 마포구 월드컵로30다길17, B01호
전화 02-6084-1357 팩스 02-6084-1358 이메일 inmungyeolmedia@gmail.com
홈페이지 inmungyeol.org 페이스북 inmungyeol

ISBN : 979-11-957150-7-7

이 도서의 국립중앙도서관 출판예정도서목록(CIP)은 서지정보유통지원시스템
홈페이지(http://seoji.nl.go.kr)와 국가자료종합목록시스템(http://www.nl.go.kr/kolisnet)에서
이용하실 수 있습니다. (CIP제어번호 : CIP2020013939)